U0567028

[全新修订版]

中小学生阅读文库

茶馆·龙须沟

老舍◎著

图书在版编目（CIP）数据

茶馆·龙须沟 / 老舍著. -- 北京：北京联合出版公司，2014.12（2018.10重印）

（中小学生必读丛书）

ISBN 978-7-5502-3974-6

Ⅰ. ①茶… Ⅱ. ①老… Ⅲ. ①话剧剧本－作品集－中国－现代 Ⅳ. ①I234

中国版本图书馆CIP数据核字(2014)第258927号

茶馆·龙须沟

出版统筹：新华先锋
责任编辑：王　巍
封面设计：易珂琳
版式设计：先锋设计

北京联合出版公司出版
（北京市西城区德外大街83号楼9层 100088）
河北祥浩印刷有限公司印刷　新华书店经销
字数316千字　787毫米×1092毫米　1/16　22印张
2018年10月第2版　2018年10月第2次印刷
ISBN 978-7-5502-3974-6
定价：36.00元

目　录

茶馆

（三幕话剧）

老舍

人　物

王利发——男。最初与我们见面,他才二十多岁。因父亲早死,他很年轻就作了裕泰茶馆的掌柜。精明、有些自私,而心眼不坏。

唐铁嘴——男。三十来岁。相面为生,吸鸦片。

松二爷——男。三十来岁。胆小而爱说话。

常四爷——男。三十来岁。松二爷的好友,都是裕泰的主顾。正直,体格好。

李　三——男。三十多岁。裕泰的跑堂的。勤恳,心眼好。

二德子——男。二十多岁。善扑营当差。

马五爷——男。三十多岁。吃洋教的小恶霸。

刘麻子——男。三十来岁。说媒拉纤,心狠意毒。

康　六——男。四十岁。京郊贫农。

黄胖子——男。四十多岁。流氓头子。

秦仲义——男。王掌柜的房东。在第一幕里二十多岁。阔少,后来成了维新的资本家。

老　人——男。八十二岁。无倚无靠。

乡　妇——女。三十多岁。穷得出卖小女儿。

小　妞——女。十岁。乡妇的女儿。

庞太监——男。四十岁。发财之后,想娶老婆。

小牛儿——男。十多岁。庞太监的书童。

宋恩子——男。二十多岁。老式特务。

吴祥子——男。二十多岁。宋恩子的同事。

康顺子——女。在第一幕中十五岁。康六的女儿。被卖给庞太监为妻。

王淑芬——女。四十来岁。王利发掌柜的妻。比丈夫更公平正直些。

巡　警——男。二十多岁。

报　童——男。十六岁。

康大力——男。十二岁。庞太监买来的义子,后与康顺子相依为命。

老　林——男。三十多岁。逃兵。

老　陈——男。三十岁。逃兵。老林的把弟。

崔久峰——男。四十多岁。作过国会议员,后来修道,住在裕泰附设的公寓里。

军　官——男。三十岁。

王大拴——男。四十岁左右,王掌柜的长子。为人正直。

周秀花——女。四十岁。大拴的妻。

王小花——女。十三岁。大拴的女儿。

丁　宝——女。十七岁。女招待。有胆有识。

小刘麻子——男。三十多岁。刘麻子之子,继承父业而发展之。

取电灯费的——男。四十多岁。

小唐铁嘴——男。三十多岁。唐铁嘴之子,继承父业,有作天师的愿望。

明师傅——男。五十多岁。包办酒席的厨师傅。

邹福远——男。四十多岁。说评书的名手。

卫福喜——男。三十多岁。邹的师弟,先说评书,后改唱京戏。

方　六——男。四十多岁。打小鼓的,奸诈。

车当当——男。三十岁左右。买卖现洋为生。

庞四奶奶——女。四十岁。丑恶,要作皇后。庞太监的四侄媳妇。

春　梅——女。十九岁。庞四奶奶的丫环。

老　杨——男。三十多岁。卖杂货的。

小二德子——男。三十岁。二德子之子,打手。

于厚斋——男。四十多岁。小学教员,王小花的老师。

谢勇仁——男。三十多岁。与于厚斋同事。

小宋恩子——男。三十来岁。宋恩子之子,承袭父业,作特务。

小吴祥子——男。三十来岁。吴祥子之子,世袭特务。

小心眼——女。十九岁。女招待。

沈处长——男。四十岁。宪兵司令部某处处长。

茶客若干人,都是男的。

茶房一两个,都是男的。

难民数人,有男有女,有老有少。

大兵三五人,都是男的。

公寓住客数人,都是男的。

押大令的兵七人,都是男的。

宪兵四人。男。

傻 杨——男。数来宝的。

第一幕

人　物　王利发、刘麻子、庞太监、唐铁嘴、康六、小牛儿、松二爷、黄胖子、宋恩子、常四爷、秦仲义、吴祥子、李三、老人、康顺子、二德子、乡妇、茶客甲、乙、丙、丁、马五爷、小妞、茶房一二人。

时　间　一八九八年(戊戌)初秋,康梁等的维新运动失败了。早半天。

地　点　北京,裕泰大茶馆。

〔**幕启:**这种大茶馆现在已经不见了。在几十年前,每城都起码有一处。这里卖茶,也卖简单的点心与菜饭。玩鸟的人们,每天在蹓够了画眉、黄鸟等之后,要到这里歇歇腿,喝喝茶,并使鸟儿表演歌唱。商议事情的,说媒拉纤的,也到这里来。那年月,时常有打群架的,但是总会有朋友出头给双方调解;三五十口子打手,经调人东说西说,便都喝碗茶,吃碗烂肉面(大茶馆特殊的食品,价钱便宜,作起来快当),就可以化干戈为玉帛了。总之,这是当日非常重要的地方,有事无事都可以来坐半天。

〔在这里,可以听到最荒唐的新闻,如某处的大蜘蛛怎么成了精,受到雷击。奇怪的意见也在这里可以听到,像把海边上都修上大墙,就足以挡住洋兵上岸。这里还可以听到某京戏演员新近创造了什么腔儿,和煎熬鸦片烟的最好的方法。这里也可以看到某人新得到的奇珍——一个出土的玉扇坠儿,或三彩的鼻烟壶。这真是个重要的地方,简直可以算作文化交流的所在。

〔我们现在就要看见这样的一座茶馆。

〔一进门是柜台与炉灶——为省点事,我们的舞台上可以不要炉灶;后面有些锅勺的响声也就够了。屋子非常高大,摆着长桌与方桌,长凳与小凳,都是茶座儿。隔窗可见后院,高搭着凉棚,棚

下也有茶座儿。屋里和凉棚下都有挂鸟笼的地方。各处都贴着“莫谈国事”的纸条。

〔有两位茶客，不知姓名，正眯着眼，摇着头，拍板低唱。有两三位茶客，也不知姓名，正入神地欣赏瓦罐里的蟋蟀。两位穿灰色大衫的——宋恩子与吴祥子，正低声地谈话，看样子他们是北衙门的办案的（侦缉）。

〔今天又有一起打群架的，据说是为了争一只家鸽，惹起非用武力解决不可的纠纷。假若真打起来，非出人命不可，因为被约的打手中包括着善扑营的哥儿们和库兵，身手都十分厉害。好在，不能真打起来，因为在双方还没把打手约齐，已有人出面调停了——现在双方在这里会面。三三两两的打手，都横眉立目，短打扮，随时进来，往后院去。

〔马五爷在不惹人注意的角落，独自坐着喝茶。

〔王利发高高地坐在柜台里。

〔唐铁嘴踏拉着鞋，身穿一件极长极脏的大布衫，耳上夹着几张小纸片，进来。

王利发 唐先生，你外边蹓蹓吧！

唐铁嘴 （惨笑）王掌柜，捧捧唐铁嘴吧！送给我碗茶喝，我就先给您相相面吧！手相奉送，不取分文！（不容分说，拉过王利发的手来）今年是光绪二十四年，戊戌。您贵庚是……

王利发 （夺回手去）算了吧，我送给你一碗茶喝，你就甭卖那套生意口啦！用不着相面，咱们既在江湖内，都是苦命人！（由柜台内走出，让唐铁嘴坐下）坐下！我告诉你，你要是不戒了大烟，就永远交不了好运！这是我的相法，比你的更灵验！

〔松二爷和常四爷都提着鸟笼进来，王利发向他们打招呼。他们先把鸟笼子挂好，找地方坐下。松二爷文绉绉的，提着小黄鸟笼；常四爷雄赳赳的，提着大而高的画眉笼。茶房李三赶紧过来，沏上盖碗茶。他们自带茶叶。茶沏好，松二爷、常四爷向邻近的茶座让了让。

松二爷

常四爷 您喝这个！（然后，往后院看了看）

松二爷 好像又有事儿？

常四爷 反正打不起来！要真打的话，早到城外头去啦；到茶馆来干吗？

〔二德子，一位打手，恰好进来，听见了常四爷的话。

二德子 （凑过去）你这是对谁甩闲话呢？

常四爷 （不肯示弱）你问我哪？花钱喝茶，难道还教谁管着吗？

松二爷 （打量了二德子一番）我说这位爷，您是营里当差的吧？来，坐下喝一碗，我们也都是外场人。

二德子 你管我当差不当差呢！

常四爷 要抖威风，跟洋人干去，洋人厉害！英法联军烧了圆明园，尊家吃着官饷，可没见您去冲锋打仗！

二德子 甭说打洋人不打，我先管教管教你！（要动手）

〔别的茶客依旧进行他们自己的事。王利发急忙跑过来。

王利发 哥儿们，都是街面上的朋友，有话好说。德爷，您后边坐！

〔二德子不听王利发的话，一下子把一个盖碗搂下桌去，摔碎。翻手要抓常四爷的脖领。

常四爷 （闪过）你要怎么着？

二德子 怎么着？我碰不了洋人，还碰不了你吗？

马五爷 （并未立起）二德子，你威风啊！

二德子 （四下扫视，看到马五爷）喝，马五爷，您在这儿哪？我可眼拙，没看见您！（过去请安）

马五爷 有什么事好好地说，干吗动不动地就讲打？

二德子 嗻！您说的对！我到后头坐坐去。李三，这儿的茶钱我候啦！（往后面走去）

常四爷 （凑过来，要对马五爷发牢骚）这位爷，您圣明，您给评评理！

马五爷 （立起来）我还有事，再见！（走出去）

常四爷 （对王利发）邪！这倒是个怪人！

王利发　您不知道这是马五爷呀！怪不得您也得罪了他！

常四爷　我也得罪了他？我今天出门没挑好日子！

王利发　（低声地）刚才您说洋人怎样，他就是吃洋饭的。信洋教，说洋话，有事情可以一直地找宛平县的县太爷去，要不怎么连官面上都不惹他呢！

常四爷　（往原处走）哼，我就不佩服吃洋饭的！

王利发　（向宋恩子、吴祥子那边稍一歪头，低声地）说话请留点神！（大声地）李三，再给这儿沏一碗来！（拾起地上的碎磁片）

松二爷　盖碗多少钱？我赔！外场人不作老娘们事！

王利发　不忙，待会儿再算吧！（走开）

〔纤手刘麻子领着康六进来。刘麻子先向松二爷、常四爷打招呼。

刘麻子　您二位真早班儿！（掏出鼻烟壶，倒烟）您试试这个！刚装来的，地道英国造，又细又纯！

常四爷　唉！连鼻烟也得从外洋来！这得往外流多少银子啊！

刘麻子　咱们大清国有的是金山银山，永远花不完！您坐着，我办点小事！（领康六找了个座儿）

〔李三拿过一碗茶来。

刘麻子　说说吧，十两银子行不行？你说干脆的！我忙，没工夫专侍候你！

康　六　刘爷！十五岁的大姑娘，就值十两银子吗？

刘麻子　卖到窑子去，也许多拿一两八钱的，可是你又不肯！

康　六　那是我的亲女儿！我能够……

刘麻子　有女儿，你可养活不起，这怪谁呢？

康　六　那不是因为乡下种地的都没法子混了吗？一家大小要是一天能吃上一顿粥，我要还想卖女儿，我就不是人！

刘麻子　那是你们乡下的事，我管不着。我受你之托，教你不吃亏，又教你女儿有个吃饱饭的地方，这还不好吗？

康　六　到底给谁呢？

刘麻子　我一说，你必定从心眼里乐意！一位在宫里当差的！

康　六　宫里当差的谁要个乡下丫头呢？

刘麻子　那不是你女儿的命好吗？

康　六　谁呢？

刘麻子　庞总管！你也听说过庞总管吧？侍候着太后，红的不得了，连家里打醋的瓶子都是玛瑙作的！

康　六　刘大爷，把女儿给太监作老婆，我怎么对得起人呢？

刘麻子　卖女儿，无论怎么卖，也对不起女儿！你糊涂！你看，姑娘一过门，吃的是珍馐美味，穿的是绫罗绸缎，这不是造化吗？怎样，摇头不算点头算，来个干脆的！

康　六　自古以来，哪有……他就给十两银子？

刘麻子　找遍了你们全村儿，找得出十两银子找不出？在乡下，五斤白面就换个孩子，你不是不知道！

康　六　我，唉！我得跟姑娘商量一下！

刘麻子　告诉你，过了这个村可没有这个店，耽误了事别怨我！快去快来！

康　六　唉！我一会儿就回来！

刘麻子　我在这儿等着你！

康　六　（慢慢地走出去）

刘麻子　（凑到松二爷、常四爷这边来）乡下人真难办事，永远没有个痛痛快快！

松二爷　这号生意又不小吧？

刘麻子　也甜不到哪儿去，弄好了，赚个元宝！

常四爷　乡下是怎么了？会弄得这么卖儿卖女的！

刘麻子　谁知道！要不怎么说，就是一条狗也得托生在北京城里嘛！

常四爷　刘爷，您可真有个狠劲儿，给拉拢这路事！

刘麻子　我要不分心，他们还许找不到买主呢！（忙岔话）松二爷（掏出个小时表来），您看这个！

松二爷　（接表）好体面的小表！

刘麻子　您听听，嘎登嘎登地响！

松二爷　（听）这得多少钱？

刘麻子　您爱吗？就让给您！一句话，五两银子！您玩够了，不爱再要了，我还照数退钱！东西真地道，传家的玩艺！

常四爷　我这儿正咂摸这个味儿：咱们一个人身上有多少洋玩艺儿啊！老刘，就看你身上吧：洋鼻烟，洋表，洋缎大衫，洋布裤褂……

刘麻子　洋东西可是真漂亮呢！我要是穿一身土布，像个乡下脑壳，谁还理我呀！

常四爷　我老觉乎着咱们的大缎子，川绸，更体面！

刘麻子　松二爷，留下这个表吧，这年月，戴着这么好的洋表，会教人另眼看待！是不是这么说，您哪？

松二爷　（真爱表，但又嫌贵）我……

刘麻子　您先戴两天，改日再给钱！

〔黄胖子进来。

黄胖子　（严重的砂眼，看不清楚，进门就请安）哥儿们，都瞧我啦！我请安了！都是自己弟兄，别伤了和气呀！

王利发　这不是他们，他们在后院哪！

黄胖子　我看不大清楚啊！掌柜的，预备烂肉面。有我黄胖子，谁也打不起来！（往里走）

二德子　（出来迎接）两边已经见了面，您快来吧！

〔二德子同黄胖子入内。

〔茶房们一趟又一趟地往后面送茶水。老人进来，拿着些牙签、胡梳、耳挖勺之类的小东西，低着头慢慢地挨着茶座儿走；没人买他的东西。他要往后院去，被李三截住。

李　三　老大爷，您外边蹓蹓吧！后院里，人家正说和事呢，没人买您的东西！（顺手儿把剩茶递给老人一碗）

松二爷　（低声地）李三！（指后院）他们到底为了什么事，要这么拿刀动杖的？

李　三　（低声地）听说是为一只鸽子。张宅的鸽子飞到了李宅去，李宅不肯交还……唉，咱们还是少说话好，（问老人）老大爷您高寿啦？

老　人　（喝了茶）多谢！八十二了，没人管！这年月呀，人还不如一只鸽子呢！唉！（慢慢走出去）

〔秦仲义，穿得很讲究，满面春风，走进来。

王利发　哎哟！秦二爷，您怎么这样闲在，会想起下茶馆来了？也没带个底下人？

秦仲义　来看看，看看你这年轻小伙子会作生意不会！

王利发　唉，一边作一边学吧，指着这个吃饭嘛。谁叫我爸爸死的早，我不干不行啊！好在照顾主儿都是我父亲的老朋友，我有不周到的地方，都肯包涵，闭闭眼就过去了。在街面上混饭吃，人缘儿顶要紧。我按着我父亲遗留下的老办法，多说好话，多请安，讨人人的喜欢，就不会出大岔子！您坐下，我给您沏碗小叶茶去！

秦仲义　我不喝！也不坐着！

王利发　坐一坐！有您在我这儿坐坐，我脸上有光！

秦仲义　也好吧！（坐）可是，用不着奉承我！

王利发　李三，沏一碗高的来！二爷，府上都好？您的事情都顺心吧？

秦仲义　不怎么太好！

王利发　您怕什么呢？那么多的买卖，您的小手指头都比我的腰还粗！

唐铁嘴　（凑过来）这位爷好相貌，真是天庭饱满，地阁方圆，虽无宰相之权，而有陶朱之富！

秦仲义　躲开我！去！

王利发　先生，你喝够了茶，该外边活动活动去！（把唐铁嘴轻轻推开）

唐铁嘴　唉！（垂头走出去）

秦仲义　小王，这儿的房租是不是得往上提那么一提呢？当年你爸爸给我的那点租钱，还不够我喝茶用的呢！

王利发　二爷，您说的对，太对了！可是，这点小事用不着您分心，您派管事的来一趟，我跟他商量，该长多少租钱，我一定照办！是！嗻！

秦仲义　你这小子，比你爸爸还滑！哼，等着吧，早晚我把房子收回去！

王利发　您甭吓唬着我玩，我知道您多么照应我，心疼我，决不会叫我挑着大茶壶，到街上卖热茶去！

秦仲义　你等着瞧吧！

〔乡妇拉着个十来岁的小妞进来。小妞的头上插着一根草标。李三本想不许她们往前走，可是心中一难过，没管。她们俩慢慢地往里走。茶客们忽然都停止说笑，看着她们。

小　妞　（走到屋子中间，立住）妈，我饿！我饿！

〔乡妇呆视着小妞，忽然腿一软，坐在地上，掩面低泣。

秦仲义　（对王利发）轰出去！

王利发　是！出去吧，这里坐不住！

乡　妇　哪位行行好？要这个孩子，二两银子！

常四爷　李三，要两个烂肉面，带她们到门外吃去！

李　三　是啦！（过去对乡妇）起来，门口等着去，我给你们端面来！

乡　妇　（立起，抹泪往外走，好像忘了孩子；走了两步，又转回身来，搂住小妞吻她）宝贝！宝贝！

王利发　快着点吧！

〔乡妇、小妞走出去。李三随后端出两碗面去。

王利发　（过来）常四爷，您是积德行好，赏给她们面吃！可是，我告诉您：这路事儿太多了，太多了！谁也管不了！（对秦仲义）二爷，您看我说的对不对？

常四爷　（对松二爷）二爷，我看哪，大清国要完！

秦仲义　（老气横秋地）完不完，并不在乎有人给穷人们一碗面吃没有。小王，说真的，我真想收回这里的房子！

王利发　您别那么办哪，二爷！

秦仲义　我不但收回房子，而且把乡下的地，城里的买卖也都卖了！

王利发　那为什么呢？

秦仲义　把本钱拢在一块儿，开工厂！

王利发　开工厂？

秦仲义　嗯，顶大顶大的工厂！那才救得了穷人，那才能抵制外货，那才能救国！（对王利发说而眼看着常四爷）唉，我跟你说这些干什么，你不懂！

王利发 您就专为别人，把财产都出手，不顾自己了吗？

秦仲义 你不懂！只有那么办，国家才能富强！好啦，我该走啦。我亲眼看见了，你的生意不错，你甭再要无赖，不长房钱！

王利发 您等等，我给您叫车去！

秦仲义 用不着，我愿意蹓跶蹓跶！

〔秦仲义往外走，王利发送。

〔小牛儿搀着庞太监走进来。小牛儿提着水烟袋。

庞太监 哟！秦二爷！

秦仲义 庞老爷！这两天您心里安顿了吧？

庞太监 那还用说吗？天下太平了：圣旨下来，谭嗣同问斩！告诉您，谁敢改祖宗的章程，谁就掉脑袋！

秦仲义 我早就知道！

〔茶客们忽然全静寂起来，几乎是闭住呼吸地听着。

庞太监 您聪明，二爷，要不然您怎么发财呢！

秦仲义 我那点财产，不值一提！

庞太监 太客气了吧？您看，全北京城谁不知道秦二爷！您比作官的还厉害呢！听说呀，好些财主都讲维新！

秦仲义 不能这么说，我那点威风在您的面前可就施展不出来了！哈哈哈！

庞太监 说得好，咱们就八仙过海，各显其能吧！哈哈哈！

秦仲义 改天过去给您请安，再见！（下）

庞太监 （自言自语）哼，凭这么个小财主也敢跟我逗嘴皮子，年头真是改了！（问王利发）刘麻子在这儿哪？

王利发 总管，您里边歇着吧！

〔刘麻子早已看见庞太监，但不敢靠近，怕打搅了庞太监、秦仲义的谈话。

刘麻子 喝，我的老爷子！您吉祥！我等了您好大半天了！（搀庞太监往里面走）

〔宋恩子、吴祥子过来请安，庞太监对他们耳语。

〔众茶客静默了一阵之后,开始议论纷纷。

茶客甲 谭嗣同是谁?

茶客乙 好像听说过!反正犯了大罪,要不,怎么会问斩呀!

茶客丙 这两三个月了,有些作官的,念书的,乱折腾乱闹,咱们怎能知道他们捣的什么鬼呀!

茶客丁 得!不管怎么说,我的铁杆庄稼又保住了!姓谭的,还有那个康有为,不是说叫旗兵不关钱粮,去自谋生计吗?心眼多毒!

茶客丙 一份钱粮倒叫上头克扣去一大半,咱们也不好过!

茶客丁 那总比没有强啊!好死不如赖活着,叫我去自己谋生,非死不可!

王利发 诸位主顾,咱们还是莫谈国事吧!

〔大家安静下来,都又各谈各的事。

庞太监 (已坐下)怎么说?一个乡下丫头,要二百银子?

刘麻子 (侍立)乡下人,可长得俊呀!带进城来,好好地一打扮、调教,准保是又好看,又有规矩!我给您办事,比给我亲爸爸作事都更尽心,一丝一毫不能马虎!

〔唐铁嘴又回来了。

王利发 铁嘴,你怎么又回来了?

唐铁嘴 街上兵荒马乱的,不知道是怎么回事!

庞太监 还能不搜查搜查谭嗣同的余党吗?唐铁嘴,你放心,没人抓你!

唐铁嘴 嗻,总管,您要能赏给我几个烟泡儿,我可就更有出息了。

〔有几个茶客好像预感到什么灾祸;一个个往外溜。

松二爷 咱们也该走啦吧!天不早啦!

常四爷 嗻!走吧!

〔二灰衣人——宋恩子和吴祥子走过来。

宋恩子 等等!

常四爷 怎么啦?

宋恩子 刚才你说“大清国要完”?

常四爷 我,我爱大清国,怕它完了!

吴祥子　(对松二爷)你听见了?他是这么说的吗?

松二爷　哥儿们,我们天天在这儿喝茶。王掌柜知道:我们都是地道老好人!

吴祥子　问你听见了没有?

松二爷　那,有话好说,二位请坐!

宋恩子　你不说,连你也锁了走!他说"大清国要完",就是跟谭嗣同一党!

松二爷　我,我听见了,他是说……

宋恩子　(对常四爷)走!

常四爷　上哪儿?事情要交代明白了啊!

宋恩子　你还想拒捕吗?我这儿可带着"王法"呢!(掏出腰中带着的铁链子)

常四爷　告诉你们,我可是旗人!

吴祥子　旗人当汉奸,罪加一等!锁上他!

常四爷　甭锁,我跑不了!

宋恩子　量你也跑不了!(对松二爷)你也走一趟,到堂上实话实说,没你的事!

〔黄胖子同三五个人由后院过来。

黄胖子　得啦,一天云雾散,算我没白跑腿!

松二爷　黄爷!黄爷!

黄胖子　(揉揉眼)谁呀?

松二爷　我!松二!您过来,给说句好话!

黄胖子　(看清)哟,宋爷,吴爷,二位爷办案哪?请吧!

松二爷　黄爷,帮帮忙,给美言两句!

黄胖子　官厅儿管不了的事,我管!官厅儿能管的事呀,我不便多嘴!(问大家)是不是?

众　嗻!对!

〔宋恩子、吴祥子带着常四爷、松二爷往外走。

松二爷　(对王利发)看着点我们的鸟笼子!

王利发　您放心，我给送到家里去！

〔常四爷、松二爷、宋恩子、吴祥子同下。

黄胖子　（唐铁嘴告以庞太监在此）哟，老爷在这儿哪？听说要安份儿家，我先给您道喜！

庞太监　等吃喜酒吧！

黄胖子　您赏脸！您赏脸！（下）

〔乡妇端着空碗进来，往柜上放。小妞跟进来。

小　妞　妈！我还饿！

王利发　唉！出去吧！

乡　妇　走吧，乖！

小　妞　不卖妞妞啦？妈！不卖啦？妈！

乡　妇　乖！（哭着，携小妞下）

〔康六带着康顺子进来，立在柜台前。

康　六　姑娘！顺子！爸爸不是人，是畜生！可你叫我怎办呢？你不找个吃饭的地方，你饿死！我不弄到手几两银子，就得叫东家活活地打死！你呀，顺子，认命吧，积德吧！

康顺子　我，我……（说不出话来）

刘麻子　（跑过来）你们回来啦？点头啦？好！来见见总管！给总管磕头！

康顺子　我……（要晕倒）

康　六　（扶住女儿）顺子！顺子！

刘麻子　怎么啦？

康　六　又饿又气，昏过去了！顺子！顺子！

庞太监　我要活的，可不要死的！

〔静场。

茶客甲　（正与茶客乙下象棋）将！你完啦！

——**幕落**

第二幕

人　物　王淑芬、报童、康顺子、李三、常四爷、康大力、王利发、松二爷、老林、难民数人、宋恩子、老陈、巡警、吴祥子、崔久峰、押大令的兵七人、公寓住客二三人、军官、唐铁嘴、刘麻子、大兵三五人。

时　间　与前幕相隔十余年,现在是袁世凯死后,帝国主义指使中国军阀进行割据,时时发动内战的时候。初夏,上午。

地　点　同前幕。

〔**幕启:**北京城内的大茶馆已先后相继关了门。“裕泰”是硕果仅存的一家了,可是为避免被淘汰,它已改变了样子与作风。现在,它的前部仍然卖茶,后部却改成了公寓。前部只卖茶和瓜子什么的;“烂肉面”等等已成为历史名词。厨房挪到后边去,专包公寓住客的伙食。茶座也大加改良:一律是小桌与藤椅,桌上铺着浅绿桌布。墙上的“醉八仙”大画,连财神龛,均已撤去,代以时装美人——外国香烟公司的广告画。“莫谈国事”的纸条可是保存了下来,而且字写的更大。王利发真像个“圣之时者也”,不但没使“裕泰”灭亡,而且使它有了新的发展。

〔因为修理门面,茶馆停了几天营业,预备明天开张。王淑芬正和李三忙着布置,把桌椅移了又移,摆了又摆,以期尽善尽美。

〔王淑芬梳时行的圆髻,而李三却还带着小辫儿。

〔二三学生由后面来,与他们打招呼,出去。

王淑芬　(看李三的辫子碍事)三爷,咱们的茶馆改了良,你的小辫儿也该剪了吧?

李　三　改良! 改良! 越改越凉,冰凉!

王淑芬　也不能那么说!三爷你看,听说西直门的德泰,北新桥的广泰,鼓

楼前的天泰，这些大茶馆全先后脚儿关了门！只有咱们裕泰还开着，为什么？不是因为拴子的爸爸懂得改良吗？

李　三　哼！皇上没啦，总算大改良吧？可是改来改去，袁世凯还是要作皇上。袁世凯死后，天下大乱，今儿个打炮，明儿个关城，改良？哼！我还留着我的小辫儿，万一把皇上改回来呢！

王淑芬　别顽固啦，三爷！人家给咱们改了民国，咱们还能不随着走吗？你看，咱们这么一收拾，不比以前干净，好看？专招待文明人，不更体面？可是，你要还带着小辫儿，看着多么不顺眼哪！

李　三　太太，你觉得不顺眼，我还不顺心呢！

王淑芬　哟，你不顺心？怎么？

李　三　你还不明白？前面茶馆，后面公寓，全仗着掌柜的跟我两个人，无论怎么说，也忙不过来呀！

王淑芬　前面的事归他，后面的事不是还有我帮助你吗？

李　三　就算有你帮助，打扫二十来间屋子，侍候二十多人的伙食，还要沏茶灌水，买东西送信，问问你自己，受得了受不了！

王淑芬　三爷，你说的对！可是呀，这兵荒马乱的年月，能有个事儿作也就得念佛！咱们都得忍着点！

李　三　我干不了！天天睡四五个钟头的觉，谁也不是铁打的！

王淑芬　唉！三爷，这年月谁也舒服不了！你等着，大拴子暑假就高小毕业，二拴子也快长起来，他们一有用处，咱们可就清闲点啦。从老王掌柜在世的时候，你就帮助我们，老朋友，老伙计啦！

〔王利发老气横秋地从后面进来。

李　三　老伙计？二十多年了，他们可给我长过工钱？什么都改良，为什么工钱不跟着改良呢？

王利发　哟！你这是什么话呀？咱们的买卖要是越作越好，我能不给你长工钱吗？得了，明天咱们开张，取个吉利，先别吵嘴，就这么办吧！All right？①

---

① “All right”在这里是“好吧”的意思。

李　三　就怎么办啦？不改我的良，我干不下去啦！

〔后面叫：李三！李三！

王利发　崔先生叫，你快去！咱们的事，有工夫再细研究！

李　三　哼！

王淑芬　我说，昨天就关了城门，今儿个还说不定关不关，三爷，这里的事交给掌柜的，你去买点菜吧！别的不说，咸菜总得买下点呀！

〔后面又叫：李三！李三！

李　三　对，后边叫，前边催，把我劈成两半儿好不好！（忿忿地往后走）

王利发　拴子的妈，他岁数大了点，你可得……

王淑芬　他抱怨了大半天了！可是抱怨的对！当着他，我不便直说；对你，我可得说实话：咱们得添人！

王利发　添人得给工钱，咱们赚得出来吗？我要是会干别的，可是还开茶馆，我是孙子！

〔远处隐隐有炮声。

王利发　听听，又他妈的开炮了！你闹，闹！明天开得了张才怪！这是怎么说的！

王淑芬　明白人别说糊涂话，开炮是我闹的？

王利发　别再瞎扯，干活儿去！嘿！

王淑芬　早晚不是累死，就得叫炮轰死，我看透了！（慢慢地往后边走）

王利发　（温和了些）拴子的妈，甭害怕，开过多少回炮，一回也没打死咱们，北京城是宝地！

王淑芬　心哪，老跳到嗓子眼里，宝地！我给三爷拿菜钱去。（下）

〔一群男女难民在门外央告。

难　民　掌柜的，行行好，可怜可怜吧！

王利发　走吧，我这儿不打发，还没开张！

难　民　可怜可怜吧！我们都是逃难的！

王利发　别耽误工夫！我自己还顾不了自己呢！

〔巡警上。

巡　警　走！滚！快着！

〔难民散去。

王利发　怎样啊？六爷！又打得紧吗？

巡　警　紧！紧得厉害！仗打得不紧，怎能够有这么多难民呢！上面交派下来，你出八十斤大饼，十二点交齐！城里的兵带着干粮，才能出去打仗啊！

王利发　您圣明，我这儿现在光包后面的伙食，不再卖饭，也还没开张，别说八十斤大饼，一斤也交不出啊！

巡　警　你有你的理由，我有我的命令，你瞧着办吧！（要走）

王利发　您等等！我这儿千真万确还没开张，这您知道！开张以后，还得多麻烦您呢！得啦，您买包茶叶喝吧！（递钞票）您多给美言几句，我感恩不尽！

巡　警　（接票子）我给你说说看，行不行可不保准！

〔三五个大兵，军装破烂，都背着枪，闯进门口。

巡　警　老总们，我这儿正查户口呢，这儿还没开张！

大　兵　屌！

巡　警　王掌柜，孝敬老总们点茶钱，请他们到别处喝去吧！

王利发　老总们，实在对不起，还没开张，要不然，诸位住在这儿，一定欢迎！（递钞票给巡警）

巡　警　（转递给兵们）得啦，老总们多原谅，他实在没法招待诸位！

大　兵　屌！谁要钞票？要现大洋！

王利发　老总们，让我哪儿找现洋去呢？

大　兵　屌！揍他个小舅子！

巡　警　快！再添点！

王利发　（掏）老总们，我要是还有一块，请把房子烧了！（递钞票）

大　兵　屌！（接钱下，顺手拿走两块新桌布）

巡　警　得，我给你挡住了一场大锅！他们不走呀，你就全完，连一个茶碗也剩不下！

王利发　我永远忘不了您这点好处！

巡　警　可是为这点功劳，你不得另有份意思吗？

王利发 对！您圣明，我糊涂！可是，您搜我吧，真一个铜子儿也没有啦！（掀起褂子，让他搜）您搜！您搜！

巡　警 我干不过你！明天见，明天还不定是风是雨呢！（下）

王利发 您慢走！（看巡警走去，跺脚）他妈的！打仗，打仗！今天打，明天打，老打，打他妈的什么呢？

〔唐铁嘴进来，还是那么瘦，那么脏，可是穿着绸子夹袍。

唐铁嘴 王掌柜！我来给你道喜！

王利发 （还生着气）哟！唐先生？我可不再白送茶喝！（打量，有了笑容）你混的不错呀！穿上绸子啦！

唐铁嘴 比从前好了一点！我感谢这个年月！

王利发 这个年月还值得感谢？听着有点不搭调！

唐铁嘴 年头越乱，我的生意越好！这年月，谁活着谁死都碰运气，怎能不多算算命、相相面呢？你说对不对？

王利发 Yes[①]，也有这么一说！

唐铁嘴 听说后面改了公寓，租给我一间屋子，好不好？

王利发 唐先生，你那点嗜好，在我这儿恐怕……

唐铁嘴 我已经不吃大烟了！

王利发 真的？你可真要发财了！

唐铁嘴 我改抽“白面儿”啦。（指墙上的香烟广告）你看，哈德门烟是又长又松，（掏出烟来表演）一顿就空出一大块，正好放“白面儿”。大英帝国的烟，日本的“白面儿”，两大强国侍候着我一个人，这点福气还小吗？

王利发 福气不小！不小！可是，我这儿已经住满了人，什么时候有了空房，我准给你留着！

唐铁嘴 你呀，看不起我，怕我给不了房租！

王利发 没有的事！都是久在街面上混的人，谁能看不起谁呢？这是知心话吧？

---

① “Yes”即“对”的意思。

唐铁嘴 你的嘴呀比我的还花哨！

王利发 我可不光要嘴皮子，我的心放得正！这十多年了，你白喝过我多少碗茶？你自己算算！你现在混的不错，你想着还我茶钱没有？

唐铁嘴 赶明儿我一总还给你，那一共才有几个钱呢！（搭讪着往外走）

〔街上卖报的喊叫："长辛店大战的新闻，买报瞧，瞧长辛店大战的新闻！"报童向内探头。

报　童 掌柜的，长辛店大战的新闻，来一张瞧瞧？

王利发 有不打仗的新闻没有？

报　童 也许有，您自己找！

王利发 走！不瞧！

报　童 掌柜的，你不瞧也照样打仗！（对唐铁嘴）先生，您照顾照顾？

唐铁嘴 我不像他，（指王利发）我最关心国事！（拿了一张报，没给钱即走）

〔报童追唐铁嘴下。

王利发 （自言自语）长辛店！长辛店！离这里不远啦！（喊）三爷，三爷！你倒是抓早儿买点菜去呀，待一会儿准关城门，就什么也买不到啦！嘿！（听后面没人应声，含怒往后跑）

〔常四爷提着一串腌萝卜，两只鸡，走进来。

常四爷 王掌柜！

王利发 谁？哟，四爷！您干什么哪？

常四爷 我卖菜呢！自食其力，不含糊！今儿个城外头乱乱哄哄，买不到菜；东抓西抓，抓到这么两只鸡，几斤老腌萝卜。听说你明天开张，也许用的着，特意给你送来了！

王利发 我谢谢您！我这儿正没有辙呢！

常四爷 （四下里看）好啊！好啊！收拾得好啊！大茶馆全关了，就是你有心路，能随机应变地改良！

王利发 别夸奖我啦！我尽力而为，可就怕天下老这么乱七八糟！

常四爷 像我这样的人算是坐不起这样的茶馆喽！

〔松二爷走进来，穿的很寒酸，可是还提着鸟笼。

松二爷　王掌柜！听说明天开张，我来道喜！（看见常四爷）哎哟！四爷，可想死我喽！

常四爷　二哥！你好哇？

王利发　都坐下吧！

松二爷　王掌柜，你好？太太好？少爷好？生意好？

王利发　（一劲儿说）好！托福！（提起鸡与咸菜）四爷，多少钱？

常四爷　瞧着给，该给多少给多少！

王利发　对！我给你们弄壶茶来！（提物到后面去）

松二爷　四爷，你，你怎么样啊？

常四爷　卖青菜哪！铁杆庄稼没有啦，还不卖膀子力气吗？二爷，您怎么样啊？

松二爷　怎么样？我想大哭一场！看见我这身衣裳没有？我还像个人吗？

常四爷　二哥，您能写能算，难道找不到点事儿作？

松二爷　嗻，谁愿意瞪着眼挨饿呢！可是，谁要咱们旗人呢！想起来呀，大清国不一定好啊，可是到了民国，我挨了饿！

王利发　（端着一壶茶回来。给常四爷钱）不知道您花了多少，我就给这么点吧！

常四爷　（接钱，没看，揣在怀里）没关系！

王利发　二爷，（指鸟笼）还是黄鸟吧？哨的怎样？

松二爷　嗻，还是黄鸟！我饿着，也不能叫鸟儿饿着！（有了点精神）你看看，看看，（打开罩子）多么体面！一看见它呀，我就舍不得死啦！

王利发　松二爷，不准说死！有那么一天，您还会走一步好运！

常四爷　二哥，走！找个地方喝两盅儿去！一醉解千愁！王掌柜，我可就不让你啦，没有那么多的钱！

王利发　我也分不开身，就不陪了！

〔常四爷、松二爷正往外走，宋恩子和吴祥子进来。他们俩仍穿灰色大衫，但袖口瘦了，而且罩上青布马褂。

松二爷　（看清楚是他们，不由地上前请安）原来是你们二位爷！

〔王利发似乎受了松二爷的感染，也请安，弄得二人愣住了。

宋恩子 这是怎么啦？民国好几年了，怎么还请安？你们不会鞠躬吗？

松二爷 我看见您二位的灰大褂呀，就想起了前清的事儿！不能不请安！

王利发 我也那样！我觉得请安比鞠躬更过瘾！

吴祥子 哈哈哈哈！松二爷，你们的铁杆庄稼不行了，我们的灰色大褂反倒成了铁杆庄稼，哈哈哈！（看见常四爷）这不是常四爷吗？

常四爷 是呀，您的眼力不错！戊戌年我就在这儿说了句“大清国要完”，叫您二位给抓了走，坐了一年多的牢！

宋恩子 您的记性可也不错！混的还好吧？

常四爷 托福！从牢里出来，不久就赶上庚子年；扶清灭洋，我当了义和团，跟洋人打了几仗！闹来闹去，大清国到底是亡了，该亡！我是旗人，可是我得说公道话！现在，每天起五更弄一挑子青菜，绕到十点来钟就卖光。凭力气挣饭吃，我的身上更有劲了！什么时候洋人敢再动兵，我姓常的还准备跟他们打打呢！我是旗人，旗人也是中国人哪！您二位怎么样？

吴祥子 瞎混呗！有皇上的时候，我们给皇上效力，有袁大总统的时候，我们给袁大总统效力；现而今，宋恩子，该怎么说啦？

宋恩子 谁给饭吃，咱们给谁效力！

常四爷 要是洋人给饭吃呢？

松二爷 四爷，咱们走吧！

吴祥子 告诉你，常四爷，要我们效力的都仗着洋人撑腰！没有洋枪洋炮，怎能够打起仗来呢？

松二爷 您说的对！嗻！四爷，走吧！

常四爷 再见吧，二位，盼着你们快快升官发财！（同松二爷下）

宋恩子 这小子！

王利发 （倒茶）常四爷老是那么又倔又硬，别计较他！（让茶）二位喝碗吧，刚沏好的。

宋恩子 后面住着的都是什么人？

王利发 多半是大学生，还有几位熟人。我有登记簿子，随时报告给“巡警阁子”。我拿来，二位看看？

吴祥子 我们不看簿子，看人！

王利发 您甭看，准保都是靠得住的人！

宋恩子 你为什么爱租学生们呢？学生不是什么老实家伙呀！

王利发 这年月，作官的今天上任，明天撤职，作买卖的今天开市，明天关门，都不可靠！只有学生有钱，能够按月交房租，没钱的就上不了大学啊！您看，是这么一笔账不是？

宋恩子 都叫你咂摸透了！你想的对！现在，连我们也欠饷啊！

吴祥子 是呀，所以非天天拿人不可，好得点津贴！

宋恩子 就仗着有错拿，没错放的，拿住人就有津贴！走吧，到后边看看去！

吴祥子 走！

王利发 二位，二位！您放心，准保没错儿！

宋恩子 不看，拿不到人，谁给我们津贴呢？

吴祥子 王掌柜不愿意咱们看，王掌柜必会给咱们想办法！咱们得给王掌柜留个面子！对吧？王掌柜！

王利发 我……

宋恩子 我出个不很高明的主意：干脆来个包月，每月一号，按阳历算，你把那点……

吴祥子 那点意思！

宋恩子 对，那点意思送到，你省事，我们也省事！

王利发 那点意思得多少呢？

吴祥子 多年的交情，你看着办！你聪明，还能把那点意思闹成不好意思吗？

李　三 （提着菜筐由后面出来）喝，二位爷！（请安）今儿个又得关城门吧！（没等回答，往外走）

〔二三学生匆匆地回来。

学　生 三爷，先别出去，街上抓伕呢！（往后面走去）

李　三 （还往外走）抓去也好，在哪儿也是当苦力！

〔刘麻子丢了魂似的跑来，和李三碰了个满怀。

李　三　怎么回事呀？吓掉了魂儿啦！

刘麻子　（喘着）别，别，别出去！我差点叫他们抓了去！

王利发　三爷，等一等吧！

李　三　午饭怎么开呢？

王利发　跟大家说一声，中午咸菜饭，没别的办法！晚上吃那两只鸡！

李　三　好吧！（往回走）

刘麻子　我的妈呀，吓死我啦！

宋恩子　你活着，也不过多买卖几个大姑娘！

刘麻子　有人卖，有人买，我不过在中间帮帮忙，能怪我吗？（把桌上的三个茶杯的茶先后喝净）

吴祥子　我可是告诉你，我们哥儿们从前清起就专办革命党，不大爱管贩卖人口，拐带妇女什么的臭事。可是你要叫我们碰见，我们也不再睁一眼闭一眼！还有，像你这样的人，弄进去，准锁在尿桶上！

刘麻子　二位爷，别那么说呀！我不是也快挨饿了吗？您看，以前，我走八旗老爷们、宫里太监们的门子。这么一革命啊，可苦了我啦！现在，人家总长次长，团长师长，要娶姨太太讲究要唱落子的坤角，戏班里的女名角，一花就三千五千现大洋！我干瞧着，摸不着门！我那点芝麻粒大的生意算得了什么呢？

宋恩子　你呀，非锁在尿桶上，不会说好的！

刘麻子　得啦，今天我孝敬不了二位，改天我必有一份儿人心！

吴祥子　你今天就有买卖，要不然，兵荒马乱的，你不会出来！

刘麻子　没有！没有！

宋恩子　你嘴里半句实话也没有！不对我们说真话，没有你的好处！王掌柜，我们出去绕绕；下月一号，按阳历算，别忘了！

王利发　我忘了姓什么，也忘不了您二位这回事！

吴祥子　一言为定啦！（同宋恩子下）

王利发　刘爷，茶喝够了吧？该出去活动活动！

刘麻子　你忙你的，我在这儿等两个朋友。

王利发　咱们可把话说开了，从今以后，你不能再在这儿作你的生意，这

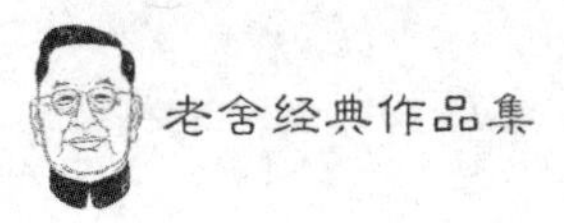

儿现在改了良，文明啦！

〔康顺子提着个小包，带着康大力，往里边探头。

康大力 是这里吗？

康顺子 地方对呀，怎么改了样儿？（进来，细看，看见了刘麻子）大力，进来，是这儿！

康大力 找对啦？妈！

康顺子 没错儿！有他在这儿，不会错！

王利发 您找谁？

康顺子 （不语，直奔过刘麻子去）刘麻子，你还认识我吗？（要打，但是伸不出手去，一劲地颤抖）你，你，你个……（要骂，也感到困难）

刘麻子 你这个娘儿们，无缘无故地跟我捣什么乱呢？

康顺子 （挣扎）无缘无故？你，你看看我是谁？一个男子汉，干什么吃不了饭，偏干伤天害理的事！呸！呸！

王利发 这位大嫂，有话好好说！

康顺子 你是掌柜的？你忘了吗？十几年前，有个娶媳妇的太监？

王利发 您，您就是庞太监的那个……

康顺子 都是他（指刘麻子）作的好事，我今天跟他算算账！（又要打，仍未成功）

刘麻子 （躲）你敢！你敢！我好男不跟女斗！（随说随往后退）我，我找人来帮我说说理！（撒腿往后面跑）

王利发 （对康顺子）大嫂，你坐下，有话慢慢说！庞太监呢？

康顺子 （坐下喘气）死啦。叫他的侄子们给饿死的。一改民国呀，他还有钱，可没了势力，所以侄子们敢欺负他。他一死，他的侄子们把我们轰出来了，连一床被子都没给我们！

王利发 这，这是……？

康顺子 我的儿子！

王利发 您的……？

康顺子 也是买来的，给太监当儿子。

康大力 妈！你爸爸当初就在这儿卖了你的？

康顺子 对了，乖！就是这儿，一进这儿的门，我就晕过去了，我永远忘不了这个地方！

康大力 我可不记得我爸爸在哪里卖了我的！

康顺子 那时候，你不是才一岁吗？妈妈把你养大了的，你跟妈妈一条心，对不对？乖！

康大力 那个老东西，掐你，拧你，咬你，还用烟签子扎我！他们人多，咱们打不过他们！要不是你，妈，我准叫他们给打死了！

康顺子 对！他们人多，咱们又太老实！你看，看见刘麻子，我想咬他几口，可是，可是，连一个嘴巴也没打上，我伸不出手去！

康大力 妈，等我长大了，我帮助你打！我不知道亲妈妈是谁，你就是我的亲妈妈！

康顺子 好！好！咱们永远在一块儿，我去挣钱，你去念书！（稍愣了一会儿）掌柜的，当初我在这儿叫人买了去，咱们总算有缘，你能不能帮帮忙，给我找点事作？我饿死不要紧，可不能饿死这个无倚无靠的好孩子！

〔王淑芬出来，立在后边听着。

王利发 你会干什么呢？

康顺子 洗洗涮涮、缝缝补补、作家常饭，都会！我是乡下人，我能吃苦，只要不再作太监的老婆，什么苦处都是甜的！

王利发 要多少钱呢？

康顺子 有三顿饭吃，有个地方睡觉，够大力上学的，就行！

王利发 好吧，我慢慢给你打听着！你看，十多年前那回事，我到今天还没忘，想起来心里就不痛快！

康顺子 可是，现在我们母子上哪儿去呢？

王利发 回乡下找你的老父亲去！

康顺子 他？他是活是死，我不知道。就是活着，我也不能去找他！他对不起女儿，女儿也不必再叫他爸爸！

王利发 马上就找事，可不大容易！

王淑芬 （过来）她能洗能作，又不多要钱，我留下她了！

王利发　你？

王淑芬　难道我不是内掌柜的？难道我跟李三爷就该累死？

康顺子　掌柜的，试试我！看我不行，您说话，我走！

王淑芬　大嫂，跟我来！

康顺子　当初我是在这儿卖出去的，现在就拿这儿当作娘家吧！大力，来吧！

康大力　掌柜的，你要不打我呀，我会帮助妈妈干活儿！（同王淑芬、康顺子下）

王利发　好家伙，一添就是两张嘴！太监取消了，可把太监的家眷交到这里来了！

李　三　（掩护着刘麻子出来）快走吧！（回去）

王利发　就走吧，还等着真挨两个脆的吗？

刘麻子　我不是说过了吗，等两个朋友？

王利发　你呀，叫我说什么才好呢！

刘麻子　有什么法子呢！隔行如隔山，你老得开茶馆，我老得干我这一行！到什么时候，我也得干我这一行！

〔老林和老陈满面笑容地走进来。

刘麻子　（二人都比他年轻，他却称呼他们哥哥）林大哥，陈二哥！（看王利发不满意，赶紧说）王掌柜，这儿现在没有人，我借个光，下不为例！

王利发　她（指后边）可是还在这儿呢！

刘麻子　不要紧了，她不会打人！就是真打，他们二位也会帮助我！

王利发　你呀！哼！（到后边去）

刘麻子　坐下吧，谈谈！

老　林　你说吧！老二！

老　陈　你说吧！哥！

刘麻子　谁说不一样啊！

老　陈　你说吧，你是大哥！

老　林　那个，你看，我们俩是把兄弟！

老　陈　对！把兄弟，两个人穿一条裤子的交情！

老　林　他有几块现大洋！

刘麻子　现大洋？

老　陈　林大哥也有几块现大洋！

刘麻子　一共多少块呢？说个数目！

老　林　那，还不能告诉你咧！

老　陈　事儿能办才说咧！

刘麻子　有现大洋，没有办不了的事！

老　林
老　陈　真的？

刘麻子　说假话是孙子！

老　林　那么，你说吧，老二！

老　陈　还是你说，哥！

老　林　你看，我们是两个人吧？

刘麻子　嗯！

老　陈　两个人穿一条裤子的交情吧？

刘麻子　嗯！

老　林　没人耻笑我们的交情吧？

刘麻子　交情嘛，没人耻笑！

老　陈　也没人耻笑三个人的交情吧？

刘麻子　三个人？都是谁？

老　林　还有个娘儿们！

刘麻子　嗯！嗯！嗯！我明白了！可是不好办，我没办过！你看，平常都说小两口儿，哪有小三口儿的呢！

老　林　不好办？

刘麻子　太不好办啦！

老　林　（问老陈）你看呢？

老　陈　还能白拉倒吗？

老　林　不能拉倒！当了十几年兵，连半个媳妇都娶不上！他妈的！

刘麻子 不能拉倒，咱们再想想！你们到底一共有多少块现大洋？

〔王利发和崔久峰由后面慢慢走来。刘麻子等停止谈话。

王利发 崔先生，昨天秦二爷派人来请您，您怎么不去呢？您这么有学问，上知天文，下知地理，又作过国会议员，可是住在我这里，天天念经；干吗不出去作点事呢？您这样的好人，应当出去作官！有您这样的清官，我们小民才能过太平日子！

崔久峰 惭愧！惭愧！作过国会议员，那真是造孽呀！革命有什么用呢，不过自误误人而已！唉！现在我只能修持，忏悔！

王利发 您看秦二爷，他又办工厂，又忙着开银号！

崔久峰 办了工厂、银号又怎么样呢？他说实业救国，他救了谁？救了他自己，他越来越有钱了！可是他那点事业，哼，外国人伸出一个小指头，就把他推倒在地，再也起不来！

王利发 您别这么说呀！难道咱们就一点盼望也没有了吗？

崔久峰 难说！很难说！你看，今天王大帅打李大帅，明天赵大帅又打王大帅。是谁叫他们打的？

王利发 谁？哪个混蛋？

崔久峰 洋人！

王利发 洋人？我不能明白！

崔久峰 慢慢地你就明白了。有那么一天，你我都得作亡国奴！我干过革命，我的话不是随便说的！

王利发 那么，您就不想想主意，卖卖力气，别叫大家作亡国奴？

崔久峰 我年轻的时候，以天下为己任，的确那么想过！现在，我可看透了，中国非亡不可！

王利发 那也得死马当活马治呀！

崔久峰 死马当活马治？那是妄想！死马不能再活，活马可早晚得死！好啦，我到弘济寺去，秦二爷再派人来找我，你就说，我只会念经，不会干别的！（下）

〔宋恩子、吴祥子又回来了。

王利发 二位！有什么消息没有？

〔宋恩子、吴祥子不语，坐在靠近门口的地方，看着刘麻子等。

〔刘麻子不知如何是好，低下头去。

〔老陈、老林也不知如何是好，相视无言。

〔静默了有一分钟。

老　陈　哥，走吧？

老　林　走！

宋恩子　等等！（立起来，挡住路）

老　陈　怎么啦？

吴祥子　（也立起）你说怎么啦？

〔四人呆呆相视一会儿。

宋恩子　乖乖地跟我们走！

老　林　上哪儿？

吴祥子　逃兵，是吧？有些块现大洋，想在北京藏起来，是吧？有钱就藏起来，没钱就当土匪，是吧？

老　陈　你管得着吗？我一个人揍你这样的八个。（要打）

宋恩子　你？可惜你把枪卖了，是吧？没有枪的干不过有枪的，是吧？（拍了拍身上的枪）我一个人揍你这样的八个！

老　林　都是弟兄，何必呢？都是弟兄！

吴祥子　对啦！坐下谈谈吧！你们是要命呢？还是要现大洋？

老　陈　我们那点钱来的不容易！谁发饷，我们给谁打仗，我们打过多少次仗啊！

宋恩子　逃兵的罪过，你们可也不是不知道！

老　林　咱们讲讲吧，谁叫咱们是弟兄呢！

吴祥子　这像句自己人的话！谈谈吧！

王利发　（在门口）诸位，大令过来了！

老　陈
老　林　啊！（惊惶失措，要往里边跑）

宋恩子　别动！君子一言，把现大洋分给我们一半，保你们俩没事！咱们是自己人！

老　林
老　陈　就那么办！自己人！

〔“大令”进来：二捧刀——刀缠红布——背枪者前导，手捧令箭的在中，四持黑红棍者在后。军官在最后押队。

吴祥子　（和宋恩子、老林、老陈一齐立正，从帽中取出证章，叫军官看）报告官长，我们正在这儿盘查一个逃兵。

军　官　就是他吗？（指刘麻子）

吴祥子　（指刘麻子）就是他！

军　官　绑！

刘麻子　（喊）老爷！我不是！不是！

军　官　绑！（同下）

吴祥子　（对宋恩子）到后面抓两个学生！

宋恩子　走！（同往后疾走）

——**幕落**

第三幕

人 物 王大拴、明师傅、于厚斋、周秀花、邹福远、小宋恩子、王小花、卫福喜、小吴祥子、康顺子、方六、常四爷、丁宝、车当当、秦仲义、王利发、庞四奶奶、小心眼、茶客甲、乙、春梅、沈处长、小刘麻子、老杨、宪兵四人、取电灯费的、小二德子、小唐铁嘴、谢勇仁。

时 间 抗日战争胜利后，国民党特务和美国兵在北京横行的时候。秋，清晨。

地 点 同前幕。

〔**幕启**：现在，裕泰茶馆的样子可不像前幕那么体面了。藤椅已不见，代以小凳与条凳。自房屋至家具都显着暗淡无光。假若有什么突出惹眼的东西，那就是“莫谈国事”的纸条更多，字也更大了。在这些条子旁边还贴着“茶钱先付”的新纸条。

〔一清早，还没有下窗板。王利发的儿子王大拴，垂头丧气地独自收拾屋子。

〔王大拴的妻周秀花，领着小女儿王小花，由后面出来。她们一边走一边说话儿。

王小花 妈，晌午给我作热汤面吧！好多天没吃过啦！

周秀花 我知道，乖！可谁知道买得着面买不着呢！就是粮食店里可巧有面，谁知道咱们有钱没有呢！唉！

王小花 就盼着两样都有吧！妈！

周秀花 你倒想得好，可哪能那么容易！去吧，小花，在路上留神吉普车！

王大拴 小花，等等！

王小花 干吗？爸！

王大拴 昨天晚上……

周秀花　我已经嘱咐过她了！她懂事！

王大拴　你大力叔叔的事万不可对别人说呀！说了，咱们全家都得死！明白吧？

王小花　我不说，打死我也不说！有人问我大力叔叔回来过没有，我就说：他走了好几年，一点消息也没有！

〔康顺子由后面走来。她的腰有点弯，但还硬朗。她一边走一边叫王小花。

康顺子　小花！小花！还没走哪？

王小花　康婆婆，干吗呀？

康顺子　小花，乖！婆婆再看你一眼！（抚弄王小花的头）多体面哪！吃的不足啊，要不然还得更好看呢！

周秀花　大婶，您是要走吧？

康顺子　是呀！我走，好让你们省点嚼谷呀！大力是我拉扯大的，他叫我走，我怎能不走呢？当初，我刚到这里的时候，他还没有小花这么高呢！

王小花　看大力叔叔现在多么壮实，多么大气！

康顺子　是呀，虽然他只在这儿坐了一袋烟的工夫呀，可是叫我年轻了好几岁！我本来什么也没有，一见着他呀，好像忽然间我什么都有啦！我走，跟着他走，受什么累，吃什么苦，也是香甜的！看他那两只大手，那两只大脚，简直是个顶天立地的男子汉！

王小花　婆婆，我也跟您去！

康顺子　小花，你乖乖地去上学，我会回来看你！

王大拴　小花，上学吧，别迟到！

王小花　婆婆，等我下了学您再走！

康顺子　哎！哎！去吧，乖！（王小花下）

王大拴　大婶，我爸爸叫您走吗？

康顺子　他还没打好了主意。我倒怕呀，大力回来的事儿万一叫人家知道了啊，我又忽然这么一走，也许要连累了你们！这年月不是天天抓人吗？我不能作对不起你们的事！

周秀花　大婶，您走您的，谁逃出去谁得活命！喝茶的不是常低声儿说：想要活命得上西山[1]吗？

王大拴　对！

康顺子　小花的妈，来吧，咱们再商量商量！我不能专顾自己，叫你们吃亏！老大，你也好好想想！（同周秀花下）

〔丁宝进来。

丁　宝　嗨，掌柜的，我来啦！

王大拴　你是谁？

丁　宝　小丁宝！小刘麻子叫我来的，他说这儿的老掌柜托他请个女招待。

王大拴　姑娘，你看看，这么个破茶馆，能用女招待吗？我们老掌柜呀，穷得乱出主意！

〔王利发慢慢地走出来，他还硬朗，穿的可很不整齐。

王利发　老大，你怎么老在背后褒贬老人呢？谁穷得乱出主意呀？下板子去！什么时候了，还不开门！

〔王大拴去下窗板。

丁　宝　老掌柜，你硬朗啊？

王利发　嗯！要有炸酱面的话，我还能吃三大碗呢，可惜没有！十几了？姑娘！

丁　宝　十七！

王利发　才十七？

丁　宝　是呀！妈妈是寡妇，带着我过日子。胜利以后呀，政府硬说我爸爸给我们留下的一所小房子是逆产，给没收啦！妈妈气死了，我作了女招待！老掌柜，我到今天还不明白什么叫逆产，您知道吗？

王利发　姑娘，说话留点神！一句话说错了，什么都可以变成逆产！你看，这后边呀，是秦二爷的仓库，有人一瞪眼，说是逆产，就给没收啦！就是这么一回事！

---

① 北京西山一带当时是八路军的游击区。——絜青注。

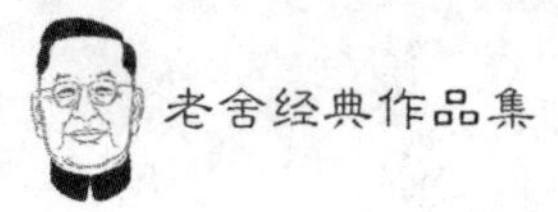

〔王大拴回来。

丁　宝　老掌柜，您说对了！连我也是逆产，谁的胳臂粗，我就得侍候谁！他妈的，我才十七，就常想还不如死了呢！死了落个整尸首，干这一行，活着身上就烂了！

王大拴　爸，您真想要女招待吗？

王利发　我跟小刘麻子瞎聊来着！我一辈子老爱改良，看着生意这么不好，我着急！

王大拴　您着急，我也着急！可是，您就忘记老裕泰这个老字号了吗？六十多年的老字号，用女招待？

丁　宝　什么老字号啊！越老越不值钱！不信，我现在要是二十八岁，就是叫小小丁宝，小丁宝贝，也没人看我一眼！

〔茶客甲、乙上。

王利发　二位早班儿！带着叶子哪？老大拿开水去！（王大拴下）二位，对不起，茶钱先付！

茶客甲　没听说过！

王利发　我开过几十年茶馆，也没听说过！可是，您圣明：茶叶、煤球儿都一会儿一个价钱，也许您正喝着茶，茶叶又长了价钱！您看，先收茶钱不是省得麻烦吗？

茶客乙　我看哪，不喝更省事！（同茶客甲下）

王大拴　（提来开水）怎么？走啦！

王利发　这你就明白了！

丁　宝　我要是过去说一声："来了？小子！"他们准给一块现大洋！

王利发　你呀，老大，比石头还顽固！

王大拴　（放下壶）好吧，我出去蹓蹓，这里出不来气！（下）

王利发　你出不来气，我还憋得慌呢！

〔小刘麻子上，穿着洋服，夹着皮包。

小刘麻子　小丁宝，你来啦？

丁　宝　有你的话，谁敢不来呀！

小刘麻子　王掌柜，看我给你找来的小宝贝怎样？人材、岁数打扮、经验，

样样出色！

王利发 就怕我用不起吧？

小刘麻子 没的事！她不要工钱！是吧，小丁宝？

王利发 不要工钱？

小刘麻子 老头儿，你都甭管，全听我的，我跟小丁宝有我们一套办法！是吧，小丁宝？

丁　宝 要是没你那一套办法，怎会缺德呢！

小刘麻子 缺德？你算说对了！当初，我爸爸就是由这儿绑出去的；不信，你问王掌柜。是吧，王掌柜？

王利发 我亲眼得见！

小刘麻子 你看，小丁宝，我不乱吹吧？绑出去，就在马路中间，磕喳一刀！是吧，老掌柜？

王利发 听得真真的！

小刘麻子 我不说假话吧？小丁宝！可是，我爸爸到底差点事，一辈子混的并不怎样。轮到我自己出头露面了，我必得干的特别出色。（打开皮包，拿出计划书）看，小丁宝，看看我的计划！

丁　宝 我没那么大的工夫！我看哪，我该回家，休息一天，明天来上工。

王利发 丁宝，我还没想好呢！

小刘麻子 王掌柜，我都替你想好啦！不信，你等着看，明天早上，小丁宝在门口儿歪着头那么一站，马上就进来二百多茶座儿！小丁宝，你听听我的计划，跟你有关系。

丁　宝 哼！但愿跟我没关系！

小刘麻子 你呀，小丁宝，不够积极！听着……

〔取电灯费的进来。

取电灯费的 掌柜的，电灯费！

王利发 电灯费？欠几个月的啦？

取电灯费的 三个月的！

王利发 再等三个月，凑半年，我也还是没办法！

取电灯费的 那像什么话呢？

小刘麻子 地道真话嘛！这儿属沈处长管。知道沈处长吧？市党部的委员，宪兵司令部的处长！您愿意收他的电费吗？说！

取电灯费的 什么话呢，当然不收！对不起，我走错了门儿！（下）

小刘麻子 看，王掌柜，你不听我的行不行？你那套光绪年的办法太守旧了！

王利发 对！要不怎么说，人要活到老学到老呢！我还得多学！

小刘麻子 就是嘛！

〔小唐铁嘴进来，穿着绸子夹袍，新缎鞋。

小刘麻子 哎哟，他妈的是你，小唐铁嘴！

小唐铁嘴 哎哟，他妈的是你，小刘麻子！来，叫爷爷看看！（看前看后）你小子行，洋服穿的像那么一回事，由后边看哪，你比洋人还更像洋人！老王掌柜，我夜观天象，紫微星发亮，不久必有真龙天子出现，所以你看我跟小刘麻子，和这位……

小刘麻子 小丁宝，九城闻名！

小唐铁嘴 ……和这位小丁宝，才都这么才貌双全，文武带打，我们是应运而生，活在这个时代，真是如鱼得水！老掌柜，把脸转正了，我看看！好，好，印堂发亮，还有一步好运！来吧，给我碗喝吧！

王利发 小唐铁嘴！

小唐铁嘴 别再叫唐铁嘴，我现在叫唐天师！

小刘麻子 谁封你作了天师？

小唐铁嘴 待两天你就知道了。

王利发 天师，可别忘了，你爸爸白喝了我一辈子的茶，这可不能世袭！

小唐铁嘴 王掌柜，等我穿上八卦仙衣的时候，你会后悔刚才说了什么！你等着吧！

小刘麻子 小唐，待会儿我请你去喝咖啡，小丁宝作陪，你先听我说点正经事，好不好？

小唐铁嘴 王掌柜，你就不想想，天师今天白喝你点茶，将来会给你个县知事作作吗？好吧，小刘你说！

小刘麻子 我这儿刚跟小丁宝说，我有个伟大的计划！

小唐铁嘴　好！洗耳恭听！

小刘麻子　我要组织一个“拖拉撕”。这是个美国字，也许你不懂，翻成北京话就是“包圆儿”。

小唐铁嘴　我懂！就是说，所有的姑娘全由你包办。

小刘麻子　对！你的脑力不坏！小丁宝，听着，这跟你有密切关系！甚至于跟王掌柜也有关系！

王利发　我这儿听着呢！

小刘麻子　我要把舞女、明娼、暗娼、吉普女郎和女招待全组织起来，成立那么一个大“拖拉撕”。

小唐铁嘴　（闭着眼问）官方上疏通好了没有？

小刘麻子　当然！沈处长作董事长，我当总经理！

小唐铁嘴　我呢？

小刘麻子　你要是能琢磨出个好名字来，请你作顾问！

小唐铁嘴　车马费不要法币！

小刘麻子　每月送几块美钞！

小唐铁嘴　往下说！

小刘麻子　业务方面包括：买卖部、转运部、训练部、供应部，四大部。谁买姑娘，还是谁卖姑娘；由上海调运到天津，还是由汉口调运到重庆；训练吉普女郎，还是训练女招待；是供应美国军队，还是各级官员，都由公司统一承办，保证人人满意。你看怎样？

小唐铁嘴　太好！太好！在道理上，这合乎统制一切的原则。在实际上，这首先能满足美国兵的需要，对国家有利！

小刘麻子　好吧，你就给想个好名字吧！想个文雅的，像“柳叶眉，杏核眼，樱桃小口一点点”那种诗那么文雅的！

小唐铁嘴　嗯——“拖拉撕”，“拖拉撕”……不雅！拖进来，拉进来，不听话就撕成两半儿，倒好像是绑票儿撕票儿，不雅！

小刘麻子　对，是不大雅！可那是美国字，吃香啊！

小唐铁嘴　还是联合公司响亮、大方！

小刘麻子　有你这么一说！什么联合公司呢？

丁　宝　缺德公司就挺好！

小刘麻子　小丁宝，谈正经事，不许乱说！你好好干，将来你有作女招待总教官的希望！

小唐铁嘴　看这个怎样——花花联合公司？姑娘是什么？鲜花嘛！要姑娘就得多花钱，花呀花呀，所以花花！“青是山，绿是水，花花世界”，又有典故，出自《武家坡》！好不好？

小刘麻子　小唐，我谢谢你，谢谢你！（热烈握手）我马上找沈处长去研究一下，他一赞成，你的顾问就算当上了！（收拾皮包，要走）

王利发　我说，丁宝的事到底怎么办？

小刘麻子　没告诉你不用管吗？“拖拉撕”统办一切，我先在这里试验试验。

丁　宝　你不是说喝咖啡去吗？

小刘麻子　问小唐去不去？

小唐铁嘴　你们先去吧，我还在这儿等个人。

小刘麻子　咱们走吧，小丁宝！

丁　宝　明天见，老掌柜！再见，天师！（同小刘麻子下）

小唐铁嘴　王掌柜，拿报来看看！

王利发　那，我得慢慢地找去。二年前的还许有几张！

小唐铁嘴　废话！

〔进来三位茶客：明师傅、邹福远，和卫福喜。明师傅独坐，邹福远与卫福喜同坐。王利发都认识，向大家点头。

王利发　哥儿们，对不起啊，茶钱先付！

明师傅　没错儿，老哥哥！

王利发　唉！“茶钱先付”，说着都烫嘴！（忙着沏茶）

邹福远　怎样啊？王掌柜！晚上还添评书不添啊？

王利发　试验过了，不行！光费电，不上座儿！

邹福远　对！您看，前天我在会仙馆，开三侠四义五霸十雄十三杰九老十五小，大破凤凰山，百鸟朝凤，棍打凤腿，您猜上了多少座儿？

王利发　多少？那点书现在除了您，没有人会说！

邹福远　您说的在行！可是，才上了五个人，还有俩听蹭儿的！

卫福喜　师哥，无论怎么说，你比我强！我又闲了一个多月啦！

邹福远　可谁叫你跳了行，改唱戏了呢？

卫福喜　我有嗓子，有扮相嘛！

邹福远　可是上了台，你又不好好地唱！

卫福喜　妈的唱一出戏，挣不上三个杂合面饼子的钱，我干吗卖力气呢？我疯啦？

邹福远　唉！福喜，咱们哪，全叫流行歌曲跟《纺棉花》给顶垮喽！我是这么看，咱们死，咱们活着，还在其次，顶伤心的是咱们这点玩艺儿，再过几年都得失传！咱们对不起祖师爷！常言道：邪不侵正。这年头就是邪年头，正经东西全得连根儿烂！

王利发　唉！（转至明师傅处）明师傅，可老没来啦！

明师傅　出不来喽！包监狱里的伙食呢！

王利发　您！就凭您，办一二百桌满汉全席的手儿，去给他们蒸窝窝头？

明师傅　那有什么办法呢，现而今就是狱里人多呀！满汉全席？我连家伙都卖喽！

〔方六拿着几张画儿进来。

明师傅　六爷，这儿！六爷，那两桌家伙怎样啦？我等钱用！

方　六　明师傅，您挑一张画儿吧！

明师傅　啊？我要画儿干吗呢？

方　六　这可画的不错！六大山人、董弱梅画的！

明师傅　画的天好，当不了饭吃啊！

方　六　他把画儿交给我的时候，直掉眼泪！

明师傅　我把家伙交给你的时候，也直掉眼泪！

方　六　谁掉眼泪，谁吃炖肉，我都知道！要不怎么我累心呢！你当是干我们这一行，专凭打打小鼓就行哪？

明师傅　六爷，人总有颗人心哪，你还能坑老朋友吗？

方　六　一共不是才两桌家伙吗？小事儿，别再提啦，再提就好像不大懂交情了！

〔车当当敲着两块洋钱，进来。

车当当 谁买两块？买两块吧？天师，照顾照顾？（小唐铁嘴不语）

王利发 当当！别处转转吧，我连现洋什么模样都忘了！

车当当 那，你老人家就细细看看吧！白看，不用买票！（往桌上扔钱）

〔庞四奶奶进来，带着春梅。庞四奶奶的手上戴满各种戒指，打扮得像个女妖精。卖杂货的老杨跟进来。

小唐铁嘴 娘娘！

方　六
车当当 娘娘！

庞四奶奶 天师！

小唐铁嘴 侍候娘娘！（让庞四奶奶坐，给她倒茶）

庞四奶奶 （看车当当要出去）当当，你等等！

车当当 嗻！

老　杨 （打开货箱）娘娘，看看吧！

庞四奶奶 唱唱那套词儿，还倒怪有个意思！

老　杨 是！美国针、美国线、美国牙膏、美国消炎片。还有口红、雪花膏、玻璃袜子细毛线。箱子小，货物全，就是不卖原子弹！

庞四奶奶 哈哈哈！（挑了两双袜子）春梅，拿着！当当，你跟老杨算账吧！

车当当 娘娘，别那么办哪！

庞四奶奶 我给你拿的本钱，利滚利，你欠我多少啦？天师，查账！

小唐铁嘴 是！（掏小本）

车当当 天师，你甭操心，我跟老杨算去！

老　杨 娘娘，您行好吧！他能给我钱吗？

庞四奶奶 老杨，他坑不了你，都有我呢！

老　杨 是！（向众）还有哪位照顾照顾？（又要唱）美国针……

庞四奶奶 听够了！走！

老　杨 是！美国针、美国线，我要不走是浑蛋！走，当当！（同车当当下）

方　六 （过来）娘娘，我得到一堂景泰蓝的五供儿，东西老，地道，也便

宜，坛上用顶体面，您看看吧？

庞四奶奶　请皇上看看吧！

方　六　是！皇上不是快登基了吗？我先给您道喜！我马上取去，送到坛上！娘娘多给美言几句，我必有份人心！（往外走）

明师傅　六爷，我的事呢?!

方　六　你先给我看着那几张画！（下）

明师傅　你等等！坑我两桌家伙，我还有把切菜刀呢！（追下）

庞四奶奶　王掌柜，康妈妈在这儿哪？请她出来！

小唐铁嘴　我去！（跑到后门）康老太太，您来一下！

王利发　什么事？

小唐铁嘴　朝廷大事！

〔康顺子上。

康顺子　干什么呀？

庞四奶奶　（迎上去）婆母！我是您的四侄媳妇，来接您，快坐下吧！（拉康顺子坐下）

康顺子　四侄媳妇？

庞四奶奶　是呀，您离开庞家的时候，我还没过门哪。

康顺子　我跟庞家一刀两断啦，找我干吗？

庞四奶奶　您的四侄子海顺呀，是三皇道的大坛主，国民党的大党员，又是沈处长的把兄弟，快作皇上啦，您不喜欢吗？

康顺子　快作皇上？

庞四奶奶　啊！龙袍都作好啦，就快在西山登基！

康顺子　在西山？

小唐铁嘴　老太太，西山一带有八路军。庞四爷在那一带登基，消灭八路，南京能够不愿意吗？

庞四奶奶　四爷呀都好，近来可是有点贪酒好色。他已经弄了好几个小老婆！

小唐铁嘴　娘娘，三宫六院七十二嫔妃，可有书可查呀！

庞四奶奶　你不是娘娘，怎么知道娘娘的委屈！老太太，我是这么想：您要

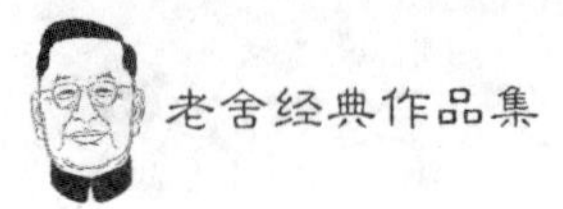

是跟我一条心，我叫您作老太后，咱们俩一齐管着皇上，我这个娘娘不就好作一点了吗？老太太，您跟我去，吃好的喝好的，兜儿里老带着那么几块当当响的洋钱，够多么好啊！

康顺子　我要是不跟你去呢？

庞四奶奶　啊？不去？（要翻脸）

小唐铁嘴　让老太太想想，想想！

康顺子　用不着想，我不会再跟庞家的人打交道！四媳妇，你作你的娘娘，我作我的苦老婆子，谁也别管谁！刚才你要瞪眼睛，你当我怕你吗？我在外边也混了这么多年，磨练出来点了，谁跟我瞪眼，我会伸手打！（立起，往后走）

小唐铁嘴　老太太！老太太！

康顺子　（立住，转身对小唐铁嘴）你呀，小伙子，挺起腰板来，去挣碗干净饭吃，不好吗？（下）

庞四奶奶　（移怒于王利发）王掌柜，过来！你去跟那个老婆子说说，说好了，我送给你一袋子白面！说不好，我砸了你的茶馆！天师，走！

小唐铁嘴　王掌柜，我晚上还来，听你的回话！

王利发　万一我下半天就死了呢？

庞四奶奶　呸！你还不该死吗？（与小唐铁嘴、春梅同下）

王利发　哼！

邹福远　师弟，你看这算哪一出？哈哈哈！

卫福喜　我会二百多出戏，就是不懂这一出！你知道那个娘儿们的出身吗？

邹福远　我还能不知道！东霸天的女儿，在娘家就生过……得，别细说，我看这群浑蛋都有点回光反照，长不了！

〔王大拴回来。

王利发　看着点，老大。我到后面商量点事！（下）

小二德子　（在外边大吼一声）闪开了！（进来）大拴哥，沏壶顶好的，我有钱！（掏出四块现洋，一块一块地放下）给算算，刚才花了一块，这儿还有四块，五毛打一个，我一共打了几个？

王大拴　十个。

小二德子　（用手指算）对！前天四个，昨天六个，可不是十个！大拴哥，你拿两块吧！没钱，我白喝你的茶；有钱，就给你！你拿吧！（吹一块，放在耳旁听听）这块好，就一块当两块吧，给你！

王大拴　（没接钱）小二德子，什么生意这么好啊？现大洋不容易看到啊！

小二德子　念书去了！

王大拴　把“一”字都念成扁担，你念什么书啊？

小二德子　（拿起桌上的壶来，对着壶嘴喝了一气，低声说）市党部派我去的，法政学院。没当过这么美的差事，太美，太过瘾！比在天桥好的多！打一个学生，五毛现洋！昨天揍了几个来着？

王大拴　六个。

小二德子　对！里边还有两个女学生！一拳一拳地下去，太美，太过瘾！大拴哥，你摸摸，摸摸！（伸臂）铁筋洋灰的！用这个揍男女学生，你想想，美不美？

王大拴　他们就那么老实，乖乖地叫你打？

小二德子　我专找老实的打呀！你当我是傻子哪？

王大拴　小二德子，听我说，打人不对！

小二德子　可也难说！你看教党义的那个教务长，上课先把手枪拍在桌上，我不过抡抡拳头，没动手枪啊！

王大拴　什么教务长啊，流氓！

小二德子　对！流氓！不对，那我也是流氓喽！大拴哥，你怎么绕着脖子骂我呢？大拴哥，你有骨头！不怕我这铁筋洋灰的胳臂！

王大拴　你就是把我打死，我不服你还是不服你，不是吗？

小二德子　喝，这么绕脖子的话，你怎么想出来的？大拴哥，你应当去教党义，你有文才！好啦，反正今天我不再打学生！

王大拴　干吗光是今天不打？永远不打才对！

小二德子　不是今天我另有差事吗？

王大拴　什么差事？

小二德子 今天打教员！

王大拴 干吗打教员？打学生就不对，还打教员？

小二德子 上边怎么交派，我怎么干！他们说，教员要罢课。罢课就是不老实，不老实就得揍！他们叫我上这儿等着，看见教员就揍！

邹福远 （嗅出危险）师弟，咱们走吧！

卫福喜 走！（同邹福远下）

小二德子 大拴哥，你拿着这块钱吧！

王大拴 打女学生的钱，我不要！

小二德子 （另拿一块）换换，这块是打男学生的，行了吧？（看王大拴还是摇头）这么办，你替我看着点。我出去买点好吃的，请请你，活着还不为吃点喝点老三点吗？（收起现洋，下）

〔康顺子提着小包出来。王利发与周秀花跟着。

康顺子 王掌柜，你要是改了主意，不让我走，我还可以不走！

王利发 我……

周秀花 庞四奶奶也未必敢砸茶馆！

王利发 你怎么知道？三皇道是好惹的？

康顺子 我顶不放心的还是大力的事！只要一走漏了消息，大家全完！那比砸茶馆更厉害！

王大拴 大婶，走！我送您去！爸爸，我送送她老人家，可以吧？

王利发 嗯——

周秀花 大婶在这儿受了多少年的苦，帮了咱们多少忙，还不应当送送？

王利发 我并没说不叫他送！送！送！

王大拴 大婶，等等，我拿件衣服去！（下）

周秀花 爸，您怎么啦？

王利发 别再问我什么，我心里乱！一辈子没这么乱过！媳妇，你先陪大婶走，我叫老大追你们！大婶，外边不行啊，就还回来！

周秀花 老太太，这儿永远是您的家！

王利发 可谁知道也许……

康顺子 我也不会忘了你们！老掌柜，你硬硬朗朗的吧！（同周秀花下）

王利发　（送了两步，立住）硬硬朗朗的干什么呢？

〔谢勇仁和于厚斋进来。

谢勇仁　（看看墙上，先把茶钱放在桌上）老人家，沏一壶来。（坐）

王利发　（先收钱）好吧。

于厚斋　勇仁，这恐怕是咱们末一次坐茶馆了吧？

谢勇仁　以后我倒许常来。我决定改行，去蹬三轮儿！

于厚斋　蹬三轮一定比当小学教员强！

谢勇仁　我偏偏教体育，我饿，学生们饿，还要运动，不是笑话吗？

〔王小花跑进来。

王利发　小花，怎这么早就下了学呢？

王小花　老师们罢课啦！（看见于厚斋、谢勇仁）于老师，谢老师！你们都没上学去，不教我们啦？还教我们吧！见不着老师，同学们都哭啦！我们开了个会，商量好，以后一定都守规矩，不招老师们生气！

于厚斋　小花！老师们也不愿意耽误了你们的功课。可是，吃不上饭，怎么教书呢？我们家里也有孩子，为教别人的孩子，叫自己的孩子挨饿，不是不公道吗？好孩子，别着急，喝完茶，我们开会去，也许能够想出点办法来！

谢勇仁　好好在家温书，别乱跑去，小花！

〔王大拴由后面出来，夹着个小包。

王小花　爸，这是我的两位老师！

王大拴　老师们，快走！他们埋伏下了打手！

王利发　谁？

王大拴　小二德子！他刚出去，就回来！

王利发　二位先生，茶钱退回（递钱），请吧！快！

王大拴　随我来！

〔小二德子上。

小二德子　街上有游行的，他妈的什么也买不着！大拴哥，你上哪儿？这俩是谁？

王大拴　喝茶的！（同于厚斋、谢勇仁往外走）

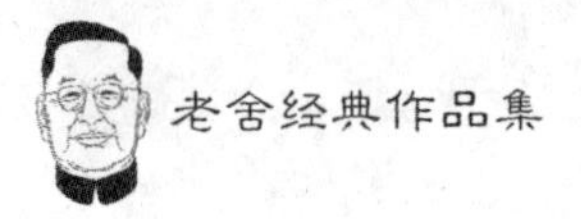

小二德子　站住！（三人还走）怎么？不听话？先揍了再说！

王利发　小二德子！

小二德子　（拳已出去）尝尝这个！

谢勇仁　（上面一个嘴巴，下面一脚）尝尝这个！

小二德子　哎哟！（倒下）

王小花　该！该！

谢勇仁　起来，再打！

小二德子　（起来，捂着脸）喝！喝！（往后退）喝！

王大拴　快走！（扯二人下）

小二德子　（迁怒）老掌柜，你等着吧，你放走了他们，待会儿我跟你算账！打不了他们，还打不了你这个糟老头子吗？（下）

王小花　爷爷，爷爷！小二德子追老师们去了吧？那可怎么好！

王利发　他不敢！这路人我见多了，都是软的欺，硬的怕！

王小花　他要是回来打您呢？

王利发　我？爷爷会说好话呀。

王小花　爸爸干什么去了？

王利发　出去一会儿，你甭管！上后边温书去吧，乖！

王小花　老师们可别吃了亏呀，我真不放心！（下）

〔丁宝跑进来。

丁　宝　老掌柜，老掌柜！告诉你点事！

王利发　说吧，姑娘！

丁　宝　小刘麻子呀，没安着好心，他要霸占这个茶馆！

王利发　怎么霸占？这个破茶馆还值得他们霸占？

丁　宝　待会儿他们就来，我没工夫细说，你打个主意吧！

王利发　姑娘，我谢谢你！

丁　宝　我好心好意来告诉你，你可不能卖了我呀！

王利发　姑娘，我还没老糊涂了！放心吧！

丁　宝　好！待会儿见！（下）

〔周秀花回来。

周秀花 爸,他们走啦。

王利发 好!

周秀花 小花的爸说,叫您放心,他送到了地方就回来。

王利发 回来不回来都随他的便吧!

周秀花 爸,您怎么啦?干吗这么不高兴?

王利发 没事!没事!看小花去吧。她不是想吃热汤面吗?要是还有点面的话,给她作一碗吧,孩子怪可怜的,什么也吃不着!

周秀花 一点白面也没有!我看看去,给她作点杂合面疙疸汤吧!(下)

〔小唐铁嘴回来。

小唐铁嘴 王掌柜,说好了吗?

王利发 晚上,晚上一定给你回话!

小唐铁嘴 王掌柜,你说我爸爸白喝了一辈子的茶,我送你几句救命的话,算是替他还账吧。告诉你,三皇道现在比日本人在这儿的时候更厉害,砸你的茶馆比砸个砂锅还容易!你别太大意了!

王利发 我知道!你既买我的好,又好去对娘娘表表功!是吧?

〔小宋恩子和小吴祥子进来,都穿着新洋服。

小唐铁嘴 二位,今天可够忙的?

小宋恩子 忙得厉害!教员们大暴动!

王利发 二位,"罢课"改了名儿,叫"暴动"啦?

小唐铁嘴 怎么啦?

小吴祥子 他们还能反到天上去吗?到现在为止,已经抓了一百多,打了七十几个,叫他们反吧!

小宋恩子 太不知好歹!他们老老实实的,美国会送来大米、白面嘛!

小唐铁嘴 就是!二位,有大米、白面,可别忘了我!以后,给大家的坟地看风水,我一定尽义务!好!二位忙吧!(下)

小吴祥子 你刚才问,"罢课"改叫"暴动"啦?王掌柜!

王利发 岁数大了,不懂新事,问问!

小宋恩子 哼!你就跟他们是一路货!

王利发 我?您太高抬我啦!

小吴祥子 我们忙，没工夫跟你费话，说干脆的吧！

王利发 什么干脆的？

小宋恩子 教员们暴动，必有主使的人！

王利发 谁？

小吴祥子 昨天晚上谁上这儿来啦？

王利发 康大力！

小宋恩子 就是他！你把他交出来吧！

王利发 我要是知道他是哪路人，还能够随便说出来吗？我跟你们的爸爸打交道多少年，还不懂这点道理？

小吴祥子 甭跟我们拍老腔，说真的吧！

王利发 交人，还是拿钱，对吧？

小宋恩子 你真是我爸爸教出来的！对啦，要是不交人，就把你的金条拿出来！别的铺子都随开随倒，你可混了这么多年，必定有点底！

〔小二德子匆匆跑来。

小二德子 快走！街上的人不够用啦！快走！

小吴祥子 你小子管干吗的？

小二德子 我没闲着，看，脸都肿啦！

小宋恩子 掌柜的，我们马上回来，你打主意吧！

王利发 不怕我跑了吗？

小吴祥子 老梆子，你真逗气儿！你跑到阴间去，我们也会把你抓回来！（打了王利发一掌，同小宋恩子、小二德子下）

王利发 （向后叫）小花！小花的妈！

周秀花 （同王小花跑出来）我都听见了！怎么办？

王利发 快走！追上康妈妈！快！

王小花 我拿书包去！（下）

周秀花 拿上两件衣裳，小花！爸，剩您一个人怎么办？

王利发 这是我的茶馆，我活在这儿，死在这儿！

〔王小花挎着书包，夹着点东西跑回来。

周秀花 爸爸！

王小花 爷爷！

王利发 都别难过，走（从怀中掏出所有的钱和一张旧像片）媳妇，拿着这点钱！小花，拿着这个，老裕泰三十年前的像片，交给你爸爸！走吧！

〔小刘麻子同丁宝回来。

小刘麻子 小花，教员罢课，你住姥姥家去呀？

王小花 对啦！

王利发 （假意地）媳妇，早点回来！

周秀花 爸，我们住两天就回来！（同王小花下）

小刘麻子 王掌柜，好消息！沈处长批准了我的计划！

王利发 大喜，大喜！

小刘麻子 您也大喜，处长也批准修理这个茶馆！我一说，处长说好！他呀老把“好”说成“蒿”，特别有个洋味儿！

王利发 都是怎么一回事？

小刘麻子 从此你算省心了！这儿全属我管啦，你搬出去！我先跟你说好了，省得以后你麻烦我！

王利发 那不能！凑巧，我正想搬家呢。

丁　宝 小刘，老掌柜在这儿多少年啦，你就不照顾他一点吗？

小刘麻子 看吧！我办事永远厚道！王掌柜，我接处长去，叫他看看这个地方。你把这儿好好收拾一下！小丁宝，你把小心眼找来，迎接处长！带点香水，好好喷一气，这里臭哄哄的！走！（同丁宝下）

王利发 好！真好！太好！哈哈哈！

〔常四爷提着小筐进来，筐里有些纸钱和花生米。他虽年过七十，可是腰板还不太弯。

常四爷 什么事这么好哇，老朋友！

王利发 哎哟！常四哥！我正想找你这么一个人说说话儿呢！我沏一壶顶好的茶来，咱们喝喝！（去沏茶）

〔秦仲义进来。他老的不像样子了，衣服也破旧不堪。

秦仲义 王掌柜在吗？

常四爷　在！您是……

秦仲义　我姓秦。

常四爷　秦二爷！

王利发　（端茶来）谁？秦二爷？正想去告诉您一声，这儿要大改良！坐！坐！

常四爷　我这儿有点花生米，（抓）喝茶吃花生米，这可真是个乐子！

秦仲义　可是谁嚼得动呢？

王利发　看多么邪门，好容易有了花生米，可全嚼不动！多么可笑！怎样啊？秦二爷！（都坐下）

秦仲义　别人都不理我啦，我来跟你说说：我到天津去了一趟，看看我的工厂！

王利发　不是没收了吗？又物归原主啦？这可是喜事！

秦仲义　拆了！

常四爷
王利发　拆了？

秦仲义　拆了！我四十年的心血啊，拆了！别人不知道，王掌柜你知道：我从二十多岁起，就主张实业救国。到而今……抢去我的工厂，好，我的势力小，干不过他们！可倒好好地办哪，那是富国裕民的事业呀！结果，拆了，机器都当碎铜烂铁卖了！全世界，全世界找得到这样的政府找不到？我问你！

王利发　当初，我开的好好的公寓，您非盖仓库不可。看，仓库查封，货物全叫他们偷光！当初，我劝您别把财产都出手，您非都卖了开工厂不可！

常四爷　还记得吧？当初，我给那个卖小妞的小媳妇一碗面吃，您还说风凉话呢。

秦仲义　现在我明白了！王掌柜，求你一件事吧：（掏出一二机器小零件和一枝钢笔管来）工厂拆平了，这是我由那儿捡来的小东西。这枝笔上刻着我的名字呢，它知道，我用它签过多少张支票，写过多少计划书。我把它们交给你，没事的时候，你可以跟喝茶的人们

当个笑话谈谈，你说呀：当初有那么一个不知好歹的秦某人，爱办实业。办了几十年，临完他只由工厂的土堆里捡回来这么点小东西！你应当劝告大家，有钱哪，就该吃喝嫖赌，胡作非为，可千万别干好事！告诉他们哪，秦某人七十多岁了才明白这点大道理！他是天生来的笨蛋！

王利发　您自己拿着这枝笔吧，我马上就搬家啦！

常四爷　搬到哪儿去？

王利发　哪儿不一样呢！秦二爷，常四爷，我跟你们不一样：二爷财大业大心胸大，树大可就招风啊！四爷你，一辈子不服软，敢作敢当，专打抱不平。我呢，作了一辈子顺民，见谁都请安、鞠躬、作揖。我只盼着呀，孩子们有出息，冻不着，饿不着，没灾没病！可是，日本人在这儿，二拴子逃跑啦，老婆想儿子想死啦！好容易，日本人走啦，该缓一口气了吧？谁知道，（惨笑）哈哈，哈哈，哈哈！

常四爷　我也不比你强啊！自食其力，凭良心干了一辈子啊，我一事无成！七十多了，只落得卖花生米！个人算什么呢，我盼哪，盼哪，只盼国家像个样儿，不受外国人欺侮。可是……哈哈！

秦仲义　日本人在这儿，说什么合作，把我的工厂就合作过去了。咱们的政府回来了，工厂也不怎么又变成了逆产。仓库里（指后边）有多少货呀，全完！哈哈！

王利发　改良，我老没忘了改良，总不肯落在人家后头。卖茶不行啊，开公寓。公寓没啦，添评书！评书也不叫座儿呀，好，不怕丢人，想添女招待！人总得活着吧？我变尽了方法，不过是为活下去！是呀，该贿赂的，我就递包袱。我可没作过缺德的事，伤天害理的事，为什么就不叫我活着呢？我得罪了谁？谁？皇上，娘娘那些狗男女都活得有滋有味的，单不许我吃窝窝头，谁出的主意？

常四爷　盼哪，盼哪，只盼谁都讲理，谁也不欺侮谁！可是，眼看着老朋友们一个个的不是饿死，就是叫人家杀了，我呀就是有眼泪也流不出来喽！松二爷，我的朋友，饿死啦，连棺材还是我给他化缘化来的！他还有我这么个朋友，给他化了一口四块板的棺材；我自己

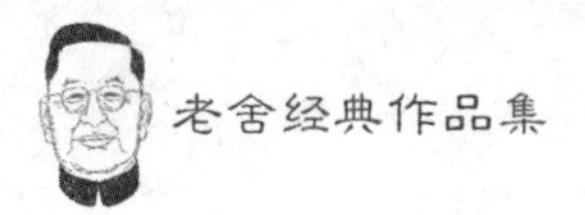

呢？我爱咱们的国呀，可是谁爱我呢？看，（从筐中拿出些纸钱）遇见出殡的，我就捡几张纸钱。没有寿衣，没有棺材，我只好给自己预备下点纸钱吧，哈哈，哈哈！

秦仲义　四爷，让咱们祭奠祭奠自己，把纸钱撒起来，算咱们三个老头子的吧！

王利发　对！四爷，照老年间出殡的规矩，喊喊！

常四爷　（立起，喊）四角儿的跟夫，本家赏钱一百二十吊！（撒起几张纸钱）①

秦仲义
王利发　一百二十吊！

秦仲义　（一手拉住一个）我没的说了，再见吧！（下）

王利发　再见！

常四爷　再喝你一碗！（一饮而尽）再见！（下）

王利发　再见！

〔丁宝与小心眼进来。

丁　宝　他们来啦，老大爷！（往屋中喷香水）

王利发　好，他们来，我躲开！（捡起纸钱，往后边走）

小心眼　老大爷，干吗撒纸钱呢？

王利发　谁知道！（下）

〔小刘麻子进来。

小刘麻子　来啦！一边一个站好！

〔丁宝、小心眼分左右在门内立好。

〔门外有汽车停住声，先进来两个宪兵。沈处长进来，穿军便服；高靴，带马刺；手执小鞭。后面跟着二宪兵。

沈处长　（检阅似的，看丁宝、小心眼，看完一个说一声）好（蒿）！

---

① 三四十年前，北京富人出殡，要用三十二人、四十八人或六十四人抬棺材，也叫抬杠。另有四位杠夫拿着拨旗，在四角跟随。杠夫换班须注意拨旗，以便进退有序；一班也叫一拨儿。起杠时和路祭时，领杠者须喊“加钱”——本家或姑奶奶赏给杠夫酒钱。加钱数目须夸大地喊出。在喊加钱时，有人撒起纸钱来。

〔丁宝摆上一把椅子，请沈处长坐。

小刘麻子 报告处长，老裕泰开了六十多年，九城闻名，地点也好，借着这个老字号，作我们的一个据点，一定成功！我打算照旧卖茶，派（指）小丁宝和小心眼作招待。有我在这儿监视着三教九流，各色人等，一定能够得到大量的情报，捉拿共产党！

沈处长 好（蒿）！

〔丁宝由宪兵手里接过骆驼牌烟，上前献烟；小心眼接过打火机，点烟。

小刘麻子 后面原来是仓库，货物已由处长都处理了，现在空着。我打算修理一下，中间作小舞厅，两旁布置几间卧室，都带卫生设备。处长清闲的时候，可以来跳跳舞，玩玩牌，喝喝咖啡。天晚了，高兴住下，您就住下。这就算是处长个人的小俱乐部，由我管理，一定要比公馆里更洒脱一点，方便一点，热闹一点！

沈处长 好（蒿）！

丁　宝 处长，我可以请示一下吗？

沈处长 好（蒿）！

丁　宝 这儿的老掌柜怪可怜的。好不好给他作一身制服，叫他看看门，招呼贵宾们上下汽车？他在这儿几十年了，谁都认识他，简直可以算是老头儿商标！

沈处长 好（蒿）！传！

小刘麻子 是！（往后跑）王掌柜！老掌柜！我爸爸的老朋友，老大爷！（入。过一会儿又跑回来）报告处长，他也不是怎么上了吊，吊死啦！

沈处长 好（蒿）！好（蒿）！

——**幕落·全剧终**

附 录

此剧幕与幕之间须留较长时间，以便人物换装，故拟由一人（也算剧中人）唱几句快板，使休息时间不显着过长，同时也可以略略介绍剧情。

第一幕 幕前

（我）大傻杨，打竹板儿，一来来到大茶馆儿。
大茶馆，老裕泰，生意兴隆真不赖。
茶座多，真热闹，也有老来也有少；
有的说，有的唱，穿章打扮一人一个样；
有提笼，有架鸟，蛐蛐蝈蝈也都养的好；
有的吃，有的喝，没有钱的只好白瞧着。
爱下棋，（您）来两盘儿，赌一卖（碟）干炸丸子外洒胡椒盐儿。
讲排场，讲规矩，咳嗽一声都像唱大戏。
有一样，听我说：莫谈国事您得老记着。
哼！国家事（可）不好了，黄龙旗子一天倒比一天威风小。
文武官，有一宝，见着洋人赶快跑。
外国货，堆成山，外带贩卖鸦片烟。
最苦是，乡村里，没吃没穿逼得卖儿女。
官儿阔，百姓穷，朝中出了一个谭嗣同，
讲维新，主意高，还有那康有为和梁启超。
这件事，闹得凶，气得太后咬牙切齿直哼哼。
她要杀，她要砍，讲维新的都是要造反。
这些事，别多说，说着说着就许掉脑壳。

〔幕徐启。大傻杨入茶馆。

打竹板，迈大步，走进茶馆找主顾。

哪位爷,愿意听,《辕门斩子》来了穆桂英。

〔王利发来干涉。

王掌柜,大发财,金银元宝一齐来。

您有钱,我有嘴,数来宝的是穷鬼。(下)

第二幕 幕前

打竹板,我又来,数来宝的还是没发财。

现而今,到民国,剪了小辫还是没有辙。

王掌柜,动脑筋,事事改良讲维新。

(低声)动脑筋,白费力,胳臂拧不过大腿去。

闹军阀,乱打仗,白脸的进去黑脸的上,

赵打钱,孙打李,赵钱孙李乱打一炮谁都不讲理。

为打仗,要枪炮,一堆一堆给洋人老爷送钞票。

为卖炮,为卖枪,帮助军阀你占黄河他占扬子江。

老百姓,遭了殃,大兵一到粮食牲口一扫光。

王掌柜,会改良,茶馆好像大学堂,

后边住,大学生,说话文明真好听。

就怕呀,兵野蛮,进来几个茶馆就玩完。

先别说,丧气话,给他道喜是个好办法。

他开张,我道喜,编点新词我也了不起。(下)

(又上)老裕泰,大改良,万事亨通一天准比一天强。

〔王利发 今天不打发,明天才开张哪。

明天好,明天妙,金银财宝齐来到。

〔炮响。

您开张,他开炮,明天准唱《虮蜡庙》。

〔王利发 去你的吧!

〔傻杨下。

第三幕 幕前

树木老，叶儿稀，人老毛腰把头低。
甭说我，混不了，王掌柜的也过不好。
(他)钱也光，人也老，身上剩了一件破棉袄。
自从那，日本兵，八年占据老北京。
人人苦，没法提，不死也掉一层皮。
好八路，得人心，一阵一阵杀退日本军。
盼星星，盼月亮，盼到胜利大家有希望。
(哼)国民党，进北京，横行霸道一点不让日本兵。
王掌柜，委屈多，跟我一样半死半活着。
老茶馆，破又烂，想尽法子也没法办。
天可怜，地可怜，就是官老爷有洋钱。（下）

〔王掌柜吊死后，傻杨再上，见小丁宝正在落泪。
小姑娘，别这样，黑到头儿天会亮。
小姑娘，别发愁，西山的泉水向东流。
苦水去，甜水来，谁也不再作奴才。

龙须沟

（三幕六场话剧）

老舍

人 物

王大妈——五十岁的寡妇，吃苦耐劳，可是胆子小，思想旧。她的大女儿已出嫁，二女儿正在议婚。母女以焊镜子的洋铁边儿和作针线活为业。简称大妈。

王二春——王大妈的二女儿，十九岁。她认识几个字，很想嫁到别处去，离开臭沟沿儿。简称二春。

丁四嫂——三十岁左右，心眼怪好，嘴可厉害，有点嘴强身子弱。她的手很伶俐，能作活挣钱。简称四嫂。

丁四爷——三十岁左右，四嫂的丈夫，三心二意的，可好可坏；蹬三轮车为业。他因厌恶门外的臭沟，工作不大起劲。简称丁四。

丁二嘎子——十二岁，丁四的儿子，不上学，天天去捡煤核儿，摸螺蛳什么的。简称二嘎。

丁小妞——二嘎的妹妹，九岁。不上学，随着哥哥乱跑。简称小妞。

程疯子——四十多岁。原是相当好的曲艺艺人，因受压迫，不能登台，搬到贫民窟来——可还穿着长衫。他有点神神气气的，不会以劳力换钱，可常帮忙别人。他会唱，尤以数来宝见长。简称疯子。

程娘子——程疯子的妻，三十多岁。会作活，也会到晓市上做小买卖；虽常骂丈夫，可是甘心养活着他。疯子每称她为“娘子”，即成了她的外号。简称娘子。

赵老头——六十岁，没儿没女，为人正直好义，泥水匠。简称赵老。

刘巡长——四十来岁。能说会道，善于敷衍，心地很正。简称巡长。

冯狗子——二十五岁。给恶霸黑旋风作狗腿。简称狗子。

刘掌柜——小茶馆的掌柜，六十多岁。简称掌柜。

地痞一人。

警察二人。

青年一人。

群众数人。

第一幕

时　间　北京解放前，一个初夏的上午，昨夜下过雨。

地　点　龙须沟。这是北京天桥东边的一条有名的臭沟，沟里全是红红绿绿的稠泥浆，夹杂着垃圾、破布、死老鼠、死猫、死狗和偶尔发现的死孩子。附近硝皮作坊、染坊所排出的臭水，和久不清除的粪便，都聚在这里一齐发霉。不但沟水的颜色变成红红绿绿，而且气味也教人从老远闻见就要作呕，所以这一带才俗称为“臭沟沿”。沟的两岸，密密层层的住满了卖力气的、耍手艺的，各色穷苦劳动人民。他们终日终年乃至终生，都挣扎在那肮脏腥臭的空气里。他们的房屋随时有倒塌的危险，院中大多数没有厕所，更谈不到厨房；没有自来水，只能喝又苦又咸又发土腥味的井水；到处是成群的跳蚤，打成团的蚊子，和数不过来的臭虫，黑压压成片的苍蝇，传染着疾病。

每逢下雨，不但街道整个的变成泥塘，而且臭沟的水就漾出槽来，带着粪便和大尾巴蛆，流进居民们比街道还低的院内、屋里，淹湿了一切的东西。遇到六月下连阴雨的时候，臭水甚至带着死猫、死狗、死孩子冲到土炕上面，大蛆在满屋里蠕动着，人就仿佛是其中的一个蛆虫，也凄惨地蠕动着。

布　景　龙须沟的一个典型小杂院。院子不大，只有四间东倒西歪的破土房。门窗都是东拼西凑的，一块是老破花格窗，一块是“洋式”窗子改的，另一块也许是日本式的旧拉门儿，上边有的糊着破碎不堪发了霉的旧报纸，有的干脆钉上破木板或碎席子，即或有一半块小小的破玻璃，也已被尘土、煤烟子和风沙等等给弄得不很透亮了。

北房是王家，门口摆着水缸和破木箱，一张长方桌放在从云彩缝里射出来的阳光下，上边晒着大包袱。王大妈正在生着焊活和作饭两用的小煤球炉子。东房,右边一间是丁家,屋顶上因为漏雨,盖着半领破苇席,用破砖压着,绳子拴着,檐下挂着一条旧车胎;门上挂着补了补钉的破红布门帘,门前除了一个火炉和几件破碎三轮车零件外,几乎是一无所有。左边一间是程家,门上挂着下半截已经脱落了的破竹帘子;窗户上糊着许多香烟画片;门前有一棵发育不全的小枣树,借着枣树搭起一个小小的喇叭花架子。架的下边,靠左上角有一座泥砌的柴灶。程娘子正在用捡来的柴棍儿烧火,蒸窝窝头,给疯子预备早饭。(这一带的劳动人民,大多数一天只吃两顿饭。)柴灶的后边是塌倒了的半截院墙墙角,从这里可以看见远处的房子,稀稀落落的电线杆子,和一片阴沉的天空。南边中间是这个小杂院的大门,又低又窄,出来进去总得低头。大门外是一条狭窄的小巷,对面有一所高大而破旧的房子,房角上高高的悬着一块金字招牌"当"。左边中间又是一段破墙,左下是赵老头儿所住的一间屋子,门关着,门前放着泥瓦匠所用的较大工具;一条长凳,一口倒放着的破缸,缸后堆着垃圾,碎砖头。娘子的香烟摊子,出卖的茶叶和零星物品,就暂借这些地方晒着。满院子横七竖八的绳子上,晒着各家的破衣破被。脚下全是湿泥,有的地方垫着炉灰,砖头或木板。房子的墙根墙角全发了霉,生了绿苔。天上的云并没有散开,乌云在移动着,太阳一阵露出来,一阵又藏起去。

〔**幕启:**门外陆续有卖青菜的、卖猪血的、卖驴肉的、卖豆腐的、剃头的、买破烂的和"打鼓儿"的声音,还有买菜还价的争吵声,附近有铁匠作坊的打铁声,织布声,作洋铁盆洋铁壶的敲打声。

〔程娘子坐在柴灶前的小板凳上添柴烧火。小妞子从大门前的墙根搬过一些砖头来,把院子铺出一条走道。丁四嫂正在用破盆在屋门口舀屋子里渗进去的雨水。二春抱着几件衣服走出来,仰着头正看刚露出来的太阳,把衣服搭在绳子上晒。大妈生好了煤球炉子,仰头看着天色,小心翼翼地抱起桌上的大包袱来,往屋里收。二春正走到房门口，顺手接进去。大妈从门口提一把水壶，往水缸走去，可是不放心二春抱进去的包袱，眼睛还盯在二春的身上。大妈用水瓢由水缸里取水，置壶炉上，坐下，开始作活。

四　嫂　（递给妞子一盆水）你要是眼睛不瞧着地，摔了盆，看我不好好揍你一顿！

小　妞　你怎么不管哥哥呢？他一清早就溜出去，什么事也不管！

四　嫂　他？你等着，等他回来，我不揍扁了他才怪！

小　妞　爸爸呢，干脆就不回来！

四　嫂　甭提他！他回来，我要不跟他拚命，我改姓！

疯　子　（在屋里，数来宝）叫四嫂，别去拚，一日夫妻百日恩！

娘　子　（把隔夜的窝头蒸上）你给我起来，屋里精湿的，躺什么劲儿！

疯　子　叫我起，我就起，尊声娘子别生气！

小　妞　疯大爷，快起呀，跟我玩！

四　嫂　你敢去玩！快快倒水去，弄完了我好作活！晌午的饭还没辙哪！

疯　子　（穿破夏布大衫，手持芭蕉扇，一劲地扇，似欲赶走臭味；出来，向大家点头）王大妈！娘子！列位大嫂！姑娘们！

小　妞　（仍不肯去倒水）大爷！唱！唱！我给你打家伙！

四　嫂　（过来）先干活儿！倒在沟里去！（妞子出去）

娘　子　你这么大的人，还不如小妞子呢！她都帮着大人作点事，看你！

疯　子　娘子差矣！（数来宝）想当初，在戏园，唱玩艺，挣洋钱，欢欢喜喜天天像过年！受欺负，丢了钱，臭鞋、臭袜、臭沟、臭水、臭人、臭地熏得我七窍冒黑烟！（弄水洗脸）

娘　子　你呀！我这辈子算倒了霉啦！

四　嫂　别那么说，他总比我的那口子强点，他不是这儿（指头部）有点毛病吗？我那口子没毛病，就是不好好地干！拉不着钱，他泡蘑菇；拉着钱，他能一下子都喝了酒！

疯　子　（一边擦脸，一边说）我这里，没毛病，臭沟熏得我不爱动。

〔外面有吆喝豆腐声。

疯　子　有一天，沟不臭，水又清，国泰民安享太平。（坐下吃窝头）

小　妞　（进来，模仿数来宝的竹板声）呱唧呱唧呱唧呱。

娘　子　（提起香烟篮子）王大妈，四嫂，多照应着点，我上市去啦。

大　妈　街上全是泥，你怎么摆摊子呢？

娘　子　我看看去！我不弄点钱来，吃什么呢？这个鬼地方，一阴天，我心里就堵上个大疙瘩！赶明儿六月连阴天，就得瞪着眼挨饿！（往外走，又立住）看，天又阴得很沉！

小　妞　妈，我跟娘子大妈去！

四　嫂　你给我乖乖地在这里，哪儿也不准去！（扫阶下的地）

小　妞　我偏去！我偏去！

娘　子　（在门口）妞子，你等着，我弄来钱，一定给你带点吃的来。乖！外边呀，精湿烂滑的，滑到沟里去可怎么办！

疯　子　叫娘子，劳您驾，也给我带个烧饼这么大。（用手比，有碗那么大）

娘　子　你呀，呸！烧饼，我连个芝麻也不会给你买来！（下）

小　妞　疯大爷，娘子一骂你，就必定给你买好吃的来！

四　嫂　唉，娘子可真有本事！

疯　子　谁说不是！我不是不想帮忙啊，就是帮不上！看她这么打里打外的，我实在难受！可是……唉！什么都甭说了！

赵　老　（出来）哎哟！给我点水喝呀！

疯　子　赵大爷醒啦！

二　春
小　妞　（跑过去）怎么啦？怎么啦？

大　妈　只顾了穷忙，把他老人家忘了。二春，先坐点开水！

二　春　（往回跑）我找汆子去。（入屋中）

四　嫂　（开始坐在凳子上作活）赵大爷，你要点什么呀？

疯　子　丁四嫂，你很忙，侍候病人我在行！

二　春　（提汆子出来，将壶中水倒入汆子，置炉上，去看看缸）妈，水就剩了一点啦！

小　妞　我弄水去！

四　嫂　你歇着吧！那么远，满是泥，你就行啦？

疯　子　我弄水去！不要说，我无能，沏茶灌水我还行！帮助人，真体面，甚么活儿我都干！

大　妈　（立起）大哥，是发疟子吧？

赵　老　（点头）唉！刚才冷得要命，现在又热起来啦！

疯　子　王大妈，给我桶。

大　妈　四嫂，教妞子帮帮吧！疯子笨手笨脚的，再滑到臭沟里去！

四　嫂　（迟顿了一下）妞子，去吧！可留点神，慢慢的走！

小　妞　疯大爷，咱们俩先抬一桶；来回二里多地哪！多了抬不动！（找到木棍）你拿桶。

二　春　（把桶递给疯子）不脱了大褂呀？省得溅上泥点子！

疯　子　（接桶）我里边，没小褂，光着脊梁不像话！

小　妞　呱唧呱唧呱唧呱。（同疯子下）

大　妈　大哥，找个大夫看看吧？

赵　老　有钱，我也不能给大夫啊！唉！年年总有这么一场，还老在这个时候！正是下过雨，房倒屋塌，有活作的时候，偏发疟子！打过几班儿呀，人就软得像棉花！多么要命！给我点水喝呀，我渴！

大　妈　二春，扇扇火！

赵　老　善心的姑娘，行行好吧！

四　嫂　赵大爷，到药王庙去烧股香，省得疟子鬼儿老跟着您！

二　春　四嫂，蚊子叮了才发疟子呢。看咱们这儿，蚊子打成团。

大　妈　姑娘人家，少说话；四嫂不比你知道的多！（又坐下）

二　春　（倒了一黄砂碗开水，送到病人跟前）您喝吧，赵大爷！

赵　老　好姑娘！好姑娘！这碗热水救了老命喽！（喝）

二　春　（看赵老用手赶苍蝇，借来四嫂的芭蕉扇给他扇）赵大爷，我这可真明白了姐姐为什么一去不回头！

大　妈　别提她，那个没良心的东西！把她养大成人，聘出去，她会不来看我一眼！二春，你别再跟她学，扔下妈妈没人管！

二　春　妈，您也难怪姐姐。这儿是这么脏，把人熏也熏疯了！

大　妈　这儿脏，可有活儿干呢，九城八条大街，可有哪儿能像这里挣钱这么方便？就拿咱们左右的邻居说，这么多人家里只有程疯子一个闲人。地方干净有什么用，没的吃也得饿死！

二　春　这儿挣钱方便，丢钱也方便。一下雨，摆摊子的摆不上，卖力气的出不去，不是瞪着眼挨饿？臭水往屋里跑，把什么东西都淹了；哪样不是钱买的？

四　嫂　哼，昨儿个夜里，我蹲在炕上，打着伞，把这些背心顶在头上。自己的东西弄湿了还好说，弄湿了活计，赔得起吗！

二　春　因为脏，病就多。病了耽误作活，还得花钱吃药！

大　妈　别那么说。俗话说得好："不干不净，吃了没病！"我在这儿住了几十年，还没敢抱怨一回！

二　春　赵大爷，您说。您年年发疟子，您知道。

大　妈　你教大爷歇歇吧，他病病歪歪的！我明白你的小心眼里都憋着什么坏呢！

二　春　我憋着什么坏？您说！

大　妈　哼，没事儿就往你姐姐那儿跑。她还不唧唧咕咕，说什么龙须沟脏，龙须沟臭！她也不想想，这是她生身之地；刚离开这儿几个月，就不肯再回来，说一到这儿就要吐；真遭罪呀！甭你小眼睛眨巴眨巴地看着我！我不再上当，不再把女儿嫁给外边人！

二　春　那么我一辈子就老在这儿？连解手儿都得上外边去？

大　妈　这儿不分男女，只要肯动手，就有饭吃；这是真的，别的都是瞎扯！这儿是宝地！要不是宝地，怎么越来人越多？

二　春　没看见过这样的宝地！房子没有一间整的，一下雨就砸死人，宝地！

赵　老　姑娘，有水再给我点！

二　春　（接碗）有，那点水都是您的！

赵　老　那敢情好！

大　妈　您不吃点什么呀？

赵　老　不想吃，就是渴！

四　嫂　发疟子伤气，得吃呀，赵大爷！

二　春　（端来水）给您！

赵　老　劳驾！劳驾！

二　春　不劳驾！

赵　老　姑娘，我告诉你几句好话。

二　春　您说吧！

赵　老　龙须沟啊，不是坏地方！

大　妈　我说什么来着？赵大爷也这么说不是？

赵　老　地好，人也好。就有两个坏处。

二　春　哪两个？

四　嫂　（拿着活计凑过来）您说说！

赵　老　作官的坏，恶霸坏！

大　妈　大哥，咱们说话，街上听得见，您小心点！

〔天阴上来，阳光被云遮住。

赵　老　我知道！可是，我才不怕！六十岁了，也该死了，我怕什么？

大　妈　别那么说呀，好死不如赖活着！

赵　老　作官儿的坏……

〔刘巡长，腰带在手中拿着，像去上班的样子，由门外经过。

大　妈　（打断赵老的话）赵大爷，有人……（二春急跑到大门口去看）二春，过来！

二　春　（在门口）刘巡长！

四　嫂　（跑到门口）刘巡长，进来坐坐吧！

巡　长　四嫂子，我该上班儿了。

四　嫂　进来坐坐，有话跟您说！

巡　长　（走进来）有什么话呀？四嫂！

四　嫂　您给二嘎子……

大　妈　啊，刘巡长，怎么这么闲在呀？

巡　长　我正上班儿去，四嫂子把我叫住了。（转身）赵大爷，您好吧？

大　妈　哪儿呀，又发上疟子啦！

巡　长　这是怎么说的！吃药了吗？

赵　老　我才不吃药！

巡　长　总得抓剂药吃！你要是老不好，大妈，四嫂都得给您端茶送水的……

二　春　不要紧，有我侍候他呢！

巡　长　那也耽误作活呀！这院儿里谁也不是有仨有俩的。就拿四嫂说，丁四成天际不照面……

四　嫂　可说的是呢！我请您进来，就为问问您给二嘎子找个地方学徒的事，怎么样了呢？

巡　长　我没忘了，可是，唉，这年月，物价一天翻八个跟头，差不多的规矩买卖全关了门，您叫我上哪儿给他找事去呢！

大　妈　唉，刘巡长的话也对！

四　嫂　刘巡长，二嘎子呀可是个肯下力、肯吃苦的孩子！您就多给分分心吧！

巡　长　得，四嫂，我必定在心！我说四嫂，教四爷可留点神，别喝了两盅，到处乱说去！（低声）前儿个半夜里查户口，又弄下去五个！硬说人家是……（回头四望，作“八”的手式）是这个！多半得……唉，都是中国人，何必呢？这玩艺，我可不能干！

赵　老　对！

四　嫂　听说那回放跑了俩，是您干的呀？

巡　长　我的四奶奶！您可千万别瞎聊啊，您要我的脑袋搬家是怎着？

四　嫂　您放心，没人说出去！

二　春　刘巡长，您不会把二嘎子荐到工厂去吗？我还想去呢！

四　嫂　对，那敢情好！

大　妈　二春，你又疯啦？女人家上工厂！

巡　长　正经工厂也都停了车啦！您别忙，我一定给想办法！

四　嫂　我谢谢您啦！您坐这儿歇歇吧！

巡　长　不啦，我呆不住！

四　嫂　歇一会儿，怕什么呢？（把疯子的板凳送过来，刘巡长只好坐下）

赵　老　我刚才说的对不对？作官的坏！作官的坏，老百姓就没法活下去！

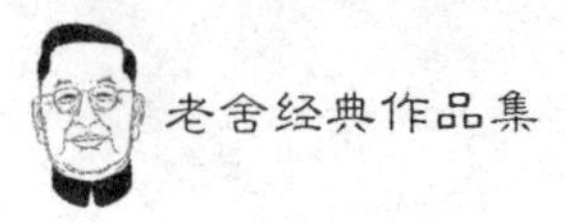

大小的买卖、工厂，全教他们接收的给弄趴下啦，就剩下他们自己肥头大耳朵地活着！

二　春　要不穷人怎么越来越多呢！

大　妈　二春，你少说话！

赵　老　别的甭说，就拿咱们这儿这条臭沟说吧，日本人在这儿的时候，咱们捐过钱，为挖沟，沟挖了没有？

二　春　没有！捐的钱也没影儿啦！

大　妈　二春，你过来！（二春走回去）说话小心点！

赵　老　日本人滚蛋了以后，上头说把沟堵死。好嘛，沟一堵死，下点雨，咱们这儿还不成了海？咱们就又捐了钱，说别堵啊，得挖。可是，沟挖了没有？

四　嫂　他妈的，那些钱又教他们给吃了，丫头养的！

大　妈　四嫂，嘴里干净点，这儿有大姑娘！

二　春　他妈的！

大　妈　二春！

赵　老　程疯子常说什么“沟不臭，水又清，国泰民安享太平”。他说得对，他不疯！有了清官，才能有清水。我是泥水匠，我知道：城里头，大官儿在哪儿住，哪儿就修柏油大马路；谁作了官，谁就盖高楼大瓦房。咱们穷人哪，没人管！

巡　长　一点不错！

四　嫂　捐了钱还教人家白白的吃了去！

赵　老　有那群作官的，咱们永远得住在臭沟旁边。他妈的，你就说，全城到处有自来水，就是咱们这儿没有！

大　妈　就别抱怨啦，咱们有井水吃还不念佛？

四　嫂　苦水呀，王大妈！

大　妈　也不太苦，二性子！

二　春　妈，您怎这么会对付呢？

大　妈　你不将就，你想跟你姐姐一样，嫁出去永远不回头！你连一丁点孝心也没有！

赵　老　刘巡长，上两次的钱，可都是您经的手！我问你，那些钱可都上哪儿去了？

巡　长　您问我，我可问谁去呢？反正我一心无愧！（站起来，走到赵老面前）要是我从中赚过一个钱，天上现在有云彩，教我五雷轰顶！人家搂钱，我挨骂，您说我冤枉不冤枉！

赵　老　街坊四邻倒是都知道你的为人，都说你不错！

巡　长　别说了，赵大爷！要不是一家五口累赘着我呀！我早就远走高飞啦，不在这儿受这份窝囊气！

赵　老　我明白，话又说回来，咱们这儿除了官儿，就是恶霸。他们偷，他们抢，他们欺诈，谁也不敢惹他们。前些日子，张巡官一管，肚子上挨了三刀！这成什么天下！

巡　长　他们背后有撑腰的呀，杀了人都没事！

大　妈　别说了，我直打冷战！

赵　老　别遇到我手里！我会跟他们拚！

大　妈　新鞋不踩臭狗屎呀！您到茶馆酒肆去，可千万留点神，别乱说话！

赵　老　你看着，多咱他们欺负到我头上来，我教他们吃不了兜着走。

巡　长　我可真该走啦！今儿个还不定有什么蜡坐呢！（往外走）

四　嫂　（追过去）二嘎子的事，您可给在点心哪！刘巡长。

巡　长　就那么办，四嫂！（下）

四　嫂　我这儿道谢啦！

大　妈　要说人家刘巡长可真不错！

赵　老　这样的人就算难得！可是，也作不出什么事儿来！

四　嫂　他想办出点事来，一个人也办不成呀！

〔丁四无精打采地进来。

四　嫂　嗨！你还回来呀?!

丁　四　你当我爱回来呢！

四　嫂　不爱回来，就再出去！这儿不短你这块料！

〔丁四不语，打着呵欠直向屋子走去。

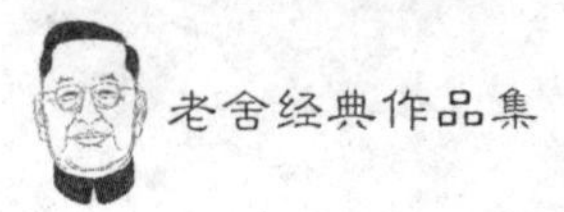

四　嫂　(把他拦住)拿钱来吧!

丁　四　一回来就要钱哪?

四　嫂　那怎么着?!家里还揭不开锅呢!

丁　四　揭不开锅?我在外边死活你管了吗?

四　嫂　我们娘儿个死活谁管呢?甭废话,拿钱来。

丁　四　没钱!

四　嫂　钱哪儿去啦?

丁　四　交了车份。

四　嫂　甭来这一套!你当我不知道呢!不定又跑到哪儿喝酒去了。

丁　四　那你管不着。太爷我自个挣的自个花,你打算怎么着吧!你说!

四　嫂　我打算怎么着?这破家又不是我一个人的!好吧!咱谁也甭管!(说着把活计扔下)

丁　四　你他妈的不管,活该!

四　嫂　怎么着?你一出去一天,回来磅子儿没有,临完了,把钱都喝了猫儿尿!

丁　四　我告诉你,少管我的闲事!

四　嫂　什么?不管?家里揭不开锅,你可倒好……

丁　四　我不对,我不该回来,太爷我走!

〔四嫂扯住丁四,丁四抄起门栓来要打四嫂,二春跑过去把门栓抢过来。

赵　老　(大吼)丁四!

〔丁四被赵老的怒吼声震住,低头不语,往屋门口走。四嫂坐下哭,二春蹲下去劝。

赵　老　这是你们丁家的事,按理说我可不该插嘴,不过咱们爷儿们住街坊,也不是一年半年啦,总算是从小儿看你长大了的,我今儿个可得说几句讨人嫌的话……

丁　四　(颓唐地坐下)赵大爷,您说吧!

赵　老　四嫂,你先别这么哭,听我说。(四嫂止住哭声)你昨儿晚上干什么去啦?你不知道家里还有三口子张着嘴等着你哪?孩子们是你的,你就

不惦记着吗？

丁　四　（眼泪汪汪地）不是，赵大爷！我不是不惦记孩子，昨儿个整天的下雨，没什么座儿，挣不着钱！晚上在小摊儿坐着，您猜怎么着，晌午六万一斤的大饼，晚上就十二万啦！好家伙，交完车份儿，就没了钱了。东西一天翻十八个跟头，您不是不知道！

赵　老　唉！这个物价呀，就要了咱们穷人的命！可是你有钱没钱也应该回家呀，总不照面儿不是一句话啊！就说为你自个儿想，半夜三更住在外边，够多悬哪！如今晚儿天天半夜里查户口，一个说不对劲儿，轻了把你拉去当壮丁，当炮灰，重了拿你当八路，弄去灌凉水轧杠子，磨成了灰还不知道是怎样死的呢！

丁　四　这我都知道。他妈的我们蹬三轮儿的受的这份气，就甭提了。就拿昨儿个说吧，好容易遇上个座儿，一看，可倒好，是个当兵的。没法子，拉吧，打永定门一直转游到德胜门脸儿，上边淋着，底下蹚着，汗珠子从脑瓜顶儿直流到脚底下。临完，下车一个子儿没给还不算，还差点给我个大脖拐！他妈的，坐完车不给钱，您说是什么人头儿！我刚交了车，一看掉点儿了，我就往家里跑。没几步，就滑了我俩大跟头，您不信瞅瞅这儿，还有伤呢！我一想，这溜儿更过不来啦，怕掉到沟里去，就在刘家小茶馆蹲了半夜。我没睡好，提心吊胆的，怕把我拉走当壮丁去！跟您说吧，有这条臭沟，谁也甭打算好好的活着！

〔四邻的工作声——打铁、风箱、织布声更大了一点。

四　嫂　甭拉不出屎来怨茅房！东交民巷、紫禁城倒不臭不脏，也得有尊驾的份儿呀！你听听，街坊四邻全干活儿，就是你没有正经事儿。

丁　四　我没出去拉车？我天天光闲着来着？

四　嫂　五行八作，就没您这一行！龙须沟这儿的人都讲究有个正经行当！打铁，织布，硝皮子，都成一行；你算哪一行？

丁　四　哼，有这一行，没这一行，蹬上车我可以躲躲这条臭沟！我是属牛的，不属臭虫，专爱这块臭地！

赵　老　丁四，四嫂，都少说几句吧……（刘巡长上）怎么，刘巡长……

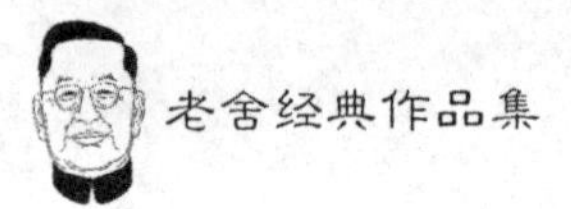

巡　长　我说今儿个又得坐蜡不是？

四　嫂　刘巡长，什么事呀？

巡　长　唉，没法子，又教我来收捐！

众　人　什么，又收捐！？

巡　长　是啊，您说这教我多为难？

丁　四　家家连窝头都混不上呢，还交得起他妈的捐！

巡　长　说得是啊！可是上边交派下来，您教我怎么办？

赵　老　我问你，今儿个又要收什么捐？

巡　长　反正有个“捐”字，您还是养病要紧，不必细问了。捐就是捐，您拿钱，我收了交上去，咱们心里就踏实啦。

赵　老　你说说，我听听！

巡　长　您老人家一定要知道，跟您说吧！这一回是催卫生捐。

赵　老　什么捐？

巡　长　卫生捐。

赵　老　（狂笑）卫生捐？卫生——捐！（再狂笑）丁四，哪儿是咱们的卫生啊！刘巡长，谁出这样的主意，我肏他的八辈祖宗！（丁四搀他入室）

巡　长　唉！我有什么办法呢？

大　妈　您可别见怪他老人家呀！刘巡长！要是不发烧，他不会这么乱骂人！

二　春　妈，你怎这么怕事呢？看看咱们这个地方，是有个干净的厕所，还是有条干净的道儿？谁都不管咱们，咱们凭什么交卫生捐呢？

大　妈　我的小姑奶奶，你少说话！巡长，您多担待，她小孩子，不懂事！

巡　长　王大妈，唉，我也是这儿的人！你们受什么罪，我受什么罪！别的就不用说了！（要走）

大　妈　不喝碗茶呀？真，您办的是官事，不容易！

巡　长　官事，对，官事！哈哈！

四　嫂　大估摸一家得出多少钱呢？

丁　四　（由赵老屋中出来）你必得问清楚，你有上捐的瘾！

四　嫂　你没有那个瘾，交不上捐你去坐监牢，德行！

丁　四　刘巡长，您对上头去说吧，给我修好了路，修好了沟，我上捐。不给我修啊，哼，我没法拉车，也就没钱上捐；要命有命，就是没钱！

巡　长　四爷，您是谁？我是谁？能跟上头说话？

大　妈　丁四，你就别为难巡长了吧！当这份差事，不容易！

〔程疯子与小妞抬着水桶，进来。

疯　子　借借光，水来了！刘巡长，您可好哇？

巡　长　疯哥你好？

〔大妈把缸盖连菜刀，搬到自己坐的小板凳上，二春接过桶去，和大妈抬着往缸里倒，疯子也想过去帮忙。

丁　四　喝，两个人才弄半桶水来？

小　妞　疯大爷晃晃悠悠，要摔七百五十个跟头，水全洒出去啦！

二　春　没有自来水，可要卫生捐！

巡　长　我又不是自来水公司，我的姑娘！再见吧！（下）

丁　四　（对程疯子）看你的大褂，下边成了泥饼子啦！

疯　子　黑泥点儿，白大褂儿，看着好像一张画儿。（坐下，抠大衫上的泥）

丁　四　凭这个，咱们也得上卫生捐！

四　嫂　上捐不上捐吧，你该出去奔奔，午饭还没辙哪！

丁　四　小茶馆房檐底下，我蹲了半夜，难道就不得睡会儿吗？

四　嫂　那，我问你今儿个吃什么呢？

丁　四　你问我，我问谁去？

大　妈　别着急，老天爷饿不死瞎家雀儿！要不然这么着吧，先打我这儿拿点杂合面去，对付过今儿个，教丁四歇歇，明儿蹬进钱来再还我。

丁　四　王大妈，这合适吗？

大　妈　这算得了什么！你再还给我呀！快睡觉去吧！（推丁四下）

〔丁四低头入室。二春早已跑进屋去，端出一小盆杂合面来，往丁四屋里送，四娘跟进去。

二　春　四嫂，搁那儿呀？

四　嫂　（感激地）哎哟，二妹妹，交给我吧！（下）

〔二嘎子跑进来，双手捧着个小玻璃缸。

二　嘎　妞子，小妞，快来！看！

小　妞　（跑过来）哟，两条小金鱼！给我！给我！

二　嘎　是给你的！你不是从过年的时候，就嚷嚷着要小金鱼吗？

小　妞　（捧起缸儿来）真好！哥，你真好！疯大爷，来看哪！两条！两条！

疯　子　（像小孩似的，蹲下看鱼。学北京卖金鱼的吆喝）卖大小——小金鱼儿咧。

四　嫂　（上）二嘎子，你一清早就跑出去，是怎回事？说！

二　嘎　我……

四　嫂　金鱼是哪儿来的？

二　嘎　卖鱼的徐六给我的。

四　嫂　他为什么那么爱你呢？不单给鱼，还给小缸！瞧你多有人缘哪！你给我说实话！我们穷，我们脏，我们可不偷！说实话，要不然我揍死你！

丁　四　（在屋内）二嘎子偷东西啦？我来揍他！

四　嫂　你甭管！我会揍他！二嘎子，把鱼给人家送回去！你要是不去，等你爸爸揍上你，可够你受的！去！

小　妞　（要哭）妈，我好容易有了这么两条小鱼！

二　春　四嫂，咱们这儿除了苍蝇，就是蚊子，小妞子好容易有了两条小鱼，让她养着吧！

四　嫂　我可也不能惯着孩子作贼呀！

疯　子　（解大衫）二嘎子，说实话，我替你挨打跟挨骂！

二　嘎　徐六教我给看着鱼挑子，我就拿了这个小缸，为妹妹拿的，她没有一个玩艺儿！

疯　子　（脱下大衫）拿我的大褂还徐六去！

四　嫂　那怎么能呢？两条小鱼儿也没有那么贵呀！

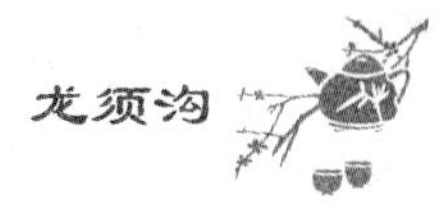

疯　子　只要小妞不落泪，管什么金鱼贵不贵！

二　春　（急忙过来）疯哥，穿上大褂！（把两张票子给二嘎）二嘎子，快跑，给徐六送去。

〔二嘎接钱飞跑而去。

四　嫂　你快回来！

〔天渐阴。

四　嫂　二妹妹，哪有这么办的呢！小妞子，还不过去谢谢王奶奶跟二姑姑哪？

小　妞　（捧着缸儿走过去）奶奶，二姑姑，道谢啦！

大　妈　好好养着哟，别教野猫吃了哟！

小　妞　（把缸儿交给疯子）疯大爷，你给我看着，我到金鱼池，弄点闸草来！红鱼，绿闸草，多么好看哪！

四　嫂　一个人不能去，看掉在沟里头！

〔四嫂刚追到大门口，妞子已跑远。狗子由另一个地痞领着走来，那个地痞指指门口，狗子大模大样走进来。另个地痞下。

四　嫂　嗨，你找谁？

狗　子　你姓什么？

四　嫂　我姓丁。找谁？说话！别满院子胡蹓跶！

狗　子　姓程的住哪屋？

二　春　你找姓程的有什么事？

大　妈　少多嘴。（说着想往屋里推二春）

狗　子　小丫头片子，你少问！

二　春　问问怎么了？

大　妈　我的小姑奶奶，给我进去！

二　春　我凭什么进去呀？看他把我怎么样！（大妈已经把二春推进屋中，关门，两手紧把着门口）

狗　子　（一转身看见疯子）那是姓程的不是？

四　嫂　他是个疯子，你找他干什么？

大　妈　是啊，他是个疯子。

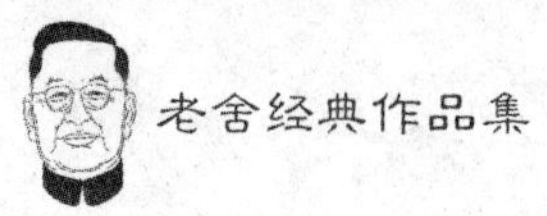

狗　子　（与大妈同时）他妈的老娘儿们少管闲事！（向疯子）小子，你过来！

二　春　你别欺负人！

大　妈　（向屋内的二春）我的姑奶奶，别给我惹事啦！

四　嫂　他疯疯癫癫的，你有话跟我说好啦。

狗　子　（向四嫂）你这娘们再多嘴，我可揍扁了你！

四　嫂　（搭讪着后退）看你还怪不错的呢！

疯　子　（为了给四嫂解除威胁，自动地走过来）我姓程，您哪，有什么话您朝着我说吧！

狗　子　小子，你听着，我现在要替黑旋风大太爷管教管教你。不管他妈的是你，是你的女人，还是你的街坊四邻，都应当记住：你们上晓市作生意，要有黑旋风大太爷的人拿你们的东西，就是赏你们脸。今天，我姓冯的，冯狗子，赏给你女人脸，拿两包烟卷，她就喊巡警，不知死的鬼！我不跟她打交道，她是个不禁揍的老娘们；我来管教管教你！

娘　子　（挎着被狗子踢坏了的烟摊子，气愤，忍泪，低着头回来。刚到门口，看见狗子正发威）冯狗子！你可别赶尽杀绝呀！你硬抢硬夺，踢了我的摊子不算，还赶上门来欺负人！

〔四嫂接过娘子的破摊子，娘子向狗子奔去。

狗　子　（放开疯子，慢慢一步一步紧逼娘子）踢了你的摊子是好的，惹急了咱爷儿们，教你出不去大门！

娘　子　（理直气壮地，但是被逼得往后退）你讲理不讲理？你凭什么这么霸道？走，咱们还是找巡警去！

狗　子　（示威）好男不跟女斗。（转向疯子）小子，我管教管教你！（狠狠地打疯子几个嘴巴，打的顺口流血）

〔疯子老实地挨打，在流泪；娘子怒火冲天，不顾一切地冲向狗子拚命，却被狗子一把抓住。

〔二春正由屋内冲出，要打狗子，大妈惊慌地来拉二春，四嫂想救娘子又不敢上前。

赵　老　（由屋里气得颤巍巍地出来）娘子，四奶奶，躲开！我来斗斗他！打人，还打个连苍蝇都不肯得罪的人，要造反吗？（拿起大妈的切菜刀）

狗　子　老梆子你管他妈的什么闲事，你身上也痒痒吗？

大　妈　（看赵老拿起她的切菜刀来）二嘎的妈！娘子！拦住赵大爷，他拿着刀哪！

赵　老　我宰了这个王八蛋！

娘　子　宰他！宰他！

二　春　宰他！宰他！

四　嫂　（拉着娘子，截住赵老）丁四，快出来，动刀啦！

大　妈　（对冯狗子）还不走吗？他真拿着刀呢！

狗　子　（见势不佳）搁着你的，放着我的，咱们走对了劲儿再瞧。（下）

二　春　你敢他妈的再来！

丁　四　（揉着眼出来）怎回事？怎回事？

四　嫂　把刀抢过来！

丁　四　（过去把刀夺过来）赵大爷，怎么动刀呢！

大　妈　（急切地）赵大爷！赵大爷！您这是怎么嘹？怎么得罪黑旋风的人呢？巡官、巡长，还让他们扎死呢，咱们就惹得起他们啦？这可怎么好呕！

赵　老　欺负到程疯子头上来，我受不了！我早就想斗斗他们，龙须沟不能老是他们的天下！

大　妈　娘子，给疯子擦擦血，换件衣裳！赶紧走，躲躲去！冯狗子调了人来，还了得！丁四，陪着赵大爷也躲躲去，这场祸惹得不小！

娘　子　我骂疯子，可以；别人欺负他，可不行！我等着冯狗子……

大　妈　别说了，还是快走吧！

赵　老　我不走！我拿刀等着他们！咱们老实，才会有恶霸！咱们敢动刀，恶霸就夹起尾巴跑！我不发烧了，这不是胡话。

大　妈　看在我的脸上，你躲躲！我怕打架！他们人多，不好惹！打起来，准得有死有活！

赵　老　我不走，他们不会来！我走，他们准来！

丁　四　您的话说对了！我还睡我的去！（入室）

娘　子　疯子，要死死在一块，我不走！

大　妈　这可怎么好呕！怎么好呕！

二　春　妈，您怎这么胆小呢！

大　妈　你大胆儿！你不知道他们多么厉害！

疯　子　（悲声地）王大妈，丁四嫂，说来说去都是我不好！（颓丧地坐下）想当初，我在城里头作艺，不肯低三下四地侍候有势力的人，教人家打了一顿，不能再在城里登台。我到天桥来下地，不肯给胳臂钱，又教恶霸打个半死，把我扔在天坛根。我缓醒过来，就没离开这龙须沟！

娘　子　别紧自伤心啦！

二　春　让他说说，心里好痛快点呀！

疯　子　我是好人，二姑娘，好人要是没力气啊，就成了受气包儿！打人是不对的，老老实实地挨打也不对！可是，我只能老老实实地挨打……哼，我不想作事吗？老教娘子一个人去受累，成什么话呢！

娘　子　（感动）别说啦！别说啦！

疯　子　可是我没力气，作小工子活，不行；我只是个半疯子！（要犯疯病）对，我走！走！打不过他们，我会躲！

〔二嘎子跑进来，截住疯子。

二　嘎　妈，我把钱交给了徐六，他没说什么。妈，远处又打闪哪！又要下雨！

娘　子　（拉住疯子）别再给我添麻烦吧，疯子！

四　嫂　（看看天，天已阴）唉！老天爷，可怜可怜穷人，别再下雨吧！屋子里，院子里，全是湿的，全是脏水，教我往哪儿藏，哪儿躲呢！有雷，去霹那些恶霸；有雨，往田里下；别折磨我们这儿的穷人了吧！

〔隐隐有雷声。

疯　子　（呆立看天）上哪儿去呢？天下可哪有我的去处呢？

〔雷响。

娘　子　快往屋里抢东西吧！

〔大家都往屋里抢东西，乱成一团，暴雨下来。

〔巡长跑上。

巡　长　了不得啦！妞子掉在沟里啦！

众　人　妞子……（争着往外跑）

四　嫂　（狂喊）妞子！（跑下）

——狂风大雨中幕徐闭

第二幕

第一场

时　间　北京解放后。小妞子死后一周年。一黑早。

地　点　同前幕。

布　景　黎明之前，满院子还是昏黑的，只隐约的看得见各家门窗的影子。大门外，那座当铺已经变成了“工人合作社”。街灯恰好把它的匾照得很亮。天色逐渐发白以后，露出那小杂院来，比第一幕略觉整洁，部分的窗户修理过了，院里的垃圾减少了，丁四屋顶的破席也不见了。

〔**幕启**：赵老头起得最早。出了屋门，看了看东方的朝霞，笑了笑，开了街门，拿起笤帚，打扫院子。这时有远处驻军早操喊“一二三——四”声，军号练习声，鸡叫声，大车走的辘辘声等。

〔冯狗子把帽沿拉得很低，轻轻进来，立于门侧。

〔赵老头扫着扫着，一抬头。

赵　老　谁？

狗　子　（把帽沿往上一推，露出眼来）我！有话，咱们到坛根[①]去说。

赵　老　有话哪儿都能说，不必上坛根儿！

狗　子　（笑嘻嘻地）不是您哪，黑旋风的命令……

赵　老　黑旋风是什么玩艺儿？给谁下命令？

狗　子　给我的命令！您别误会。我奉他的命令，来找您谈谈。

赵　老　你知道，北京已经解放了！

① 过去的天坛根是抢劫与打架的地方。

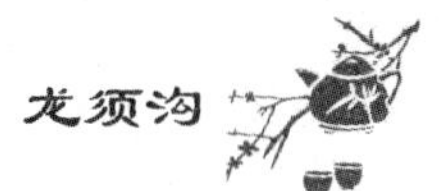

狗　子　因为解放了，才找您谈谈。

赵　老　解放了，好人抬头，你们坏蛋不大得烟儿抽，是不是？是不是要谈这个？

狗　子　咱们说话别带脏字！我问你，你当了这一带的治安委员啦？

赵　老　那不含糊，大家抬举我，举我当了委员！

狗　子　听说你给派出所当军师，抓我们的人；前后已经抓去三十多个了！

赵　老　大家选举我当委员，我就得为大家出力。好人，我帮忙；坏人，我斗争。

狗　子　哼，你也要成为一霸？

赵　老　黑旋风是一霸，我是恶霸的对头！这不由今儿个起，你知道。

狗　子　哟，也许在解放前，你就跟共产党勾着呢？

〔天已大亮。

赵　老　那是我自己的事，你管不着！

狗　子　行，你算是走对了路子，抖起来啦！

赵　老　那可不是瞎撞出来的。我是工人——泥水匠；我的劲头儿是新政府给我的！

狗　子　好，就算你是好汉，黑旋风可也并不是好惹的！记住，瘦死的骆驼总比马大，别有眼不识泰山！

赵　老　你到底干吗来啦？快说，别麻烦！

狗　子　我？先礼后兵，我给你送棺材本来了。（掏出一包儿现洋）黑旋风送给你的，三十块白花花的现大洋。我管保你一辈子也没有过这么多钱。收下钱，老实点，别再跟我们为仇作对，明白吧？

赵　老　我不要钱呢？

狗　子　也随你的便！不吃软的，咱们就玩硬的！

赵　老　爽性把刀子掏出来吧！

狗　子　现在我还敢那么办？

赵　老　到底怎么办呢？

〔狗子沉默。

赵　老　说话！（怒）

狗　子　（渐软化）何苦呢！干吗不接着钱，大家来个井水不犯河水？

赵　老　没那个事！

狗　子　赵老头子，你行！（要走）

赵　老　等等！告诉你，以后布市上、晓市上，是大家伙儿好好作生意的地方，不准再有偷、抢、讹、诈。每一个摊子都留着神，彼此帮忙；你们一伸手，就有人揪住你们的腕子。先前，有侦缉队给你们保镖；现在，作买作卖的给你们摆下了天罗地网！

狗　子　姓赵的，你可别赶尽杀绝！招急了我，我真……

赵　老　你怎样？现在，天下是人民大家伙儿的，不是恶霸的了！

狗　子　（郑重而迟缓地）黑旋风说了——

赵　老　他说什么？

狗　子　他说……（回头四下望了望，轻声带着威胁的意味）蒋介石不久还会回来呢！

赵　老　他？他那个恶霸头子？除非老百姓都死光了！

狗　子　你怎么看得那么准呢？

赵　老　他是教老百姓给打跑了的，我怎么看不准？告诉你吧，狗子，你还年轻，为什么不改邪归正，找点正经事作作？

狗　子　我？（迟疑、矛盾、故作倔强）

赵　老　（见狗子现在仍不觉悟，于是威严地）你！不用嘴强身子弱地瞎搭讪！我要给你个机会，教你学好。黑旋风应当枪毙！你不过是他的小狗腿子，只要肯学好，还有希望。你回去好好地想想，仔细地想想我的话。听我的话呢，我会帮助你，找条正路儿；不听我的话呢，你终久是玩完！去吧！

狗　子　那好吧！咱们再见！（又把帽沿拉低，走下）

〔赵老愣了一会儿，继续扫地。

〔疯子手捧小鱼缸儿，由屋里出来，娘子扯住了他。

娘　子　（低切地）又犯疯病不是？回来！这是图什么呢？你一闹哄，又招四哥、四嫂伤心！

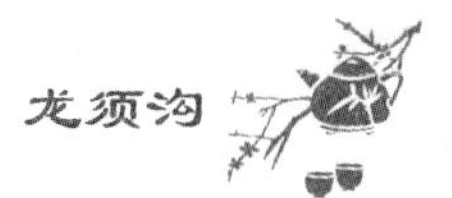

疯　子　你甭管！你甭管！我不闹哄，不招他们伤心！我告诉赵大爷一声，小妞子是去年今天死的！

娘　子　那也不必！

疯　子　好娘子，你再睡会儿去。我要不跟赵大爷说说，心里堵得慌！

娘　子　唉！这么大的人，真个跟小孩子一样！（入屋内）

疯　子　赵大爷，看！（示缸）

赵　老　（直起身来）啊，（急低声）小妞子，她去年今天……生龙活虎似的孩子，会，会……唉！

疯　子　赵大爷，您这程子老斗争恶霸，可怎么不斗斗那个顶厉害的恶霸呢？

赵　老　哪个顶厉害的恶霸？黑旋风？

疯　子　不是！那个淹死小妞子的龙须沟！它比谁不厉害？您怎么不管！

赵　老　我管！我一定管！你看着，多咱修沟，我多咱去工作！我老头子不说谎。

疯　子　可是，多咱才修呢？明天吗？您要告诉我个准日子，我就真佩服这个新政府了！我这就去买两条小金鱼——妞子托我看着的那两条都死了，只剩了这个小缸——到她的小坟头前面，摆上小缸，缸儿里装着红的鱼，绿的闸草，哭她一场！我已经把哭她的话，都编好啦，不信，您听听！

赵　老　够了！够了！用不着听！

疯　子　您听听，听听！（悲痛、低缓地，用民间曲艺的悲调唱）乖小妞，好小妞，小妞住在龙须沟。龙须沟，臭又脏，小妞子像棵野海棠。野海棠，命儿短，你活你死没人管。北京城，得解放，大家扭秧歌大家唱。只有你，小朋友，在我的梦中不唱也不扭……（不能成声）

赵　老　够了！够了！别再唱！乖妞子，太没福气了！疯子，别再难过！听我告诉你，咱们的政府是好政府，一定忘不了咱们，一定给咱们修沟！

疯　子　几儿呢？得快着呀！

赵　老　（有点起急）那不是我一个人能办的事呀，疯子！

疯　子　对！对！我不应当逼您！我是说，咱们这溜儿就是您有本事，有心眼啊！我——佩服您，就不免有点像挤兑您，是不是？

赵　老　我不计较你，疯哥！你进去，把小缸儿藏起来，省得教四嫂看见又得哭一场！

疯　子　我就进去！还有一点事跟您商量商量。您不是说，现在人人都得作事吗？先前，我教恶霸给打怕了，不敢出去；我又没有力气，干不来累活儿。现在人心大变了，我干点什么好呢？去卖糖儿、豆儿的，还不够我自己吃的呢。去当工友，我又不会侍候人，怎办？

赵　老　慢慢来，只要你肯卖力气，一定有机会！

疯　子　我肯出力，就是力气不大，不大！

赵　老　慢慢地我会给你出主意。这不是咱们这溜儿要安自来水了吗？总得有人看着龙头卖水呀，等我去打听打听，要是还没有人，问问你去成不成。

疯　子　那敢情太好了，我先谢谢您！连这件事我也得告诉小妞子一声儿！就那么办啦。（回身要走）

赵　老　先别谢，成不成还在两可哪！

〔四嫂披着头发，拖着鞋从屋里出来。

〔疯子急把小缸藏在身后。

赵　老　四奶奶，起来啦？

四　嫂　（悲哀地）一夜压根儿没睡！我哪能睡得着呢？

赵　老　不能那么心重啊，四奶奶！丁四呢？

四　嫂　他又一夜没回来！昨儿个晚上，我劝他改行，又拌了几句嘴，他又看我想小妞子，嫌别扭，一赌气子拿起腿来走啦！

赵　老　他也是难受啊。本来嘛，活生生的孩子，拉扯到那么大，太不容易啦！这条臭沟啊，就是要命鬼！（看见四嫂要哭）别哭！别哭！四奶奶！

四　嫂　（挣扎着控制自己）我不哭，您放心！疯哥，你也甭藏藏掖掖的啦！由我身上掉下来的肉，我能不心疼吗？可是，死的死了，活着的还得活着，有什么法儿呢！穷人哪，没别的，就是有个扎挣劲儿！

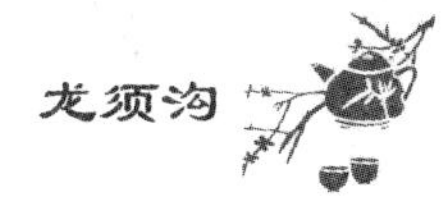

疯　子　四嫂，咱们都不哭，好不好？（说着，自己却要哭）我，我……（急转身跑进屋去）

四　嫂　（拭泪，转向赵老）赵大爷，小妞子是不会再活了，哭也哭不回来！您说丁四可怎么办呢？您得给我想个主意！

赵　老　他心眼儿并不坏！

四　嫂　我知道，要不然我怎么想跟您商量商量呢。当初哇，我讨厌他蹬车，因为蹬车不是正经行当，不体面，没个准进项。自从小妞子一死啊，今儿个他打连台不回来，明儿个喝醉了，干脆不好好干啦。赵大爷，您不是常说现下工人最体面吗？您劝劝他，教他找个正经事由儿干，哪怕是作小工子活淘沟修道呢，我也好有个抓弄呀。这家伙，照现在这样，他蹬上车，日崩西直门了，日崩南苑了，他满天飞，我上哪儿找他去？挣多了，愣说一个子儿没挣，我上那儿找对证去？您劝劝他，给他找点活儿干，挣多挣少，遇事儿我倒有个准地方找他呀！

赵　老　四奶奶，这点事交给我啦！我会劝他。可是，你可别再跟他吵架，吵闹只能坏事，不能成事，对不对呢？

四　嫂　我听您的话！要是您善劝，我臭骂，也许更有劲儿！

赵　老　那可不对，你跟他动软的，拿感情拢住他，我再拿面子局他，这么办就行啦！

四　嫂　唉！真教我哭不得笑不得！（惨笑）得啦！我哭小妞子一场去！（提上鞋后跟儿）

赵　老　我跟你去！

疯　子　（跑出来）我跟你去，四嫂！我跟你去！（同往外走）

——第一场终

第二场

时　间　一九五〇年春间。下午四时左右。

地　点　同前幕。

〔**幕启**：院中寂无一人，二春匆匆从外来，跑得气喘吁吁的。

二　春　喝！空城计！四嫂，二嘎子呢？

四　嫂　（在屋中）他上学去啦！

二　春　那怎么齐老师还到处找他呢？

四　嫂　（出来）是吗？这孩子没上学，又上哪儿玩去啦！

二　春　那我再到别处找找他去！（说完又跑出大门）

大　妈　（出来）二春，你回来！

四　嫂　（忙到门口喊住二春）二妹妹！你回来，大妈这儿还有事呢！

二　春　（擦着汗走回来）回头二嘎子误了上学可怎么办呢？

四　嫂　你放心吧，他准去，哪天他也没误过，这孩子近来念书，可真有个劲儿！我看看他上哪儿去了！就手儿去取点活。（下）

〔二春走到自己屋门口，拿过脸盆，擦脸上、脖子上的汗。

大　妈　（板着面孔，由屋中出来）二春，我问你，你找他干吗？放着正经事不干，乱跑什么？这些日子，你简直东一头西一头地像掐了脑袋的苍蝇一样！

二　春　谁说我没干正经事儿？我干的哪件不正经啊？该做的活儿一点也没耽误啊！

大　妈　这么大的姑娘，满世界乱跑，我看不惯！

二　春　年头儿改啦，老太太！我们年轻的不出去，事儿都交给谁办？您说！

大　妈　甭拿这话堵搡我！反正我不能出去办！

二　春　这不结啦！（转为和蔼地）我告诉您吧！人家中心小学的女教员，齐砚庄啊，在学校里教完一天的书，还来白教识字班。这还不算，

学生们不来，她还亲自到家里找去。您多咱看见过这样的好人？刚才我送完了活儿，正遇上她挨家找学生，我可就说啦，您歇歇腿儿，我给您找学生去。都找到啦，就剩下二嘎子还没找着！

大　妈　管他呢，一个蹬车家的孩子，念不念又怎样，还能中状元？

二　春　妈，这是怎么说话呢？现而今，人人都一边儿高，拉车的儿子，才更应当念书，要不怎么叫穷人翻身呢？

大　妈　像你这个焊铁活的姑娘，将来说不定还许嫁个大官儿呢！

二　春　您心里光知道有官儿！老脑筋！我要结婚，就嫁个劳动英雄！

大　妈　一张纸画个鼻子，好大的脸！说话哪像个还没有人家儿的大姑娘呀！

二　春　没人家儿？别忙，我要结婚就快！

大　妈　越说越不像话了！越学越野调无腔！

〔娘子由外面匆匆走来。

二　春　娘子，看见二嘎子没有？

娘　子　怎能没看见？他给我看摊子呢！

二　春　给……这可倒好！我犄里旮旯都找到了，临完……不知道他得上学吗？

娘　子　他没告诉我呀！

二　春　这孩子！

大　妈　他荒里荒唐的，看摊儿行吗？

娘　子　现在，三岁的娃娃也行！该卖多少钱，卖多少钱，言无二价。小偷儿什么的，差不离快断了根！（低声）听说，官面上正加紧儿捉拿黑旋风。一拿住他，晓市就全天下太平了，他不是土匪头子吗？哼，等拿到他，跟那个冯狗子，我要去报报仇！能打就打，能骂就骂，至不济也要对准了他们的脸，啐几口，呸！呸！呸！偷我的东西，还打了我的爷们，狗杂种们！我说，我的那口子在家哪？

二　春　在家吗？一声没出啊。

娘　子　这几天，他又神神气气的，不知道又犯什么毛病！这个家伙，真教我不放心！

〔程疯子慢慢地由屋中出来。

二　春　疯哥，你在家哪？

疯　子　有道是，在家千日好，出外一时难！

娘　子　又是疯话！我问你，你这两天又怎么啦？

疯　子　没怎么！

娘　子　不能！你给我说！

疯　子　说就说，别瞪眼！我就怕吵架！我呀，有了任务！

二　春　疯哥，给你道喜！告诉我们，什么任务？

疯　子　民教馆的同志找了我来，教我给大家唱一段去！

二　春　那太棒了！多少年你受屈含冤的，现在民教馆都请你去，你不是仿佛死了半截又活了吗？

娘　子　对啦，疯子，你去！去！叫大家伙看看你！王大妈，二姑娘，有钱没有？借给我点！我得打扮打扮他，把他打扮得跟他当年一模一样的漂亮！

疯　子　我可是去不了！

二　春
娘　子　怎么？怎么？

疯　子　我十几年没唱了，万一唱砸了，可怎么办呢？

娘　子　你还没去呢，怎就知道会唱砸了？简直地给脸不要脸！

大　妈　照我看哪，给钱就去，不给钱就不去。

二　春　妈！您不说话，也没人把您当哑巴卖了！

疯　子　还有，唱什么好呢？翠屏山？不像话，拴娃娃？不文雅！

二　春　咱们现编！等晚上，咱们开个小组会议，大家出主意，大家编！数来宝就行！

疯　子　数来宝？

二　春　谁都爱听！你又唱得好！

疯　子　难办！难办！

〔四嫂夹着一包活计，跑进来。

四　嫂　娘子，二妹妹，黑旋风拿住了！拿住了！

娘　子　真的？在哪儿呢？

四　嫂　我看见他了，有人押着他，往派出所走呢！

娘　子　我啐他两口去！

二　春　走，我们斗争他去！把这些年他所作所为都抖漏出来，教他这个坏小子吃不了兜着走！

大　妈　二春，我不准你去！

二　春　他吃不了我，您放心！

娘　子　疯子，你也来！

疯　子　（摇头）我不去！

娘　子　那么，你没教他们打得顺嘴流血，脸肿了好几天吗？你怎这么没骨头！

疯　子　我不去！我怕打架！我怕恶霸！

娘　子　你简直不是这年头儿的人！二妹妹，咱们走！

二　春　走！（同娘子匆匆跑去）

大　妈　二春！你离黑旋风远着点！这个丫头，真疯得不像话啦！

四　嫂　大妈，别再老八板儿啦。这年月呀，女人尊贵啦，跟男人一样可以走南闯北的。您看，自从转过年来，这溜儿女孩子们，跟男小孩一个样，都白种花儿，白打药针，也都上了学。唉，要是小妞子还活着……

疯　子　那够多么好呢！

四　嫂　她太……（低头疾走入室）

大　妈　唉！（也往屋中走）

疯　子　（独自徘徊）天下是变了，变了！你的人欺负我，打我，现在你也掉下去了！穷人、老实人、受委屈的人，都抬起头来；你们恶霸可头朝下！哼，你下狱，我上民教馆开会！变了，天下变了！必得去，必得去唱！一个人唱，叫大家喜欢，多么好呢！

〔冯狗子偷偷探头，见院中没人，轻轻地进来。

狗　子　（低声地）疯哥！疯哥！

疯　子　谁？啊，是你！又来打我？打吧！我不跑，也不躲！我可也不怕你！

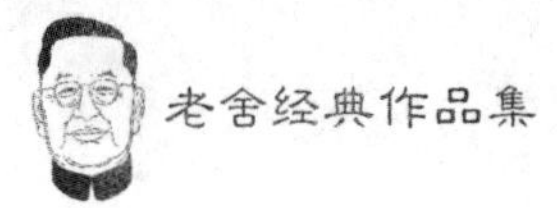

你打，我不还手，心里记着你；这就叫结仇！仇结大了，打人的会有吃亏的那一天！打吧！

四　嫂　（从屋中出来）谁？呕！是你！（向狗子）你还敢出来欺负人？好大的胆子！黑旋风掉下去了，你不能不知道吧？好！瞧你敢动他一下，我不把你碎在这儿！

狗　子　（很窘，笑嘻嘻地）谁说我是来打人的呀！

四　嫂　量你也不敢！那么是来抢？你抢抢试试！

狗　子　我已经受管制，两个多月没干"活儿"[①]了！

四　嫂　你那也叫"活儿"？别不要脸啦！

狗　子　我正在学好！不敢再胡闹！

四　嫂　你也知道怕呀！

狗　子　赵大爷给我出的主意：教我到派出所去坦白，要不然我永远是个黑人。坦白以后，学习几个月，出来那怕是蹬三轮去呢，我就能挣饭吃了。

四　嫂　你看不起蹬三轮的是不是？反正蹬三轮的不偷不抢，比你强得多！我的那口子就干那个！

狗　子　我说走嘴啦！您多担待！（赔礼）赵大爷说了，我要真心改邪归正，得先来对程大哥赔"不是"，我打过他。赵大爷说了，我有这点诚心呢，他就帮我的忙；不然，他不管我的事！

四　嫂　疯哥，别光叫他赔不是，你也照样儿给他一顿嘴巴！一还一报，顶合适！

狗　子　这位大嫂，疯哥不说话，您干吗直给我加盐儿呢！赵大爷大仁大义，赵大爷说新政府也大仁大义，所以我才敢来。得啦，您也高高手儿吧！

四　嫂　当初你怎么不大仁大义，伸手就揍人呢？

狗　子　当初，那不是我揍的他。

四　嫂　不是你？是他妈的畜生？

---

① 活儿指偷窃而言。

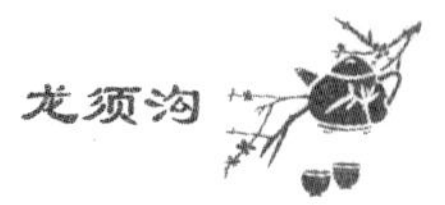

狗　子　那是我狗仗人势，借着黑旋风发威。谁也不是天生来就坏！我打过人，可没杀过人。

四　嫂　倒仿佛你是天生来的好人！要不是而今黑旋风玩完了，你也不会说这么甜甘的话！

疯　子　四嫂，叫他走吧！赵大爷不会出坏主意，再说我也不会打人！

四　嫂　那不太便宜了他？

疯　子　狗子，你去吧！

四　嫂　（拦住狗子）你是说了一声“对不起”，还是说了声“包涵”哪？这就算赔不是了啊？

狗　子　不瞒您说，这还是头一次服软儿！

四　嫂　你还不服气？

狗　子　我服！我服！赵大爷告诉我了，从此我的手得去作活儿，不能再打人了！疯哥，咱们以后还要成为朋友呢，我这儿给您赔不是了！（一揖，搭讪着往外走）

疯　子　回来！你伸出手来，我看看！（看手）啊！你的也是人手，这我就放心了！去吧！

〔狗子下。

四　嫂　唉，疯哥，真有你的，你可真老实！

疯　子　打人的已经不敢再打，我怎么倒去学打人呢！（入室）

〔二嘎子飞跑进来。

二　嘎　妈！妈！来了！他们来了！

四　嫂　谁来了？没头脑儿的！

大　妈　（在屋中）二嘎，二春满世界找你，叫你上学，你怎么还不去呀？

二　嘎　我这就去，等我先说完了！妈，刚打这儿过去，扛着小红旗子，跟一节红一节白的长杆子，还有像照像匣子的那么个玩艺儿。

大　妈　（出来）到底是干什么的呀？这么大惊小怪的！

二　嘎　街上的人说，那是什么量队，给咱们量地。

四　嫂　量地干什么呢？

大　妈　不是跑马占地吧？

二　嘎　跑马占地是怎回事？

大　妈　一换朝代呀，王爷、大臣、皇上的亲军就强占些地亩，好收粮收租，盖营房；咱们这儿原本是蓝旗营房啊！

四　嫂　可是，大妈，咱们现在没有王爷，也没有大臣。

大　妈　甭管有没有，反正名儿不一样，骨子里头都差不了多少！

四　嫂　大妈，自从有新政府，咱们穷人还没吃过亏呀！

大　妈　你说得对！可那也许是先给咱们个甜头尝尝啊！我比你多吃过几年窝窝头，我知道。当初，日本人，哟，现在说日本人不要紧哪？

四　嫂　您说吧，有错儿我兜着！

大　妈　你就是"王大胆"嘛！他们在这儿，不是先给孩子们糖吃，然后才真刀真枪的一杀杀一大片？后来日本人走了，紧跟着就闹接收。一上来说的也怪受听，什么捉拿汉奸伍的；好，还没三天半，汉奸又作上官了；咱们穷人还是头朝下！

四　嫂　这回可不能那样吧？您看，恶霸都逮去了，咱们挣钱也容易啦，您难道不知道？

二　嘎　妈，甭听王奶奶的！王奶奶是个老顽固！

四　嫂　胡说，你知道什么？上学去！

二　嘎　可真去了，别说我逃学！（下）

大　妈　这孩子！（匆匆入室）

〔赵老高高兴兴地进来。

四　嫂　赵大爷，冯狗子来过了，给疯哥赔了不是。您看，他能改邪归正吗？

赵　老　真霸道的，咱们不轻易放过去；不太坏的，像冯狗子，咱们给他一条活路。我这对老眼睛不昏不花，看得出来。四奶奶，再告诉你个喜信！

四　嫂　什么喜信啊？

赵　老　测量队到了，给咱们看地势，好修沟！

四　嫂　修沟？修咱们的龙须沟？

赵　老　就是！修这条从来没人管的臭沟！

四　嫂　赵大爷，我，我磕个响头！（跪下，磕了个头）

疯　子　（开了屋门）什么？赵大爷！真修沟？您圣明，自从一解放，您就说准得修沟，您猜对了！

二　春　（由外边跑来）妈！妈！我没看见黑旋风，他们把他圈起去啦。我可是看见了测量队，要修沟啦！

大　妈　（开开屋门）我还是有点不信！

二　春　为什么呢？

大　妈　还没要钱哪，不言不语的就来修沟？没有那么便宜的事！

赵　老　（对疯子）疯哥，你信不信？

疯　子　不管王大妈怎样，我信！

赵　老　（问四嫂）你说呢？

四　嫂　我已经磕了头！

二　春　这太棒了！想想看，没了臭水，没了臭味，没了苍蝇，没了蚊子，呕，太棒了！赵大爷，恶霸没了，又这么一修沟，咱们这儿还不快变成东安市场？从此，谁敢再说政府半句坏话，我就掰下他的脑袋来！

赵　老　（问大妈）老太太，您说呢？

大　妈　我？（不好意思地笑了笑）大家伙儿怎说，我怎么说吧！

二　春　咱们站在这儿干什么？还不扭一回哪？（领头扭秧歌）呛，呛，起呛起！

众　人　（除了大妈）呛，呛，起呛起！（都扭）

疯　子　站住！我想起来啦！我一定到民教馆去唱，唱《修龙须沟》！

——第二场终

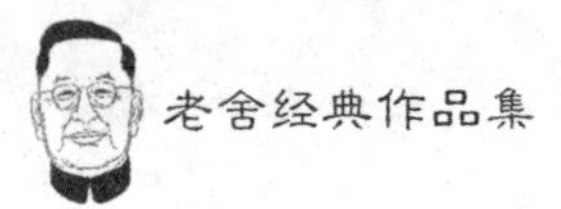

第三场

时　间　一九五〇年夏初，午饭前。

地　点　同前。

〔幕启：王大妈独坐檐下干活，时时向街门望一望，神情不安。赵大爷自外来。

赵　老　就剩您一个人啦？

大　妈　可不是，都出去了。您今天没有活儿呀？

赵　老　西边的新厕所昨儿交工，今天没事。（坐小凳上）我刚才又去看了一眼，不是吹，我们的活儿作得真叫地道。好嘛，政府出钱，咱们还不多卖点力气，加点工！

大　妈　就修那一处啊？

赵　老　至少是八所儿！人家都说，龙须沟有吃的地方，没拉的地方，这下子可好啦！连自来水都给咱们安！

大　妈　可是真的？我就纳闷儿，现而今的作官的为什么这么爱作事儿？把钱都给咱们修盖了茅房什么的，他们自己图什么呢？

赵　老　这是人民的政府啊，老太太！您看，我这个泥水匠，一天挣十二斤小米，比作官儿的还挣得多呢！

大　妈　这一年多了，我好歹的也看出点来，共产党真是不错。

赵　老　这是您说的？您这才说了良心话！

大　妈　可是呀，他们也有不大老好的地方！

赵　老　那您就说说吧。好人好政府都不怕批评！

大　妈　昨儿个晚上呀，我跟二春拌了几句嘴；今儿个一清早，她就不见了。

赵　老　她还能上哪儿，左不是到她姐姐家去诉诉委屈。

大　妈　我也那么想，我已经托疯哥找她去啦。

赵　老　那就行啦。可是，这跟共产党有什么相干？

大　妈　共产党厉害呀！

赵　老　厉害？

大　妈　您瞧啊，以前，前门里头的新事总闹不到咱们龙须沟来。城里头闹什么自由婚，还是葱油婚哪，闹呗；咱们龙须沟，别看地方又脏又臭，还是明媒正娶，不乱七八糟！

赵　老　王大妈，我明白了，二春要自由结婚？

大　妈　真没想到啊！共产党给咱们修茅房，抓土匪，还要修沟，总算不错。可是，他们也教年轻的去自由。他们不单在城里头闹，还闹到龙须沟来，您说厉害不厉害！

赵　老　这才叫真革命，由根儿上来，兜着底儿来！

大　妈　您要是有个大姑娘，您肯教她去自由吗？那像话吗？

赵　老　我？王大妈，咱们虽然是老街坊了，我可是没告诉过您。我的老婆呀……

大　妈　您成过家？您的嘴可真严得够瞧的！这么些年，您都没说过！

赵　老　我在北城成的家，我的老婆是媒人给说的。结婚不到半年，她跟一个买卖人跑了。她爱吃喝玩乐，她长得不寒伧——那时候我也怪体面——我挣的不够她花的！她跑了之后，我没脸再在城里住，才搬到龙须沟来。老婆跑了，我自然不会有儿女。比方说，我要是有个女儿，要自己选个小人儿，我就会说：姑娘，长住了眼睛，别挑错了人哟！

〔程疯子挺高兴地进来。

大　妈　二春在大姑娘那儿哪？

疯　子　在那儿，一会就回来。

大　妈　这我就放心了！劳你的驾！你跟她怎么说的？

疯　子　我说，回去吧，二姑娘，什么事都好办。

大　妈　她说什么呢？

疯　子　她说：妈妈要是不依着我，我就永远不回去，打这儿偷偷地跑了！

大　妈　丫头片子，没皮没脸！你怎么说的？

疯　子　我说，别那么办哪！先回家，从家里跑还不是一样？

大　妈　这是你说的？你呀，活活的是个半疯子！

赵　老　大妈，想开一点吧。二春的事，您可以提意见，可千万别横拦着竖挡着！我吃过媒人的亏，所以我知道自由结婚好！

大　妈　唉，我简直地不知道怎么办好啦！

〔丁四脚底下像踩着棉花似的走进来。

大　妈　这是怎么啦！

丁　四　没事，我没喝醉！

赵　老　大妈，给他点水喝！回头别教四嫂知道，省得又闹气！

大　妈　我给他倒去。（去倒水）哼，还没到晌午，怎么就喝猫尿呢？

疯　子　（扶丁四坐下）坐坐！

大　妈　（端着水）先喝口吧！（把水交给疯子）

丁　四　没事！我没喝醉！

赵　老　喝多了点，可是没醉！

大　妈　就别说他了，他心里也好受不了！（向丁四）再来一碗水呀！

丁　四　不要了，大妈！劳您驾！刚才一阵发晕，现在好啦！（把碗递给大妈）我是心里不痛快，其实并没喝多！

〔大妈又去干活，疯子也坐下。

赵　老　（向丁四）我不明白，老四，四奶奶现在挣得比从前多了，你怎么倒不好好干了呢？你这个样，教我老头子都没脸见四奶奶，她托我劝你不是一回了！

丁　四　您向着这个政府，净拣好的说。

赵　老　有理讲倒人，我没偏没向！

丁　四　您听我说呀，二嘎子的妈，不错，是挣得多点了；可是我没有什么生意。您看，解放军不坐三轮儿，当差的也不是走，就是骑自行车，我拉不上座儿！

赵　老　可是你也不能只看一面呀。解放军不坐车？当初那些大兵倒坐车呢，下了车不给钱，还踹你两脚。先前你是牛马，现在你是人了。这不是我专拣好的说吧？

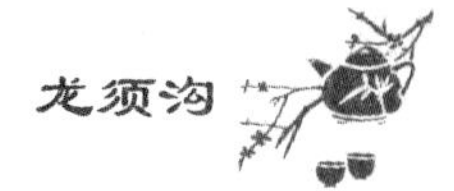

丁　四　不是。

赵　老　好！当初，巡警不敢管汽车，专欺负拉车的，现在还那样吗？

丁　四　不啦！

赵　老　好！前些日子，政府劝你们三轮车夫改业，我掰开揉碎地劝你，你只当了耳旁风。

丁　四　我三十多岁了，改什么行？再者我也舍不得离开北京城。

赵　老　只要你不惜力，改行就不难！舍不得北京，可又嫌这儿脏臭，动不动就泡磨菇，你算怎么回事呢？开垦，挖煤，人家走了的都快快活活地搞生产，政府并不骗人！

丁　四　骗人不骗人的，反正政府说话有时候也不算话！

赵　老　什么？

丁　四　您就说，前些日子，他们测量这儿，这么多天啦，他们修沟来了没有？

赵　老　修沟不是三钱儿油、俩钱儿醋的事，那得画图，预备材料，请工程师，一大堆事哪！丁四，我跟你打个赌，怎样？

丁　四　甭打赌。反正多咱修沟，我就起劲儿干活儿。您老说，这个政府是人民的，我倒要看看，给人民办事不办！这条沟淹死了小妞子，我跟它有仇！

赵　老　这可是你说的？不准说了不算！

丁　四　您看着呀！

赵　老　好，我等着你的！多咱沟修了，你还不听我的话，看，我要不揍你一顿的！

丁　四　您揍我还不容易，我又不敢回手。

赵　老　你这个家伙，软不吃，硬不吃，没法儿办！

〔二嘎子提着一筐子煤核儿，飞跑进来。

二　嘎　爸爸，给你，半筐子煤核儿，够烧好大半天的！（说完，转身就跑）

丁　四　嗨！你又上哪儿闯丧去？

二　嘎　我上牟家井！

丁　四　干吗？

二　嘎　那里搭上了窝棚，来了一大群作工的。还听说，大街上不知道多少辆车，拉着砖、洋灰、沙子，还有里面能站起一个人的大洋灰筒子！我得钻到筒子里试试去，看到底有多高！（跑去）

赵　老　修沟的到了！到了！

疯　子　二嘎子，等等，我也去！（跑去）

大　妈　（也立起来往前跑了两步）真修沟？真一个钱也不跟咱们要？

赵　老　这才信了我的话吧？老太太！

大　妈　没听说过的事！没听说过的事！

赵　老　丁四，你怎么说？

丁　四　我，我……

赵　老　（把丁四拉起来，面对面恳切地说）丁四，你看，咱们的政府并不富裕——金子、银子不是都教蒋介石跟贪官给刮了去，拿跑了吗？——可是，还来给咱们修沟，修沟不是一两块钱的事啊！政府的这点心，这点心，太可感激了吧？

丁　四　我知道！

赵　老　东单、西四、鼓楼前，哪儿不该修？干吗先来修咱们这条臭沟？政府先不图市面儿好看，倒先来照顾咱们，因为这条沟教我年年发疟子，淹死小妞子；一下雨，娘子就摆不上摊子，你拉不出车去，臭水带着成群的大尾巴蛆，流到屋里来。政府知道这些，就为你，我，全龙须沟的人想办法，不教咱们再病，再死，再臭，再脏，再挨饿。你我是人民，政府爱人民，为人民来修沟！你信不信我的话呀？

丁　四　我信了！信了！我打这儿起，不再抱怨，我要好好地干活儿！

赵　老　比如说，政府招呼你去修沟，你去不去呢？这是你的沟，也是你的仇人，你肯不肯自己动手，把它弄好了呢？

丁　四　别再问啦，赵大爷，对着青天，我起誓：一动工，我就去挖沟！

——**幕落**

第三幕

第一场

时　间　一九五〇年夏。某一夜的后半夜，天尚未明。

地　点　龙须沟地势较高处的一家小茶馆——三元茶馆。

布　景　三元茶馆是两间西房，互相通连，冬天在屋里卖茶，夏季在屋外用木棍支着旧席棚，棚下有土台，作为茶桌。旁边放着长方桌，上边有茶壶、茶碗和小酒坛子、酒菜，和少许的低级香烟，另外两三个玻璃缸里面装着一包包的茶叶、花生仁等。

〔**幕启**：前半夜的雨刚刚止住，还能听得见从破席棚滴下来的滴水声，间有一两声鸡鸣。

〔茶馆的刘掌柜，点着洋油灯在炉旁看看火，看看水壶，又向棚外张望，好像在等待什么人似的。

〔一位警察走向棚来，穿着被水浸透的雨衣，赤脚穿着胶皮鞋，泥已溅满裤腿上，手里拿着电筒。

警　察　刘大爷，您多辛苦啦！

掌　柜　哪儿的话您哪！

警　察　您这儿预备得怎么样啦？

掌　柜　都差不离儿啦，等会儿老街坊们来到，准保有热茶喝，有舒服地方坐。

警　察　这就好了！所长指示我，教我跟赵大爷说：请他先别挖沟，先招呼着老街坊们到这儿来，免得万一房子塌了，砸伤了人！

掌　柜　也就是搁在现而今哪，要是在解放以前，别说下雨，就是淹死、砸死也没人管哪！这可倒好，派出所还给找好了地方，教老街坊们躲躲儿，惟恐怕房子塌了砸死人！

警　察　（一边听掌柜的讲话，一边用电筒照那两间西房）可不，这回事啊，也幸亏是大家伙儿出来自动地帮忙，要光靠我们派出所这几个人跟工程队呀，干的也不能这么快！刘大爷，我走啦！回头赵大爷领着老街坊们来，您可多照应点儿！哟！老街坊们来了！（赵老领着一批群众先上）赵大爷！都来了吗？

赵　老　来了一拨儿，跟着就都来！

警　察　这儿拜托您啦！我帮助挖沟去。（向群众）老街坊们！这儿歇歇儿吧！（下）

赵　老　女人、小孩到屋里去！屋里有火，先烤干了脚！

（女人、小孩向屋内移动，男人们或立或坐）二春！二春！二春还没来吗？

二　春　（从外面应声）来嘹！赵大爷，我来嘹！（跑上，手中提着小包，身上披着破雨衣；放下小包；一边脱雨衣，一边说）好家伙，差点儿摔了两个好的。地上真他妈的滑！

赵　老　别说废话，先干活儿！

二　春　干什么？您说！

赵　老　先去烧水、沏茶，教大家伙儿热热呼呼的喝一口！然后再多烧水，找个盆，给孩子们烫烫脚，省得招凉生病！

二　春　是啦！（提起小包要往屋中走）

〔一青年背着王大妈上，她两手拿着许多东西。

大　妈　二春！二春！你在哪儿哪？你就不管你妈了呀？我要是摔死了，你横是连哭都不哭一声！

二　春　（向青年）你进来歇歇呀！

青　年　还得背人去呢！（跑下）

二　春　妈！屋里烤烤去！（接妈手中的东西）

大　妈　我不在这儿！（不肯松手东西）

二　春　不在这儿，您上哪儿？

大　妈　我回家！我忘了把烙铁拿来了！

赵　老　大妈，这是瞎胡闹！烙铁不会教水冲了走！您岁数大，得给大家作个好榜样，别再给我们添麻烦！

大　妈　唉！（坐下）我早就知道要出漏子！从前，动工破土，不得找黄道吉日吗？现在，好，说动土就动土，也不挑个好日子；龙须沟要是冲撞了龙王爷呀，怎能不发大水！

赵　老　二春！干你的去；就让老太太在这儿叨唠吧！

二　春　妈，好好的在这儿，别瞎叨唠！现在呀，哪天干活儿，哪天就是黄道吉日，用不着瞧皇历！（入屋中）

〔疯子搀着娘子上。

娘　子　你撒手我！你是搀我，还是揪我呢？

疯　子　好，我撒手！

娘　子　赵大爷，我干点什么？

赵　老　帮助二春去，她在屋里呢。疯哥，你把东西交给娘子，去作联络员，来回地跑着点。

疯　子　好，我能作这点事。真个的，这儿的水够使吗？自来水的钥匙可在咱身上呢！

掌　柜　够用，够用！

〔疯子下。

娘　子　（看见大妈）哟！老太太，您怎么在这儿坐着，不进去呢？

大　妈　我不进去！没事找事儿，非挖沟不可，看，挖出毛病来没有？

娘　子　您忘了，每回下大雨不都是这样吗？

赵　老　再说，沟修好以后，就永远不再出这样的毛病了！

二　春　（在屋门内）赵大爷，娘子，都不必再理她！妈，您老这么不讲理，我可马上就结婚，不侍候着您了！

大　妈　哼，不教我相看相看他，你不用想上轿子！

二　春　您不是相看过了吗？

大　妈　我？见鬼！我多咱看见过他？

二　春　刚才背着您的是谁呀？（回到屋内）

大　妈　就是他？

赵　老
娘　子　哈哈哈！

娘　子　这门亲事算铁了！

大　妈　我，我，我斗不过你们！我还是回家！破家值万贯，我不能半夜里坐野茶馆玩！

娘　子　算了吧，老太太！这回水并不比从前那些回大，不过呀，政府跟警察呀，唯恐其砸死人，所以把咱们都领到这儿来！得啦，进去歇会儿吧！

二　春　（在屋中）快来呀，茶沏好啦！谁来碗热的！

娘　子　走吧，喝碗热茶去！（扯大妈往屋中走）

疯　子　（在远处喊叫）往这边来，都往这边来！赵大爷，又来了一批！

赵　老　（往外跑）这边！这边！

〔又来了一批人，男的较多。

赵　老　女的到屋里去！男的把东西放下，丢不了。咱们还得组织一下，多去点人，帮着舀水跟挖沟去吧！不能光教官面上的人受累，咱们在旁边瞧着呀！

众　甲　冲着人家这股热心劲儿，咱们应当回去帮忙！

赵　老　这话说得对！有我跟刘掌柜的在这儿，放心，人也丢不了，东西也丢不了。我说，四十岁以上的去舀水，四十以下的去挖沟，合适不合适？

众　乙　就这么办啦！

众　人　咱们走哇！（下）

〔丁四嫂独自跑上。

四　嫂　赵大爷，赵大爷，没看见二嘎子呀？

赵　老　没有！他那么大了，丢不了！

四　嫂　这孩子，永远不教大人放心！

赵　老　丁四呢？

四　嫂　他挖沟去了！

赵　老　好小子！他算有了进步！

四　嫂　有了进步？哼！您等着瞧！他在外面受了累回来，我的罪过可大啦！他横挑鼻子竖挑眼，倒好像他立下汗马功劳，得由我跪接跪送才对！

赵　老　就对付着点吧！你受点委屈，将就将就他。不管怎么说，他现在总是为人民服务哪，还真卖力气，也怪难为他的！

娘　子　（在屋门口叫）四嫂，进来，喝口水，赶赶寒气儿！

四　嫂　娘子，你给我照应着东西，我得找二嘎子去！好家伙，他可别再跟小妞子似的……（下）

〔疯子跑进来。

疯　子　丁四哥回来了！

〔丁四扛着铁锹，满身泥垢，疲惫地从外边来。

赵　老　四爷，回来啊？

丁　四　快累死了，还不回来？

疯　子　四哥，沟怎样啦？

丁　四　快挖通了！（坐）

娘　子　（端茶来）四哥，先喝口热的！（让别人）

大　妈　（出来）丁四，到底是怎么一回事呀？水下去没有？屋子塌了没有？咱们什么时候能回去？他们真把东西都搬到炕上去了吗？

二　春　（出来）妈！妈！您一问就问一大车事呀！四哥累了半夜了，您教他歇会儿！

大　妈　我不再出声，只当我没长着嘴，行不行？

丁　四　别吵喽！有人心的，给我弄点水，洗洗脚！

二　春　我去！我去！（入屋）

丁　四　（打哈欠）赵大爷！

赵　老　啊！怎样？

丁　四　自从一修沟，我就听您的话，跟着作工。政府对得起咱们，咱们也要对得起政府。话是这么讲不是？

赵　老　对！你有功！政府给咱们修沟，你年轻轻的还不出一膀子力气？

丁　四　可是，我苦干一天，晚上还教水泡着，泥人还有个土性儿，我受不了！我不干啦！我还去拉车，躲开这个臭地方！

二　春　（端水来）四哥，先烫烫脚！

丁　四　（放脚在盆内）我不干了！

二　春　不干什么呀？

疯　子　四哥！四哥！来，我给你洗脚！你去修沟，你跟政府一样的好，我愿意给你洗脚。赵大爷常说，为大家干活儿的都是好汉。四哥，你是好汉，我愿意侍候你，你也知道，我不是那种低三下四的人！

娘　子　四哥，疯子常犯糊涂，这回可作对了！教他给你洗！

丁　四　疯哥，那不行！不敢当！

〔四嫂跑进来。

四　嫂　那可不能！疯哥，起开，我给他洗！（蹲下给他洗）

丁　四　你干什么去啦？

四　嫂　我找二嘎子去啦。找了七开八得，也找不着他！

丁　四　对，再把儿子丢了，够多么好啊！我是得躲开这块倒霉的地方！这个地方不出好事！

四　嫂　你又来了不是？你是困了，累了，闹脾气。洗完了，我给你找个地方，睡会儿觉！二嘎子丢不了，他那么大了。

赵　老　丁四，你现在为大家伙儿挖沟，大家伙儿谁不伸大拇哥，说你好！

丁　四　是吗，脚都快泡烂了，还不说我好！

〔一警察背着二嘎子进来，二嘎子已睡着了。

四　嫂　（迎过去）二嘎子，你上哪儿去喽？

警　察　他是好心，跟着我跑了半夜。现在，他已经睁不开眼，我把他背回来啦。

二　嘎　（睁开眼，下来）妈！我可困得不行了！

〔四嫂携二嘎子入屋中。

警　察　赵大爷，辛苦啦！这儿都顺序？

赵　老　挺好！你先喝碗水吧，也累得够瞧的啦！

二　春　来，您喝碗！（递茶）

警　察　谢谢二姑娘，你也卖了力气！王大妈，您受屈啦！

大　妈　我受屈不受屈的，到底这都是怎回事呢？

警　察　待会儿我再跟您说。疯哥，娘子，你们也辛苦啦！

娘　子　您才真受了累！疯子今天也不错，作联络员！

警　察　丁四哥，这一夜可够你受的！

赵　老　哼，老四正闹脾气！又是什么还拉车去，不管咱们的臭事儿喽！

丁　四　赵大爷，赵大爷，那是刚才，现在我又好啦！同志，就凭您亲自把二嘎子背回来，您教我干吗，我干吗！什么话呢，咱们都是外场人，不能一面理，要老娘儿们脾气！

二　春　女人，我们女人并不像你，一会儿明白，一会儿糊涂！

警　察　得，得，先别拌嘴！丁四，你找个地方睡会儿去！

丁　四　这儿就好，打个盹儿就行！

二　春　可倒好，说不闹脾气，就比谁都顺溜！

〔刚才走出去的男人们回来一部分。

警　察　辛苦了，诸位！沟挖通了？

众　人　通啦！

警　察　屋里还有人吧？

二　春　有，孩子跟妇女。

警　察　别惊动小孩子，大人愿意听听的，可以请出来。

二　春　我去。（跑到屋门口叫大家）

警　察　老街坊们！

〔众妇人，四嫂在内，随二春出来。

警　察　老街坊们！都请坐！请赵大爷说说，因为夜里的事儿，有人知道，有人还不大清楚。（众有立有坐）赵大爷，说说吧！

赵　老　你也坐下吧！你也干了半夜啦！

警　察　行，站着好。

赵　老　老街坊们，修沟的计划是先修一道暗沟；把暗沟修好，再填上那条老的明沟。这个，诸位都知道。

众　人　知道。

赵　老　刚一修沟的时候，工程处就想得很周到，下边用板子顶住沟梆子，上边用柱子戗[1]住了墙，省得下面的土一松，屋子跟墙就许垮架；咱们这溜儿的房子都不大结实。这个，大家也都知道。

众　人　知道。

赵　老　可是，连这么留神哪，还出了昨儿夜里的毛病！第一是：谁也没有想到这么早就能下瓢泼瓦灌的暴雨。第二是：正在新沟跟旧沟接口的地方，新挖出来的土一时措手不及抬走，可就堵住了旧沟。这么一来，大家可受了惊，受了委屈，受了损失。区政府里，公安局里都觉得对不起咱们。刚才，连区长带别的首长，全都听到信儿就赶到了；区长亲自往外背人，抢救东西。派出所所长，现在还在给大家往外舀水呢。诸位有什么话，尽管说，待会儿好转告诉区长、所长。

〔众人无语。

警　察　有话就说吧，好话歹话都可以说，咱们是一家人！

二　春　要依我看哪……

大　妈　二春！这儿有的是人，你占什么先，姑娘人家的！

二　春　好，您要有话，您就说！

〔大妈不语。

赵　老　大妈说呀！现在的警察愿意听咱们的话。

大　妈　我没的说，要说呀，我只说这一句：下回再下雨呀，甭教我出来！半夜三更的实在可怕！

警　察　区长、所长是怕屋子塌了，砸死人哪！老太太！

众　甲　要不挖那道暗沟，不是没有这回事了吗？

二　春　你说的是糊涂话！

众　甲　这儿不是谁都可以说话吗？

二　春　可也不能说糊涂话！不修暗沟！怎么能填平了明沟！不弄没了明沟，咱们这里几儿个才能不脏不臭？你说！

---

[1] qiàng，顶住的意思。——絜青注。

娘　子　再说——

众　乙　喝！娘子军！

〔众人笑。

娘　子　再说：去年、前年，年年哪回下大雨，不淹起咱们来？可是，淹死，砸死，有谁管过咱们？咱们凭良心说话，这回并不比往年那些回淹得苦，可是连区长都上头淋着，下头蹚着，来救咱们，咱们得谢谢他们！

四　嫂　我不管别的，只说说我的那口子，（指伏桌睡的丁四）要不是因为修咱们的沟，他能变成工人，给大家伙作点事吗？赶明儿个，沟修好了，有多么棒呢！

二　春　说得好！四嫂！

〔众人鼓掌。

警　察　赵大爷，您再说两句吧！

众　人　赵大爷多说说！

赵　老　好吧，我再说几句吧。政府不修王府井大街，不修西单牌楼，可先给咱们修沟，这实在是件了不起的事。修沟出了点毛病，政府又这么关心我们，我活六十多岁了，没有见过！再者，沟修好了以后，不是就永远不出毛病了吗？人心都在人心上，政府爱我们，我们也得爱政府。是不是呀？诸位？

众　人　赵大爷说得对！

疯　子　要没这回事，咱们还不知道政府这么好呢！

警　察　我补充一两句：这回事儿还算好，没有伤了人。大家的东西呢，来得及的我们都给搬到炕上去了。现在，雨住了，天也亮了，大家愿意回家看看去呢，就去；愿意先歇会儿再去呢，西边咱们包了两所小店儿，大家随便用。

赵　老　到家里看看，要是没法儿歇歇睡会儿，还可以到店里去。是这样不是？

警　察　对！西边的联升店跟天成店。二春姑娘，你招呼着姑娘老太太们到联升店去。赵大爷，您带着男同志们到天成店去。

二　春　妈、娘子、四嫂、诸位，咱们走哇！

娘　子　我去拿东西。（入屋中，几位妇人随着）

四　嫂　（同二嘎出来）这位爷（指丁四）还睡哪。顶好别惊动他，就让他睡下去吧。（给他披上一件衣服）

二　春　妈，走哇！

大　妈　一辈子没住过店，我不去！我回家！

二　春　屋里还有水哪！

大　妈　在家里蹚着水也是好的！

二　春　成心捣乱！妈！您可真够瞧的！

四　嫂　二嘎子，你送王奶奶去！到家要是不能住脚，就搀她老人家到店里来，听见了没有？给王奶奶拿着东西！

二　嘎　王奶奶，我要是走得快，您可别骂我！

大　妈　我几儿骂过人？小泥鬼儿！

警　察　王大妈，您走哇？慢着点，地上怪滑的！

大　妈　（回首）久住龙须沟，走道儿还会不知道怎么留神？

二　春　（对妇女们）咱们走吧？

众　人　走！同志，替我们给区长、所长道谢！（往外走）

赵　老　（对男人们）咱们也走吧？

众　甲　咱们给挖沟的弟兄们喊个好！

众　人　（连没走净的妇女一齐喊）好！好！

——第一场终

第二场

时　间　一九五〇年夏末。龙须沟的新沟落成，修了马路。

地　点　同第一幕小杂院。

布　景　杂院已经十分清洁，破墙修补好了，垃圾清除净尽了，花架子上爬满了红的紫的牵牛花。赵老的门前，水缸上，摆着鲜花。丁四的窗下也添了一口新缸。满院子被阳光照耀着。

〔**幕启**：王大妈正坐在自己门前一个小板凳上，给二春缝着花布短褂，地上摆着一个针线笸箩。四嫂从屋里出来，端详自己的打扮，特别是自己的新鞋新袜子。

大　妈　（看四嫂出来，向她发牢骚）四嫂哇！您看二春这个丫头，今儿个也不是又上哪儿疯去了！我这儿给她赶件小褂，连穿上试试的工夫都抓不着她！

四　嫂　她忙啊！今天咱们门口的暗沟完工，也不是要开什么大会，就是办喜事的意思。她说啦，您、我、娘子都得去；要不怎么我换上新鞋新袜子呢！您看，这双鞋还真抱脚儿，肥瘦儿都合适！

大　妈　我可不去开会！人家说什么，我老听不懂。

四　嫂　也没什么难懂的。反正说的都离不开修沟，修沟反正是好事，好事反正就得拍巴掌，拍巴掌反正不会有错儿，是不是？老太太！

大　妈　哼，你也跟二春差不多了，为修沟的事，一天到晚乐得并不上嘴儿！

四　嫂　是值得乐嘛！您看，以前大伙儿劝丁四找点正事作，谁也劝不动他。一修沟，好，沟把他劝动了！

大　妈　臭沟几儿个跟他说话来着？

四　嫂　比方说呀，这是个比方，沟仿佛老在那儿说：我臭，你敢把我怎样了？我淹死你的孩子，你敢把我怎样了？政府一修沟啊，丁四可仿佛也说了话：你臭，你淹死我的孩子？我填平了你个兔崽子！就是这么一回事。

〔娘子提着篮子回来。

四　嫂　娘子，怎这么早就收了？

娘　子　不是要开大会吗？百年不遇的事，我歇半天工，好开会去。喝，四嫂子，您都打扮好了？我也得换上件干净大褂儿。这，好比说，就是给龙须沟作生日；新沟完了工，老沟玩了完！

大　妈　什么事儿呀，都是眼见为真；老沟还敞着盖儿，没填上哪！

娘　子　那还能不填上吗？留着它干什么呀？老太太，对街面儿上的事您

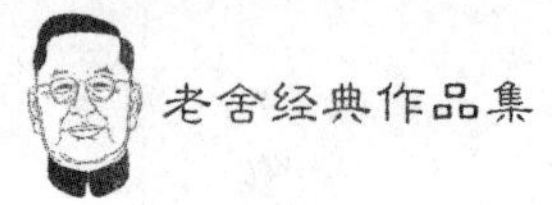

太不积极啦！

大　妈　什么鸡极鸭极的，反正我沉得住气，不乱捧场，不多招事。

四　嫂　我知道您为什么老不高兴，就是为二姑娘的婚事。您心里有这点委屈别扭，就看什么也不顺眼，是吧？

大　妈　按说，我不应当因为自己的别扭，就拦住你们的高兴！是啊，你们应该高兴。你就说，连疯哥都有了事作，谁想得到啊！

娘　子　大妈，您别提疯子，他要把我气死！

大　妈
四　嫂　怎么？

娘　子　自从他得着这点美差，看自来水，夜里他不定叫醒我多少遍。一会儿，娘子，鸡还没打鸣儿哪？

大　妈　他可真鸡极呀！

娘　子　待一会儿，娘子，还没天亮哪？这家伙，看看自来水，倒仿佛作了军机大臣，唯恐怕误了上朝！

四　嫂　娘子，可也别说，他要不是一个心眼，说干就真干，为什么单派他看自来水呢？我看哪，他手不能提篮，肩不能担担，这个事儿交给他顶合适啦！

娘　子　是呀，无论怎么说吧，他总算有了点事作；好歹的大伙儿不再说他是废物点心，我的心里总痛快点儿！要是夜里他不闹，不就更好了吗？

四　嫂　哪能那么十全十美呢？这就不错！我的那口子不也是那样吗？在外边，人家不再喊他丁四，都称呼他丁师傅，或是丁头儿；你看，他乐得并不上嘴儿；回到家来，他的神气可足了去啦，吹胡子瞪眼睛的，瞧他那个劲儿！

娘　子　可也别说呀，他这路工人可有活儿干啦！净说咱们这一带，到永定门去的大沟，东晓市的大沟，就还够作好几个月的。共产党啊，是真行！听说，三海、后海、什刹海，连九城的护城河，都给挖啊！还垒上石头坝。以后还要挨着班儿地修马路呢。四哥还愁没事儿作？二嘎子更有出息啦，进工厂当小工子，还外带着念书，赶明儿

要是好好的干，说不定长大了还当厂长呢！

四　嫂　唉！慢慢地熬着吧，横是离好日子不远啦！哟！二嘎子那件小褂儿还没上领子呢！（进屋取活计）

〔程疯子自外面唱着走来。

疯　子　我的水，甜又美，喝下去肚子不闹鬼。我的水，美又甜，一挑儿才卖您五十元。

娘　子　瞧这个疯劲儿！大妈！您坐着，我进去换换衣裳。（下）

疯　子　（进来，还唱）沏茶喝，甜又香，不像先前沏出茶来稠嘟嘟的像面汤。洗衣裳，跟洗脸，滑滑溜溜又省胰子又省碱。

四　嫂　（取了活计出来，缝着衣服）疯哥，你不看着水，干吗回来啦？

疯　子　大妈、四嫂，我回来研究那段数来宝，好到大会去唱！二嘎子替我看着水呢。他现在识文断字，比我办事还精明呢！

四　嫂　哼，你们这一对儿够多么漂亮啊！

疯　子　四嫂，别小看我们俩，坐在一块儿我们就讨论问题！

四　嫂　就凭你们俩？

疯　子　您听着呀！刚才，我说，二嘎子，你看，现在咱们这儿有新沟老沟两条沟，一前一后夹住了咱们的院子。新沟是暗沟，管子已经都安好，完了工啦；上面修成了一条平平正正的马路。二嘎子说：赶明儿个，旧沟又咵喳咵喳地一填，填平了，又修成一条马路。我就说，咱们房前房后，这么一来，就有两条马路，马路都修好，我问二嘎子，该怎么办了？四嫂，二嘎子真聪明；他说：该种树！他问我：疯大爷，种什么树？我说：柳树，垂杨树，多么美呀！二嘎子说：呸！

四　嫂　你看这孩子！

疯　子　他说，得种桃树，到时候可以吃大蜜桃啊！您瞧，二嘎子多么聪明！

娘　子　（在屋中）别说啦，快来编词儿吧！

疯　子　赶趟，等我说完最要紧的一段儿。四嫂，我跟二嘎子又研究出来：咱们这儿，还得来个公园。二嘎子提议：把金鱼池改作公园，周围种上树，还有游泳池，修上几座亭子，够多么好啊！

娘　子　（出来，换上新衫）别在这儿作梦啦！

四　嫂　也不都是梦。谁想到咱们门口会有了马路，会有了干干净净的厕所，会有了自来水？谁能说这儿就不该有个公园呢！

疯　子　四嫂言之有理！如此，大妈、四嫂、娘子，我就暂且失陪了！（以上均用京剧话白的腔调，走入屋中）

四　嫂　也难怪孩子们爱他，他可真婆婆妈妈的有个趣儿！

娘　子　就别夸他了，跟小孩子一样，越夸越发疯！

〔丁四夹着一身新蓝布裤褂，欢欢喜喜地进来。

丁　四　王大妈，娘子，看新衣裳呕！

〔她们都围上来。大妈以手揉布，看布质好坏；娘子看裤子的长短；四嫂看针钱细不细。

丁　四　（看见了四嫂的新鞋新袜）哼，打下面看哪，还不认识你了呢！

四　嫂　别耍骨头！（提着褂子）穿上，看看长短。

丁　四　（穿）怎样？

娘　子　挺好！挺合身儿！

大　妈　就怕呀，一下水得抽一大块！

丁　四　大妈！您专会说吉祥话儿！

大　妈　不是呀！你们男人要是都会买东西，要我们女人干什么呢？

四　嫂　得啦，管它抽多少呢，反正今天先穿个新鲜劲儿！

大　妈　别怪我说，那可不是过日子的道理呀！你就该去买布，咱们大伙儿给他缝缝；那，一身能当两身穿！

丁　四　可是大妈，您可也有猜不到的事儿。刚才呀，卖衣裳的一张嘴，就要四万五，不打价儿。

娘　子　现在买什么都是言无二价。

丁　四　我把衣裳撂下，跟他聊天。喝，我撒开了一吹：我买这身儿为的是去开大会；我修的沟，我能不去参加落成典礼吗？我又一说：怎么大夏天的，上边晒得流油，下边踩着黑泥，旁边老沟冒着臭气，苍蝇、蚊子落在身上就叮，臭汗一直流到鞋底子上！我还没说完哪，

您猜怎么着，他把衣裳塞在我手里，说：拿去，给我四万块钱！不赔五千，赶明儿你填老沟的时候，把我一块儿埋进去！大妈，您想得到这一招吗？

大　妈　哟，那可太便宜了，我也买一身去！

丁　四　大妈，您修过沟吗？

大　妈　对！我再去修沟就更像样儿了！不理你们了，简直地说不到一块儿！（回去作活）

〔二春襟前挂着红绸条——联络员。头上也扎着绸条，从外跑进来。

二　春　四哥，还不快去，你们集合啦！

丁　四　我换上裤子就走！（跑进屋去）

大　妈　二春快来试试衣裳！（提着花短褂给二春穿）

二　春　（试着衣裳）妈，今儿个可热闹了，市长、市委书记还来哪！妈，您去不去呀？

大　妈　不去，我看家！

二　春　还是这样不是？用不着您看家，待会儿有警察来照应着这条街，去，换上新衣裳去！教市长看看您！

娘　子　您就去吧，老太太！龙须沟不会天天有这样的热闹事。

四　嫂　您去！我保驾！

大　妈　好吧！我去！（入室）

四　嫂　戴上您那朵小红石榴花儿！

二　春　娘子，四嫂，得预备一下呀，待一会儿还有报馆的人来访问咱们，也许给咱们照像呢！娘子，人家要问你，对修沟有什么感想，你说什么？

娘　子　什么叫感想啊？

大　妈　（在屋门内）你就别赶碌她啦！越赶她越想不起来啦！

二　春　感想啊，大概就是有什么想头儿。

〔丁四从屋中跑出来。

丁　四　会场上见啦！（跑出去，高兴地唱着——解放区的天……）

娘　子　这么说行不行？一修沟啊，连我的疯爷们都有了事作，我感激政府！

二　春　行！你呢，四嫂？

四　嫂　要问我，我就说：政府要老这么作事呀，龙须沟就快成了大花园啦！可有一样，成了花园，也得让咱们住着！

二　春　别看四嫂，还真能说两句儿呢！你放心，沟臭的时候是咱们住，香的时候也是咱们住！妈！妈！

大　妈　别催我！（出来）这样行了吧？（指衣服）

二　春　（端详妈妈）行啦！人家要问您，您说什么呀？

大　妈　我——

二　春　说什么呀？

大　妈　沟修好了，我可以接姑奶奶啦！

〔大家哈哈大笑。

二　春　您就是这一句呀？

大　妈　见了生人，说不出话来！（突然想起）二春，我可不照像，照一回丢一回魂儿！

二　春　妈，您可真会出故典！

娘　子　我替您，我不怕丢魂儿；把我照了去，也教各处的人见识见识，北京城有个程娘子！我又有了个主意，咱们大家伙儿应当凑点钱，立一块碑，刻上：以前这儿是臭沟，人民政府把它修成了大道！

二　春　这可是好意见，我得告诉赵大爷。咱们得凑钱立这块碑！

四　嫂　对！也教后代子孙知道知道。要凑钱，我捐一斤小米儿！

〔远处有腰鼓声。

二　春　腰鼓队出来了！咱们走吧！

〔二嘎子手执小红旗子飞跑而来。

二　嘎　报！赵队长爷爷到！摆队相迎！

〔赵大爷穿着新衣，胸前佩红绸条，昂然地进来。

二　春　瞧赵大爷哟！简直像总指挥！

赵　老　（笑）小丫头片子！

二　春　赵大爷，您可得预备好了哟，新闻记者一定会访问您！

赵　老　还用你嘱咐，前三天我就预备好喽！

二　春　好，我当记者：（摹拟）您对修沟有什么感想？

赵　老　简单地说，还是详细地说？

二　春　（摹拟）请简单地说吧！

赵　老　这叫五福临门！

二　春　哪五福呢？

赵　老　我们的门前修了暗沟，院后要填平老明沟，一福。前前后后都修上大马路，二福。我们有了自来水，三福。将来，这里成了手工业区，大家有活作，有饭吃，四福。赶明儿个金鱼池改为公园，作完了活儿有个散逛散逛的地方，五福！

二　春
四　嫂
娘　子
大　妈　（与赵老同时）五福！

〔附近邻居，都像院里人一样，换了新衣服，去开会。正经过大门口。一位警察跑进门来，招呼大家。群众有的等在大门外，也有走进院里来的。

〔远处军乐声，腰鼓声。

警　察　开会去喽！快到时候啦！

〔大妈返身要锁自己的房门，四嫂、娘子赶去拦大妈。正拉着她要往外走，疯子由屋中跑出，手里拿着竹板。

疯　子　诸位别忙，先等等儿，我这儿编出来个新词儿，先给你们唱唱试试！

众　人　赞成！唱，唱！

疯　子　听着啊——给诸位，道大喜，人民政府了不起！了不起，修臭沟，上手儿先给咱们穷人修。请诸位，想周全，东单、西四、鼓楼前；还有那，先农坛，五坛八庙、颐和园；要讲修，都得修，为什么先管龙须沟？都只为，这儿脏，这儿臭，政府看着心里真难受！好政府，爱穷人，教咱们干干净净大翻身。修了沟，又修路，好教咱们挺着腰板儿迈大步；迈大步，笑嘻嘻，劳动人民努力又心齐。齐努力，多作工，国泰民安享太平！

众　人　（跟疯子齐声喊）享太平！

〔外边，远处近处都是一片欢呼声："毛主席万岁！"

〔大家随着欢呼声音涌出小院，外边会场上的军乐声起，幕在《青年进行曲》声音中徐徐落下。

——**全剧终**

西望长安

（五幕话剧）

老舍

人 物

栗晚成——男，二十五到二十九岁，“党员”、“英雄”、“干部”。

荆友忠——男，十九到二十三岁，青年干部。

程二立——男，十四到十八岁，农民。

平亦奇——男，二十七到三十一岁，西北农林学院的干部。

杨柱国——男，二十九到三十三岁，西北农林学院的党支书，后调任农业技术研究所主任。

林大嫂——女，三十多岁，林树桐的妻，家庭妇女。

林树桐——男，四十岁左右，中南区农林部的科长，后调任中央农林部的人事处处长。

达玉琴——女，二十四到二十七岁，女干部。

卜希霖——男，五十岁左右，中南区农林部的科长，后任中央农林部司长。

马　昭——男，四十多岁，中南区农林部人事处处长，后任中央农林部办公厅主任。

金　丹——女，二十多岁，记者。

冯福庭——男，三十多岁，勤务员。

铁　刚——男，将近四十岁，老干部。

唐石青——男，四十来岁，陕西省公安厅的处长。

王乐民——男，二十多岁，公安厅的科长。

杜任先——男，二十多岁，公安厅的干部。

群　众——男女干部若干人。

第一幕

时 间 一九五一年秋，午前。

地 点 陕西某地的农林学院附近。

人 物 栗晚成、荆友忠、程二立、平亦奇、杨柱国、男女群众若干人。

〔**幕启**：西北农林学院是在陕西省里的高原上，有大片的果园和农业试验场。我们望过去，高原上真是灿烂如锦：刚长熟了的柿子，像万点金星，闪耀在秋光里；晚熟的苹果还没有摘下来，青的、半红的都对着秋阳微笑；树叶大半还很绿，可是这里那里也有些已经半黄的或变红了的，像花儿似的那么鲜艳。在密密匝匝的果林里，露出灰白色的建筑物的上部，那就是学院的大楼。

我们离高原还有三四里地，所以高原上的果木与高楼正好像一张美丽的风景画。

越往离我们较近的地方看，树木越少。可是从高原一直到近处，树木的绿色始终没有完全断过，不过近处没有高处的果林那么整齐繁密罢了。在几株绿树的掩映下有一所房子，墙壁都刷得很白，院门对着我们。绿树的接连不断好像是为说明这所房子和学院的关系。它也是学院的一所建筑，现在用作农业训练班的教室和宿舍。管理训练班的干部一部分是由学院抽调的，一部分是由省里派来的。受训的都是各县保送来的干部。大门的左边挂着一块木牌，写着"陕西省干部农业技术训练班"。院墙前面是一片平地，像个小操场。白墙上贴着许多抗美援朝的标语。

咱们的戏剧就在这所房子外面开始。

〔在开幕之前，我们已听到铃声：院内受训的干部们已上课，所以不见人们出入。空场一会儿之后，假若我们的听觉敏锐，就可以

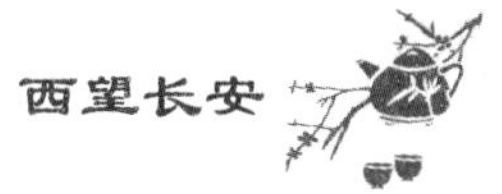

听到皮鞋嘎吱嘎吱的响声。他出来了。

〔他就是栗晚成,以相貌说,我们实在没办法不用“其貌不扬”来形容他,而且不能不觉得这么形容很恰当。可是,我们必须公平地指出,他的气派是十足的。他穿着一身相当旧的军衣,没有符号;可是胸前挂着五六个奖章。军衣越旧,越显得这些奖章的确有些来历。他的鞋是极笨重的红铜色的厚底皮鞋,只要脚一动,它们就发出声音来。他非常会运用这双皮鞋的响声,先声夺人地增加他的威风。他的军帽也很旧,正和军衣统一起来,替他随时说明他是身经百战的老战士。

假若他高兴去作个演员,他也必定会得到许多奖章的。他极会表情。他的眉眼不动的时候,就表现出十分严肃,令人起敬;他的眉眼一动,就能充分地表现对不同的事体所应有的不同的感情。他的脸似乎会说话。

他的左腿在战场上受过伤,所以走路微微有点瘸,这使他经常缓缓而行,更显得老练稳重。皮鞋的响声也因此一轻一重,有些抑扬顿挫。

他也是来受训练的,可是因为身体不大好,文化高,所以领导上答应了他的要求:只看讲义,不必上课。领导上无微不至地照顾他。现在他独自在操场上散步。

〔一个受训的年纪很轻、很天真的干部,荆友忠,从院里走出来。一边走,他一边用拳轻敲自己的头。栗晚成已看见荆友忠,但仍旧散步,没有招呼他。倒是荆友忠赶过来,先开了口。

荆友忠 栗同志,你今天好些吗?

栗晚成 (立住)啊——好一点。(在不屑于跟荆友忠谈心之中带出点体贴的意思)你怎么也没上课?

荆友忠 (又捶了头部两下)我的头疼!

栗晚成 (不能再冷淡了,带着感情地把手放在荆友忠的肩上)你,你,你……(结巴了这么几下,抬起放在荆友忠的肩头上的手,去摸自己的脖子,似乎是因为那里很不舒服,所以造成结巴)你应当去躺下休息。吃……吃吃一片阿……阿斯匹灵。多……多喝开水。

荆友忠 (感激地)我散散步就行,用不着吃药!我请了半天假。我最恨请假,可是头真疼!

栗晚成 你要是这么着急,我该怎么办呢?看我,老不能上课!

荆友忠 咱们俩不一样,你是英雄,国家的功臣!你应当多休息!

栗晚成 不能那么说!既是功臣,就该处处带头,什么事都走在前面!

荆友忠 (抢着说)那不是你不愿意上课,是因为你的身体不好!淮海战役,你身受五处伤,还肯来学习,谁不佩服你,谁不想跟你学习!再说,你的文化高,又学过农业,看看讲义就行了,何必上课!哼,说真的,我真想建议,请你给同学们讲讲课,你未必不比教员们讲的更好!是吧?

栗晚成 我……我学过的东西都早忘干净了!我在大学还没毕业就去参军。当时我想:学业固然重要,可是参加解放战争更重要!不是吗?

荆友忠 你聪明,不至于把学过的都忘了,你是谦虚!你作过团参谋长,立过大功,可是还能这么谦虚,这就是你的最好的品质!

栗晚成 别……别……别再这么夸奖我,这教我难过!你的头疼怎样了?该去找医生看看吧?

荆友忠 现在就好多了!跟你谈心能治一切的毛病,连思想上的毛病都能治好!

栗晚成 你既不肯去找医生,那么咱们就谈一谈。请你告诉我,我有什么缺点吧!

荆友忠 嗯……(思索)

栗晚成 想想,想想再说,要说真话!哪怕是一点小缺点,也应当说!给你提个头儿吧:同学们对我的印象怎么样?

荆友忠 大家没有不佩服你的。你既是战斗英雄,又是模范党员,谁能不钦佩你呢!

栗晚成 总多少……多少有些不同的意见吧?

荆友忠　嗯，同学里也有说你不大和气的。（急忙补上）可是，大家也都知道因为你有病，所以才不大爱说话。你知道，同学里多数是年轻小伙子，爱听你说话，希望你多告诉他们一些战斗经验，生活经验。

栗晚成　（叹气）唉！我并不是孤高自赏的人！反之，我最愿意帮助别人！恐怕大家还不知道，我为什么有时候说话困难，有些结巴，所以显着不大和气。

荆友忠　我知道！我知道！我已经告诉了大家：你脖子上受过伤，所以说话不方便。我不是故意地给你作宣传，我是要教大家更多地了解你！

栗晚成　（感动）谢谢你！谢谢你！我告诉你实话吧，这……（指脖子）这……这里还有一颗子弹！

荆友忠　（大吃一惊）一颗子弹？你为什么不早说？你应当上医院，不该在这里学习！

栗晚成　医院？早去过了。几位最有名的医生都给我检查过，他们都说：子弹离大动脉太近，一时不……不……不能动手术！

荆友忠　（急切地）难道一辈子老带着它吗？

栗晚成　什……什……什么时候子弹自己挪动开，离大动脉远了点，什……什……什么时候才能开刀。

荆友忠　（关切地）子弹自己会挪动吗？

栗晚成　它自己会活动！每逢一打大雷呀，它就不老实，大概是电力的作用，它会在里边贴着肉吱吱地响！

荆友忠　吱吱地响，疼不疼呢？

栗晚成　那还能不疼！可是，我既然能在战场上受了伤还不退下来，我就会忍受这点痛苦。一疼起来，我就咬上牙，用尽力量踢我的腿，教我的受了伤的腿也疼起来；上下一齐疼，我就慢慢地昏迷过去，像上了麻药似的。

荆友忠　这不行！不行！（要走开）

栗晚成　你……你干什么去？

荆友忠　（立住）我去见党支书，建议把你马上送到医院去。这里离西安不远，坐火车只要两三个钟头。你必须去住医院，即使一时不能动手术，也应当设法减少你的痛苦。我们不能这么对待一个为国家流过血的英雄！假若组织上不能供给一切费用，我去发动同学们帮助你！我自己……（摸自己的衣袋，没找到什么）我自己……（看到自己的手表）好，我没有现钱，（摘表）送给你这个表吧！

栗晚成 （大为感动）友……友……友忠同志！我接受你的友谊，可不能接受你的礼物！你……你……你的这点友谊，我永远不能忘！谢谢你！谢谢你！

荆友忠 你拿着，晚成同志！手表可以有钱再买，这点友谊是无价之宝！以后，我什么时候想起你接受过这点小礼物，我什么时候就感到骄傲、光荣！你拿着！

栗晚成 （感情激动，结巴得直咬牙）别……别……别……（头上青筋跳起，手微颤，眼珠往上翻，像要昏倒）

荆友忠 （赶紧扶住栗晚成）晚成同志！晚成同志！（头上也出了汗）

栗晚成 （挣扎着说）别……别让我这么着急，好不好？

荆友忠 好！好！我不再勉强你！（把手表放在自己的口袋里）我……我年轻，作事没有分寸！

栗晚成 我知道你多么热情！

荆友忠 好啦！我去见党支书，要求送你入医院，总可以吧？

栗晚成 那也不必！

荆友忠 怎么？

栗晚成 我问你，假若你是残废军人，现在又调你去学习军事，你去不去？

荆友忠 只要我还能走能动，我必定去！

栗晚成 好！前些日子，我要求军政大学——我是军政大学预科毕业——调我去受训，现在已经得到指示，教我到中南去集合。你看，我去不去？

荆友忠 你自己要求的，还能不去？不过，你既在这里学习农业技术，为什么又要求受军事训练呢？

栗晚成　(戏剧地往白墙上一指)看！看！

荆友忠　抗美援朝！栗同志！栗同志！我没的可说了！你已经是英雄，还要作更大的英雄！太可钦佩了！可是，栗同志，你的身体，身体，行吗？

栗晚成　我的身体的确不好，可是我作过团参谋长，我会指挥；我有文化，我容易掌握机械化的知识。受完训，我出去就要打个大胜仗！

荆友忠　对！对！对！我也去要求参军！

栗晚成　你不用！掌握农业知识、技术，去领导农村互助、增产，支援抗美援朝，也是重大的任务。我过惯了部队生活，离不开部队！在教我转业的时候，我哭了一大场！(掀起裤角)我的腿受了伤，我落过泪吗？没……没有！(急放下裤子，急掀起制服前襟，露出腹部)敌人的刺刀已经刺到这里，(指腹上的小疤)我眨了眨眼没有？没……没有！我瞪着敌人！拍，拍，两手枪，把敌人打倒！(急放下衣襟，急指脖子)子弹打进这里，我昏倒在战场上。醒过来。我已经是在医院里，不能吃，不能说话，不能动，我落过一滴眼泪吗？没……没有！可是，后来听说我得转业，我落了泪——不，我大哭了一场，好几天，我没有好好地吃、好好地睡！思想斗争，强烈的思想斗争：想了几天，我才认识清楚，我必须服从命令，必须转业。拿了介绍文件，我到了省里，省里把我分配到安康专署，作民政科的科员。科员小吗？不小！只要能够给人民服务，什么工作都是重要的。在安康，我给他们作了不少事！后来，组织上派我来学习，我就来了，一切服从组织！我看得出来，你现在也正作思想斗争。可是你我的历史不一样，经验不一样，我能作的你未必能作，你能作的我未必能作。拿打篮球说吧，我的腿脚不灵便，打不过你。可是，要是打靶呢，我闭着眼也比你打得准，不是吗？听我的话，安心地在这里学习，对不对？对不对？

荆友忠　你说的很对！很有理！可是，我一旦打定了主意，就不轻易改变。你受过伤，还要去参加抗美援朝，何况我这年轻力壮的人呢！(又要走开)

栗晚成 你又要干什么去？

荆友忠 你还猜不着？

栗晚成 我……我猜不着！

荆友忠 （得意地笑了）我去发动大家，组织个最盛大的欢送会！

栗晚成 （假装不解）欢送谁？

荆友忠 谁？你！你等着瞧吧：干训班全体同学都得出席，连学院的党团员、党团支书都来参加，给你戴上红花，大家一同照像。然后一齐送你到火车站去！

栗晚成 等一等！等一等！我的事，除了干训班的支书和学院里的支书，还没有人知道。你先别给我宣传。你现在就去宣传，万一他们考虑到我的身体，不批准我去，够多么难为情！

荆友忠 有理！有理！好！我暂且一声不出。不过，万一我说出去，你也别怪我；理智往往控制不住热情，是不是？

栗晚成 说真的，友……友忠同志，我怕欢送！

荆友忠 你老是这么过火的谦虚！

栗晚成 倒不是怕讲话，我很会讲话，连平支书讲话的稿子都由我修正！就是怕说话困难，教大家难过！

荆友忠 先不必顾虑那个！你无须说话；往那里一站，大家就都得受感动！告诉我，我现在可以替你作点什么？

栗晚成 唉！你是多么可爱啊。（思索）那……那什么，你的头还疼不疼？

荆友忠 差不多完全好啦！说吧，教我干点什么？

栗晚成 不是什么要紧的事。我自己能办，实在不想麻烦你，可是，可是……

荆友忠 说吧，说吧！

栗晚成 我两个星期以前就对平支书说过，能不能给我作一对拐子？

荆友忠 什么？

栗晚成 拐子。我的腿不是不方便吗？架上拐……

荆友忠 我明白了！往下说！

栗晚成 平支书已经答应了，可是到今天还没作来，也许他早忘了这件事，我不好意思去催他。

荆友忠　官僚主义作风！

栗晚成　同志，不要这么随便批评领导！你知道，平支书有多么忙！

荆友忠　官僚主义者都爱强调自己事情忙！我跟他说去！

栗晚成　要好好地说，不要闹气！

荆友忠　我知道！可是，他是党支书，他也应当懂得怎么接受批评！

栗晚成　算了！算了！你不用去了。我不愿意教任何人怀疑我挑拨离间！

荆友忠　谁能那么怀疑你呢？别怪我说，你这么顾虑这个那个的，简直有点不大像个老战士了！

栗晚成　你、你、你不晓得，一个战士要多么细心，在战场上，有时候多眨巴一下眼睛就会有生命的危险！

荆友忠　对！对！你说的对！我希望，不久我就也会去受炮火的锻炼！

〔程二立，一个十三四岁的农家少年，像大人似的腰里掖着一把斧子，肩上扛着一条桃木棍，急急忙忙地走来。

程二立　栗叔叔，（拿桃木棍给栗晚成看）看这个行不行？

栗晚成　二立！（接过棍子）行！行！（试着拄了拄）分量合手，长短也合适！二立，你真是好孩子，我谢谢你！

程二立　（很喜欢）看，上下一边粗，连一个疖子也没有！可惜，没法子弯出个把儿来！

栗晚成　这就很好！看，（拄着棍子走了几步）三条腿比两条腿好多了！

荆友忠　哼，干部们对你还不如这位小朋友呢！（亲热地问程二立）你叫二立？在哪儿住啊？

程二立　程家庄的，程二立，你知道他是英雄吗？你也爱英雄吗？（没等回答，转向栗晚成）栗叔叔，你答应我的事呢？

栗晚成　（急向袋里摸）我也不失信！刻好了！（摸出一个木头图章）你看，这是“程”，这是“二”，这是“立”。

荆友忠　栗同志，你还会刻图章？真是多才多艺！

栗晚成　初学乍练，刻不好！只有二立能欣赏我这点技术。

程二立　有个这个，我就跟大人一样了。我哥哥再来挂号信的时候，（摹仿邮递员的语调）“程家的信，拿戳子！”我就可以打上这个了！

荆友忠 你哥哥在哪儿?

栗晚成 他哥哥是志愿军!二立,你打听明白没有啊?(对荆友忠)你看,我要是能够到朝鲜去,很可能见到他的哥哥呀。

程二立 你一定要去看看我的哥哥,爸爸妈妈都说,请你到我们家里去一趟,当面托咐托咐你。(很小心地从怀中掏出来一张相片。相片用厚纸包着,他小心地打开纸包,取出相片。骄傲地)看,这就是他!

〔栗晚成接过相片看,荆友忠也凑过来看。

栗晚成 二立,你哥哥多么体面,跟你长得一样!好好地保存着,别弄坏了!他到底是在……

程二立 ……在十二军三十五师一〇三团,记住了!你说一遍!

栗晚成 十二军三十五师一〇三团,程大立。对不对?

程二立 对!这个番号可千万不要告诉别人!

栗晚成 (递回相片,对荆友忠)你看,小朋友的警惕性多么高!(对程二立)小朋友,放心吧,我自己也是军人!

程二立 你什么时候上我家里来呀?

栗晚成 星期天来,好不好?

程二立 好!我早八点来接你,谢谢你给我刻戳子,叔叔!

栗晚成 谢谢你的桃木棍,二立!

程二立 再见!(对荆友忠)再见,同志!(下)

栗晚成 友……友忠同志,不必再对支书提作拐子的事吧,有这根棍子就可以将就了。

荆友忠 你可以将就,领导上可不该不格外照顾你,这是两回事!还有别的事吗?

栗晚成 想起来了。你会写蜡板不会?

荆友忠 会呀,而且写得相当的好。

栗晚成 好极了!跟我来,你给我印几张表格。我是支部的组织委员,在我到中南去以前,我得把这里的党员的一切文件都整理好,清清楚楚地交代出去。

荆友忠 你这种负责的精神,真值得学习!马上就去吧,还等什么呢?

栗晚成 你的头疼真好了吗？

荆友忠 完全好啦，真的！

栗晚成 走！（边走边说）友忠同志，你是这么热诚，这么积极，为什么不争取入党呢？

荆友忠 我要先争取立功，然后入党！

栗晚成 你想的对！我就是在淮海战役立了功，才入党的。（与荆友忠一齐进入院内）

〔平亦奇和杨柱国从院旁的小道走来。他们是由学院里来的。平亦奇是干训班的党支书，杨柱国是学院的党支书。平亦奇有二十七八岁，身量不高，很壮实，很活泼。杨柱国有三十岁左右了，高身量，相当的瘦，但全身都像很有力量，说话响亮，非常爽直可爱。

平亦奇 你想可以批准他到中南去？

杨柱国 除了他的身体不大好，没有别的理由不准他去。我亲自跟他谈谈，问问他身体能不能支持得住，好不好？

平亦奇 对！我必须说，我们对他照顾得不算太周到。哼，他要一对拐子，到今天也还没有做来。

杨柱国 不能借口工作忙就原谅我们自己，可是咱们真忙也是事实，不是吗？（为欣赏自己的辩才，笑了两声）这一个多月，他给你的印象怎样？

平亦奇 不坏。他非常地守纪律。

杨柱国 受过部队训练嘛。

平亦奇 对人，他非常热情。

杨柱国 我虽然只见过他两面，他给我的印象是：老成持重，谦虚热情。

平亦奇 可是，他独自一个人呆着的时候，往往好像郁郁不乐。我老想跟他好好谈一谈，可是总找不出时间来。

杨柱国 那是可以理解的。他本来是个知识分子，难免多忧多虑。我想，他一定常常作激烈的思想斗争。你看，一个知识分子参加了部队，受了几处伤，还要争取去参加抗美援朝，他的心里能够平静无事吗？我也看出他一点毛病，他爱自我宣传。可是，又一想呢，一个知识分子上过战场，立了功，当然会特别感到骄傲，爱宣传自己的功劳，而且夸大地宣传。你说是不是？

平亦奇 对！说真话，我简直不知道怎样对待他才好！他是个英雄啊！柱国同志，他给咱们看的文件是二野军政大学组织部来的，你看了吗？

杨柱国 我看了那个文件，最初觉得不大对头。可是继而一想，他是到中南去受训，受训的事也许由军政大学负责组织、布置。不是吗？你看了没有？

平亦奇 还没有。我看哪，部队有部队的一套规矩、办法，咱们不大懂，就批准他去吧！

杨柱国 我先跟他谈一谈。看他自己怎么说。

〔栗晚成由院中走出来，拄着那条桃木棍。看见他们，他急往前赶。杨柱国、平亦奇赶紧往前迎。

平亦奇 慢着！慢着！留神你的腿！

栗晚成 （没理会平亦奇的劝告，直扑过杨柱国去。他的热烈是不易形容的）杨同志！杨支书！（他紧张、热烈，可是还有礼貌，直到杨柱国伸出手来，他才敢去握手，握得亲热）

杨柱国 怎样啊，身体好些吗？

栗晚成 好一些。（只这么简单地回答，不敢再多说，表示他对党支书的尊敬）

杨柱国 到中南去受训，你的身体支持得住吗？

栗晚成 我要求批准我去！我去，不必下操，我主要的是去学指挥艺术。

杨柱国 只要你觉得能够支持，我一定尊重你的志愿！老平，你看怎样？

平亦奇 我也愿意尊重栗同志的意见。

杨柱国 好吧！那么你就把咱们给他转关系的文件预备好，交我签字。

平亦奇 对！（问栗晚成）你打算什么时候走？

栗晚成 越快越好，亦奇同志！

平亦奇 那么，我马上就去给你办理手续。你还缺什么东西不缺？噢，想起来了，你的那对拐子！这么办吧，你路过西安的时候，自己去取吧，我们给你在那里做了一对。

栗晚成 谢谢！你们这样照顾我，我一定去好好学习，早早到朝鲜，去打击敌人！

平亦奇 柱国同志，我赶紧办理去吧？

杨柱国 你去吧，老平。文件可以由他自己带去。

〔平亦奇下。

杨柱国 你快要离开我们了，说说对我们这里有什么意见？说说吧！

栗晚成 （想）对、对、对课程方面，我有些不成熟的意见。

杨柱国 说吧，你是学过农业的！

栗晚成 我看，似乎……似乎讲课太多，实习太少！

杨柱国 对！你说的对！还有什么？

栗晚成 还……还……还……还……（结巴得不像话了，急得直咬牙）

杨柱国 怎么啦？怎么啦？

栗晚成 （指脖子）这……这里不好受！

杨柱国 伤口疼？

栗晚成 我……我还没对任何人说过，这里有颗子弹！

杨柱国 你为什么不说，为什么不早说？你应当马上入医院！

栗晚成 不……不必！我一紧张，它才乱闹；心里平静的时候，并没有痛苦！

杨柱国 十分对不起，我问你这个那个，教你紧张起来，好啦，你去休息休息吧！我看哪，你路过西安的时候，应该到医院去看看！

栗晚成 看……看事行事吧！杨同志，对你个人……

杨柱国 说吧！说我的缺点！咱们俩都是老干部了！

栗晚成 好，说缺点！我看出这么一点来：大家对你尊重的还不够！

杨柱国 是！你说对了！我做事太心急，往往没有全面考虑周到就发表意见，定出办法。结果呢，事情往往办不通，损害了自己的威信！我自信非常爽直，可是有时候把急躁冒进也看成了爽直！谢谢你肯这么善意地告诉我！我也佩服你的观察力，到这里才一个多月就能看出我的缺点来，这证明部队训练是多么宝贵！好吧，你休息休息去！在你动身之前，我希望能找到时间再跟你谈谈，就是这样吧。（和栗晚成握手）保重身体！千万保重身体！（走入院内）

〔栗晚成看着杨柱国的背影，呆立，似乎受了很大的感动。下课铃响。院里开始有说笑的声音和歌声。荆友忠首先跑出来。

荆友忠 我告诉了他们！我告诉了他们！

〔栗晚成还没来得及说话，院中男女同学已一窝蜂似地跑出来，围住了他。大家给他鼓掌，都对他问长问短，一片嘈杂，听不清说的是什么。

栗晚成 （呆立，慢慢低下头去，似乎已受不住大家的敬爱。而后，又抬起头来，向大家微笑。而后，举起木棍，高呼）抗美援朝胜利万岁！

〔大家一齐跟着喊。

——**幕徐落**

第二幕

时　间　一九五二年春天，星期日下午。

地　点　汉口，农业技术研究所的宿舍里。

人　物　栗晚成、林大嫂、卜希霖、林树桐、达玉琴、马昭、金丹。

〔**幕启**：栗晚成的宿室。他现在是中南区农林部的农业技术研究所的秘书主任。屋里的桌椅等等是合乎秘书主任的身份的，不太讲究，也不太简陋。它们不过是普通的中等的写字台、方桌、小书架、椅子、独睡的小铁床、茶壶、茶碗和暖水瓶……而已。可是，这是栗晚成的宿室。这就大有文章了。这些东西好像极乐意、极骄傲为他服务，都发出一些不易从这种普通东西看到的光彩。它们的地位是那么合适，使这间不大的屋子看起来十分宽敞。它们都是那么干净，令人几乎不敢去动一动，很怕把它们弄脏了一点点。

在这些东西之外，还有些绝对是属于栗晚成的小物件。例如：墙上挂着的那张大相片——栗晚成自己的半身相片。在小床的上面，挂着一件深蓝色的运动衣，前襟上用白线横着织成“战斗英雄”四个大字。在写字台上放着一本纪念册，假若我们掀开看看，里边不但有许多名人的签字，而且夹着几小条剪报，都是歌颂他的功绩的记载。这些小物件都有力地说明这间屋子的主人是谁——栗晚成，志愿军的“战斗英雄”。

〔空场。我们正切盼看一看这位“英雄”，“英雄”就进来了。现在他走路的声势更大了：他已架上两根拐子，发出咚咚的响声。他的脸上添了点肉，比以前胖了一点，可是脸上还是那么苍白。因为自信心更高了，所以他的气度比以前更大方些，而且不像以前那么忧郁了。他是含笑进来的。他的军装也不像从前那么破旧了，胸前的徽章加多了。进了门，他立定，看看屋里，笑容逐渐扩大，似乎相当满意这个环境。然后，他把拐子轻轻地放在屋角，走了几步，走的并不比架着拐子的时候吃力。然后，他拿起暖水瓶。迟疑了一下，又轻轻地把它放下，似乎宁可忍着口渴，也不愿轻易挪动已经摆好了的小器皿。他走到床前，坐下，从衣袋里掏出个解放军的符号来，翻过来调过去地细看。然后，他从床下拉出一只小皮箱，从箱中拿出一个小本，在小本上写了几个字。急将小本放回，推回箱子。然后，又坐在床沿上发愣，笑容不见了，心中好像很不安。

〔林大嫂，一位家庭妇女，并没敲门，气冲冲地拉开门就走进来。

林大嫂 你刚才上我们屋里去啦？

栗晚成 （来不及收起符号，心中既不痛快，又有点看不起林大嫂）是啊，大嫂！你们都没在家！

林大嫂 我们要是在家，还丢不了东西呢？

栗晚成 （立起）丢了东西？（含怒地）难道你把我看成了一个小偷吗？大嫂，你应当知道我是志愿军战斗英雄，现任中南农林部农业技术研究所的秘书主任！

林大嫂 你先不用背你的官衔，你拿着的是什么？

栗晚成 符……符号！

林大嫂 谁的？

栗晚成 你的爱人的！

林大嫂 你干什么拿来呢？

栗晚成 我……我……我借用用！

林大嫂 我的爱人是转业军人，你也是。他有符号，你怎么没有？我告诉他好几回了，把军衣、军帽收起来，他不听。他老把它们挂在墙上，好随时地觉得光荣。就偏偏遇见你这么个人，把别人的纪念品也随便拿了走！你自己的呢？我问你！

栗晚成　大嫂，你问的是我自己的符号吗？（想办法）

林大嫂　啊！

栗晚成　大嫂，你听着！（急掀裤角）看！在朝鲜战场东线上，雪有三尺多深，我指挥一个连队，跟敌人苦战了七天七夜。首先，我的腿受了伤，我好歹包扎了一下，不退！我一退，就必定影响全局。（放下裤角，急掀起上衣，露出腹部）看！有一天，刚刚天亮，敌人反扑，打白刃战。两个塔似的美国兵一齐扑过我来，两把刺刀同时刺到这里，我连眼也没眨巴一下，拍，拍，两手枪，两个“塔”全倒下去。我扯下军衣的袖子，自己包扎了一下，继续前进！我爬、滚、跑、跳、帽子丢了，衣裳碎成一条条的，可是继续前进，像一只受了伤的猛虎！我满身是雪，是泥，是鲜血，可是不退！在接受任务的时候，我已经发下誓：至死不下战场！可是，敌人放了毒气，一种发酸又带着点甜味的气体！我昏迷过去。从那以后，我……我……我说话就不方便了，越着急越结巴，毛病就在这里！（急指脖子）事后听护士们告诉我，他们往下撕我的衣裳，就撕了一个多钟头，衣裳全教血给糊在身上了！大嫂，你问我的符号哪里去了，哼，我连自己的命在哪里也不知道啊！

林大嫂　（仍理直气壮）你不用花言巧语地乱吹腾，你太爱吹腾了。我看你不地道，就是不地道！我的爱人从前也是军人，他就不像你这么吹腾自己！

栗晚成　他……他没立过我这样的功劳，想吹也没的可吹呀！

林大嫂　他没的可吹，可他不偷东西！

栗晚成　（实在压不住气了，嚷）大嫂，你这是污辱我！污——辱——我！

〔卜希霖科长跑进来。他将近五十岁，身子又高又大又壮。他的心地极好，即使受了坏人的欺骗也不着急、闹气。

卜希霖　怎么啦？不好好地过个星期日，这么大喊大闹的干什么呢？算了！算了！哈哈！

林大嫂　卜科长，问清楚了再劝，不应当不问青红皂白就说算了，算了！

卜希霖　甭管是怎么一回事，老栗，你不该跟大嫂发脾气。在新社会里，对于妇女，我们要特别尊敬！你是个英雄，必须格外注意这个！

林大嫂 是嘛，我看他是年轻轻的就作了秘书主任，有点忘了东西南北。

〔林树桐，林大嫂的爱人，走进来。他四十岁左右，不胖不瘦，不高不矮。相当的能干、和蔼，对培养青年干部颇有热情。

林树桐 什么事呀，这么乱喊乱叫的？

林大嫂 你问他吧！（指栗晚成）

林树桐 （对林大嫂）你不要轻易这么发脾气好不好？这是宿舍，别一家子说话，八家子都得听见！

栗晚成 （想起来谦虚）林科长，大嫂有理，是我不对！我忘了军人对妇女的尊敬！我年轻……

卜希霖 老栗，这就对了！事事都要学习，我们才能随时进步！

栗晚成 （愧悔）林科长，明天我跟少先队一同照像，借你这个符号用一用。

林大嫂 借用用无所不可，你不该乘我们不在屋里，自己就动手拿来！

林树桐 老栗，你用吧！用完可得还给我，那是相当宝贵的纪念品。

栗晚成 用完一定奉还！大嫂，我刚才的态度不对，你……你……

林树桐 （对栗晚成）没关系！（对林大嫂）你呀得这么想：他年轻，他立过特等功，他有文化，你上哪里找这样的干部去？咱们大家都得格外帮助他，格外爱护他，把他培养成最有成就的干部。咱们帮助他就是相当地帮助国家造就干部。作了十几年的事，我虽然没犯过大错误，可也没有相当的贡献；我自己不行，再不帮助培养青年干部，就更不像话了！

林大嫂 你呀，老林，有点偏心眼，偏向着他！

林树桐 你不懂！老栗跟我都是转业军人，转业军人见着转业军人，不管谁作过师长，谁作过排长，就如同亲兄弟一样！

卜希霖 我虽然不是军人，可是我能了解老林这点感情！

林大嫂 我看谁好，就好；我看谁不好，就不好，不像你们，只看彼此的长处，不看短处！

卜希霖 大嫂，要是老彼此挑剔毛病，还能团结得好吗？哈哈！

林大嫂 要按你这么说，就谁也不好不坏，是不是？

林树桐 你今天是怎么啦？怎么逮住谁跟谁开火呀？

〔达玉琴跑进来。她二十三四岁，十分活泼，有时候故意卖弄，好使人注意她。她是女干部。

达玉琴 你们嚷什么哪？（看林大嫂生气，即问林大嫂）大嫂，谁得罪了你吗？

栗晚成 我不对！我学习的不够！我得罪了大嫂！

林树桐 没关系！

达玉琴 （口中责备栗晚成，而实际是不满意林大嫂）老栗，你要记住，正因为你是个英雄，你才最容易得罪人。你的话说得稍微差点分寸，人家就会说你骄傲自满，目中无人！

林大嫂 （听出弦外之音，也施展口才）是呀，我是个老落后分子，不像你那么聪明，玉琴！看，你才认识了他这么几天，就多么了解他呀！

卜希霖 （不愿看朋友们拌嘴）得了！得了！都是好朋友，大星期天的，何必……大嫂，你歇歇去吧！哈哈！

林大嫂 我不累！

卜希霖 不愿意休息，就去给我们包饺子，过星期天，不好吗？哈哈哈！

林大嫂 说得倒怪好听的，卜科长！（对栗晚成）你用完了那个符号，别忘了还给我们！（含怒而去）

卜希霖 （向达玉琴）玉琴，告诉你，林大嫂是老好人！别看她生气，她准会给我包饺子！我料事如神！哈哈！

林树桐 她呀，为人的确不错，就是顽固一点！

达玉琴 真难为你，林科长，一年三百六十五天老跟大嫂打交道！

卜希霖 玉琴，这是什么话呢！

林树桐 玉琴，你跟老栗讲恋爱，顶好别教大嫂看见，她看不惯这种新事情！

卜希霖 大嫂跟我说过："哼，老栗追女干部，连拐子都磨去了大半截！"我可就说了："大嫂，他立过功，流过血，身上有那么多伤，还不该找个合适的女同志帮助他，保护他吗？他的拐子磨掉半截，正值得我们同情啊！”你看，玉琴，谁不对我就说他不对，谁可原谅我就原谅他，我就是这么团结大家，哈哈！

栗晚成 你们对我的爱护啊，我真……真……真不知道怎么感激才好！卜科长，我记住你的话，从此永远对妇女特别尊重！

林树桐 玉琴，老栗，不是我爱替别人着急，你们为什么还不订婚呢？

栗晚成 我……我……我怕对不起人哪！看……看我的腿！我不能只顾自己，不尊重玉琴啊！

卜希霖 你的腿？我看你满可以不再拄拐了！走走看，走走看吧！玉琴同志要是说行，就行了！走！

栗晚成 （走了几步，只略有点“点脚”，相当难堪地说）行吗？

卜希霖 我看满行！玉琴你说呢？

达玉琴 他的腿瘸是因为光荣地负了伤，不是什么天生来的缺点，更不是品质上的缺点！

卜希霖 说得好！老栗你听见没有？

栗晚成 我这受了毒的喉部，在医院这么多日子也治不好！谁……谁……谁知道我能活多久呢？

林树桐 这不像军人应有的感情！军人永远是乐观的！组织上一定会教你多疗养，你再运用心理治疗法，教自己快活、乐观，这点病一定能好！玉琴你说呢？

达玉琴 我怎么恨放毒的敌人，怎么同情受了毒的英雄！

卜希霖 说得好！老栗你听见没有？

栗晚成 玉琴！我十分感激你！我希望世界上真有灵芝草，真有仙丹，一下子把我治好！这算什么事呢，好一天，病两天，虽然我做了不少事，可是不能满意自己；我愿意多做事，我能做事，我有做事的经验！我急，急得要吐血！

卜希霖 不要这样着急，病得慢慢地治，慢慢地养，越着急越坏！好啦，好啦，老林，咱们帮助大嫂作饺子去，教这一对青年谈谈知心话！

林树桐 对！老栗，玉琴，你们好好地谈谈，干脆快点结婚！革命已经胜利，革命的功臣还不该享受点家庭幸福吗？我跟老卜会给你们布置个相当出色的婚礼！

卜希霖　在德明饭店的大厅里，借用军区的大乐队，吃完喜酒，要有一百对男女跳舞！你们等着看吧！哈哈！走吧，老林！

栗晚成　等等！（拿起拐子）卜科长，林科长，我没有东西送给你们，这对拐子，你们一个人拿一只吧，作个纪念！假……假若我……

林树桐　你是怎么啦？老栗！谁有时候都相当忧郁，可不能像你这么悲观啊！

卜希霖　玉琴，这就是你的责任了！你会帮助他，教他快活，争取作出更伟大的事业来！好吧，我接受你这个礼物，这是奇怪的礼物，也是伟大的礼物！不管你到哪里去，我一看见这个就想起你来，一个前途远大的青年同志，青年英雄！

林树桐　好！我也会那么想！

卜希霖　立——正！齐步——走！

〔卜希霖、林树桐各扛一只拐子，并肩齐步走出去。

〔达玉琴天真地笑了一会儿。栗晚成也笑，但笑得不起劲。

达玉琴　老栗，你到底是怎么了？这么不大高兴！

栗晚成　这……这个病教我失望，悲哀！这点悲哀使我感到空虚，好像身子悬在空中似的！

达玉琴　谁的前途能比你的更光明呢？那点病不久就会好，不要悲哀！没有前途的阶级才会悲哀呢！

栗晚成　我、我是真正的贫农！一九三五年就参加了革命！

达玉琴　一九三五年？（用手指算）你才八岁呀？

栗晚成　你……你记错了，我十岁！我跟方明将军，他十一，我十岁，一同由家乡跑到陕北，参加了红军！

达玉琴　方明将军？

栗晚成　方明将军，李震将军，洪一风司令员，都是我的老朋友！

达玉琴　我看你也会作将军！你不该悲哀，你该高高兴兴地迎接明天的更大的光荣！你的生命像诗一样的美丽，像交响乐那么丰富！

栗晚成 好……好……我一定那么办！我一定要放弃知识分子的习气，用军人的感情，英勇地向前迈进！

达玉琴 你应当说用英雄的感情！我自幼儿就崇拜英雄！在小学和学伴儿说笑话的时候，我就说我长大了一定和一位英雄结婚！你一来到这里，我就留神听女干部们怎样谈论你：她们是不喜欢你的腿瘸呢，还是批评你常常到医院去，耽误了工作呢？没有！她们并没嘲笑你的腿瘸，也没批评你老住医院。这教我认识到：在这个社会里，每个女孩子都喜爱英雄！只要是个英雄，他腿瘸也好，口吃也好，我们都该敬爱他！

栗晚成 这么一说，我就有了信心！原来我的病和残废，不但不是嘲笑的对象，反得到同情？

达玉琴 是嘛，没有任何理由去悲观厌世！你看，你这么年轻，就已经有了这么高的地位。你还会往上升呢，地位越来越高。

栗晚成 是！我要证明：不但在战场上我是英雄，在一切的地方我都是英雄！地位高低，我全不计较，我要多为人民服务！

达玉琴 地位也是要紧的！地位越高，生活也就越舒服，你的病自然会一天比一天好起来。

栗晚成 是，我会那样，一天一天好起来，有好身体才能作出大事业来！

达玉琴 不是我专讲物质的享受，你既是英雄，就应该得到更好的房子，更好的服装，更有营养的食品，更多的娱乐机会，你应该有汽车！

栗晚成 一定得有汽车，解决我走路的困难！你看，我一定会有发展？

达玉琴 我绝对相信，你的前途无量！

栗晚成 我早就有百分之八十二点六的信心，可是经你这么一说，我才有了百分之百的信心！

达玉琴 你再说说你的英雄事迹，再说说！

栗晚成 你都听过了，再说那一套真有点不够谦虚的！

达玉琴 再说说！你一说那些，就眉飞色舞，忘了痛苦，有了信心！

栗晚成 你真想再听？

达玉琴　听一千遍一万遍也不厌烦！你这个老实人，一点也不懂英雄崇拜的心理！今天不用多说，只说朝鲜东线那最精彩的一段吧！你是在多少团来着？

栗晚成　十二军三十五师一〇三团。我是团参谋长！

达玉琴　军长是……

栗晚成　常充将军，我的老首长！

达玉琴　哼，有那么一天，你会升到军长！

栗晚成　我已经转业，怎能够……

达玉琴　凭你的英雄事迹，你会转回去！

栗晚成　（惊异）你怎么知道的？怎么知道的？

达玉琴　凭我的直觉，直觉！我真说对了吗？

栗晚成　我告诉你，你可别告诉别人哪！

达玉琴　我懂得怎样保密！

栗晚成　北京来了电话！

达玉琴　北京？谁打来的？

栗晚成　别告诉第二个人哪！

达玉琴　看你，怎这么不信任我！

栗晚成　薛总参谋长来的电话，教我到军委会去！

达玉琴　薛总参谋长！到军委会去！你去不去呢？

栗晚成　我正在考虑！

达玉琴　人往高处走，水往低处流。有什么可考虑的？就去吧！就赶紧去吧！

栗晚成　在这里，我虽然有病，可是并没耽误了工作，而且帮助了别人。到中央去，我怕自己的能力不够，不能称职！

达玉琴　教你干什么去？

栗晚成　大概是作军政处处长！

达玉琴　你又忘了英雄的感情！你的能力够，再重大一点的工作也担当得起来！你满可以作个部长！栗部长，多么悦耳！

栗晚成　你这么信任我？

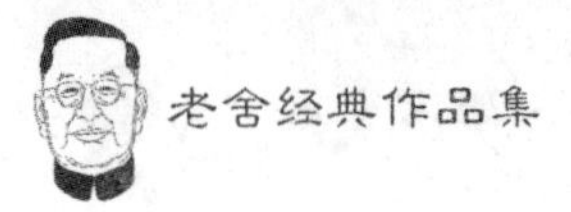

达玉琴 谦虚是好的，可不要过火！过度的谦虚容易变成懦弱！

栗晚成 我得给洪司令员写封信去，请求指示！洪司令员是我的老首长，老朋友，爱我就如同爱他自己的儿女一样。他会替我想好主意！你可千万别对别人说呀！

达玉琴 你为什么这样怕教别人知道呢？政府重用你是你的光荣！

栗晚成 是呀，光荣！我既须谦虚，又有英雄气概！你看，（夹起一个枕头，大模大样地走了几步）像不像？

达玉琴 像什么呀？

栗晚成 军政处处长！夹着皮包，穿着顶讲究的制服，到军委会去办公！

达玉琴 （抢过枕头来）不用你自己拿着，你有警卫员！你看，汽车还没站稳，警卫员就跳下去，给你开开车门，你慢慢地下来。多么威风，何等的气派！

栗晚成 是，是！我就是那样！我有智慧，有胆量，坐着像一辆坦克，立起来像一门高射炮！

林树桐 （在门口喊）栗主任，电话！

栗晚成 来了！

达玉琴 （关切地）不拄拐子行吗？我搀着你点！

栗晚成 行！行！我能走！

〔达玉琴还是搀了栗晚成，一同走到门口。

栗晚成 行了！行了！（走出去）

达玉琴 （立在门口）林科长，进来！

林树桐 （进来）谈得怎样啦？就快快订婚、结婚吧，岁数都相当的大，啊——不算太小了，还等什么呢？相当的合适就行了，别要求的太严格！

达玉琴 看样子，他有顾虑！他不痛痛快快地表示态度！

林树桐 什么顾虑？

达玉琴 我告诉你，你可千万别告诉别人哪！

林树桐 我会相当地，啊——绝对地保密！

达玉琴 薛总参谋长给他打来电话，教他进京！

林树桐　这跟结婚不结婚有什么关系？

达玉琴　你真傻！在北京，才貌双全的姑娘至少也有几十万！我没到过北京，没见过大场面，我怕配不上一位英雄！

林树桐　对！相当对！（到门口喊）老卜！老卜！快来！

〔卜希霖匆匆地跑上。

卜希霖　什么事？

林树桐　我告诉你，你可千万别告诉别人哪！

卜希霖　我懂得怎么保密！

林树桐　薛总参谋长给老栗打来电话，教他进京！

卜希霖　我早就猜到他不能在这里干长了！咱们对他照顾得不够，给他的地位也太低！再说，武汉这里的气候对他也不太好！

林树桐　在北京，才貌双全的姑娘至少有几十万，恐怕他不会再积极地向玉琴求婚了！

卜希霖　有理！有理！老林，咱们得给他更多的压力！

达玉琴　那够多么难以为情啊！没有他，难道我还不活着了吗？我只是想帮助他，并不为我自己打算什么！

卜希霖　就是！玉琴，他也许能够找到比你更美、更有才干的姑娘，可是不易找到像你这么忠诚，肯为一个英雄牺牲自己的人，是不是？

达玉琴　对！除了成全一个英雄，我没有别的愿望！

林树桐　玉琴，你必须争取主动！

〔栗晚成和马昭说着话进来。马昭四十多岁，中等身材，很结实。他办事颇有气魄，但失之粗心大意。

卜希霖　（对马昭）马处长，我告诉你，你可千万别告诉别人！

马　昭　什么事需要这么保密？

卜希霖　老栗接到薛总参谋长的电话！

栗晚成　玉琴！你……

达玉琴　我是替你高兴！有机会到中央去作事，还不值得高兴吗？

马　昭　老栗，你走不了！

栗晚成　怎么？

马　昭　我的事情多，人事处的工作我一个人忙不过来，刘副处长又出了差，一时不能回来，非添个得力的副处长不可！我反映上去，上级已经同意。你是老干部，战斗英雄，模范党员，你得帮助我！老卜，老林，你们看我的意见对不对？当然，我的意见差不多总是对的！

达玉琴　他谦虚得过火，老怕不能称职！

栗晚成　我……我有些做事经验，我愿意多做事！可是我的身体不支持我！中……中了毒气不像别的病，真不好治！我必须和洪司令员商议商议！

马　昭　无论怎么说，你得帮助我！报纸上常登载你的事迹，各处学校请你讲演，人人知道你是英雄，我就该重用英雄！

卜希霖　马处长，我跟老林会说服他！同时，咱们大家一齐劝他和玉琴同志赶快结婚！好让他死心踏地地在这里工作！

马　昭　是嘛，我看不出为什么你们还不赶快结婚！我做事的窍门就是讲效率，看事要准，行动要快！假若不是这样，我们就没法子办成一件事！你们俩这点事，既无须开会，又不必讨论章程，何必这么拖延着呢？

栗晚成　容……容我考虑考虑！

达玉琴　（生了气）好吧，你慢慢考虑吧，我走啦，再见！

卜希霖　玉琴！等一等！（拉住达玉琴，对栗晚成）我告诉你，老栗，你这个态度对不起玉琴啊！

林树桐　连我也觉得相当难过，是我把玉琴介绍给你的！我知道，你愿意上北京，那里至少有几十万才貌双全的姑娘！可是，你要想一想，在哪里都是一样为人民服务，而且这里特别需要你！至于玉琴呢，她是我的同乡，我亲眼看她长大的，我保证她会真心地爱你，帮助你！

马　昭　老林的话说得正确扼要！你到底要怎么决定，老栗？

栗晚成　我……我……我……噢，噢！（用手揪住脖子，十分痛苦）

众　人　怎么啦？怎么啦？

达玉琴　（搀住栗晚成）是不是病又犯了？

〔栗晚成痛苦地点点头。

达玉琴 （急搀栗晚成到床前，叫他坐下）要点开水吗？

栗晚成 （摆手）不……不……不要！

达玉琴 先别说话！

栗晚成 没关系！我……会会克服痛苦！马处长，允许我请半个月的假吧。我到北京去看看。

马　昭 （笑着）哼，你一去就不回头了！

栗晚成 我回来，一定回来！你们给我的温暖、帮助、照顾，实在太感动我了！你们这样信任我，我愿意在这里一辈子，贡献出我的一切！可是，中央的……

马　昭 好吧！我去给洪司令员写封信，交给你带了去。他是我的老朋友，他会帮助你解决问题。

栗晚成 马处长，你也认识洪司令员？

马　昭 老朋友了！他给我题的字，写的对联，我都保存着呢，有工夫你可以来看看！

栗晚成 我也有他的签字，就在（指写字台上的小册子）那个小本里。

马　昭 等闲着再看！你们好好地照顾他！明天见！（下）

栗晚成 再见，马处长！（对大家）我躺一躺就会好了的！（躺下）

金　丹 （内声）栗秘书主任在吗？

林树桐 在！干嘛？

〔金丹上。

金　丹 （交介绍信）大江报的记者，金丹。

卜希霖 栗主任不舒服，你明天再来好不好？

金　丹 那……

栗晚成 （坐起来）来吧！我可以跟你谈谈！

卜希霖 你不可以，栗同志！你应当保重自己！

金　丹 只谈十分钟行不行？

卜希霖 顶好一分钟也不谈！我知道你的任务重要，可也应当体谅一位有病的英雄！是不是，同志？

达玉琴 同志，你是不是要问他的英雄事迹？

金　丹 是！

达玉琴 好，我会替他说。你要问哪一段？是老红军时期的，解放战争时期的，还是抗美援朝时期的？我都知道。

卜希霖 老栗你看看，玉琴多么能帮助你！玉琴说！我也愿意听听！

金　丹 说抗美援朝里最精彩的一段吧！

栗晚成 说我怎么中毒！玉琴，说我怎么中毒！

达玉琴 好！坐下！

金　丹 （掏出笔记本，坐下）请说吧！

达玉琴 现在我就是栗晚成同志，十二军三十五师一〇三团的团参谋长。番号请务必保密！（摹仿栗晚成的神态，但只掀起一点衣襟）看，有一天，刚刚天亮，敌人反扑，打白刃战。两个塔似的美国兵一齐扑过我来，两把刺刀同时刺到这里，我连眼也没眨巴一下，拍，拍，拍，两手枪，两个"塔"全倒下去。……

——幕徐落

第三幕

时　间　一九五四年冬，下午。

地　点　北京，农林部的办公厅主任办公室。

人　物　达玉琴、荆友忠、林树桐、冯福庭、卜希霖、铁刚、马昭。

〔**幕启：**这个办公室跟别的办公室差不多：写字台、电话机、小桌、沙发、衣架等等都应有尽有。

屋中虽然相当整洁，但是还可以看出工作的繁重：不但写字台上有成堆的文件，连小桌上，甚至于椅子上都有刚拆开的或没拆开的函件。

前面是玻璃窗，可以望见北海的一角。有两个门，一通外边，一通另一间办公室——达玉琴就在这里工作。

在各大行政区撤销之后，咱们在前幕见过的老朋友，像马昭、卜希霖、林树桐和达玉琴都调到这里来。马昭是办公厅主任，卜希霖已升为司长，林树桐是人事处处长，达玉琴是办公厅主任办公室的干部。

达玉琴已和栗晚成结了婚。

这里还有咱们的一位老朋友，荆友忠。他参加了抗美援朝战争，现在转业到这里来。还是那么热情，不过经过三四年的锻炼，他已很成熟了。

至于栗晚成呢，他也随着大家调到北京来，可是因为身体不好，还在医院里疗养，只拿处长级的待遇，没有正式工作。

〔现在，还没有上班。达玉琴独自在屋中走来走去，心情似乎非常不安。想整理一下桌上的文件，又安不下心去，时时看壁上的钟。看完，又看看手表，好像不大信任那座钟似的。

〔荆友忠轻轻开开门,进来。

荆友忠 不晚吧?玉琴同志。

达玉琴 不晚。

荆友忠 找我有什么事?

达玉琴 要紧的事!

荆友忠 就请说吧!

达玉琴 我问你,你跟栗晚成有什么仇恨?

荆友忠 我跟他远日无仇,近日无怨!

达玉琴 那么,你为什么怀疑他呢?

荆友忠 你听谁说的?

达玉琴 那你不必管!

荆友忠 喝!咱们这里真会闹小广播!

达玉琴 说说你为什么跟他过不去!

荆友忠 我从头儿说吧。当初,他跟我一同在陕西农业干训班学习。那时候,我很年轻、很幼稚,我崇拜他。

达玉琴 当初崇拜他,现在又怀疑他,这不是两面派吗?

荆友忠 两面派并不这么讲。随着年岁的增长,一个人会慢慢成熟起来。

达玉琴 就是疑心越来越多吗?

荆友忠 别这么说话吧,玉琴同志。不是疑心,是警惕,越来越多。你看,(掏出张报纸来)前几天报纸上发表了二百多位战斗英雄的名单,里边没有栗晚成的名字。

达玉琴 (有点慌,但仍强辩)这跟你有什么相干呢?

荆友忠 玉琴同志,我要是对他有什么成见,我就不会对你提这些了,你是他的爱人啊。据我看,国家的事就是大家的事,人人应当管。所以,尽管你是他的爱人,我也还对你说,你一方面是他的爱人,另一方面也跟我一样,是个公民。

达玉琴 (思索)你怎么知道这不是第一批名单,以后还会发表第二批、第

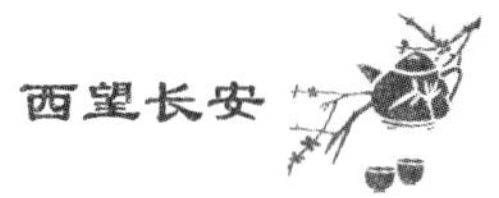

三批呢？

荆友忠　不过，还有不可解的地方。当初，他说他要去参加抗美援朝，他去了没去，我不知道。我自己可是去了。在朝鲜，我打听过，没有人知道他。

达玉琴　你太可笑了，怎能那么巧，你一打听就正好打听出来。

荆友忠　是呀，所以当时我并没把这件事挂在心上。可是，我来到这里之后，听说他作过十二军三十五师一〇三团的团参谋长。这一团恰好和我们并肩作过战，我见过那一团的首长们，并没有他！这，你怎么解释呢？

达玉琴　那，那，你怎么解释？

荆友忠　我想不通！

达玉琴　想不通就别想了吧！难道你要证明他是冒充吗？

荆友忠　即使我那么想，也不算过火。

达玉琴　你要晓得，在咱们的社会里，没有人敢冒充英雄，同志！

荆友忠　玉琴同志，最亲亲不过夫妇，他有什么毛病总瞒不过你去。

达玉琴　你是说，我知道他有毛病，可是不肯说，是吧？

荆友忠　那很可能，假若你的思想有……

达玉琴　有什么？你算了吧，都是同事、朋友，有工夫为什么不给朋友说几句好话呢？

荆友忠　我当初崇拜过他，你是不是也……

达玉琴　我也崇拜过他，可是我崇拜谁就永远爱护谁，不像你反复无常！我看，你的思想才有问题呢！

荆友忠　怎么？

达玉琴　你假装积极、警惕，其实是为耍点小聪明，想往上爬。为想往上爬，你不惜诬蔑一位英雄。

荆友忠　我丝毫没有那种卑鄙的想法！我在朝鲜战场上经过了炮火的锻炼，我不会做损人利己的事！你是他的爱人，你应当帮我把这件事搞清楚。

达玉琴　教我随着你诬蔑我的爱人？我还没得神经病！告诉你吧，别再捣乱，无事生非！

荆友忠 这不是捣乱，玉琴同志！今天搞不清楚的事，明天也不会有什么好结果。你也作了几年的事，我相信你也经常参加政治学习，你应当知道照我的办法做，对你有利，不是有害！

达玉琴 你一定要往下搞？

荆友忠 一定！并且希望你帮助我！

达玉琴 我不会帮助你！这里的马主任、卜司长，和林处长都是我的老首长，他们都很器重栗晚成。你要是故意捣乱，他们会帮助我，你不会得到什么便宜！

荆友忠 我根本不想得什么便宜！我要做我该做的事，我也希望你那么做！

达玉琴 （看恐吓不成，改为拉拢）得了吧，友忠同志，你和我的爱人是老朋友，那么你也就是我的朋友，让咱们团结得好好的，何必这么瞎闹呢？星期天，你上我那里玩玩，吃点家常便饭，不好吗？老栗星期天可能回家来看看，你们俩喝两杯六十度，不好吗？

荆友忠 啊……他还在医院里？他脖子里的那颗子弹还……

达玉琴 什么子弹？他是中了毒气！

荆友忠 呕！那……

达玉琴 告诉我，这是怎么一回事，干什么这样要说又不说的呢？

荆友忠 你不知道他的脖子里有一颗子弹？

达玉琴 我……他没有说过。可是，这有什么关系呢？有一颗子弹就更光荣，没有呢就更舒服点，不是吗？

〔上班铃响。

荆友忠 上班了，咱们再谈吧。（要走）

达玉琴 听着，荆友忠！你顶好忘了这件事！

〔林树桐进来。荆友忠立住。

林树桐 友忠，你干吗上这儿来了？（没等回答，问达玉琴）马主任还没来？

达玉琴 还没有。

〔荆友忠要往外走。

林树桐 等等，友忠！

荆友忠 是，处长！

林树桐 友忠，你这种精神相当地值得表扬，可是警惕不等于无中生有，见鬼见神。前天，你来反映意见，我又大致地看了看栗晚成的材料，他千真万确是个战斗英雄。材料里有大江报发表过的他的英雄事迹。还有：咱们的马主任——以前是中南农林部的人事处处长——给洪司令员的信，和洪司令员给马主任的回信。这两封信都谈到栗晚成的工作问题。有这些材料，你可以相当地满意了吧？

荆友忠 我对栗同志没有丝毫的成见，林处长。

林树桐 你参加过抗美援朝，我相当地了解你的动机！我的警惕性也相当的高！

荆友忠 林处长，你在中南跟他相处很久，就没有看出他的任何缺点？任何可疑的地方？

达玉琴 荆友忠，你确是有神经病，你怎么敢跟人事处处长摸底呢！

林树桐 友忠，栗晚成的确有相当的缺点，可是谁没有缺点呢？我不压制批评，可是你也要小心谨慎，别太冒失！在他的材料里，他做过的事几乎每件都有高级首长给他作证！

荆友忠 处长，你跟那些位首长对证过吗？

林树桐 你太天真了，友忠！我能去麻烦那些位首长吗？

达玉琴 我刚刚说过，无论怎样，谁也不敢冒充英雄！

林树桐 这是相当有总结性的一句话！一个人可以冒充学生，冒充干部，可是谁也不敢、不能冒充英雄！就拿栗晚成来说，他身上有那么多伤，伤能是假的吗？

达玉琴 你就不想想他流血的痛苦！中毒的痛苦！我们成全英雄，友忠你打击英雄！

荆友忠 林处长，咱们应当把这件事弄个水落石出！玉琴同志，请你也平心静气地想一想！（严肃高傲地走出去）

林树桐 玉琴，这个小家伙的动机是相当纯正的，不要错想了他。咱们要教育他，教他看明白了：培养一个英雄多么不易，打击英雄可是易如反掌！

达玉琴 这样乱挑拨离间的干部就该开除！开除！

林树桐 不能那么说，玉琴，你看，林大嫂不是也不大喜欢晚成吗？你能说她有什么成见？

达玉琴 大嫂是另一回事，她是个家庭妇女，不懂得新事情。

林树桐 不管怎样吧，你可千万别把这回事告诉给栗晚成，他是最爱惜羽毛的人！

〔勤务员冯福庭慌慌张张地进来，手里拿着一封电报。

冯福庭 马主任还没来？

达玉琴 没有。有什么事？

冯福庭 啊——（本想走出去，又改了主意）好，我就跟林处长说说吧！

林树桐 什么事，这么大惊小怪的？老冯！

冯福庭 我……我犯了错误！林处长，请你帮帮我的忙！

林树桐 犯了什么错误？

冯福庭 是这么一回事，林处长。昨天晚上下了班，来了这封电报。收发室没有人。我不收下吧，这是电报；收下吧，我又不该管收发。

林树桐 咱们这里是相当的乱七八糟，玉琴！收发室在夜里也应该有人值班啊！

达玉琴 现在已经好多了！咱们刚到这里的时候，你记得，信和电报不是都扔在一个大筐子里，让大家随便去拿吗？老冯，你说吧。

冯福庭 我正进退两难，送报的扭头儿走啦！

林树桐 他没教你打图章？

冯福庭 没有！

达玉琴 他是送报员吗？

冯福庭 黑灯下火的，我没看清楚！

林树桐 看这份儿乱，简直不像个机关！

冯福庭 看了看电报，我没有办法。

达玉琴　怎么？

冯福庭　我不识字啊！想了半天，我把它放在了枕头底下，预备今天一清早，收发室来了人，就交出去。可是，今天早上一起来，我就忙着升火、收拾院子，忙得连被子也没顾得叠好，更甭提看那封电报了！刚才抓空儿去收拾被子，一掀枕头，我出了一身冷汗！我赶紧把电报送到收发室，那里的同志们不收！他们说，没有收据簿子，不合手续！林处长，我这个错误不小，你得帮助帮助我！

林树桐　拿来，我看看！

冯福庭　处长你发发善心，别给我处分！（递电报）

林树桐　（读）农林部转栗晚成……

达玉琴　他的？打开看看！

林树桐　那好吗？

达玉琴　明明教咱们给转，咱们就可以看！再说，我是他的爱人！

林树桐　对！（拆开信封）军用电报！洪司令员嘱代告栗晚成，限三日内到达兰州，参加军事会议。周光启，天津。

达玉琴　周光启是谁？

林树桐　是谁？空军司令员！

达玉琴　空军司令员！（要走）

林树桐　你干什么去？

达玉琴　找荆友忠那个小家伙去，教他看看，空军司令员给栗晚成来了电报！

林树桐　你算了吧？

〔达玉琴止住。

林树桐　老冯，你赶快骑车子到医院去，叫栗同志马上来；电报已经误了一夜半天，不能再耽误一分钟！听见没有？

冯福庭　听见了！他要是走不动，我把他背了来！将功赎罪，我可以不受处分了吧？

林树桐　可以！快去！那么，就要求医院用汽车送他来！

冯福庭　对！（要跑）

林树桐　拿着电报！

冯福庭　对！（接过电报，飞跑出去）

林树桐　（兴奋地）要有大变化！玉琴，你看着，要有大变化！你去看看，卜司长来了没有？他昨天还去看栗晚成，他可能知道点底细。

达玉琴　好！（刚走至门口，立住了）卜司长来了。（闪开，让卜希霖进来）

卜希霖　马主任还没来？（没等回答）老林，你猜，谁来了？

林树桐　谁？

卜希霖　（回手拉铁刚）老铁，老马还没来，老林在这里呢。

〔铁刚拉着卜希霖的手，走进来。

铁　刚　老林！你还活着哪？

林树桐　哎哟，老铁！什么风把你吹来了？（亲热地握手）

〔达玉琴给他们倒上茶，走进旁室。

铁　刚　从新疆调回来了。在医院里住了几天。

林树桐　怎么啦？有什么毛病吗？

铁　刚　没有一点毛病！钟表用久了不是就得擦擦油泥吗？我到医院里去擦擦油泥！在医院里，我遇到你们的一位干部。

林树桐　谁？

铁　刚　栗晚成。喝，我们一见如故。由他的嘴里，我才知道了你们都在这里。哼，多么快，一下子就四年没见喽！

卜希霖　老林，昨天我去看栗晚成。一看，这个家伙也在那里呢。他跟栗晚成那个亲热劲儿，就好像是一胎双生的亲兄弟！哈哈！

铁　刚　老栗是个很可爱的人！那么年轻，那么勇敢，又那么细心。你看，他用我一张信纸都要问问我。我就说了，你用吧，用一张信纸还要问一声？你看他说什么？他说：铁副部长，因为你的信纸是军事机关里的，不可以随便使用！他就是这么细心，这么守纪律！

林树桐　卜司长，周司令员给栗晚成来了一封电报，教他十万火急到兰州去参加军事会议。你昨天没听见他说什么？

铁　刚　我知道点！前两天他跟我谈心，他说他可能去作师长！上兰州参加军事会议？对，对，这前后两个消息一碰，就正合适。

卜希霖　老林，咱们这回可没法留住他了！在中南的时候，军委会要调他来作军政处处长，老马亲自给洪司令员写了信，洪司令员回信说：他的身体不好，应当先在中南一边做事一边休养，还恳切地嘱咐老马，特别照顾他。这样，我们才留住了他，教他担任了人事处副处长。大家来到北京，老马和部长商议了好几次，到底给他什么职务，可是始终没作出决定，只教他拿处长的待遇，在医院里养病。我每次到医院去看他，他虽然不明说，可是话里带出来不满的情绪。本来是嘛，他是个英雄，英雄无用武之地怎能不着急呢！咱们都不甘心不做事，白拿薪水，何况一位英雄呢？

林树桐　可是，咱们并非不想重用他，他不是有病吗？咱们要是不照顾他的身体，非教他上班办公不可，那才违反了政府照顾干部的原则！

卜希霖　可是，你不明白英雄的心理！看吧，咱们丢了一个最有希望的干部！

铁　刚　老卜，别太本位主义啊，他是部队培养出来的人才，难道不该再回到部队里去服务吗？再说，你们一向照顾他很周到，部队应当感谢你们呀！

卜希霖　这话对，说的好！哈哈！

〔电话铃响，达玉琴急忙跑出来接电话。

达玉琴　（听电话）……等一等。（用手遮住听筒）铁副部长！

铁　刚　喝，我刚刚来到这里，电话就追上来了！谁？

达玉琴　医院！

铁　刚　医院？我已经出了院！

达玉琴　可是还没办手续，你的文件什么的，还在病房里乱扔着呢！

铁　刚　麻烦哪！真麻烦！好，好，告诉他们，我马上回去！

〔达玉琴轻声地回话以后挂上电话。

铁　刚　老卜，没办法，我非走不可！我改天再来看老马，你们替我问他好。（很不愿立起来地立起来）

卜希霖　等薪水下来，我好好地请你吃一顿全聚德！哈哈！

铁　刚　是呀，我一下火车，就想上全聚德，可是他们非教我上医院不可！好，再见吧！（跟他们握手）

林树桐　玉琴，我介绍一下。老铁，这就是老栗的爱人！

铁　刚　真的！告诉你，太太，啊，同志，你的爱人是个了不起的人！

达玉琴　（得意）别这么夸奖他吧！

林树桐　玉琴，你送铁副部长出去吧。再见，老铁！

〔达玉琴领铁刚出去。

〔电话铃响，林树桐去接。

林树桐　……马主任？……你快来吧，一件急待解决的事，等着你来作决定！……好！（放下电话）

〔荆友忠进来。

荆友忠　卜司长，林处长，我想出一个好主意！

林树桐　（冷淡地）什么好主意？

荆友忠　还是那个英雄名单问题。请处长问问军委会，不就水落石出了吗？军委会就在北京！

林树桐　请你放心吧，栗晚成马上去作师长！也许你应当怀疑英雄，可是我们信任英雄！

荆友忠　（惊异）那……

卜希霖　荆同志，你是很好的青年，我喜欢你！可是，你还缺乏经验，还不能全面考虑问题！你想想，凭我们这几只老干部的眼睛，好几年的观察，还能看不出一个人的真假虚实来吗？你忘了这件事吧，好好地去工作，你也会成为模范人物。告诉你一句最有用的话吧：少怀疑别人，多鞭策自己！实践这句话会给你带来无穷的好处，哈哈！你去吧！

荆友忠　是！（走出去）

林树桐　这个小家伙！看我那一句——也许你应当怀疑英雄，可是我们信任英雄，说的多么有劲！

卜希霖　我那一句也不软！少怀疑别人，多鞭策自己！不但咱们的话好，咱们的态度也好，既没压制批评，又教育了青年干部！哈哈！

〔达玉琴回来，夹着马昭装文件的皮包。

达玉琴　马主任来了。（把皮包放在桌上，入旁室）

〔马昭匆匆进来。

马　昭　有什么要紧的事啊？老林！

林树桐　栗晚成的事。

马　昭　他又怎么啦？（坐下，拿起桌上的文件之一，随便一看，随便放下）

卜希霖　这回咱们留不住他了，老马！

马　昭　（又拿起一件公文，写上两个字）部队又要调他走？

林树桐　到兰州去开会，听老铁说……

马　昭　（顺口搭音地）哪个老铁？

卜希霖　铁刚。他刚才走，教我们问你好。他说栗晚成大概去作师长。

马　昭　那好哇，我看他到部队去也许比在这里合适。可顾虑的只是他的健康。

〔敲门声甚急。

马　昭　进来！

〔冯福庭气喘吁吁地跑进来。

冯福庭　栗同志来了！栗同志来了！林处长，我不会受处分了吧？

林树桐　你去吧！

冯福庭　是！（拉着屋门，敬待栗晚成进来）

〔马昭等一齐注视屋门。屋中紧张的静寂。

冯福庭　请！（下）

〔栗晚成慢慢进来。他的腿还有点瘸，可是步子迈得相当大了。他的一步一趋表现出在稳重之中带着积极与紧张。他的态度是极有礼貌，又保持着"英雄"的高贵身份，不卑不亢。一进门，紧走了两步，然后立定，向大家敬礼。而后，又紧走两步，亲热地和他们一一握手。他的制服是黄呢子的，胸前佩满了徽章。

马　昭　坐下！坐下！健康怎样啊？

栗晚成　有、有一点点进步！谢谢主任的关切！

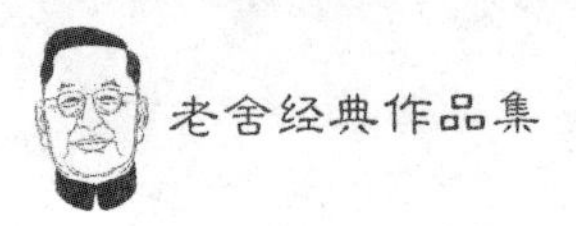

马　昭　（开玩笑地）怎么，身体刚好一点就要开小差吗？

栗晚成　（微微一笑）洪司令员的命令，我只得服从！（极恭敬地递上电报）

马　昭　（大致地看了一下）见着洪司令员替我问候啊！你打算什么时候走呢？

栗晚成　非马上走不可了！

林树桐　只有坐飞机才不致误了期限！

马　昭　（又看了看电报）好吧，紧急的事需要紧急的措施，我批准你坐飞机去！（在电报上极快地写了几个字）幸而我们有飞机啊，我的天！你还有什么困难，需要我们帮助？（把电报递还栗晚成）

〔栗晚成毕恭毕敬地接过来，放在口袋里，坐下。

马　昭　快说啊，我这里还有这么一大堆文件呢！

〔栗晚成把手放在膝上，愣着；忽然低下头去，像要哭的样子。

马　昭　怎么啦？到哪里都是去为国家服务，何必这么动感情呢？你是我一手提拔起来的，我也舍不得你呀！

卜希霖　我们都舍不得你，无论从私人感情上说，还是从这里的事业上说！

〔栗晚成仍低头不语。

林树桐　老栗，有话说嘛！

栗晚成　我……我……我说不出口来！

卜希霖　当着老同志，老朋友，有什么说不出口的事！

栗晚成　国家这么照顾我，爱护我，我怎能再开口要求……

卜希霖　是不是欠了谁的债？

栗晚成　不是！我向来节约！

林树桐　是不是需要一件皮大衣？

栗晚成　不是！我在朝鲜的冰天雪地里受过锻炼！

马　昭　栗同志，说吧，你知道这个办公厅是全部里最忙的地方！

栗晚成　唉！我的老父亲死……死……啦！（低泣）

卜希霖　老栗！老人们都有个……不要，不要太伤心吧！（自己弹泪）

林树桐　是不是家里有困难呢？

栗晚成　我的老人家是贫农……（掏出一封信来）老母亲来的信，我实在不好意思教组织上看！

〔卜希霖急忙接过信来，递给了马昭。

马　昭　（大致地看了看，连连点头叹息）唉！唉！卜司长，你看补助一百怎样？

卜希霖　二百吧！死的是英雄的父亲！

马　昭　好吧！为照顾干部，政府还不在乎这点钱！（在信上批了几个字）

卜希霖　（急忙去拿信，递给栗晚成）不要再难过！走吧，我带你去领款，招呼他们给你买飞机票。你不知道，有的干部多么官僚主义，我带你去才能马上办好一切！走！

栗晚成　（立起来）马主任，再会了！我不会说什么，只请相信我吧，我必定忘我地去服务，为保卫祖国流尽我最后的一滴血……（感情是那么激动，说不下去了！匆忙地和马昭握手）再……再会吧！

马　昭　我派部里的汽车送你到飞机场，我可就不送了，你知道我有多么忙！保重！为国家保重你自己！

栗晚成　（转向林树桐）再会！替我问候林大嫂！（挺身疾步往外走，激昂慷慨）

卜希霖　等等！你不跟玉琴告别吗？（叫）玉琴！玉琴！

达玉琴　（从室内跑出来）晚成，你为了工作就连我也忘了吗？

栗晚成　（急赶过来）玉琴，我到了兰州就写信来。你好好看家，好好工作，好好学习！这里的首长都会照应你，我非常放心！（轻轻拥抱达玉琴，而后决然放下手来，昂首往外走）

达玉琴　我有许多话嘱咐你呢！

卜希霖　玉琴，来，同我一块儿给他办手续去！

〔卜希霖和达玉琴同下。

——幕落

第四幕

时　间　前幕后四、五日，晚间。

地　点　西安，农业技术研究所的招待室。

人　物　唐石青、杨柱国、王乐民、杜任先、栗晚成。

〔**幕启：**一间招待室。摆着一套沙发、两把椅子，还有一张铺着白桌布的圆桌。桌上放着一个小红磁瓶，并没有花。瓶旁有个很大的烟灰碟，好像要求每个客人都必须吸烟似的。靠墙角有个衣帽架，挂着一件大衣和一顶帽子。和这斜对着的墙角放着一张小茶几，几上有暖水瓶和茶具。

墙上挂着几张大小不同的图表，都是有关于农业生产的，如"碧蚂一号"新种麦子和别种麦子生产量的比较图表等等。

〔公安厅的唐石青处长来访研究所主任杨柱国。我们在第一幕里看见过这位主任，那时候他是在西北农林学院工作，现在调到这里来了。

唐处长心里很着急，可是聚精会神地看着墙上的图表，好像已下了决心改业，去作个农业专家似的。他是个经验丰富的老干部。已经四十来岁了，看起来还很年轻，头发还没有多少根白的，而且梳得很光溜。他的身量很高，可是全身都是那么柔软灵活，使人不易感到他是大个子。他的脸刮得很光，眼睛很大很亮；脸上与眼睛里经常发出笑意，老像心中有什么喜事，可以随时大笑起来。

〔杨柱国匆匆地走进来。他还是那么爽直可爱，可是看得出来，他是更老练了些，脑门上增加了些皱纹。

杨柱国　唐处长，老唐！

唐石青　(似乎很舍不得停止研究"碧蚂一号",慢慢转过身来)老杨!(亲热地握手)好啊,你的贡献太大啦!

杨柱国　(拉唐石青坐沙发上)什么贡献?

唐石青　"碧蚂一号"麦子!一亩地增产五十斤到一百五十斤,贡献还小吗?

杨柱国　那是西北农林学院的成绩,不是我们这里的,更不是我个人的。

唐石青　你作过农林学院的党支书啊。

杨柱国　是呀,那时候我支持了"碧蚂一号"的试验,可是我不能乱说,说我自己已经是科学家了!

唐石青　老朋友,这里是农业技术研究所,近水楼台,你要是不错过学习的机会呀,你就能成为专家!哼,一看见这些图表,就令人喜爱科学,钦佩科学家!科学和艺术是人类进步的两个车轮子,把我们推送到幸福的大路上去。老杨,我前两天跟白捡的似的买到一小幅王石谷,绝对是真的!

杨柱国　怎么见得是真的?

唐石青　要是看不出真假,还配作公安厅的处长吗?

杨柱国　你算了吧!你不是为谈"碧蚂一号"和王石谷来的吧?

唐石青　但愿在我七八十岁的时候,能够天天跟男女朋友们谈谈科学,听听音乐,讨论小说,欣赏美术作品,现在还做不到!

杨柱国　谈谈现在的事吧!你干什么来了?

唐石青　来访问一位贵宾。

杨柱国　来看栗晚成?

唐石青　嗯!军参谋长兼师长!

杨柱国　他出去一天了,还没回来。

唐石青　他现在要是在这里,咱们俩不就不好谈话了吗?

杨柱国　你呀,老唐,真有一套!什么事都先打听明白了。

唐石青　有备无患嘛!他是住在东小院里,对吧?东小院有个后门,对吧?

杨柱国　(严肃起来)什么?前后左右你全都布置下人了吗?

唐石青　谁都可以随便出入,没人拦阻!

杨柱国　这不大对呀!

唐石青　什么不大对?你知道,我专管不大对的事!

杨柱国　省委张书记正颜厉色地告诉我，不许我有任何动作！你怎么……

唐石青　省委张书记告诉了我们厅长，厅长教我上这儿来！

杨柱国　噢！我明白了，明白了！张书记怕我乱搞，打草惊蛇！

唐石青　你没有乱搞？

杨柱国　没有！我一动也没动！我能不服从上级的指示？

唐石青　对！从现在这一分钟起，我负全责，你还是不要有任何举动！你知道，这是我平生遇到的一个最难办的案子！他是军参谋长兼师长，我要是错待了他行不行？

杨柱国　不行！

唐石青　我没有他的任何材料，我怎么不明白“碧蚂一号”麦子怎样试验成功的，怎么不了解他！今天下午五点半我才接受了这个任务；六点，我召集干部们开紧急会议。现在（看手表）差一分七点，我已经在这里了。在一接受任务的时候，我只能想到他是空降部队；他是谁，他是干什么的，我全不知道！

杨柱国　他的确不是从天上掉下来的。

唐石青　谢天谢地！说吧，把你所知道的都告诉我！

杨柱国　要纸不要，记一记？

唐石青　用不着！我的脑子就是笔记本！十年前，咱们俩在一块儿搞地下工作的时候，你看见过我用笔记本吗？

杨柱国　甭跟老同志吹你的天才吧！听着，五一年秋天，我认识了他。

唐石青　在哪里？

杨柱国　西北农林学院。那时候，我是学院的党支书。他是到干部农业技术训练班来受训的。

唐石青　干训班的党支书是谁？

杨柱国　平亦奇。

唐石青　他现在在哪里？

杨柱国　还在农林学院做事。

唐石青　好。栗晚成是哪里派来的？

杨柱国　安康专署。

唐石青　他有文件？

杨柱国 当然！

唐石青 你都看过？

杨柱国 大致地！那时候，学院里正进行“三反”运动，我极忙，平亦奇可能都……

唐石青 等等！（又去看图表。看了一会儿，转过身来，自言自语地）他既不是从天上掉下来的，就必定是一步一步爬上来的，也许每一步都有毛病。（走到门口，咳嗽了一声）

〔王乐民，二十多岁的干部，应声而入。手中已预备好笔记本。

唐石青 乐民，马上出发，骑摩托车到西北农林学院，找平亦奇，平亦奇同志。

〔王乐民记录着唐石青的话。

唐石青 限你十二点以前跟他一同赶回来，我在招待所里等你们。告诉刘科长，马上挂长途电话，跟安康要一切有关栗晚成的材料，了解他家庭的情况。听明白了？

王乐民 都记下来了，处长。

唐石青 好，飞跑！顶好比飞更快一点！

王乐民 是，处长！（下）

唐石青 老杨，我的心直噗咚！想想看，他要是个特务，从五一年到现在，他会知道咱们多少事情啊！老杨，当初，他给你的印象是……

杨柱国 （想了想）可以说是老成持重，谦虚热情。

唐石青 都是好字眼。他也有缺点没有呢？

杨柱国 啊——有时候，他爱吹嘘自己，说大话。

唐石青 嗯！他什么时候离开干训班的？

杨柱国 他只在干训班学习了一个多月，就到中南受训去了，准备去参加抗美援朝。

唐石青 谁调他到中南去的？

杨柱国 我记得是军政大学组织部。

唐石青 （几乎跳起来）什么？什么？军政大学组织部？军政大学组织部会直接向干训班调干部？

杨柱国 我当时也这么考虑过。后来一想呢，他既是去受训，可能是由军政大学布置学习。

唐石青　怎么可能？

杨柱国　我不知道，我那么推测。

唐石青　同志，主任，老朋友，你根据什么原则去推测的？

杨柱国　他是战斗英雄，又是模范党员，我信任他，所以也信任那个文件。

唐石青　这是什么逻辑呢？你是这个农业技术研究所的主任，又是我的老朋友，我完全信任你。可是，假若今天你告诉我，军政大学组织部来一封文件调你走，我就应当因为信任你，也就相信那个文件合理吗？

杨柱国　我不大懂部队办事的手续！

唐石青　你也不懂得问问吗？咱们不懂的事情可多了！

杨柱国　那……

唐石青　好，（开玩笑地）先记你一过吧！你批准了他到中南去？

杨柱国　对！大家还给他开了盛大的欢送会。

唐石青　以后呢？

杨柱国　以后失去了联系。一直到前几天，他忽然给我来了一封信。

唐石青　你们既然失去了联系，他怎么知道你在这里？

杨柱国　信寄到了农林学院，由学院转过来的。信里说，他在朝鲜立过大功，成了战斗英雄，现在洪司令员叫他到兰州去参加军事会议。会议后，他到西安来休息几天，愿意住在我这里。我回了信，欢迎他来，因为他是一位英雄！

唐石青　他果然来了。怎么来的？

杨柱国　坐飞机来的。

唐石青　你怎么知道？

杨柱国　他带着一联飞机票，还有飞机上给旅客预备的纸口袋，叫什么来着？

唐石青　清洁袋。他告诉你，他是军参谋长兼师长？

杨柱国　对。这回，我有点怀疑了。

唐石青　怀疑什么呢？

杨柱国　第一是他提升得太快了，怎么这么年轻就作军参谋长兼师长呢？我仿佛记得，在干训班的时候他才二十五岁。那么，今年他不会过三十。第二是他没带着警卫员。我想，一位高级军官，怎么不带警卫员呢？

唐石青 同志，你有了进步，不再只信任个人，而不信任制度了。你没问他为什么没带警卫员？

杨柱国 问了。他说，上级不批准警卫员坐飞机。我可就想了：他既住在我这里，我又没法子保卫他，万一出点什么事故，谁负责呢？因此，我劝他到军区去报到一下。

唐石青 你想的好！老杨，我取消刚才给你记的那一过！他去了没有？

杨柱国 去了，并且告诉我，他见到了赵司令员。

唐石青 哪个赵司令员？

杨柱国 就是咱们陕西军区的。

唐石青 故事越来越好听了，咱们的赵司令员到北京去了，还没回来！

杨柱国 就是嘛，我也知道！我还怕错疑了好人，又问他军区在哪里。我的确不知道军区在哪条街上。他说，在鼓楼前。我可是知道，鼓楼前的是西北军区，不是陕西军区。老唐，听到了这些驴唇不对马嘴的话，我飞也似地跑到省委会去，恰好见到了张书记。

唐石青 老杨，似乎得给你记一功了吧？

杨柱国 记一功？张书记泼了我一头冷水！他正颜厉色地说："不要无中生有地乱怀疑一位高级首长，一位英雄！栗师长的警惕性高，不愿意告诉你陕西军区在哪里！师长没见着赵司令员，可是见到了别位首长，他没有责任告诉你！"老唐，张书记是我平日最佩服的一位老同志，可是他这回的态度未免使我失望！不过，刚才听你那么一说，我才了解：一位省委书记必须沉得住气，不能像我这么冒冒失失的！

唐石青 是呀，一点不错！可是，我怎么办呢？你看，咱们刚才说的不过是一些小小的漏洞，断定不了什么。他到底是谁，他是干什么的？他的目的何在？全不知道！咱们能说他不是师长？

杨柱国 不能！他是千真万确坐飞机来的！

唐石青 咱们能说他是骗子？

杨柱国 谁能一骗就骗到飞机票呢？

唐石青　也没有那样的疯子，骗到了钱之后，去坐飞机玩玩！（想）老杨，刚才你说他去看赵司令员，可是并没去，他上哪里去了呢？

杨柱国　我不知道！

唐石青　嗯！这里有文章！可能有很好的文章！要搞清楚！

〔杜任先，一个青年公安干部，进来。

杜任先　处长，他回来了！

唐石青　老杨，到了我受考验的时候了，从现在起，我是市人民委员会的交际处长，来请他到招待所去住。你请他过来。

杨柱国　为什么你不到东小院去看他呢？那不可以多看见些东西吗？

唐石青　不！那会教他怀疑，我是来检查他的。这里好，这是客厅，谁都可以进来。

杨柱国　好！我去。（下）

唐石青　他坐什么车回来的？

杜任先　走着回来的。

唐石青　走的快，还是慢？是自自在在地，还是慌慌张张？

杜任先　不快不慢，自自在在。

唐石青　好，你去吧。

杜任先　是。（下）

〔唐石青又看墙上的图表，看得非常入神，倒好像那都是美术作品。看了一张，又去看第二张，还回头再看第一张，似乎是比较两张的风格有何不同，或是研究它们相互的关系。外边有了说话的声音，他还入神地看图表。直到杨柱国拉开门，他才慢慢转过身来。杨柱国同栗晚成进来。栗晚成戴着军帽，穿着藏青色的呢大衣，里边是一身暗黄色的粗呢子制服，胸前有人民解放军的符号和一大串徽章。唐石青极亲热地赶过来，要伸手，又不敢冒昧，直到栗晚成伸出手，他才敢握住，握得亲热。

唐石青　（还握着栗晚成的手，问杨柱国）这就是栗军参谋长兼师长？久仰！久仰！

杨柱国　粟师长，这是交际处的唐处长，我的老朋友！

栗晚成　（没把处长放在眼里）唐处长，你的工作作得不坏，很不坏！刚才听

杨主任说，你来请我到招待所去，我谢谢你！（老气横秋地脱大衣）

唐石青 （忙接过去，挂在衣架上）是呀，师长！（假装严肃地）你不该这么对待我们哪！

栗晚成 （稍吃一惊）怎……怎么？

唐石青 你看，凭你的英名，你的功勋，你怎么悄悄地来了，不教我们知道，让我们犯招待不周，保卫不周的错误呢？师长，你看西安也还有个七层楼的招待所，也还有个小小的交际处。况且，交际处是由我负责啊！请坐吧，师长！

〔大家落坐。

唐石青 师长，我首先向你道歉，我的确不晓得你来了。我刚才来看杨主任，才知道你住在这里。我赶紧报告给市长，市长指示我马上接你到招待所去。杨主任，请你别多心，招待所实在比你这里宽敞一点，舒服一点，洗洗澡，理理发，要茶水，都方便。

栗晚成 处长，我谢谢你的厚意，可是你知道招待所也有招待所的短处。况且，军人应当谦虚，我不愿受特殊的招待；军人有军人的感情，我愿意住在老朋友这里！

唐石青 我了解你，师长！好容易休息几天，一进招待所就招来一群新闻记者、一群朋友，实在麻烦！独自一个人，不带警卫员，住在老朋友家里，自由自在地逛逛街，坐坐三轮车，的确另有风味，几乎可以说是一种享受！

栗晚成 唐处长，你实在是个有经验的事务人才！将来一有机会，我会调你到师部来帮助我！

唐石青 先谢谢师长！可是，师长也得给我们想想，万一因为保卫的不好，出点什么岔子，我们就犯了严重的错误。

杨柱国 唐处长说的对！尽管我舍不得把招待一位英雄的光荣让出去，可是我也愿意你到招待所去！

栗晚成 在这里，我给你添许多麻烦！

杨柱国 不是怕麻烦，我的心理也跟唐处长的一样！

唐石青 师长就答应下吧！我会给你好好地布置一下，不教一个新闻记者知道，把饭开到屋里来！

栗晚成 这倒教我为难了！那么，明……明……

唐石青 好！就是明天早晨吧。（想）啊，恰好，明天早晨可以腾出一个双间来，有卧室、有客厅。就那么办吧！师长真是太辛苦了，在朝鲜立了那么大的大功，回来还四处奔走，不得休息！

栗晚成 义……义不容辞啊！在咱们的社会里，哪一个干部都必须一个人当几个人用。洪司令员，我的老首长，调我来，（掏出一张电报，但没给唐石青看，又收回去）我能够不服从命令吗？

唐石青 就是！师长，老杨，我回去啦。明天早九点，我来接栗师长，万一我实在没工夫，我派一个科长来。（要去拿大衣，又停住）师长，我想求你一点小事，又……又……

栗晚成 说吧！我多少是个英雄，只要我能做，我决不拒绝朋友的要求！

唐石青 说出来，实在觉得太幼稚！

杨柱国 说吧！在英雄面前，我们都觉得有点幼稚！

唐石青 我，算了吧，我不应当多耽误师长的时间！（又去拿大衣）

栗晚成 说吧！我就怕人家以为英雄是不容易接近的！事实上，英雄之所以为英雄，正因为他谦虚热情。

唐石青 那么，你可别见笑啊！我在招待所时常会见到战斗英雄、劳动模范。每逢见到他们，我总要问问他们的事迹，记下来，有工夫的时候，我用这些材料编些快板什么的，得点稿费。

杨柱国 老唐，你什么时候作了作家呢？

唐石青 （既自傲，又难以为情地）要不仗着那点稿费，我怎么买得起"王石谷"什么的呢？师长，可以不可以告诉我一小段呢？我知道这太不像话了，可是……

杨柱国 栗师长，说一小段，我也听听！

栗晚成 你们的天真，引起了我的天真！好，我就说一小段吧！

唐石青 （鼓掌）好！好！（拿暖水瓶给栗晚成倒水）老杨，你喝吧？

杨柱国 不喝！真是礼从外来，我简直地不会招待朋友！

唐石青 （坐下）师长！

栗晚成 （挺了挺胸，摸了摸脖子，皱上眉头，又展开眉头）那，那是我们七天七夜的苦战的第七天，刚刚拂晓。

唐石青 对！美帝反扑永远在天刚亮的时候。

杨柱国 你怎么知道？

唐石青 报纸上说了多少次。

栗晚成 （狠狠地瞪了唐石青一眼，更加劲地说）刚刚拂晓，敌人反扑，打白刃战，两个塔似的美国兵一齐扑过我来。

唐石青 那时候你就是师长？

栗晚成 （像皮球挨了一针，泄了气，但再接再厉）不……不……不是！那时候我还是团参谋长！（极快地想起主意）那，那，我本来是在后边指挥，可是被敌人包围住，不能不亲自去打白刃战。两个塔似的美国兵一齐扑过我来，两把刺刀同时刺到（急掀军衣，露出腹部）这里。我连眼也没眨巴一下，拍，拍，两手枪，两个"塔"全倒下。我扯下军衣的袖子，自己包扎了一下，继续前进！我爬、滚、跑、跳，帽子丢了，衣裳碎成一条条的，可是继续前进，像一只受了伤的猛虎！

唐石青 师长！师长！别谈了！我听不下去了，我要哭！就凭这一段，我就可以写出极生动的快板来。等师长到了招待所，我再多讨教。再见吧，师长！（握手）再见，老杨！（握手。拿起帽子，大衣，潇洒地往外走，走到门口又立住）师长，你今年不会过三十吧？

栗晚成 我……我三十三！

唐石青 看着也就像二十七八的，多么英俊哪！老杨，给我找一份"碧蚂一号"的详细说明，谢谢啊！（下）

〔栗晚成有点不安，但强作镇定。杨柱国不说话，看着栗晚成。

栗晚成 他……他是干什么的？

杨柱国 干什么的？交际处的处长！

栗晚成 看，看着有点不大像！

杨柱国 不大像？怎么不像？

栗晚成 没什么，只是那么一点感觉！

杨柱国 难道你还能怀疑他冒充处长？

栗晚成 没有的事！我还不知道咱们是生活在什么社会里！

杨柱国 说的好！我知道你绝对忠诚，同时又知道你怎么警惕！

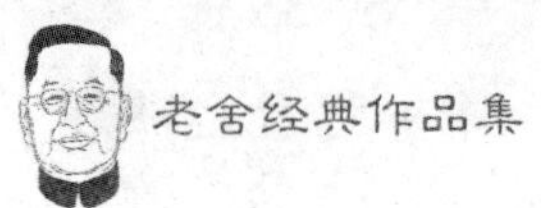

栗晚成 杨主任,你永远是这么鼓舞我!(忙岔开话)想当初,我在干训班学习的时候,你待我就是那么好,教我即使是在枪林弹雨之中,也时常想念你!我时常对自己说:什么时候才能再见到杨柱国同志呢!天遂人愿,我居然得到这个机会,真不容易!在朝鲜,敌人的炮火那么厉害,打过一阵炮去,看吧,山头会矮了好几尺,山还那样呢,何况人呢?

杨柱国 栗师长,我去弄点酒、花生米、豆腐干,咱们畅谈一晚上!我们非畅谈畅谈不可啦!你要是愿意见见科学家,我约一两位会喝酒的来。咱们上自天文,下至地理,无所不谈,好不好?我说,你结了婚没有?

〔栗晚成点头。

杨柱国 幸福的妇人!她在哪里?

栗晚成 在北京。

杨柱国 也做事吧?

栗晚成 在农林部。

杨柱国 我真想见见她!她必定是个有眼光,有本事的女同志!好吧,为了你们夫妇的幸福生活,我也得去弄点酒来,喝一喝!

栗晚成 我、我不大喝酒。

杨柱国 不"大"喝,就是喝。咱们谁也不准勉强谁,尽量,尽欢而散。喝完,睡个顶香甜的,无忧无虑的大觉,不好吗?

栗晚成 杨主任,你总是这么热诚!

杨柱国 你知道,在干训班的时候,我就给你下了结论,八个大字:老成持重,谦虚热情!

栗晚成 好!咱们喝两杯!

——**幕落**

第五幕

第一场

时　间　前幕次日上午。

地　点　西安，某招待所内。

人　物　唐石青、杨柱国、杜任先、王乐民、平亦奇。

〔**幕启**：招待所二楼上的一个双间客室，现在作为唐处长的临时办公的地方。左前方有门，通到走廊。右壁有门(现在关着)，通到卧室。咱们看见的是卧室的外间，布置得像个小客厅。一进门，靠墙放着一张三屉桌，上面有茶具、花瓶。屋子当中有一套沙发，围着一张矮桌，桌上有烟灰碟和茶杯什么的，相当凌乱，好像有人在这里熬过了一夜。斜对卧室门的一角有一张写字台，上面堆着许多文件，乱放着一些文具，还有一架电话机。靠近写字台的壁上挂着一幅山水画。

〔唐处长一夜没睡，已经十分疲乏，可是还强打精神，坐在写字台前，阅读文件。

〔有敲门的声音。

唐石青　(并没转身)进来!

〔杨柱国非常紧张地走进来。

杨柱国　老唐！你一夜没睡吧？

唐石青　(转过身来)哟，你！(立起来)一夜不睡算得了什么呢！再有三天三夜，(说着，打了个扯天扯地的大哈欠)就，就连哈欠也不打了！你干什么来了？坐下。你这么早出来，不招他起疑吗？

〔唐石青、杨柱国都坐下。

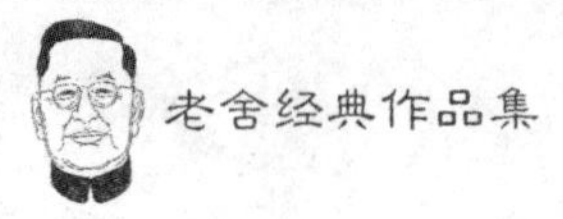

杨柱国　我留下了话，说我头疼，出来蹓蹓，一会儿就回去；好在这里离我那里不远。我差不多也一夜没睡。跟他喝酒就喝到了十二点。

唐石青　是呀，你来电话的时候已经是十二点半了。你行，能问出他老婆在哪里。我们已经跟农林部取得联系，我正等着北京的电话。告诉我，夜里他喝了酒吗？

杨柱国　只喝了一点。

唐石青　他很谨慎？

杨柱国　很谨慎！他有点心神不安。他甚至于怀疑了你！

唐石青　真的？那要不是他太聪明，就是我太笨——没演好交际处长那一场戏！我还以为我的那些无聊的奉承，过火谦卑的态度，都正合他的心意呢！你看，一位演员的成功是多么不容易啊！

杨柱国　你表演的不错！

唐石青　你别夸奖我吧，说他！他又说了什么？

杨柱国　他结巴得厉害。我假装有点醉意，问东问西，他每一个字都哼吃半天，什么也不好好回答。

唐石青　嗯！他的结巴大概是一种技术！

杨柱国　因为他是那样，所以我给你打完电话，还睡不着。

唐石青　《法门寺》里有一句好词儿："睡不着就起来坐着吧！"

杨柱国　我是又闷气又害怕！

唐石青　干什么闷气？

杨柱国　在电话里，我问你看出什么破绽，你一句也不告诉我！我还不憋得慌？

唐石青　电话上不应当随便说话呀！怕什么呢？

杨柱国　我怕他自杀！

唐石青　他干什么自杀？

杨柱国　假若他真是个骗子，怕教你看穿了，他还不……

唐石青　你呀，老杨，有点神经过敏！他要不是骗子，他就不会自杀！假若他是个骗子，也不会自杀！骗子永远想占别人的便宜，自己不吃亏！

杨柱国　我不跟你辩论，说不过你！告诉我，你昨天晚上到底看出什么来了？

唐石青　要是还不告诉你，你就也快自杀了吧？

杨柱国　快点说吧！你说明白了，我也好帮你！

唐石青　我只看出几个漏洞，我们还不能仗着这些漏洞断定什么。

杨柱国　就说说那些漏洞吧！

唐石青　第一，他的大衣不对！

杨柱国　藏青色的，怎么不对？

唐石青　你自己想，我不告诉你！

杨柱国　他也许有不止一个理由穿藏青的大衣。

唐石青　所以我说只是个漏洞，我并不拿这个当作什么证据。

杨柱国　还有？

唐石青　第二，他的制服也不对！

杨柱国　怎么不对？

唐石青　也请你自己想，这是很好的训练！

杨柱国　不管怎样吧，你真是心细如发！

唐石青　难道不应该细心吗？我能马马虎虎错待了一位英雄，假若他真是英雄？第三，老杨，假若我是位师长，我会教一个初次见面的交际处长看肚子吗？（摹仿栗晚成掀起内衣）两个塔似的美国兵……这像高级首长的风度吗？

杨柱国　不大像！

唐石青　第四，他身上带着军用电报。按照部队的制度，电报看完马上收回，军事秘密不能随便带在身上，更不能随便拿出来给别人看！这是个大漏洞！

杨柱国　的确是个大漏洞！还有什么呢？

唐石青　第五，你记得他不过三十岁，可是他自己说三十三！

杨柱国　三十岁作军参谋长兼师长似乎太年轻了些，他自己添上了三岁。

唐石青　第六，他既是首长，就不会自己去打白刃战。

杨柱国　你提醒了他一句，他赶快改嘴，说他是教敌人包围起来了。老唐，有你这六点，再加上我昨天说的那些，就可以肯定他是冒充了！

唐石青　还不能那么着急！

杨柱国　不着急？我恨这样的骗子！

唐石青　愤恨并不等于着急，我不应当冒冒失失地就肯定什么。他都骗了谁？骗了什么？都还没有证据！

杨柱国　骗了谁？骗了国家，骗了人民，而且骗了我！

唐石青　骗了你？当然要骗你！昨天晚上我看到的，你就没看出来，你的眼睛就是预备受骗的！老杨，赶紧回去！等一会儿，我教王科长去接他，他要是不肯来，你得帮助王科长劝驾。

杨柱国　好，我马上回去。那什么，平亦奇来了没有？

唐石青　来了。（指卧室的门）在里边睡觉呢。他夜里一点才赶到的。

杨柱国　他是个很好的干部，不过，跟我一样，一忙起来就粗心大意！在干训班那一段，我跟他平分秋色，都有错误！再见，老唐，祝你成功！（往外走）

〔杜任先进来。他已改扮成茶房的样子，提着一把水壶。

杜任先　杨主任！早！

杨柱国　早！（打量了他一下，没敢说什么。下）

杜任先　（一边往暖水瓶里灌水，一边问）处长，看看行不行啊？

唐石青　（上下打量）差不多！去换上一双布鞋！招待所必须安静，你穿着带铁掌的皮鞋，叮叮当当的像什么话！还有，头发上点油，梳得光光的！这么乱七八糟的，是故意教他看出来你一夜没睡吗？

杜任先　是，处长，我再加加工去。还有会儿工夫才到九点，处长到里边闭闭眼去吧！

唐石青　我还挺得住！不愿意进去把平亦奇吵醒了。王科长还没来？

杜任先　还在厅里等着北京的电话。

唐石青　但愿王科长一进门就说：处长，农林部来了回电，说栗晚成确是冒充！那够多么痛快！

杜任先　可是，处长常常指示我们：作事情应当多往难处想，不要希望侥幸成功。

唐石青　对！那么我就考考你吧。他来到，你头一件作什么？

杜任先　请他登记。

唐石青　怎么作？

杜任先　（摹仿茶房，拿起一张纸当登记簿子）栗师长，那什么，一点小小的手续，请登记一下。请把军人通行证……我们登记一下号数。行不行，处长？

唐石青　还好！他要是没有通行证呢？

杜任先　他也许拿出别的证件来，我就拿过来给处长看。

唐石青　嗯！他要是什么都没有呢？

杜任先　那我就加倍的客气，连声地说：没关系！没关系！

唐石青　好！换鞋去！

杜任先　是！处长！（下）

〔唐石青看了看卧室的门，真想进去休息一下，但是一狠心，开始作体操。正在作着，有人敲门。

唐石青　（停止运动）进来！

〔王乐民匆匆进来。

唐石青　北京的电话来了没有？

王乐民　来了！来了！

唐石青　怎样？快说！

王乐民　栗晚成千真万确是战斗英雄！

唐石青　他是战——斗——英——雄！谁说的？

王乐民　农林部人事处处长说的！他的飞机票也是农林部给买的！

唐石肯　（愣了半天）好吧，原来是一场虚惊！幸而我对他没有失礼的地方！你还是去接他。他既是真正的英雄，咱们就更该好好地招待他，保卫他了！我睡一会儿去。（往卧室走。走了两步，立住）我说，乐民，我不是作梦哪？

王乐民　不是！怎么啦？处长！

唐石青　既不是作梦，咱们就得继续往下干！

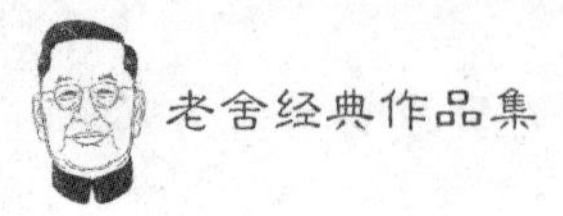

王乐民 继续往下干？

唐石青 昨天晚上发现的那些漏洞不许我去睡觉！

王乐民 不管农林部怎么说？

唐石青 农林部并没给咱们解释开那些漏洞！我极希望他不是个骗子，但是我也不能轻易放过一个骗子！（看看手表）你接他去吧。坐交际处的车，别坐公安厅的！

王乐民 预备下的是交际处的车！（下）

〔电话铃响。

唐石青 （接电话）喂……我就是唐石青。……李厅长？我正要请示！……嗯！继续进行？好！……省委张书记也……噢！……军委会……对！我随时汇报，随时请示！……对！（放下电话机。搓了搓手，揉了揉太阳穴，精神百倍地哼了两句秦腔）

平亦奇 （轻轻地开开卧室的门）唐处长，你始终没睡？

唐石青 嗯！我常想，一个人要是能够只睡一个钟头的觉，干二十三个钟头的活儿，有多么好啊！

平亦奇 我也那么幻想过，可是我至少得睡八个钟头！（指写字台上的文件）那些材料有什么用吗？

唐石青 没有！我得等安康的材料来到，跟你拿来的对证一下，才能看出些破绽。查考一个人的历史得从根儿上来。咱们是个新国家、新社会，在天翻地覆的大革命以后，许多事接不上了头儿，许多人要改头换面。他怎么来到安康，怎么入的党，都该首先弄清楚。根儿上有了毛病，一切就都有了毛病！你和杨柱国的错误是在不该轻易相信军政大学组织部的那个调干文件！

平亦奇 现在我看清楚了，那不合手续。可是文件并不假。

唐石青 你怎么知道它不假？

平亦奇 信纸、关防都对！

唐石青 你怎么知道，信纸和关防不能假造，不能偷用？请原谅我这么问，你是不是只看了看信纸和关防，并没看内容呢？

平亦奇 我没细看，杨支书看了！

唐石青　亦奇同志，再请你原谅我，文件是为看的，不是为由这里送到那里的！想吧，想他的一切可怀疑的地方！我们不应当乱怀疑好人，可是我破获过的骗子都假装好人！到今天为止，我还没发现一个好人假装坏人的。想想吧！

平亦奇　（想）处长，处长，我想起来了！

唐石青　想起什么来了？

平亦奇　他会刻图章！

唐石青　啊哈！这真有趣！你看见过？

平亦奇　听荆友忠说的。

唐石青　荆友忠是谁？在哪里？

平亦奇　他也是五一年来受训的，后来去参军。我不知道现在他在哪里。他崇拜栗晚成，他告诉我，栗晚成给一个青年农民刻过一块木头图章。

唐石青　这个青年农民在哪里？

平亦奇　在学院附近，我认识他。

唐石青　好！你赶紧回去，找到他，详细地问问他：栗晚成都教他作过什么。问完了，请马上给我打电话！

平亦奇　我马上走。

〔外面汽车响，平亦奇站住了。

唐石青　等等！他来了！你等一会儿再出去，省得碰上他。告诉我，学院附近的镇子上，有没有刻字的？

平亦奇　可能有，那是个不小的镇市。

唐石青　去调查一下。噢，你太忙，我会通知那里的派出所去调查。

平亦奇　他自己会刻字，还用……

唐石青　刻字不是容易掌握的技术，他也许刻得很好，也许正在练习。哼，还许是在西安找人替他刻呢。我问你，军政大学的文件是怎么来的？

平亦奇　直接寄给栗晚成的。

唐石青　你们是由他的手里看到文件的？我的天！这一转手之间，能变出多少戏法来呀！学院里现在还有没有认识他的人？

平亦奇 还有——大概还有两三个。

唐石青 好，教他们都回忆一下，凡是有关于栗晚成的，哪怕是很微细的一件事，平淡的一句话，只要想起来，请你就都记下来，赶快告诉我。

平亦奇 好，我可以走了吧？

唐石青 可以啦！（握手）谢谢你啊！

〔平亦奇下。

唐石青 （要电话）喂，接刘科长。我是唐石青。……喂，刘科长吗？通知西北农林学院的镇子上，调查有没有刻字匠，要是有，调查有没有和栗晚成发生过关系的，有没有刻过军政大学组织部的关防的。要是没有，调查这里的刻字铺。……对！好！（放下电话机）

〔敲门声。

唐石青 进来！

〔杜任先拿着一本登记簿和一张电报，很紧张地走进来。

杜任先 处长！处长！

唐石青 别这么紧张，小杜！

杜任先 他，他没有通行证！他把这个交给了我！（递电报）

唐石青 我正要看看它是什么宝贝！昨天晚上，他拿出来了，可没给我看。（接过来，看了一会儿）赶快给他送回去，谢谢他！

杜任先 （想知道底细）处长！处长！

唐石青 快去吧！告诉王科长，跟他周旋完了，到这里来守着电话，我可以睡一会儿去了！

杜任先 是！处长！（莫名其妙地走出去）

唐石青 （要电话）喂，我是唐石青，请接李厅长。……喂，李厅长？能不能调农林部的一位或两位干部坐飞机来一趟，带着一切有关栗晚成的文件？……是。对！他交出一张电报……啊……噢！是军用电报，我从来没见过的一种新奇的军用电报！……好！

——幕落

第二场

时　间　前场次日下午四点。

地　点　同前场。

人　物　杜任先、王乐民、唐石青、杨柱国、林树桐、栗晚成、程二立、荆友忠。

〔**幕启**：地点仍同前场，但是增加了两三把椅子和一个衣帽架。架上挂着一件草黄色的皮大衣，一件细呢子的军服上身，都合乎志愿军首长们的制服的规格。三屉桌上放着几瓶各样的酒和一些酒杯，小桌上有几碟糖果、鲜果和香烟，像是要开个小酒会的样子。写字台上收拾得整整齐齐，乱堆着的文件已经都收拾起来。

〔杜任先还是茶房打扮，正往花瓶里插花。然后，他看了看屋中，用抹布东擦一把，西擦一把，力求室内出色整洁。

〔王乐民进来，四下里看了一眼。

杜任先　科长看行不行啊？

王乐民　很好！唐处长呢？

杜任先　（指卧室）在里边呢。

王乐民　（轻敲了一下卧室的门，推开一点，并未进去）处长，我请林处长来吧？

唐石青　（内声）好吧！

〔王乐民下。唐石青和杨柱国先后出来。

杨柱国　（对杜任先说）布置得很好啊，杜同志！

杜任先　我哪会这一套，都是现学的。

唐石青　在咱们这个社会里，最大的幸福就是有机会学习。什么都在建设，什么建设都是学问，什么学问都是公开的，给我们无穷无尽的学习机会。

杨柱国　前天，你告诉我：既然接近科学家，就应该抓紧机会学习，我一定要有计划地学习业务！

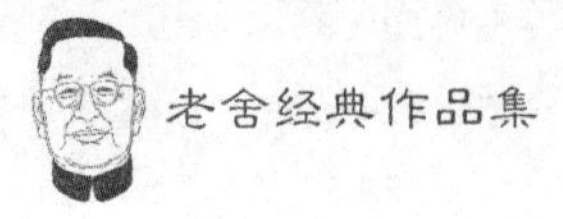

唐石青 你可是还没给我找来关于“碧蚂一号”麦子的详细说明！

杨杜国 我一定给你找到！

〔王乐民同林树桐上。

唐石青 欢迎！欢迎！（握手；介绍）农林部林处长，农业研究所杨主任。

杨杜国 （与林树桐握手）欢迎你来到西安！

林树桐 哎呀，西安的建设真不得了啊！那么好的大马路，那么好的招待所，那么多的工厂、学校，真了不起！

杨杜国 是呀，原先西安是马路不平，电灯不明，电话不灵；现在是平了，明了，灵了！

唐石青 （对杜任先）倒酒吧。

〔杜任先倒酒。

唐石青 林处长，咱们先谈一谈，待会儿再请栗师长来。（对王乐民）乐民，你忙去吧，过十分钟，把栗师长请过来。

〔杜任先送酒给大家。

王乐民 是，处长！（下）

唐石青 （举杯）林处长，祝你健康！

林树桐 （举杯）祝你们健康！（和唐石青碰杯）

〔大家坐下。

林树桐 唐处长，杨主任，我看哪，这件事情相当的复杂，可能有些误会。

唐石青 所以才请你来帮助我们。好在有你带来的那些文件，一定不至于冤枉了好人。

林树桐 那些文件你看过了？

唐石青 看过了。

林树桐 那么多文件真够你看的！既然看过了，误会也就不存在了。

唐石青 相反的，林处长，我越看越觉得可笑、可气！

林树桐 有什么可笑、可气的呢？请举个例说吧。

唐石青 好！他由西北到中南去，拿着两件彼此完全不相干的证件，党的关系是由西北农林学院出的文件，行政关系是由军政大学组织部出的文件。

杨柱国　党的介绍信是我签的字！

唐石青　这两种文件怎么会联系到一块儿呢？

林树桐　相当地，相当地……

唐石青　林处长，中南农林部好像根本没有人看过那两个文件，更不用说想一想它们怎么弄到一块儿去的。

林树桐　那时候，我并不管人事工作，唐处长！

唐石青　我批评的不是你，而是官僚主义！他的党员鉴定书就写得更可笑了。那里写着：他是在一九三五年参加了红军，推算起来，他才八岁！

杨柱国　那真可以算作革命的神童了！

唐石青　那里也写着，他在中学肄业一年。可是，党派他到中央大学去作地下工作。那时候，中央大学是国民党的，我们可以派人进去，但是必须经过考试。凭他的中学一年级的程度，怎么能够考进去呢？难道国民党的大学特别照顾共产党员？在同一文件上，他既然入了中央大学农学系，又忽然地参了军，入了军政大学预科，然后又忽然变成了志愿军。这一个文件，任何人随便一看都能看出好几个漏洞，可是在到我手里以前从来没有任何人看过它。

林树桐　唐处长，你可也别忘了，那时候革命刚刚胜利，人事制度还相当的不健全！

唐石青　我知道！我也知道，有的人被胜利冲昏了头脑，根本不遵守制度，连文件看也不看，拿起笔就批！

林树桐　可是……。唐处长，别误会我是替栗师长辩护，我是想把事情相当地搞清楚了。

唐石青　不是相当地，是彻底地搞清楚了！

林树桐　就是！就是！所以我才要问，马处长给洪司令员的信和洪司令员的回信，总不会不可靠吧？

唐石青　林处长，马处长给洪司令员的信是寄去的？还是有人捎去的？

林树桐　栗晚成亲自捎去的。

唐石青　那封信要是交给了洪司令员，怎么现在还在栗晚成的材料里呢？

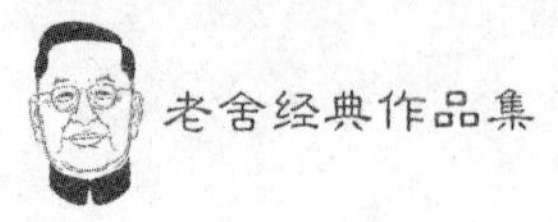

林树桐　那也许,也许,我弄不清楚!

唐石青　是不是这样呢:栗晚成根本不认识洪司令员,他不敢交出那封信去!

林树桐　可是,那封回信呢？难道是假的?

唐石青　是呀！林处长,去信既然不敢交出去,回信还能不假造吗?

林树桐　唐处长,我再说一句,假若回信是假的,马处长怎么相信了呢?

唐石青　林处长,这就是最可笑的地方！我不认识马处长,可是我的确知道,有一种人专会信假为真,而且在受骗之后还夸奖自己纯正忠厚。林处长,还有更可笑的呢,他说薛总参谋长给他打来电话,请问,谁听见了?谁看见了?薛总参谋长干什么忽然地给栗晚成打电话？而且这个打电话的事也写在材料里！这可笑的出奇!

林树桐　那个,那个,唐处长你看,马昭同志,卜希霖同志和我自己,都看他年轻有为,是大家公认的一个英雄人物,所以都想尽可能地帮助他,培养他！我们的办事方法也许有偏差,可是我们的动机是好的!

唐石青　于是,你们就培养了一个骗子!

林树桐　一个骗子?

唐石青　一个很不高明的骗子!

林树桐　那,他越不高明,就越证明我们糟糕啊!可是,你不能否认他是残废军人吧?他身上的创伤总不会是假的吧?在咱们的社会里,谁敢冒充英雄呢?

唐石青　正因为你以为他不敢冒充英雄,他才钻了这个空子！请你放心,林处长,他根本没有伤!

林树桐　没有伤?

唐石青　林处长,他的腿没有毛病,你我跟他赛跑,他准跑第一!他的肚子上也没有刀伤,只有一个小疮疤。他的脖子上什么也没有,像一块最好的牛排那么光滑。

林树桐　可是,你怎么知道的?

唐石青　今天他叫人搓背来着,搓背的人顺手儿给他验了伤。我们这个小小的招待所里，设备还相当的齐全，搓背，理发，都方便。

林树桐 事情可真有点出乎意外的复杂了！我不能明白，假若他是个骗子，到了一个相当的程度，他为什么不适可而止地停顿下来，老老实实地作点事，保持住已经得到的地位，何必非弄到身败名裂不可呢？他相当的聪明，会想不出这个道理吗？

杨柱国 他不会那么想，林处长！他根本不想给我们作任何事情，他恨我们的胜利！他希望他和他所代表的那些肮脏东西胜利！他不会适可而止！在臭水坑子住惯了的鱼，怎能想到大海里去呢？

唐石青 对了，林处长！他说的话，你们相信，你们让他慢慢地确信自己真是英雄，真是功臣。他欲罢不能，怎能够适可而止呢？

林树桐 我可不是想给他解脱，我是要四面八方地设想，不固执成见，不随便武断！

唐石青 我也绝对不轻易判断什么。可是我比你多着一点东西，就是我会愤恨！想想看，这几年他由安康——这以前的事咱们还不知道——骗到中南，由中南骗到北京，由北京骗到西安，光是薪资、医药费、路费，他已经骗了国家多少钱，且不说政治上的损失！哪一分钱不是人民的血汗挣来的，就应当供给一个骗子去吃喝玩乐吗？

林树桐 那，那，请原谅我，我是要弄个水落石出，他怎么会去参加兰州的军事会议呢？

唐石青 兰州根本没有什么军事会议！洪司令员也向来没到过兰州。

林树桐 谁说的呢？

唐石青 省委张书记亲自给兰州打的电话！

林树桐 省委张书记？这个事体相当严重了！

唐石青 的确严重，林处长！咱们这里摆着一个现成的骗子，敌人能够不争取他吗？

林树桐 （惊惶）他，他要是反革命……

〔敲门声。

唐石青 进来！

〔王乐民同栗晚成进来。

〔唐石青起立。杨柱国、林树桐也立起来。

唐石青 欢迎栗师长!(握手)

栗晚成 谢谢你照顾我,唐处长!不……不用说别的,天天能洗热水澡,对我的腿有很大的好处!

杨柱国 你看,我说对了吧?这里的确比我那里方便,不但天天可以洗澡,还有搓背的!

〔王乐民递给栗晚成一杯酒。

栗晚成 谢谢! 林处长,你怎么来了?

林树桐 部里派我来视察一下。

唐石青 栗师长,这两天非常的忙,没能好好地招待你。今天抓工夫,凑几个老朋友,大家喝点酒,谈一谈。你知道,咱们都得实行节约,所以我不敢给你预备酒席。

栗晚成 我最怕宴会! 我到处宣传节约!

唐石青 是嘛!我只弄了点水酒、花生、瓜子什么的,表示一点意思!好吧,师长,(举杯)祝你健康! 祝你的更大的成功!

栗晚成 祝你们的健康、成功!

唐石青 师长,你坐下,你的腿脚不方便! 随便吃点,我们不拘形式!

〔栗晚成坐下,面对衣架。其余的有坐有立。

杨柱国 招待所都好,就是每层楼都缺少个足以容纳一二十人的小客厅。

唐石青 就是嘛!建筑学校,不问教师的意见,建筑招待所,不征求交际处的意见,就是咱们的建筑专家的特殊作风,会把学校盖得像招待所,招待所像学校!

杨柱国 (过去摸摸衣架上的衣服)这是谁的?

唐石青 一位志愿军首长的,他到楼下理发去了,把大衣脱在这里。

杨柱国 这个呢子多么细呀,咱们的制呢厂在技术上的确有了进步!

唐石青 是呀,我记得从五三年起吧,产量增高了很多,志愿军的首长都穿上了细呢子的制服。

〔林树桐也过去看。

栗晚成 （赶紧声明）是，是呀！我……我的那一身没有穿来。

唐石青 旅行的时候，谁都爱穿旧衣服，又随便，又俭省。不过，你应当把皮大衣穿来，你那件藏青的，实在太单薄！

栗晚成 （忙掩饰）还好！还好！在朝鲜的时候，经常有三尺多厚的雪！那是真冷！经过那个锻炼，我敢说，叫我上北冰洋我也不怕了！

唐石青 说的好！哈哈哈……。师长，在朝鲜的时候，你是在……

栗晚成 十二军三十五师一〇三团。

唐石青 老杨，那位小朋友还没来吗？

栗晚成 （不安，赶紧问）谁呀？谁呀？

唐石青 乐民，把他叫来。

王乐民 好！（下）

杨柱国 一个最崇拜你的小朋友，你必定很喜欢看见他。

栗晚成 谁呢？

杨柱国 你等着瞧啊！

〔王乐民同程二立进来。程二立已长成了壮实的小伙子。

程二立 栗晚成，你还认识我吗？

栗晚成 你……你……是谁？叫栗师长！

程二立 程二立！

栗晚成 （假装想不起）程……程二立？

程二立 你忘了，你在干训班的时候，骗去了我的一根桃木棍！

栗晚成 你这是怎么说话呢？

程二立 你这个英雄啊，很不诚实！

栗晚成 （一颤）怎么，怎么，我会不诚实？小孩子！

程二立 我把我哥哥的番号告诉了你，十二军三十五师一〇三团，你怎么不去看看他呢？我的爸爸妈妈还当面托咐了你！

栗晚成 那，那么多志愿军，我哪能……

杨柱国 二立的哥哥不是跟你同在一个团里吗？你也在一〇三团呀！

栗晚成 （慌）那，那……（急中生智，假装微怒）我说，唐处长，你要的是什

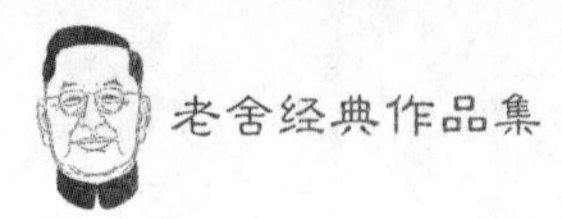

么把戏？这是请我喝酒呢？还是……

唐石青 师长，我会作不少的事，就是不会耍把戏。

栗晚成 二立，你知道戏弄一位战斗英雄有什么结果！（起立，要走）

〔荆友忠猛地拉门进来，栗晚成抖了一下，又坐下。

程二立 荆同志！你好啊！你记得吗，当初我把我哥哥的番号……

荆友忠 记得！你告诉他那个番号的时候，我在旁边听着呢。（猛转向栗晚成）栗晚成，我也到了朝鲜，我知道十二军三十五师一〇三团没有你这么个人！

栗晚成 荆友忠，你干嘛来了！

荆友忠 我奉部长的命令，同林处长来“视察”！

栗晚成 啊！林处长了解我的一切！是吧？林处长！

林树桐 啊……

栗晚成 唐处长，我以一个立过功的军人的资格问你，你到底是谁，到底要干什么？

唐石青 不要着急，好几年的事怎能一下子说清楚呢。二立，你们镇子上的王老二还在吗？

程二立 还在。现在他的觉悟提高了，有形迹可疑的来刻图章，他就报告给派出所，不像刻军政大学组织部关防的时候那么粗心了。

唐石青 他可是没要他的钱，因为看他是军人。在咱们的社会里，大家彼此信任，彼此尊重。对于军人，大家特别尊重。因此，在这个好社会里进行欺骗并不很难，你说对不对？

栗晚成 （大怒）我说，你扯这些个淡干什么？

杨柱国 别急！别急！你看，受了那个假图章的骗的是我，我该着急！

栗晚成 这我受不了！我给赵司令员打电话！

杨柱国 那得叫长途电话，他在北京呢！

栗晚成 （手与唇都颤起来）奇怪！奇怪！那么，我怎么见到了他呢？

〔屋中静寂得可怕，电话铃响。

唐石青 （接电话）喂……李厅长，我是唐石青。……好！我听明白了。（放下电话机）李厅长的电话。他向军委会请示过了，他们不知道你这么一个军参谋长兼师长。

栗晚成 (立起来,抓头)奇怪!奇怪!奇怪!(忽然坐下,手摸脖子)噢!我……我……我……(要发昏)

〔众人哈哈地笑起来。

程二立 那颗子弹还离大动脉不远吗?

荆友忠 毒气还没散净吗?

唐石青 (极严厉地)栗晚成,说!你到底是谁?

栗晚成 林处长,林处长,你了解我,给我解释解释!

林树桐 恐怕,我,我解释不开了!

唐石青 栗晚成,拿出你的电报来!

栗晚成 没……没带在身上。

唐石青 在哪里呢?

栗晚成 箱……箱子里。

唐石青 乐民,你去拿。

栗晚成 你要检查我吗?

唐石青 乐民!

王乐民 (掏出检查证)栗晚成,我奉命令,检查你!林处长,请你作证人吧。(对栗晚成)走!(对杜任先)任先,你也来!

〔杜任先在前,栗晚成在中,王乐民在后,走出去。

程二立 唐处长,我谢谢你!谢谢你!我恨这个家伙!

荆友忠 林处长,这你就明白了部长为什么派我跟你来。我对你说我怀疑他,你完全不去考虑。我又反映给部长,部长要是再不处理,我会向更高的一级去检举!我怎么在朝鲜打击美国帝国主义,也怎么打击潜藏的敌人!

唐石青 二立,友忠,你们可也别忘了:二立随便把那个番号告诉了他,友忠你替他写过蜡板!

荆友忠 唐处长,我犯了错误!恐怕他就是利用我印的表格,另造了一份履历,到中南去的。

程二立 恰好用上我给他的那个志愿军的番号!

荆友忠 所以一到那里,他就变成志愿军了!

杨柱国 他还把调他受训的文件,改成到中南转业的!

唐石青 记住吧,青年同志们:只要小心一点,眼睛就更亮一点;只要粗心大意一点,就会帮助了敌人!友忠同志,你是愿意带着二立看看西安市去呢,还是帮助他写写材料?

荆友忠 办正事要紧!写材料去吧,二立?

程二立 对!走!

唐石青 谢谢你们!明天早晨,我请你们吃羊肉汤泡馍!

荆友忠 再见,处长!

〔荆友忠同程二立下。

唐石青 小伙子们,多么可爱!

〔电话铃响。

唐石青 (接电话)喂,我是唐石青……啊……啊……好!(放下电话机)林处长,安康的材料到了:栗晚成的父亲是地主,现在还受管制;他本人是国民党青年军、三青团团员。

〔王乐民领栗晚成进来,杜任先拿着一只皮箱,就是咱们在第二幕看见过的那一只。

林树桐 (迎过去)你,你爸爸原来还活着?(真冒了火)呸!呸!硬说你爸爸死了,骗国家的钱?你,你混账!

栗晚成 林……林……林……

唐石青 就别再假装结巴啦,除了耽误时间,没有别的好处!

林树桐 说吧,你到底是干什么的?

栗晚成 我没有别的企图,只是为往上爬。爬的越高,享受越好!

杨柱国 看起来,你是个很简单的人哪。

栗晚成 我是简单!我只想骗点好吃好喝,没有别的!

唐石青 问你一件事:你说去看赵司令员的那天,你到底上哪里去了?

栗晚成 我,我没上哪里去!

杨柱国 可是你也没在我那里!

栗晚成 我,我不是反革命!

唐石青 你怎么不是呢？

栗晚成 （支持不住了，哀鸣）林处长，救救我！救救我！

唐石青 王科长，摘下他的符号、徽章来！

栗晚成 唐处长！（跪下了）

唐石青 起来，你的胆量哪儿去了？

栗晚成 （被王乐民拉起来）我的胆子最小！我不敢面对困苦、困难，我老想吃现成饭！

〔王乐民摘下栗晚成的符号、徽章，交给了唐石青。

唐石青 小杜，打开箱子。

〔杜任先开箱，唐石青找到电报，递给林树桐。

唐石青 林处长，这是一张普通电报纸，上面用钢笔写了"军用"两个字，你们就批准他坐飞机。这上边有签字——马昭。（又拿出一个小本，细细地看）

林树桐 我们的办公厅主任。

杨柱国 （愤恨）他花自己的钱一定不会这么大方！

林树桐 我接受这次的教训，我准备检讨自己！至于整个事件，由中南到北京，马主任应负最大的责任！

唐石青 （把小本递给林树桐）看看这个吧，极奇怪的一件东西。（指）看这里！

林树桐 （看）什么？你妈妈给你的信，说你爸爸死了，可是你起的信稿？

唐石青 党员鉴定书的底稿，洪司令员的信稿，他的全部历史的底稿，都在这里！咱们谁不记得自己的过去呢，他可是老得时时刻刻带着这个小本！

杨柱国 演话剧不是有提词的吗？没有这个小本提醒这位演员，他就忘记自己是谁了！

唐石青 （又拿起一些信封、信纸）看吧，各地方各机关的信封、信纸，还有军事机关的。（拿了两张给林树桐看）

林树桐 （看）这两张必定是从老铁那里偷来的。

唐石青 老铁是谁？

林树桐 铁副部长。别说了，说了丢人！

栗晚成 不是我偷的，是他给我的！

唐石青 （又由箱中拿出一张地图）这是谁给你的呢？一张军用地图，有你写的注解。这就是你到西安来的目的，是吧？你还敢说，你不是反革命？

栗晚成 唐处长，唐处长，你要枪毙我吗？

唐石青 我们有国法！你老老实实地交待，会有好处；你照旧狡猾，法律知道怎么严厉地裁判你！王科长，带他到他的屋里去。小杜，拿着这只箱子。（把刚才拿出来的东西放回）

栗晚成 林处长，看在达玉琴的面上，救救我啊！

林树桐 下去！

王乐民 别再耍无赖，走！

〔王乐民、杜任先带栗晚成下。

唐石青 （指桌上的徽章、符号）我要是在北京，逛一趟天桥或是东安市场，就会买到比这更多更好看的牌牌儿！看，这个是小学生的帽花，他也戴了这么好几年！（把符号递给林树桐）林处长，这是件很有意思的证物，你的！

林树桐 我的？（细看）噢，上面糊上了一块布，把我的名字遮住，写上了他的名字！嘿，我的姓名跟一个骗子的，密切地在一块儿相处了好几年！林大嫂催了我多少次，要回它来，可是我相当的马虎！唉，马主任、卜司长，还有我，都是用新社会的道德标准衡量了旧社会剩下的渣滓！

唐石青 据我看哪，林处长，你们恐怕是用旧社会的思想感情处理了新社会的事情！

杨柱国 你说得对，老唐！得啦，三天就破了案，我祝贺你的胜利！（举杯）

唐石青 领导的胜利，咱们大家的胜利！可是美中不足，这个小鸡尾酒会开得不很圆满！

——**幕落·全剧终**

女店员

（三幕话剧）

人　物

宋爷爷——男,年近八十。摆小茶摊子。硬朗,正直。

宋玉娥——女,十六岁,团员。宋爷爷的孙女。聪明,略有娇气。

余　母——女,五十多岁,余志芳的母亲,对女儿有偏见。

余志芳——女,十六岁,团员。勇于反抗,热爱劳动。

齐　母——女,五十多岁。齐凌云的母亲。有文化,而思想落后。

齐凌云——女,十七岁,团员。美丽,有进取心,但稍娇弱。

赵　姐——女,三十多岁,齐家的保姆。

卫　母——女,六十多岁,卫默香的母亲。

卫默香——男,四十多岁。知识分子,不大爱劳动。

卫大嫂——女,三十多岁,默香之妻。勇敢,健康,思想进步,争取入党。

陶月明——男,二十一岁,店员。有轻商思想。

某大娘——女,五十多岁。

王二婶——女,五十多岁。有正义感,乐于助人。

李大嫂——女,三十岁,健壮。

金　智——女,二十多岁,拴子的大姐。

金拴子——男,十三岁,淘气。

老　尤——男,四十多岁,卖肉的师傅。

小　吴——男,二十多岁,卖鱼的好手。

老　黄——男,四十多岁,店员。

郑书记——男,四十多岁,零售管理处党委书记。

唐经理——女,三十多岁,妇女商店经理,党员。

男　甲——男,二十多岁,兵。

男　乙——男,二十多岁,工人。

男　丙——男,六十岁,农民。

店员甲——女,二十岁,妇女商店店员。

店员乙——女,十九岁,妇女商店店员。

店员丙——女,二十多岁,妇女商店店员。

第一幕

第一场

时　间　一九五八年初春，下午。

地　点　北京后海岸上。

人　物　余志芳、宋玉娥、齐凌云、卫大嫂

〔**幕启**：一湖春水，岸柳初青，间有野桃三二，放艳春晴。余志芳等三个姑娘携手同来，且笑且唱。

余志芳　（唱）咱们是三个好姑娘，

宋玉娥　（唱）一心要给妇女争点光！

齐凌云　（唱）在哪里都要打胜仗，

三　人　（唱）在哪里都作好榜样！

咱们是三个好姑娘，

到商业战线上大战一场！

嗨，是谁？是谁去打大胜仗？

是呀，是咱们三个好姑娘！

〔笑了一阵，见路旁有大椅，坐下休息。

齐凌云　玉娥，志芳，我没想到咱们一考就都考中了！哎呀，有点意思，真应当作诗呀！你们听着：我心里开阔得就像这满湖的春水！我的辫子像在东风里轻轻摆动的杨柳枝儿！我的脸哪就像刚刚开了的桃花那么美！

宋玉娥　凌云，凌云，你怎么一个人把好字眼儿都占了去，不给别人留点份儿呢？

齐凌云　反正至少得把桃花留给我！咱们三个人里数我最美！不信，咱们

到水边上照照去！

余志芳　姐姐们，都该让给我吧！我不是最小，最苦吗？看看我的手，什么好字眼儿也安不上；大雁已经回来好多天了，我的冻疮可还没好！

宋玉娥　我比你也强不了多少！我不也老干苦活儿吗？

余志芳　你在家里总比我强点，老爷爷待你多么好啊！看我的妈妈跟嫂子，一口一个老丫头，倒好像我根本不应当生下来！在外面，我一想起那个陈掌柜的，就气得打哆嗦！你去多么早，他总说你迟到，扣工钱！只要你不给他点烟倒茶，侍候周到了，他就钻天觅缝地收拾你！

宋玉娥　我也遇见过那样的家伙呀！

余志芳　在口试的时候，不管该说不该说，我就把这些都对那两位同志说了！

宋玉娥　那两位同志多么好啊！我猜呀，那位胖胖的也许是商业局的副局长！你信不信？

齐凌云　我猜呀，那位长脸大眼睛的准是真正延安的老干部！他一看我，我就要把心腹话都对他说出来！

余志芳　是呀，我就对他们说：我是去干活儿，卖力气吃饭，不是谁的丫环，奴才！我跟陈掌柜的说不来，他发威，我就死顶他！所以还没到公私合营，他就把我轰了出来！

宋玉娥　那两位同志说什么来着？

余志芳　那位大眼睛的说，小姑娘，你心里不要憋闷了！高兴起来吧，从江西到延安，到北京，在党的眼里男女始终是平等一样的！

齐凌云　看，我猜对了吧？他准是延安来的！

宋玉娥　就算是那样吧，你可是没有我跟志芳了解的那么深刻！你是中学生啊！说真的，凌云，咱们虽然住在一条胡同里，可是平日啊我跟志芳都不大爱理你！我们俩都只能上夜校，你可大小姐似的上中学，多么神气呀！

余志芳　你越神气，我们越不爱理你！

齐凌云　其实呀，我并不像你们想的那么神气！念初中，在中间休息了一年；初中毕业，又没考上高中！你看妈妈那个挖苦我呀！（学妈妈的语调）啊，一朵鲜花似的大姑娘，赶情是个大草包啊，连高中都考不上！我神气什么呀！现在，我回家一说考上了女售货员，去站柜台，要不挨一通儿雷才怪！

余志芳　挨雷？五雷轰顶我也不怕！想想，我这个苦丫头，就快挂上牌牌儿，当国营商店的售货员……

宋玉娥　也不一定是国营的，志芳！

余志芳　不管什么营的吧，反正我不再里里外外受气！我要在里里外外都起作用！在家里不再是老丫头，我要叫妈妈伸出大拇哥来，叫我老闺女！在外面，我要争取入团，好事由我带头儿干！

齐凌云　哎呀，我可不那么乐观！你看，前些日子你妈妈去跟我妈妈说，给我介绍个对象。

余志芳　你不是刚满十七岁吗？忙什么呀？

齐凌云　我没忙，是你妈妈爱管闲事！我妈妈问：小人儿是干什么的呀？你妈妈说：是百货店的售货员。我妈妈说：售货员呀？癞蛤蟆想吃天鹅肉！好家伙，我自己现在要去当售货员，天鹅变成了癞蛤蟆，妈妈要不气个半死才怪！

余志芳　这些话你怎么不对那两个干部说呢？

齐凌云　说啦！说了一半，没提介绍对象那一段儿，怪不好意思的！

余志芳　我要是你，就一点不剩，说个干干净净！凌云，你要是因为考不上高中，骑马找马，先找点事混混再说，可别怪我照旧不搭理你！

宋玉娥　志芳说的对！政府招考咱们，咱们就得干出个名堂来，不能三心二意！

齐凌云　是呀，那两位干部说了：作售货员照样可以进修，提高文化！

宋玉娥　那多么好！凌云，万一咱们要分到一块儿工作，你可得帮助我跟志芳学文化！

齐凌云　哪能那么巧，把咱们三个分到一块儿？

余志芳　在一块儿也好，不在一块儿也好，反正我得拼命地学文化！我要求自己在三年之内有初中毕业的水平！拿起书、报，就当当地念！听了报告以后，就能当当地一五一十地传达！

齐凌云　文化就那么容易学习？志芳！

余志芳　你等着瞧吧：自幼儿谁也不帮助我，好像我活着不活着都没有一钉点分别！现在，党既然给了我工作岗位，我就要求别人帮助我，我也一定要帮助别人！不信，你现在跳下水去，我一定连想也不想，卟咚就跳进去，把你救上来！你跳吧！

齐凌云　我干吗呀？我才不把新裤子、新毛衣都弄湿了呢！

余志芳　你就是不敢跳！

宋玉娥　志芳，甭说人家，你也不怎么勇敢！

余志芳　我怎么不勇敢？

宋玉娥　你看，你动不动就掉眼泪，我看见多少次了！

余志芳　那，有眼泪不掉，留着干吗？我那回不是掉完眼泪，就拼命去干活儿？你说！

宋玉娥　哼！爱掉眼泪还有理呢！我看哪，咱们该回家说一声去吧？我没有什么问题，老爷爷一听说我考上了，准乐得并不上嘴！

余志芳　老爷爷多么好啊！我要是有那么一个老爷爷，我就一年也不掉一回眼泪，一定！

齐凌云　我，我怎么对妈妈说呢？

宋玉娥　你没问那两位干部吗？

齐凌云　那会儿我心里一乱，忘了问。

余志芳　我刚才说过，我要帮助人！玉娥，咱们把凌云送回家去！凭咱们的三张嘴还说不服一个老太太吗？

宋玉娥　对！凌云，大起胆来！要去为人民服务，有什么张不开嘴的？走！

齐凌云　等等，玉娥！我看那怪麻烦的！

宋玉娥　你有什么简便的办法吗？

齐凌云　有！先不告诉我妈妈，以后再说。

余志芳　不赞成这么偷偷摸摸的！

宋玉娥　志芳，凌云的办法可也许更有意思儿！

余志芳　这又不是闹着玩呢！你们难道不懂得什么叫斗争吗？

齐凌云　我看这就是斗争！妈妈不许我去呀，我偏去，这还不是斗争？

宋玉娥　可是，你天天出去，妈妈能不疑心吗？

齐凌云　这就用着你们俩啦。你们俩去告诉我妈妈，就说我考上了电影训练班。

宋玉娥　为什么单说电影训练班呢？

齐凌云　妈妈爱看电影。她老觉得那些明星还没有我长的美呢！

余志芳　我看这都是瞎扯，不赞成！

齐凌云　你可也得想想，志芳，我要是跟妈妈大闹一场，万一把她气病了呢？

余志芳　嗯……

宋玉娥　这么办吧：咱们先含混着说都考上了售货员，齐妈妈要是不十分反对呢，就算行了；她要是死不同意，咱们再提电影明星。

余志芳　宋玉娥，你就会妥协！我看电影明星跟售货员一点差别也没有，我也不帮助你们去说谎！

齐凌云　志芳，就帮帮忙吧，省得把妈妈气病了！

宋玉娥　好志芳，帮帮忙！一个人一个样，不能都跟你似的老犯牛脖子！

余志芳　先斗争，必不得已再提电影明星，而且是你们逼着我说谎的，这样我才干！（卫大嫂不慌不忙地走来）哟！那不是卫大嫂吗？（迎过去）卫大嫂！卫大嫂！你考上没有？考上没有？

卫大嫂　（微笑）考上了！你们呢？

余志芳　也都考上了！

宋玉娥　卫大嫂，大哥要是不愿意，可怎么办呢？

齐凌云　是呀，从思想上、事实上，卫大哥都不会同意！我知道，因为大哥常找我妈妈去说闲话儿，说得可投缘对劲儿啦！

卫大嫂　我要去，有党支持我，他拦不住啊！

余志芳　有劲！是得争这口气！

卫大嫂　志芳，这是争气，可也不光为争气！自从我参加了街道工作，我就慢慢地明白起来：这恐怕是跟彻底解放妇女有关系。

齐凌云 可是老太太跟四个孩子怎么办呢?大嫂你可以跟大哥争思想气,可是事实是事实,老太太安闲惯了,小孩子需要妈妈!

卫大嫂 困难是有啊!可是,咱们要老叫困难捆住手脚,不想办法,什么时候才会有新鲜事儿呢?你看,凌云,我到街道上去工作,你大哥就鼻子不是鼻子,脸子不是脸子,不是嫌茶凉了,就是说饭开晚了!他口口声声总是:他作科员,收入够全家花的,我应当专心一志地照顾他,倒好像他这个科员有权不准妇女解放!好吧,我叫科员看看:我天天出去工作,到底行不行!

宋玉娥 对,大嫂你去试试,不行再说!

余志芳 玉娥,那像话吗?要作就作到底!

卫大嫂 志芳说的好!想去试试,劲头儿就来的不冲!我身体不错,有中学的文化程度,我不能老蹲在家里!我要往外冲!

齐凌云 大嫂,要不咱俩先不对家里说,等干得有了点眉目,再揭开盖儿,省得马上七嘴八舌地乱吵!

卫大嫂 那对你也许合适,我不行!我的问题比你的复杂。我有婆婆、爱人、孩子和多少家务事!这都须解决。我得马上对家里所有的人把理儿摆出来,大家说,大家想办法。

齐凌云 您准备今天就开火儿?

卫大嫂 不是开火儿,是把事情说明白了。在口试的时候,我对干部们说了:我既不图那点工资,也不图什么地位,我就是觉得自己有把子力气,应当为更多的人拿出来。他们支持我,取中了我!

余志芳 大嫂,我们愿意帮助您!

卫大嫂 对,大家的事,大家商量,大家彼此帮助!不过,你大哥眼皮子高,也许看不起你们这些小姑娘!

余志芳 看不起我们小姑娘,哼,他要是死不放手您,我会到部里去告他一状!

齐凌云 先去打通我妈妈的思想吧,卫大嫂的经验,办法都比咱们多呀!

宋玉娥 那咱们就走吧,还等什么呢?问题不在这湖边上,是在家里呀!

余志芳 走啊,凌云,挺起腰,扬起头,唱着走!(唱)咱们是三个好姑娘!

宋玉娥 (唱)卫大嫂的劲头比姑娘还强！

余志芳 (唱)咱们一脚踢开那些旧思想，

四　人 (唱)妇女解放万丈光芒！(昂首齐步下)

——幕

第二场

时　间 前场后一刻钟。

地　点 某胡同口上，一株小树下。

人　物 宋爷爷、宋玉娥、余志芳、齐凌云。

〔**幕启**：宋爷爷的茶摊子。摊旁还插着一条小竹竿，竿上围有稻草，上插宋爷爷自制的简单玩具——小风车，鸡毛和秫秸秆作的小公鸡等。老人坐在小板凳上，时时起立望一望，然后又坐下，作小玩艺儿。

〔宋玉娥等上，一边走一边招手："待会儿见，卫大嫂！"卫大嫂的声音："再见，姑娘们！"宋爷爷闻声起立。

宋爷爷 玉娥！玉娥！乖！回来啦？

宋玉娥 回来喽，爷爷！

余志芳
齐凌云 宋爷爷！

宋爷爷 哎！都坐下，坐下！茶随便喝，谁喝谁自己倒！玉娥，都考上了吗？

宋玉娥 您猜呢？爷爷！

宋爷爷 (一一地看她们)一看你们的神气，我就得说，你们都考上了！对吧？

余志芳 爷爷您的眼力不错！

宋爷爷 快八十岁了，还能没点眼力吗？姑娘们，自从咱们街上有了电车、汽车女司机呀，我就对自己说：行啦！我的玉娥行啦！她一定不会

像她奶奶、妈妈那么委委屈屈地活着，窝窝囊囊地死去！姑娘们，你们算是遇上好时候了！是呀，谁知道你们会干出什么惊天动地的事啊！我老头子简直不敢说，怕说的太小，委屈了你们哪！

齐凌云　老爷爷，我们是去当售货员，能够顶天立地吗？

宋爷爷　那很难说，姑娘！你就说我吧，自从我的腿脚不行了，才摆这个小茶摊，还作些小玩艺儿。在解放前哪，人家都那么说，我自己也那么相信：我是没有多大用处的人。可是，这几年有毛主席领着大伙儿，人好像都变了：谁喝我一碗热茶，都必说声谢谢，叫我觉得自己并非完全没有用处！这些小玩艺儿呢，老街坊们有钱就给二分；没有呢，先拿去再说，看着娃娃用小胖手举着我作的玩艺儿，露着小白牙，哏哏地乐，我呀就觉得自己的确作了一件大事！我就要唱：小小子，多么胖，公鸡打鸣天下亮！小姑娘，多么美，快喝爷爷一口水！

宋玉娥　爷爷，我一挣上工资，您就用不着再卖茶了。

宋爷爷　那怎么行呢，这个摊子就是咱们胡同的一个记号，一个小问事处，有找名问姓的，不必去问警察，问我就行了。谁家的娃娃出疹子，还有哪家的孩子长炸腮，我都知道，马上在这儿告诉大家，留神哪，先别叫孩子找小马儿去玩，小马儿长炸腮哪！你的一番孝心，玉娥，我明白。可是，我还得摆这个摊子。我可以减价一半，二分的改成一分，不更体面吗？好嘛，我要是歇业，大伙儿一看，胡同口上的记号没有啦，一定会乱猜：不是宋爷爷死了吧？那影响不好！不好！

余志芳　真是不好！

宋爷爷　是呀，玉娥，我看出毛主席的心思就是叫咱们这样的苦人活得长远，越活越有劲儿，受到尊敬。是呀，这才透着新鲜、有意思儿！姑娘们，喝吧，有的是茶！

齐凌云　我们不渴，爷爷！

宋爷爷　让我好好看看你们！三个女售货员，就是好哇，没有别的可说！想想，这不是新事吗？男人能干的，你们也都能干，多么大的胆量，多么大的心胸，谁知道，齐姑娘！……

宋玉娥　她叫凌云，爷爷！

宋爷爷　是呀，小名儿不是云儿吗，我不敢再那么叫了！啊，谁知道，齐凌云，过个三年五载，你不当上百货公司的经理呢？

齐凌云　我？怕没有那么大的本事！

宋爷爷　那，现在还有女部长呢！你，余志芳，谁知道，不押着长长的一列火车的，或是一大轮船的货物，山南海北地各处去呢？

余志芳　宋爷爷，我还没看见过轮船！

宋爷爷　别忙呀，到你押着一轮船货物飘洋过海的时候，不就看见了轮船吗？你，玉娥，小孙女，也许背着一大包杂货，爬呀，爬呀，爬到山村里去，给那儿的大姑娘小媳妇送去袜子、手巾、花布……叫她们欢迎你，感谢你！玉娥，你愿意去吗？

余志芳　玉娥，你要嫌爬山累得慌，咱们俩换换，你押轮船，我去爬山！

宋爷爷　你们打听了没有，都去卖什么呀？

宋玉娥　大概是布匹、百货、糖果什么的。这可是我自己这么想。

宋爷爷　不卖油盐酱醋，白菜豆腐吗？

齐凌云　看您说的，爷爷，卖糖果什么的就够呛，还卖白菜豆腐？

宋爷爷　姑娘，先别给自己画上道儿吧！既是店员，就应该什么都懂。我当年卖过青菜，里面的学问可大了去啦！

余志芳　爷爷，闲着的时候，您告诉告诉我们，怎么收拾青菜！这回，我跟玉娥能够考上，您的功劳不小！

宋爷爷　我有什么功劳？

余志芳　您要是不教给我们俩打算盘，十之八九是考不上！

宋爷爷　其实，我那点珠算哪，并不怎样！只会加减，不会乘除！

余志芳　那可就解决了问题，爷爷！玉娥，咱们到凌云家去吧？

宋爷爷　干什么去呀？

宋玉娥　您别管啦，我一会儿就回来。

宋爷爷　好，去吧，我也马上收摊儿。

余志芳　再见，爷爷！

齐凌云　再见，爷爷！

宋爷爷　凌云，记住，白菜豆腐比糖果还更要紧啊！

齐凌云　这个老爷爷，跟白菜豆腐干上不散了！

〔笑，同她们唱着第一场的第一首歌下。

宋爷爷　小姑娘们，多么有劲，多么聪明！（收摊子）就是凌云软点，闯练闯练也必定能行！嗯，我老头子也得许个心愿：赶到“五一”和国庆，我要沏出几大盆茶来，香香的，热热的，叫大家白喝，好去游行！事儿不大呀，多少是个意思，表一表我的心情！是呀，喝了茶，走的齐，替我喊几声毛主席！喝了茶，别掉队，多喊主席万万岁！

——**幕**

第三场

时　间　前场后数分钟。

地　点　齐凌云家里。

人　物　余志芳、宋玉娥、齐凌云、齐母、余母、陶月明、赵姐。

〔**幕启：**三女郎来到齐家院中。屋中有人说话儿。

余志芳　凌云，我先看一眼。看你妈妈是高兴呢，还是闹脾气呢。（蹑足潜行，至窗外看，然后退回来）我妈妈也在这儿呢！还有个年轻小伙子！

宋玉娥　不是又给凌云说媒来了吧？

齐凌云　你妈妈可真爱管闲事，志芳！

宋玉娥　看看那个小伙子是谁，志芳！

余志芳　（又去看，回来）还是那个售货员陶月明，我认识他！

宋玉娥　咱们在外面听听，先别进去。（三人蹑足至窗外，齐坐在阶石上）

齐　母　（在屋中）你弟兄几个呀？

陶月明　哥儿俩，还有个哥哥。

宋玉娥　人口简单！

余　母　他哥哥的脾气好极了！

余志芳　说谎，根本没有这么个哥哥！

齐　母　有嫂子呀？

陶月明　没有！

余志芳　没有哥哥，哪儿来的嫂子！

齐　母　他怎么还不结婚呢？

陶月明　说起来叫人心酸！他是百货店的售货员，多少多少次，他认识了女朋友，请人家看电影，约人家去吃饭。赶到末了，他一说自己是售货员，人家就一去不复返！可怜的大哥，大哥呀多么可怜！

余　母　是呀，我就对月明说啦，别按着次序结婚，改改良吧，弟弟可以提前。一家只有两个男的，不像个家呀！齐大妈，我看这门亲事十分合适，门当户对！

宋玉娥　是门当户对，都是售货员？

陶月明　新事新办法，我可以认识认识齐姑娘，先交交朋友。我虽然年轻，您放心，可是极稳重！

余志芳　就是有点爱撒谎！

齐　母　我们姑娘的心胸啊可是高。她一心一意要作电影明星。论模样儿，她准够！在这一条街上数她最体面。可是，我倒不太乐意。怎么说呢，她要真成了明星，那不至低得嫁个大人物吗？大人物可并不太多呀！

余　母　她这两天不是正去投考电影学校吗？

齐　母　是呀，也不知道能考中不能！

余志芳　（用肘拐宋玉娥，同她一齐说）我们都考中了！

齐　母　（同余母、陶月明跑出来）你们考上什么啦？

余志芳　（同宋玉娥）售货员！

陶月明　什么？售货员？

宋玉娥　是呀！您听着不喜欢吗？

陶月明　我……喜欢！喜欢！

齐　母　凌云，你也去了吗？玉娥的老爷爷是卖大碗茶的，所以她去站柜

台还算高升了一步呢。你，凌云，难道忘了你的外祖父中过举人，你的父亲作过中学校长？人往高处走，水往低处流，你怎么会想去卖针头线脑，三个钱的姜两个钱的醋呢？

齐凌云　我，我没去，妈！

齐　母　是嘛，你在初中毕了业，难道就为的是去站柜台呀？这位陶先生说的，他的大哥就是售货员，连个对象都找不到！

余志芳　有了女售货员，他的大哥可就有了希望！

余　母　老丫头，没有你张嘴的份儿！

余志芳　我怎么不该张嘴呢？我们要去为人民服务，你们老太太有什么权利拦着我们呢？

余　母　老丫头：你别吹！自从有了你，家里就倒了霉！爸爸叫你给克死，家里缺米又缺煤，连个媳妇娶不上，谁也不肯来作媒！费了多大劲，跑了多少回，才娶上媳妇，生了娃娃，人口一大堆。你就该老老实实在家里，抱孩子、干活儿，不等嫂子催。可是你，一心一意往外跑，好像一群野马后面追。你不想，没人作饭洗衣抱孩子，累坏了妈妈嫂子你对得起谁！对得起谁！

余志芳　妈，我去工作，回家照样儿干家里的活儿！可是，妈，你跟嫂子也得动动你们的手！大家都动手，大家的心也就都碰到一块儿，和和气气！你们坐着不动，拿我当奴隶，说不下去！咱们的日子是够紧的，多半就是因为您跟嫂子好吃懒作！

余　母　你敢说，妈妈懒？我看你是要造反！

余志芳　是嘛，您没事儿就东家走走，西家串串，外带着给人家说媒、介绍对象！凌云这么大的姑娘，用得着您来操心？

齐　母　（对余母）大妹子，（指陶）这个小伙子还是上回你说的那个人哪？

余　母　是呀！刚才我，没说完，我是要说呀，他过三年两载准得升科员！

陶月明　对！

余志芳　呸！你这小伙子就没出息！不是人家看不起售货员，是你自己看不起你自己，你就那么没有一点革命劲儿啊？

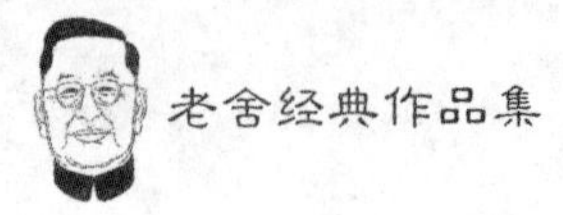

陶月明　那，那，我不是不知道这儿的姑娘都喜欢售货员吗？

宋玉娥　我们也不拍拍脑袋算一个，我们不喜欢看不起自己的售货员！

陶月明　那，我作错了！可是，我的爱情是真的，一点不假！我上班下班常由这儿走，常看见齐姑娘。每逢看见她，我就想，要有这么个女朋友啊，叫我干什么去我都干！上山打猛虎，下海擒蛟龙……

余志芳　你算了吧！（转向余母）妈，这是何苦呢？有工夫拆洗拆洗棉袄棉裤，不比干这个强吗？

余　母　老丫头，咱们家里见，不跟你在这儿把理辩！（要走）

陶月明　余大妈，您别走啊！剩下我一个人更没办法啦！

齐　母　你呀，小伙子，也请出！

余　母　你往西，我往东，别等人家往外轰！（下）

陶月明　我，我……

宋玉娥　小伙子，咱们年轻人的事由咱们自己决定。你到底是干什么的？

陶月明　是售货员！

宋玉娥　作了几年啦？

陶月明　三年有余。

宋玉娥　志芳，咱们交他这么个朋友吧？他有经验，跟他学学呀！

陶月明　那太好了，我的经验相当丰富！我马上去买电影票，好不好？

齐　母　你算了吧，小伙子！还是那两个字：请出！凌云你，好好在家补习功课，到暑假去考高中！你就说出什么来，我也不准你去卖白菜豆腐！

齐凌云　妈！我没去，不过，您吃白菜豆腐不吃？

齐　母　嗯？

齐凌云　要是没有卖的，您吃什么呀？

余志芳　凌云，问的棒！再这么问！

齐凌云　妈，您看，全胡同里已经没有一个闲着的青年，就剩下了我！我能不想出去干点什么吗？

齐　母　那么，你还是去了？

齐凌云　没有！我是要说说这个理儿！您别小看售货员，什么都是学问！

陶月明　这话对！百货店里处处是学问！

齐凌云　妈，您看在咱们的社会里，干什么的不都为的是建设社会主义吗？您看人家女瓦匠，穿着长统胶皮靴子，小帽子在脑勺上一扣，多么神气，她们并不害臊啊！人家电车女司机，扬眉吐气地，叮儿当儿地在大马路正中间飞跑，多么神气，也不害臊啊！所以我看志芳、玉娥去作售货员很好！

齐　母　她们是她们！

余志芳　齐大妈，我们怎么啦？

齐　母　志芳，我看你得意得出奇呀，敢跟我嘴儿来嘴儿去的？

余志芳　我干吗不得意呢？我立志要去服务，而且争取作个积极分子，难道是见不起人的事吗？

宋玉娥　齐大妈，您老看不起我爷爷，老说他是卖大碗茶的，可是全胡同的人都叫他宋爷爷，他到底热茶热水地侍候了人，您给谁作过什么呀？

齐　母　你管不着！凌云，你到底去了没去？

齐凌云　我去了！

齐　母　那就叫不行！不行！

齐凌云　您等我说完了啊！我是去投考了电影训练班，怕您不同意！

齐　母　你看，这是何苦呢！我怎能不同意呢？考上没有啊！

齐凌云　明天才揭晓哪。

齐　母　唉，好孩子，这下子妈妈可就放心了！你天生是作明星的材料！来吧，乖！妈妈给你弄点好吃的！我说赵姐，赵姐！

赵　姐　（上）来喽！干什么呀？

齐　母　你再上趟街，买只酱小鸡儿什么的。

赵　姐　我的事呢？您想好了没有？

齐　母　那待会儿再说，你先买东西去！（递钱）给你！

赵　姐　好吧！我马上就回来！（下）

齐　母　志芳，玉娥，你们回家吧！

陶月明 我呢？老太太！

齐　母 你呀，看着点道儿走出去，别摔跟头！凌云，来吧！

齐凌云 志芳，玉娥，明天见，一块儿去！

齐　母 一块儿去？上哪儿？

齐凌云 我不是到电影训练班看榜去吗？

齐　母 对呀！看我这个糊涂劲儿！（同凌云入室）

陶月明 二位姑娘，我怎么办？

余志芳 要叫我看哪，你得先看得起自己，作个模范售货员。要不然哪，你的恋爱成不了功！

陶月明 好，你的主意好！可是呀，姑娘，人家看不起售货员，售货员怎么当劳动模范呢？

宋玉娥 刚才说过了：是你自己看不起售货员，你看着办吧！

陶月明 这可有困难！你看，凭我的体格、聪明，我要是在石景山钢铁厂，或是清河制呢厂，或是第一机床厂干活儿，我必定是模范！可是，我是售货员，站柜台卖东西本来就是低人一等，难道我还得嘻皮笑脸，看见老人，得老大爷老大娘叫着；看见大嫂们，不但口叫大嫂，还得接过娃娃为抱一会儿吗？我，我这堂堂的大丈夫，就那么没出息吗？

余志芳 你这堂堂的大丈夫不行啊，就看我们堂堂的大姑娘吧！我们会给你们作出个样儿来看看！

陶月明 看看？等你们受过训练，真站上柜台！你们就不说堂堂的大姑娘了！

齐　母 （在屋门口）我说，小伙子，回家吧，这儿没有你的希望！售货员跟电影明星啊，差着好大一块呢！（入）

宋玉娥 走吧，还等什么呢？

陶月明 走吧！这可省了我的电影票钱，人家会自己演！

余志芳 明天见，凌云，早着点！（同下）

——幕

第四场

时　间　前场后十数分钟。

地　点　齐家屋里。

人　物　齐母、齐凌云、赵姐、卫默香、卫大嫂。

〔**幕启**：屋中。齐母与凌云谈话。

齐　母　凌云，我看你的神色不对！你刚才说的是真话吗？

齐凌云　我骗您干吗？您比谁不精明，我敢撒谎吗？

齐　母　那可也不假！你能瞒我一天半天，还能永远瞒下去吗？咱们研究研究赵姐的事吧！她要是甩手一走，你又去上电影训练班，叫我怎么办呢？

齐凌云　从四面八方来看哪，大概咱们留不住她了！您看，连咱们城里头都发动妇女去参加生产，何况乡间呢？她是乡下人，应当回去。

齐　母　她已经在城里十多年，吃惯了大米白面，你想她真心愿意回去吗？

赵　姐　（上）老太太，我真心愿意回去！

齐　母　为什么呢？

赵　姐　咱们街道上动员大家回去，家里也接二连三地催我回去，我在这儿安不下心去！

齐　母　你自己知道：我这里的活儿不多，饭食不苦，工钱也不比别家少，你干吗非回去不可，自找苦吃呢？

赵　姐　老太太，您可也要知道，当初我进京是出于不得已。再分有碗粥喝，谁肯舍得家乡呢？解放前，我在家里，混得不成个人样！现在，家里叫我回去，是拿我当个人看待；乡下缺少劳动力，叫我回去扬着头干活儿。前些日子我不是回去几天吗，我亲眼看得明明白白，乡下的大姑娘小媳妇已经都跟男人一样了，站在一块儿谁也不高，谁也不低了，我干吗还不回去呢？云姑娘，你说是这么回事不是？

齐凌云　一点不错！妈，这是件了不起的事！我常想：原先哪，中国只有一条翅膀，事事都听男人主张；今天呢，妇女跟男人已经一样，不是有了两条翅膀吗？用两条翅膀飞腾，不是飞得更高更远，青霄直上吗？

赵　姐　是呀！上次我回去，我那个小姑子呀，原本是个什么也不懂的小丫头儿；现在，喝，成了劳动模范，还是乡人民代表！

齐　母　不管怎么说吧，我求求你，别走！你走了，我没办法！昨天凌云的大哥来信说：凌云的嫂子也有了工作，每月可以多给我十块钱。好吧，他们多给我十块，我就多给你五块，你看我这够大方的不够？

赵　姐　老太太，我在您这儿好几年了，您大概也看出来，我决不是多争几块钱的人！您既不反对凌云的大嫂子出去工作，也就别拦着我还乡。老太太，您应当下乡看看去，咱们的力量可厚了去啦！妇女都出来了嘛！孩子放不下呀，办托儿所！没有工夫作饭哪，办食堂！领导上有主意，妇女有干劲，事儿就成啦！

〔卫默香在院中叫：齐伯母！齐伯母！

齐　母　哟，卫科员来了！赵姐，你先弄饭去，咱们吃完饭再说。（对外面）进来吧！进来吧！

齐凌云　走，赵姐，我帮你作饭去！（同下）

卫默香　（进来）齐伯母，还没吃饭哪？

齐　母　还没哪，坐下！你吃了吗？

卫默香　也没哪。来跟您商量点事儿，求您帮点忙！

齐　母　什么事呀？说吧！

卫默香　求您去劝劝我的爱人。

齐　母　卫大嫂怎么啦？

卫默香　她呀，要去当售货员！

齐　母　她也……这都是怎么一回事呢？我看哪，问题相当严重了！要是家家的姑娘媳妇都一阵风似的去作售货员，谁管家务呢？

卫默香　是呀！伯母，我可得先交代明白了：解放前，凭我这个法政专门毕

业的大学生，才不过当上了个办事员；解放后，我升了科员，足见党不埋没人才，也足见我的思想有些进步。我看咱们这些新事都对，特别是妇女解放！

齐　母　这话对！默香，我也愿意这么交代交代！你看，先父是个举人，我自幼就识文断字。三十年前，我是个维新的人，晓得妇女应当争自由争平等。可是，到今天，大家都那么敲着撩着地暗示我是个落后分子！我不服气！妇女解放，我绝对拥护！可是，怎么解放？恐怕还要多想一想！妇女参加革命，我赞成，出女英雄嘛！妇女去作部长、司长、科长，我赞成，男女平等嘛！赶到说，妇女也去卖豆腐白菜呀，据我看，就不是提高妇女的地位，而是降低了，还说什么平等呢？我想不通！

卫默香　我比您想的更进一步，伯母！妇女去卖豆腐白菜，也好！余志芳跟宋玉娥那样的小姑娘，去就去吧，反正在家里也是闲着。我的爱人可不是余志芳跟宋玉娥，我的收入够全家花的，她何必去卖白菜豆腐呢？这是第一点。第二点，我在部里积极工作，累得什么似的，下班回来，我有权利要求热菜热饭马上拿来，我的爱人有责任这么照顾我。我吃得好、休息得好，就能更好地为人民服务；她也就间接地为人民服了务，不是吗？

齐　母　完全合乎逻辑，默香！

卫默香　第三点：她去搞街道工作，虽然一忙起来，就叫我肚子饿得乱叫，让我发点小脾气，可是事后我检查了自己，承认自己不大对！她给街道上去服务是好事，是说得出口的事。人家一问我：卫科员，你的爱人搞街道工作哪？好哇！我能不亲切地含笑点头吗？反之，假若人家问我：卫科员，昨天我看见了大嫂，卖豆腐白菜呢，你是怎么搞的？我有何言答对呢？

齐　母　一点不错，无话可说！妇女应当去服务，可不该降低了身份！

卫默香　还有第四点：家里上有老太太，下有孩子四名之多，这是最实际的问题。不看实际，专讲理想，一定会出毛病！我天天上班，她要是也天天上班，谁侍候老太太，谁管孩子们？

齐　母　是！对！我们应当有理想，可是不能叫理想闹得下不来台！

〔卫大嫂在院中叫："老卫！老卫！"齐凌云赶紧跑出去，在院中跟卫大嫂说了两句话，而后一同进来。

齐凌云　卫大嫂，我忙去，你等着看我演的电影吧！（下）

卫大嫂　齐伯母，还没吃哪？

齐　母　今儿个饭晚啦！坐吧！

卫大嫂　不坐啦！我来叫老卫回去吃饭，老卫，走吧！

齐　母　（看卫默香不愿走）卫大嫂，你真要去作售货员吗？

卫大嫂　真的，齐伯母！在投考的时候，我就了解了一下。领导上说：有了女售货员，就可以匀出男的去搞工业什么的，有利于社会主义建设，听了这么有意义的话，我就下了决心！

齐　母　可是，家里的事呢？老太太，孩子们……

卫大嫂　齐伯母，那也拦不住我出去工作！

卫默香　那么，你就干脆撂下老太太，孩子们不管了吗？

卫大嫂　我没那么说呀！你看，大妞二妞都能照应自己啦，我问她们：妈妈出去服务好不好？她们说好！小三儿小四儿费点事，可是慢慢地街道上总会成立托儿所吧。再说，老太太爱孙子，她老人家多伸把手儿，也就行啦！我都想过了，这是呀，把千百年来的老习惯打破一下，重新安排安排，多么有意义呀！

卫默香　恐怕不那么简单！

卫大嫂　当然不简单！小胡同赶猪，直来直去，倒是简单，可是显不出新时代排山倒海的精神来呀！走吧，老卫！你得帮助我跟老太太讲明白了，也叫她老人家作个新老太太！

齐凌云　（上）对对对！卫大嫂！你说的话我都听见了！你真说的好！妈，您也新，我也新，全国妇女一个不剩都变新！妇女的解放斗争由咱们打头阵，打头阵，百战百胜，重整乾坤！妇女彻底解放万岁！万岁！

齐　母　凌云，我看你有点要发疯吧？

卫大嫂　齐伯母，用旧眼光看新事呀，是有点像发疯！我给您出个主意，我这么有了固定的工作，街道上不是又缺一把手吗？您去帮帮忙！多咱您那么一忙起来，越忙越高兴，越高兴眼睛越亮堂，就不说我们发疯了！吃完饭，我来，同您去见见大家，谈一谈，好不好？

齐　母　我自己的问题还没解决呢，还叫我管那些事儿去？默香，你来求我帮忙，我倒得求你帮忙把大嫂带走吧！

卫大嫂　老卫你说呢？

卫默香　我看，我看，咱们回家吃饭去吧！

齐凌云　哈哈哈！

——幕

第二幕

第一场

时　间　前幕后两个来月，余志芳等已受完训。

地　点　某城外关厢的一个公私合营商店。

人　物　余志芳、宋玉娥、某大娘、陶月明。

〔**幕启**：一家公私合营商店，橱窗杂乱，积尘甚厚。余、宋二女立在窗外指指点点。

余志芳　玉娥，看！这儿的玻璃大概有半年没擦过了！

宋玉娥　是呀！看，尘土有多么厚！咱们找错了地方吧？

余志芳　（指招牌）是这儿，招牌不错！

宋玉娥　那就进去报到吧！

余志芳　等等，咱们先给擦擦玻璃！咱们派到这儿来，就得管这儿的事！

宋玉娥　拿什么擦呢？

余志芳　你没带着手绢儿吗？

宋玉娥　带着哪。可是新的，还没用过。

余志芳　用新手绢给这儿擦玻璃，才更够劲儿，来！擦！

宋玉娥　光擦外面，里面还是那么脏啊！咱们先报到，紧跟着就找擦玻璃的东西，不好吗？

余志芳　你呀，宋玉娥，就是舍不得那条新手绢！

〔某大娘手里拿着一双袜子，叨唠着出来。

某大娘　这算什么服务态度呢？出门不换？难道你们的办法就是圣旨？

余志芳　哟，大娘，怎么啦？

某大娘　甭提了！你看，我给大儿子买了双袜子，小了点，我来换换。可是

他们说：出门不换！我要是把袜子弄脏了，弄抽抽了，也还有他们那么一说。可是，看，原封没动，为什么不换呢？

余志芳　大娘，给我，我跟他们说说去！

某大娘　姑娘，你甭分心啦！这儿的人都是官儿老爷！

余志芳　我试试去，您给我！

宋玉娥　志芳，你不会说话，还是我去吧！

余志芳　我去！我是受气的人，爱干惹气的事儿！

〔陶月明拿着一个小菜筐，内有青菜，走出来。

陶月明　老太太，您忘了拿菜筐子！

某大娘　是嘛，我叫那个卖袜子的给气糊涂了！

陶月明　（看见二女）哟！是你们俩呀？凌云呢？

余志芳　先别问凌云，去，给换换这双袜子，换大一号的。

陶月明　老太太，这可叫我有点为难！

某大娘　那可不好！我一辈子就怕叫别人为难！你告诉你们经理一声吧：连买双袜子，我都得进趟城，多花几毛钱车钱，大概你们经理听着心里舒服！咱们哪，砂锅砸蒜，一锤子的买卖，我永远不再上这儿来！（下）

余志芳　陶月明，这算什么作风呢？

宋玉娥　你们还没搞双反吗？我是手里没钱，要不然我就给老大娘另买一双，也不能叫她这么带着一肚子气回家！

陶月明　一言难尽！一言难尽！你们俩是来报到不是？

余志芳
宋玉娥　是呀！

陶月明　告诉你们，我在好几处工作过了，还没见过这么糟的地方！

余志芳　你为什么不提意见呢？你对得起国家吗？

陶月明　我给谁提意见呀？（低声）这儿的副经理是资本家，别的资本家现在都不错了，他呀在整风以后，虽然不敢发威了，可是消极，不负责任！

余志芳　正经理呢？

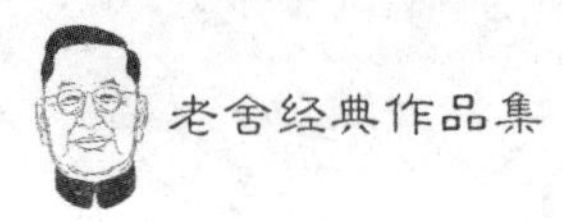

陶月明　新调过来的，想努力整顿，可是副经理一点也不起劲！我简直不晓得站在哪边儿才好！

余志芳　问你，新经理是党员，还是群众？

陶月明　是党员！

余志芳　这不简单极了吗？你要站，能不站在党这边儿吗？我看你就是没出息！我见着凌云，一定会告诉她：你空长得这样体面，心里一点也不体面！

宋玉娥　我虽然不那么否定你，可是也不会给你说好话。凌云要问我，小陶怎么样啊？我就啊，啾，嗯！

陶月明　二位！二位！可千万别那么办哪！她可能作明星，已经不容易接近了，你们再给加油加醋，我还有什么希望呢？

余志芳　你管她作明星还是当售货员呢，要紧的是你自己要干什么！就凭你这么连点硬正气儿都没有啊，没有一个姑娘看得上你！

陶月明　我，我怎硬棒起来呢？

余志芳　跟着我们俩去！我们刚受完训，听的是新思想，学的是新作风，还有，我已经入了团。咱们三个站在经理那边，努力扩大影响，这个商店不久就会变了样儿！你有这个心胸没有？

陶月明　有，我要那么干，你们可得好好地给我汇报！

宋玉娥　向谁汇报？

陶月明　凌云呗！

余志芳　你呀！真没办法！

〔陈副经理在里边咳嗽、说话儿。

陶月明　这个咳嗽的就是陈副经理。

余志芳　我看看他什么样儿！（往里走）哟！哟！敢情就是那个陈掌柜的！

宋玉娥　就是他？那可怎么办呢？

余志芳　先别慌，玉娥！从前，他开买卖，我当苦工，他不要我，我就得走路。现在，他跟咱们都给国家作工作，关系不同了，我有权利给他提意见！

宋玉娥　陶月明，你看呢？

陶月明　我看不透他！他现在还老实，谁知道是真是假呢？那天，听说你们俩要来，他就说：得，来了两块麻烦！

余志芳　他是什么意思？我俩怎么是两块麻烦？

陶月明　他说：谁不知道妇女家务事多，琐碎事多，娇气多，又没力气，又没业务知识！

余志芳　我们俩都没结婚，没有家务事。我们都受惯了苦，不琐碎，没娇气！力气小点呀，练！业务知识不够啊，学！他还是当初作掌柜的那个派头儿，专看女孩子们的短处！

宋玉娥　他凭什么说我们不中用呢？

陶月明　他有一套证据！他说：女的能卖肉吗？能卖鱼吗？能卖菜吗？能卖西瓜吗？能搬大油桶吗？能取货送货吗？

宋玉娥　哎呀，还真叫他问住了呢！

余志芳　玉娥！你就这么泄自己的气吗？现在不能，将来还不能？陶月明！

陶月明　有！

余志芳　你当时为什么不反驳他，问他为什么光拿搬大油桶什么的吓唬女同志，不去帮助、鼓励呢？说！

陶月明　你问他去，干吗跟我生这么大的气？

宋玉娥　哼！我还当是顺顺当当地穿上工作服就拿工资呢，敢情还有这些麻烦呢！

余志芳　玉娥，卫大嫂那天对我说：妇女叫男人管了好几千年，哪能坐在屋里吃着瓜子儿，说着笑话儿，就能跟男人平起平坐了呢？

陶月明　两位姑娘，我一定跟你们平起平坐！

余志芳　那就够了吗？你得跟我们站在一起，斗争！玉娥，拿出文件，进去报到，走！

宋玉娥　干就干吧！走！

——幕

第二场

时　间　前场后数日，上午。

地　点　齐家附近的一个合作社。

人　物　李大嫂、王二婶、齐凌云、金拴子、齐母、老尤、小吴、老黄、郑书记。

〔**幕启**：合作社的一角，卖糖果等。李、王二妇人买完了东西，说闲话儿。金拴子正买糖，齐凌云给他拿。

李大嫂　二婶子，那位姑娘看着可真眼熟！

王二婶　那不是咱们北边那条胡同里齐家的那个姑娘吗？

李大嫂　哟！你看，我刚才还批评她不内行呢！

王二婶　她刚上柜台，当然还不都熟习，咱们得包涵着点！一看见她，我就又想起我的二傻子来了！我敢说，二傻子的眼睛比她的还更好看！

李大嫂　二妹妹还在甘肃哪？

王二婶　更远啦，新疆！叫什么来着？看我这个记性！不是什么拉马，就是拉马什么。反正那儿出石油！

李大嫂　记住拉马也就行了！二妹妹在那儿找煤油哪？

王二婶　啊！找到不少桶油啦！她来信说，那儿这个冷啊，就甭提了！

李大嫂　一想起到天南地北去的姑娘们哪，我心里就开了电门，亮了！天不怕，地不怕，哪儿都敢去，什么都敢干，谁见过呀！

王二婶　是呀！连我呀都想出去闯闯，一辈子没出过北京城圈，算干什么的呢？

李大嫂　我也那么想！我比您小着二十岁呀！二婶，你还记得刘家的那个小不点儿吗？

王二婶　怎么不记得？梳着个歪毛儿，老跟我要铁蚕豆吃！

李大嫂　现在人家可不要铁蚕豆吃喽！她考上了空军！

王二婶　什么？空军？小姑娘去满天飞？不怪人人都说男女平了等，都平到天上去了！

齐凌云　我说，你怎么一块一块的买，不干脆买多少要多少呢？

金拴子　我要试试你的服务态度！

齐凌云　你觉得你的态度好吗？

金拴子　这是什么话呀！看明白了，你是侍候我的！

〔李、王二妇人听他们拌嘴。

齐凌云　我愿意侍候人，可不侍候故意捣乱的！买的卖的都要协作，新风气才能树立起来，我看不上你这嬉皮笑脸的态度！

〔齐母进来。

王二婶　齐大妈，您早！

齐　母　您早，二婶！李大嫂，你也来啦？

李大嫂　是呀，抓早儿买下东西，街道上有个什么会儿呀好去参加！齐大妈，大妹妹可真要强啊！

齐　母　哎！就得说不错吧！你等着看吧，她不久一定能演出两部电影来！

王二婶　她，她演电影？在这儿演吗？

齐　母　这是什么话，这儿又不是制片厂！

王二婶　那么，她在这儿干什么呢？

齐　母　在这儿？没有的事！二婶，你难道盼着我的凌云在这儿站柜台吗！

李大嫂　莫非她在这儿，怎么说来着？啊，体验生活哪？

王二婶　莫非我看错了人？不能啊！

齐　母　你们说的都是什么呀？

金拴子　我不但光说你的态度不好，还要写在意见簿子上！我身上没带着意见簿子，你没法儿给我写！

齐凌云　我把我们组长找来，你跟他说说好不好？

金拴子　我没有那么大的工夫！我来买东西，不是来受教育！（往外走）

齐　母　这小子野调无腔，我管教管教他！（拦住金）我说，你是怎么一回事？人家女孩子出来作事就够受的了，你还戏耍她？

金拴子　你管得着吗？她是你的女儿呀？

齐　母　我的女儿决不会干这个！

〔老尤和小吴挑着大桶出来。

老　尤　借光！蹭油！

齐　母　我说，有人戏耍你们的女店员，你们不管管哪？

老　尤　老太太，我们的女同志什么都能应付，用不着男人来保护！

小　吴　老太太，调皮捣蛋的小家伙并不多，当作没看见也就完了！（同尤下）

金拴子　他们连男带女都是侍候人的，没人敢惹我！

齐　母　我就要惹惹你！

〔里边有人喊：齐凌云！齐凌云！

齐　母　呦！这儿也有叫齐凌云的，多么巧！

〔老黄上。

老　黄　齐凌云！

齐　母　嗯，看看这个齐凌云长的什么样儿！（走过去）

老　黄　凌云，缺什么可早告诉我，我下半天取货去。（下）

齐凌云　是啦！

齐　母　（看清楚）凌云，是你？

齐凌云　妈！

金拴子　哈哈哈……

齐　母　呸！你笑！你敢再笑！

金拴子　本来可笑嘛！你决不叫你的女儿干这个，哈哈……

齐　母　你再笑，我扯你的嘴！

王二婶　金拴子，你就不睁眼看看，现在哪里没有我们妇女！你的两个姐姐都有工作，有人戏耍你的姐姐行不行？

金拴子　那，我的俩姐姐是机关里的干部，不是卖糖的！

李大嫂　你给我走！再叫我看见你这蒜大的孩子，思想可比万里长城还老，我去告诉你妈妈！一块一块地买糖，还外带着挤鼻子弄眼睛，你自己不害臊吗？

齐凌云　回家去问问你姐姐，你应当这样不应当！

王二婶　你小子错翻了眼皮！如今的妇女跟男人不折不扣一样尊贵！人家齐姑娘是初中毕业，文化比你高！

齐　母　哎哟，二婶！你那么说，我心里就更扎得慌了！

金拴子　我干不过你们娘子军，我走！

王二婶　你在家里等着我吧，我马上就找你妈去！

金拴子　我妈妈疼我，不会听你的！（下）

齐凌云　（强作镇定）妈！您买什么？

齐　母　我买什么也不在你这儿买！你给我现了眼！赵姐下了乡，买东到西得我自己忙，已经苦难当！你还瞒着我，到这儿来卖糖！卖糖，这么大的大姑娘！你还受戏耍，妈妈陪着出洋相，越想越窝囊！凌云，凌云，你怎么这么不要强！

齐凌云　您不来也行！告诉我，我买好了带回家去，不就省得您出来进去地跑吗？

王二婶　这个办法好！我的二傻子要不在克拉玛依，哟，一急，想起来了，是克拉玛依！她要不在那儿，可是在这儿服务，那够多么方便哪！

李大嫂　我要是女售货员呀，就推着货车下街！

齐凌云　妈，别生气了，给您：我头一次拿工资，我留一半，给您一半！给您，妈妈！

齐　母　我不要！低三下四侍候人来的钱，我不要！

齐凌云　妈，拿着钱吧！您不是常说，男女应当平等吗？爸爸活着的时候，不也常夸西洋妇女怎么争取自由、平等，经济独立吗？看，我现在经济独立了！不在乎钱多少，这点劲儿是顶天立地的劲儿！妈，这不容易，男的挣多少，女的也挣多少，不分男女，全凭本事好不好，咱们一下子就赶过西洋去，多么可喜，多么骄傲！

王二婶　这话说的对呀！当初，二傻子一说到边疆去，我的心里就愁成了个大疙疸。赶到后来她每逢来信总是说："亲爱的妈妈，我是您的一枝花！上雪山，过沙漠，找宝贝，为国家！您放心吧，我要跟男人一个样，一点也不差！不，还要比男人强的多，劲头儿大！您闭上眼睛想想吧：十九岁的姑娘，雪山上头顶青天，眼望着万里黄沙！英雄气概，叫一切困难都输给女儿家！”

齐　母　二婶，凌云要也上雪山，头顶着青天，我没的说！在这儿卖零碎儿呀，是另一回事！

齐凌云　妈！也许有那么一天，我会带着二傻子需要的东西也上雪山，过沙漠，给她送了去！

齐　母　那，你也比二傻子低一头！

齐凌云　妈！您别在这儿吵行不行？叫我们组长看见，多么……

齐　母　我才不愿意在这儿吵呢！你跟我回家！

齐凌云　那作不到！领导上知道我是初中毕业，就怕我三心二意，已经跟我谈过好几回话了。

王二婶　齐大嫂，您这可就不对了！您要买东西，就买，别耽误凌云的工夫！您要是不买，就走！至于凌云该不该作这个工作呀，我跟李大嫂可以跟您辩论辩论！

李大嫂　是呀，凌云妹妹卖东西，是伺候你、我，跟大家，不是侍候哪一个官儿老爷，给谁当丫环！您要这么想不开，妇女几儿才完全跟男人一样了呢？

王二婶　卫大嫂不是说，请您出来作点街道工作吗？到今天您也不来，街道上都盼望着呢，您有文化呀！

齐　母　有凌云在这儿，我没脸去作街道工作！

李大嫂　您这是怎么想的呢？我们都夸她出来服务好，您怎么说没脸呢？

齐凌云　妈！您跟她们去谈谈！您平日总以为自己有文化，仰着脸儿走道儿，看不起别人！您可就不大知道现在的风往哪边刮，树往哪边摆啦，您去吧！

王二婶　走！齐大妈，我们都到您那儿去！

齐　母　我的东西还没买呢！

李大嫂　青菜、鱼、肉在那边，我们跟您一块儿买去！（与王扯齐下）

齐凌云　没想到有这么多的麻烦！早知道……（愣起来，慢慢地摘下围裙，

摔在柜台上)不受这份儿气啦!(要走开)

〔郑书记上。

郑书记　凌云,要干什么去?好,我替你看着,你去吧!

齐凌云　郑书记!郑书记!我,我……

郑书记　(看见了围裙)呕!遇上了困难?怎么不先去找我谈谈,就要走呢?

齐凌云　我,我还是太软弱!

郑书记　你不软弱,你的干劲很不小,就是锻炼的还不够!

齐凌云　我受不住磕碰!

郑书记　锻炼不够,当然受不住挫折。人人如此,不光你是这样;你一共才来了几天啊!以后,遇见什么麻烦都先跟我来谈谈。咱们站在一起,就能像铜墙铁壁那么坚强!刚才发生了什么事?好好地对我说说。

齐凌云　您这几句话已经叫我的眼泪都干了!(又穿上围裙)下了班,我找您去,都告诉您!有顾客来了,您放心吧,我不会再闹小脾气!

郑书记　准来呀!

齐凌云　一定!

郑书记　对!(下)

王二婶　(上)凌云哪,我告诉了拴子的妈!她一会儿就带拴子来道歉!

齐凌云　谢谢您,二婶!拴子淘气,不算什么!

王二婶　也不能那么说!给他点教育有好处!你就说,二傻子在什么拉马!得,又忘了!

——幕

第三场

时　间　前场后月余，晚间。

地　点　余志芳与宋玉娥所在的商店。

人　物　余志芳、宋玉娥、陶月明。

〔**幕启**：一间小屋，余志芳与宋玉娥正在写大字报。

余志芳　玉娥，快着点！我已经写了四张，你才写了一张啊！

宋玉娥　我心里有点乱，思想不集中！

余志芳　怎么啦？想老爷爷啦？

宋玉娥　有那么点！

余志芳　玉娥，你是老爷爷养大了的，穷，可是有点娇！

宋玉娥　我有点娇？

余志芳　你自己想想吧！

宋玉娥　我……志芳，你知道我写的是什么啦？

余志芳　我还没看见，怎么能够知道呢？给我看看吧！

宋玉娥　你甭看了！

余志芳　我偏要看！

宋玉娥　（把纸藏在身后）甭看了！甭看了！

余志芳　小玉娥，老爷爷的孙女，我猜着了！

宋玉娥　猜着什么？

余志芳　你给我写的，对不对？

宋玉娥　你……（要撕）

余志芳　别撕！给我写的我也不生气！我还要给你写呢！

宋玉娥　真的？

余志芳　谁冤你，谁是这么点的小耗子！

宋玉娥　给你吧！

余志芳　（看）我猜对了！（念）余志芳近来骄傲自满，目中无人……玉娥，你真看出来我骄傲自满吗？

宋玉娥　我看有那么点！

余志芳　要真是那样呀，我今儿个去好好想一夜！

宋玉娥　你一张嘴就像下命令似的！

余志芳　嗯，我是没有耐心，愣头葱似的！你这么告诉我，好！你别难过，就这么给我贴出去，我受得住！

宋玉娥　那……你也得给我写，说我有点娇！

余志芳　你承认自己有点娇？

宋玉娥　我老拿不定主意，还不是娇？我，我上了当！

余志芳　啊！我明白了：陈副经理叫你写的？

宋玉娥　就是他！

余志芳　准是他！你没见他一口一声地叫我积极分子吗？（学他）积极分子余志芳，感谢你给我提的宝贵意见！积极分子余志芳，我非建议你作组长不可！他越那么叫，我越留神！我心里说，你这个家伙，不敢来硬的，耍软的了；你软得像豆腐，我也贴你的大字报！他怎么煽惑你的？

宋玉娥　我没你那么硬，他又是吓唬，又是挑拨，他说你目空一切，我应当帮助你，给你写大字报！

余志芳　他叫咱们转移目标，先放松了他！甭难过，玉娥，咱们跟他干！他越耍花样，咱们越不放松他！他那两招儿啊，现在吃不开喽！走，把这些赶紧告诉经理去！

宋玉娥　对！走！志芳，你那么好啊！

〔陶月明飞跑进来，跳舞。

余志芳　你干吗？小陶！

陶月明　非跳不可！

宋玉娥　你怎么啦？疯啦？

陶月明　的确是疯了！我到天桥儿去参观，明白了，明白了，为谁服务，怎么作个好售货员！你们看，（指胸前证章）往日我一出去，就摘下它来，唯恐叫人看见，有失体面！现在，我要作个好售货员，把它挂在正中间，叫所有的人都看见，都叫我一声同志，说我是个为人民服务的好青年！

余志芳 好啦，好啦，让我们出去！

陶月明 你们有天大的事情，也必须听我说完！还有第二件大事，比什么都浪漫，比什么都香甜！在天桥儿呀，我遇见了凌云，她也去参观！原来她没有去学电影，也作了光荣的售货员！甜美呀，我的心比红瓤儿白薯还更甜！激动啊，我的心像爆竹，咚，飞上了青天！我请她吃了饭，找不到话说，我只说了啊，我要作劳动模范，说了一百多遍！

余志芳 行了吧？发完疯了吧？让我们走吧！

陶月明 你们上哪儿？

宋玉娥 去见经理！

陶月明 我也去！我也去！

余志芳 你干什么去？

陶月明 汇报我怎样去参观，怎么下决心作个最好最好的售货员！第二件事还无须汇报，我要把甜美留在自己的心间，每一想起，咚，心就上了青天！（同下）

——**幕**

第四场

时　间 前场次日，上午。

地　点 宋爷爷的茶摊子。

人　物 宋爷爷、卫母、卫默香、齐母、余母、余志芳。

〔**幕启：**小树枝繁叶茂，欣欣向荣。小玩具都换了用马兰叶子编的小筐、小青蛙等。宋老人高高兴兴擦洗茶具。一边工作一边哼唧："天气热，大家渴，嘴里发干来找我！茶叶香，价钱小，要把人人侍候好！"

〔卫母提着菜筐由街上回来。

宋爷爷　卫大妈，来，坐会儿歇歇腿！

卫　母　不累！天天早上出来这么一趟啊，倒能多吃半碗饭啦！

宋爷爷　当然得多吃半碗饭，太阳光跟好空气比什么药都好！来，喝我一碗刚沏好的！坐下！

卫　母　好，坐坐就坐坐！（坐）

〔这边暗了，另一边亮起来，齐母与卫默香正谈话。

齐　母　默香，你看看，我天天得自己上街买菜去，叫我少吃半碗饭！

卫默香　晴天还好，赶上下雨，够多么麻烦！

齐　母　是嘛，天有不测风云，哪能天天是晴天大日头的！你怎么样啊？默香！有困难吧？

卫默香　有困难就克服呗！不过呢，我对孩子们的教育有顾虑！真要送到托儿所去，我看学不出好来！

齐　母　这话对！咱们干干净净的孩子，跟小泥猴在一块，的确差动！

〔这边暗，那边亮了。

宋爷爷　拿两个小绿蛤蟆给小三儿、小四儿！孩子们还乖吧？

卫　母　可乖啦！我呀近来咂摸出这么个道理来：凡事呀，还没作过，先别说它不好！就拿孩子们说吧，不但两个大的看妈妈出去，就多帮助奶奶，连两个小的也仿佛更懂事儿了！

宋爷爷　对！人儿小，心眼可不一定也小！

卫　母　小三儿小四儿跟我这个亲哪，都争着跟我睡，我觉得真像个祖母了！小三儿学会自己系裤子，小四儿自己张罗着洗脸。他们都说愿意上托儿所！

宋爷爷　好哇！好哇！您看，玉娥给我买的袜子！我穿了一辈子布袜子，磨得两脚净是鸡眼，小孙女就会有心眼儿，叫老爷爷的脚舒服点儿！告诉您吧，孩子们越出去闯练，越有出息！

卫　母　您算说对了！以前，小四儿的妈跟我并不怎么太好。近来呀，我越帮忙，她越跟我好，她越跟我好，我越帮忙，这不就越来越对劲儿了吗！

〔这边暗，那边亮起来。

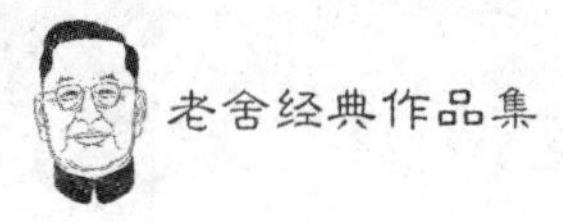

卫默香　凌云怎么样？还没干腻哪？

齐　母　随她去，我管不了！我反正不上她那儿去买东西！我多走几步，上北边那个合作社去！

卫默香　那您不更得多走道儿吗？

齐　母　赌得是这口气！她越不听我的，我就越不听她的！

卫默香　伯母，这恐怕不是解决内部矛盾的好办法吧？

齐　母　可是，默香，你也没解决好啊！

卫默香　伯母，我呀感觉出矛盾，可是别人不像我这么敏感，我有点孤掌难鸣！

齐　母　怎么孤掌难鸣？

卫默香　您看哪，老太太站在媳妇那边去了，孩子们也向着妈妈，我不是孤立了吗？

齐　母　那你怎么办呢？

卫默香　我只能到时候也伸把手，帮助干点什么！可是极不好受！好嘛，装着一肚子矛盾，还要伸手干活儿，不好受！

齐　母　你说的对！连我自己上街买东西，不也是矛盾活儿吗？

卫默香　嗐！盼着吧，多咱矛盾自己能够统一了，就好办啦！

齐　母　盼着吧！反正不是凌云统一了我，就是我统一了她！走吧，我往北去！

卫默香　我陪着您！（同下）

〔这边暗，那边亮了。

卫　母　我买完东西，还得在那儿站会儿，多看看凌云！她是那么美，又那么干脆麻俐，简直像一棵会干活儿的鲜花！唉，就盼着齐大妈也改改眼光儿吧！我走啦，您不看小人儿书啊？我跟小三儿小四儿一块儿看上瘾来了，倒也开心长见识！

宋爷爷　我前天的那张报还没看完哪，先别看小人儿书啦！字认识的不多呀，看报就慢点，可是非看不可！带俩小蛤蟆给孩子们呀！

卫　母　对！可是，我只有三分钱了！

宋爷爷　一分没有，我还不许您拿吗？（递）

〔余母气冲冲地走来。

卫　母　余大妹子，早啊！

余　母　（顾不得与卫母说话）早！宋爷爷，看见志芳那个丫头没有？

宋爷爷　没有！

卫　母　（看不对头）你们说话儿吧！再见！（下）

宋爷爷　再见！怎么啦？余大妈！

余　母　您看，今天该志芳休息，家里有一大堆事等着她干呢。可是，她又跑出去了！

宋爷爷　她们哪都忙，也许志芳又上店里去了。公家的事不是更要紧吗？

余　母　我看，她就该在家里！

宋爷爷　在家里哪儿去拿工资呢？

余　母　拿工资？俩多月了，她给过我一分钱没有？

宋爷爷　她没……不能吧？

余　母　那个丫头的心狠哪，她恨我！

宋爷爷　不对！我不信！她不是那样的孩子！

〔余志芳夹着一个小卷儿，匆匆地回来。

余志芳　妈！宋爷爷！

宋爷爷　回来的好，你妈妈正找你呢！

余志芳　妈！

余　母　别叫我！家里那么多事，你就不睁开眼睛看看吗？

余志芳　我出去买这个去了，妈！

余　母　买！买！拼命打扮你自己！

余志芳　不是，妈！我给您买的！

余　母　给我……

余志芳　妈！这俩月我没交给你钱，就是为给您买这个！我应当早告诉您，可是您知道我的脾气，老想自己的主意好，不告诉别人。在店里呀我受了教育，对人要有耐心，不要见谁也开火！

宋爷爷　到底买来了什么呀？

余志芳 我妈呀，说过好几年了，就爱一身祥云纱的裤褂，可是始终没有钱买。自从我一上工，就想起这回事。为多省一分钱，我不怕多走二里路。现在，钱凑够了，我给妈妈买来了！妈，您看看！今天您就自己裁，我帮助您作上！妈，给您！

余　母 （接过去，低头坐下，好像瘫软了）我……

余志芳 从下月起，我就可以交给您点钱了。

余　母 老……老……

余志芳 妈！

余　母 老……老闺女！妈对不起你，这块纱已经买来了，没法儿再退。你的工资呀，我不能要！我没供给你念书，没给过你好脸子看，对不起你！

余志芳 宋爷爷，您劝劝我妈吧！

宋爷爷 余大妈，不必这么难受！都是亲骨肉，彼此越明白就越亲热！从前，你看不起女孩子，换换眼光也就行啦！现在呀，儿子女儿都一样，因为国家看他们一样嘛！

余志芳 妈，走吧！咱们赶快作起这身衣裳，您好早点穿上啊！

余　母 老闺女，我得把这身裤褂穿到棺材里去，叫你爸爸看看！（余志芳缓缓走开）

宋爷爷 唉！她多么偏疼儿子、媳妇啊！可是到底是老闺女给她买来了心爱的东西！

——幕

第三幕

第一场

时　间　前幕后月余，上午。

地　点　合作社内。

人　物　老尤、小吴、齐凌云、郑书记、卫大嫂、余志芳。

〔**幕启：**台上左角是肉案子，肉已卖完，老尤与小吴一边刷洗案子，一边说话儿。

〔右角是卖小百货的，齐凌云正值班。

〔哪边有戏，灯光即打到哪边。

老　尤　（一边刷洗，一边哼唧自己编的评剧）当初我学徒在便宜坊，小力笨的苦处实在难当！在这里我真是把福来享，处处啊干干净净亮亮堂堂！听说要调我去把学徒培养，卖肉的当教员，喜气洋洋！

小　吴　尤师傅，真要把你调去当教员，你愿意不愿意呀？

老　尤　你这话可说远啦，小吴！去当教员光荣呀！可是，我也有点顾虑！

小　吴　怕大嫂子不愿意？

老　尤　你又说远了！（唱）如今的妇女眼睛亮，我作教员她是师娘！她本是文盲跟瞎子一样，现而今拿起报来一气就念八大张！

小　吴　好大的报纸，好快的眼睛！那么，你到底顾虑什么呢？

老　尤　小吴你看呀，我要是真走喽，谁来卖肉？我不放心！

小　吴　我就行！

老　尤　你不行！要讲卖鱼，你高明！卖肉啊，我是老便宜坊出来的徒弟！你呀，一个片子剔完了，会赔两块钱！不信下午来了肉，你剔剔看！

小　吴　我就那么饭桶？尤师傅！

老　尤　你不是饭桶，可是剔肉也不像你想的那么简单！不管我调到哪儿去，一想，这儿的一个片子可能赔两块钱，我的心放不下去！

小　吴　尤师傅，那就赶快好好教教我吧！

老　尤　我愿意教，可是你准知道不调走你吗？

小　吴　对呀！去搞生产，咱们人人有份儿！可是，要那么一来呀，我比你还不放心！

老　尤　怎么？

小　吴　你想想，先甭提卖鱼、收拾鱼、保存鱼种种困难，单说那股子腥味，多棒的小伙子也得熏趴下！

老　尤　你说的一点不假！但愿咱们俩内行前脚儿出去，另有两位内行就进来！

小　吴　哪儿找那么多的内行去？男人都该去搞生产，光调走咱们俩中什么用呢？

老　尤　小吴，我这可是随便猜猜。我猜呀，男人都出去，铺子里准都换上女的！你爱信不信！

小　吴　你猜的有点门儿！刚一要精简人员的时候，连咱们俩不是也都想：得，这下子准得光留下英雄好汉，叫大姑娘们回家！可是，并没有！

老　尤　咱们俩的思想啊，就是跟不上行市，总还有点看不起妇女！

小　吴　事实可也是事实！不管妇女怎么跃进，反正一来卖鱼，准得吧、嗒、呛，熏个倒仰儿！

〔灯光转移。齐凌云正跟郑书记谈话。

齐凌云　郑书记，您今天早啊！

郑书记　早！我连作梦都想着这个试验田呀！

齐凌云　好嘛，管理处党委的试验田，不办好了还行吗？您多给我提提意见吧！

郑书记　你也得多提合理化建议哟！怎么，今天干起小百货来了？

齐凌云　照着您的指示，大家协作嘛！今天这边短了一把手，我两边跑着，又管糖果，又管小百货，也多得点知识。再说，老干一样儿呀，干着干着就有点腻烦！

郑书记　就腻烦了？这可不大对！

齐凌云　我又说错了？郑书记！

郑书记　不应该因为干腻烦了才常换换样儿！咱们的本领既要多，也要深！你看，你卖了些日子的糖果，可到过作糖的地方看过，知道糖是怎样作的吗？

齐凌云　哟，我没有！

郑书记　咱们得把这个定成制度！卖什么就知道什么的生产过程。卖糖吧，就能告诉人家什么糖里都有什么，吃了有什么好处，并且告诉人家：小孩子吃糖过多并不好，容易把牙吃坏了！

齐凌云　哟，那么一来，不就得少卖点吗？

郑书记　咱们这是社会主义的商品呀！再比如说，看哪件东西价钱太高，你就该告诉领导。咱们要是给厂子里提提意见，厂子里就会想办法，看看怎么增产，怎么降低成本，对人民有利，国家也不吃亏，对吧？

齐凌云　对！我呀，没想过这些！我就是有点对什么都不深入的毛病！

郑书记　有个好药方儿，可以治你这个冷一阵子、热一阵子的毛病。

齐凌云　什么药方？郑书记！

郑书记　很简单，就是一句话！不管干什么，得老把心拴在社会主义上！

齐凌云　喝！这可真是句好话！我永远记住！

郑书记　妈妈怎样？还是那个劲儿吗？

齐凌云　嗯！我一提这儿的事，妈妈就把话岔开，最厉害的泼冷水！

郑书记　还得想办法，你也想，我也想！凌云，你该争取入团，要不然你受不住妈妈的凉水！你看宋玉娥！

齐凌云　谁？宋玉娥？她也入了团？

郑书记　对了！前几天我上她们那儿去了。她们那儿整顿得很像个样子了，连那个小陶都有了进步！

齐凌云　啾！她们还有什么赛过我去的地方吗？

郑书记　有！宋玉娥呀，一边卖布匹还一边学会了卖青菜！

齐凌云　志芳呢？她比宋玉娥更棒啊，小老虎似的！

郑书记　她呀，一有空儿就到卖鱼的地方站着去！

齐凌云　那干什么呢？

郑书记　先闻惯了腥味，以后好卖鱼呀！

齐凌云　真有她的！

郑书记　是呀，看了这么几天哪，我心里就想：咱们这块试验田可以试办妇女商店了！

齐凌云　妇女商店？妇女商店？全是女的，没有一个男的？

郑书记　啊！你愿意不愿意呀？

齐凌云　我愿意！您看，男女在一块儿呀，女的老怕男同志走了接不上手儿！要是爽性来个女商店，我们女的就一点也不倚靠男的了！那多好哇！郑书记，可得算我一个，别把我调开呀！

郑书记　可是，你有什么准备呢？你看，假若咱们真办个妇女商店，余志芳可以去卖鱼，玉娥可以去卖青菜，咱们不能打没有准备的仗啊！

齐凌云　对！对！您看着吧，我不能叫余志芳、宋玉娥给赛过去！我，我去学卖肉！说干就干，您等等我，我跟尤师傅商量商量去！

〔卫大嫂匆匆地走进来，几乎和凌云撞上。

卫大嫂　哟！凌云，看见郑书记没有？

齐凌云　就在这儿！我有点事，待会儿跟您说话儿！（走向肉案）

卫大嫂　郑书记，郑书记！

郑书记　卫大嫂，正要看你去呢！

卫大嫂　是呀，听说您到全城去了解女店员们的情况，我等了您三四天，您可还没到我那儿去，我急啦，来找您！

郑书记　有什么困难吗？大嫂！老太太有了问题？

卫大嫂　没有！我们婆媳的关系越来越好啦！

郑书记　老卫又闹了脾气？

卫大嫂　他也不成问题！他就要请求下放，他的手一动起来，思想也就会

改变。

郑书记 好！孩子们呢？两个小的入了托儿所没有？

卫大嫂 还没有。暂时不托出去也还行！

郑书记 卫大嫂，有困难可不要不说呀！你要这么看清楚：你自己看着对，就去干，劲头儿虽大，可未必干得妥当。党想的比个人想的更全面，党的办法不仅解决一个问题，也还解决一连串的问题，这就给咱们开出一条新道路来！

卫大嫂 郑书记，我只有一个困难！

郑书记 什么呢？说出来吧！

卫大嫂 我怕入不了妇女商店！

郑书记 你听到了这个消息？

卫大嫂 听说了！

郑书记 你看应当有这么个商店？

卫大嫂 应当！这个商店办好了，就证明妇女的确可以代替男店员，叫男店员去支援工业，搞生产。

郑书记 对！

卫大嫂 可是，我怕不要我来参加，我是四个孩子的妈妈！郑书记，您上次告诉我：一个家庭妇女往外冲，要有勇气；可是安排时间就需要点科学头脑了。我照着您的话办了，我已经会安排时间，一个人的确能作两个人的事！

郑书记 对业务呢？

卫大嫂 经过这几个月的教育、培养，我要把这个工作看成终生的！每逢我叫一个顾客满意地走出去，我就觉得是叫他明白了他买点东西也的确是在社会主义社会里，跟旧社会不同！

郑书记 说的对，你还跟着听党课？

卫大嫂 对！我争取入党！您看我有资格到妇女商店来没有呢？妇女商店是个新事情，我不甘心落在后边！

郑书记 大嫂，我们需要你！你有四个娃娃，你会叫家庭妇女看明白一条新道路。这不只是你个人的事，而是一件有关妇女解放的事！我

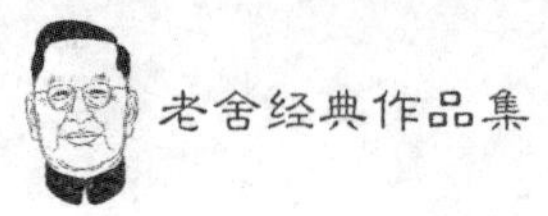

们希望你不仅去工作，而且要作得突出，叫家庭妇女们都看看！

卫大嫂　我有资格来？

郑书记　有！当然，我们也不能专挑最硬的手儿，把差一点的都留给别人，我们是挑几个好手来带动软一点的，逐渐培养起一个坚强的队伍。

卫大嫂　我希望自己能算个硬手儿！告诉我，郑书记，我需要准备什么？

郑书记　比如卖肉、取货送货什么的，都还没有充分的准备！

卫大嫂　取货送货……得蹬平板三轮车？

郑书记　对！那不容易！可是我相信问题都能解决，你们的干劲大呀！大嫂，你回头吧，不是明天就是后天，我上你那儿去看看！

卫大嫂　好吧！再见，郑书记！（下）

郑书记　（叫）小英，照应这边儿一眼！（应声："好咧！"郑书记下）

齐凌云　（同老尤、小吴走来）尤师傅，我看您有点保守！

老　尤　绝对不是！卖肉啊，根本不是妇女能干的！

小　吴　那就是更甭提卖鱼了！

齐凌云　怎么？

小　吴　你每回从我那儿过，是不是老捂着鼻子？

齐凌云　那……连你的身上都有股子腥味儿！

小　吴　这不结啦！再考考你，你说得上来哪是河鱼，哪是海鱼吗？

齐凌云　那，反正都是水里的！

老　尤
小　吴　哈哈哈！（下）

齐凌云　（独白）怎么办呢？真要是这儿开了妇女商店，把余志芳、宋玉娥调来，可把我调走，我的脸往哪儿放呢？怎么对得起党的培养呢？

〔余志芳上。

余志芳　凌云！

齐凌云　哟！志芳！哪阵风儿把你吹来了？

余志芳　今天休息，来看看试验田，学习学习！你的脸怎这么红啊？

齐凌云　是吗？志芳，听说你正学习卖鱼，是真的？

余志芳　是真的！怎么啦？

齐凌云　怕不行吧？

余志芳　谁说的？

齐凌云　我们这儿的小吴师傅刚才说的。

余志芳　他是男的？

齐凌云　是男的。

余志芳　那就难怪喽！叫他说吧，我会堵住他的嘴！凌云，我跟玉娥想明白了：咱们要是不肯先攻破最难的阵式呀，咱们就永远比男人低一头！

齐凌云　志芳，你看我……我实在不能去卖鱼卖肉！

余志芳　也不能人人都去卖那个呀，你可以想想别的难事儿！

〔小吴又回来。

齐凌云　吴师傅，介绍一下，这就是要去卖鱼的那个余志芳！

小　吴　喝！（打量她）你？

余志芳　我！吴师傅！

小　吴　好哇！干劲儿大呀！好在呢，学不成也没人笑话你，你不过是个女同志呀！

余志芳　吴师傅，谁知道，有那么一天我不恰巧来接您的活儿呢？

小　吴　有你这么一想，咱们走着瞧吧！

余志芳　吴师傅，你还没得过红旗吧？

小　吴　还没有！干吗？

余志芳　等我跟老师傅学成了，您多咱听说有个卖鱼得红旗的姑娘啊，甭细打听，一定就是我！

小　吴　啊——祝你成功！

——幕

第二场

时　间　前场后数日，上午。

地　点　北海公园。

人　物　余志芳、宋玉娥、齐凌云、陶月明、卫大嫂。

〔**幕启**：游人还不多。三个姑娘携手而来，且行且唱。

合　唱　三个青年齐歌唱，
一块儿开辟新战场！
过两天，妇女商店就要开幕，
我们一块儿去干，一块儿去忙！
一块儿冲锋打胜仗，
一面红旗万丈长！

余志芳　玉娥，凌云，你们看我是长了身量吗？我怎么觉得高了点呢？

宋玉娥　你心里高兴，所以觉得身量高了！真没想到，会有今天，连卫大嫂也跟咱们一块儿到妇女商店去，就是棒啊！

齐凌云　不光是咱们四个，售货员都是女的呀！嗐，越想越棒！和男店员们在一块儿，总有点倚赖！有了咱们自己的商店，咱们就非事事亲自伸手不可！

宋玉娥　经理也得是女的吧？一定喽！也不知是谁？

余志芳　管谁是经理，谁当组长呢，咱们得铆足了劲儿，叫妇女商店一开幕就红！我准备好啦，没人卖鱼，我干！

宋玉娥　没人卖菜，我干！你呢？凌云！

齐凌云　那天志芳跟小吴师傅那么一叫劲儿啊，我就下了决心：卖肉卖鱼不行啊，我推车子下街，卖副食品去！我得跟老黄学会怎么推车！

余志芳　那可有三四百斤重哪，咱们都推不动！

齐凌云　我不会练？你那天说得好，咱们得先攻破那最难破的阵！

宋玉娥　凌云，你够劲儿！可是，尽管你练会推车子，你张得开嘴吆喝

吗？

齐凌云 那，哼，还真不好办呢！

余志芳 凌云，先别泄气，吆喝不出来，不会唱吗？

齐凌云 那倒怪有意思儿！嗯，这么来：（唱）黑酱油，白酱油，芝麻油，花生油，还有咸菜海蜇头！山西的老醋裂牙儿酸，赛过酸石榴！哈哈哈！

〔陶月明唱着走来。

陶月明 （唱）我有冲天的干劲儿，
我有美丽的青春！
是我们青年，发明创造，
叫美丽的山河更美更新！
为创造更多更多的幸福，
我们热爱劳动，锻炼身心。
我们劳动的目的多么崇高：
为了建设社会主义鼓足干劲。

余志芳 小陶，你来晚了！

陶月明 （跟她们握手）我乐得坐错了汽车，请你们原谅！走吧，上白塔去看看！我不久就离开这里，得登高一望，看看我最爱的北京！

宋玉娥 卫大嫂还来呢，咱们在这儿等她吧。

陶月明 女同志的意见，我唯命是听！

余志芳 你呀，小陶，怎么老耍贫嘴！

陶月明 我说的是真话，我感激你们！自从咱们在一块儿工作，你们俩给了我多少鼓舞啊！假若你们俩是男人，恐怕效果就不会这么大。好嘛，我一看，两位姑娘都真刀真枪的干，我还能不积极起来吗？我这么一积极，这回就派到“石钢”去，“石钢”啊，还了得吗？

宋玉娥 什么时候我们在报纸上看到你成了先进生产者，我们就劝凌云跟你结婚！

齐凌云 我就那么老实，都听你们俩小不点儿的？

陶月明 凌云，要真看见那样的消息，可得早下决心，要不然我就叫别的

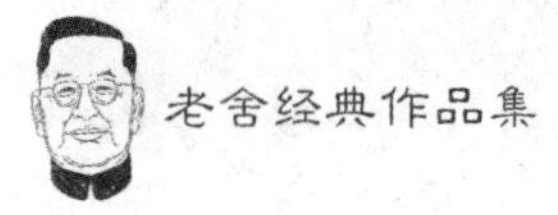

姑娘抢去了！

齐凌云　你就会瞎扯！

余志芳　你呀，小陶，就应当说：齐凌云，妇女商店开幕以后，你要是头一个得到表扬，我才真爱你，你还是觉得姑娘们差劲，所以想不起从工作上鼓舞我们！

宋玉娥　你准是一想到我们，就想到如花似玉什么的！不想我们也是战士，也出英雄！

陶月明　哎呀，我的天！你们这是给我饯行呢？还是批评我呢？

余志芳　也饯行，也批评！齐凌云，你干吗躲在一边儿，不给他几句呢？

宋玉娥　陶月明，你为什么不抓紧时间，给凌云点鼓励呢？

陶月明　真乃是宴无好宴，会无好会呀！（望）救兵来了！卫大嫂！这边儿！哟，大嫂走道儿怎么有点不利落呢？（跑过去迎接）

三　女　卫大嫂！卫大嫂！（也跑过去）

陶月明　（扶着她）大嫂，您的腿怎么啦？

卫大嫂　练板儿车来着，碰了一下！

三　女　练板儿车？

余志芳　是妇女商店叫您练的，好去取货送货呀？

卫大嫂　（坐在山坡下的大石上）商店还没有开幕哪！

宋玉娥　那您干吗练它呢？

卫大嫂　郑书记说过，凡事都得有准备。我们那儿的一位男同志，听说我调到妇女商店去，就说了风凉话。妇女商店？看你们没有男人，谁去蹬板儿车？那要拉六七百斤呢！

齐凌云　您就挂上了劲儿？

卫大嫂　不挂劲儿不行啊！有备无患，咱们都得练！难道开幕以后，咱们求男同志去取货送货吗？

余志芳　大嫂说的对！咱们都得练！

卫大嫂　我昨个夜里就借了咱们街坊家老曹的那辆车，练了会儿。

宋玉娥　不好骑吧？

卫大嫂　可不是！跟骑自行车不是一个劲儿。首先是车把不听使唤！看着

街上的男同志们蹬的那么飘洒，赶到我一上去呀，一下子就朝着墙去了！幸亏老卫过去扶住了，只把我的腿磕了一块。

齐凌云 大哥居然帮助您去练车？

卫大嫂 他已经请求下放，不能不出来活动活动啦。我本来要拿他当货物，拉着他走。幸而没有！

余志芳 同志们，从这一个问题看出来，我们的工作的确不简单！卫大嫂，我想啊，趁着这两天还没开幕，男同志们还没走，咱们得抓紧时间连夜地学。学剔肉，学卖鱼，凡是不会的就学，别等开了幕闹笑话！

卫大嫂 对！别管将来叫咱们干什么，咱们得把最难干的先预备好！能弄得动的马上去掌握技巧，弄不动的赶紧想巧干的法子！社会上需要妇女商店，咱们非好好地干不可！

齐凌云 月明，你会推那个货车吗？

陶月明 我还没下过街，我可知道那并不好推！同志们，你们不是要给我饯行吗？我看，见了面就行了，不必再聚餐。你们都抓紧时间回去学点什么吧！

卫大嫂 是呀，要知道：个别买东西的很不好侍候，错一点都不行。咱们要不作好准备，一定会出笑话！凌云，你看咱们是回去好呢？还是……

齐凌云 我没意见！

宋玉娥 大嫂，咱们好容易调到一块来，还是聚餐一次吧！再说，这些事儿经理必会有个安排呀。

卫大嫂 听说经理是刚下放过来的。

齐凌云 她是干什么的呀？

卫大嫂 搞妇女工作的，政治经验很丰富！

齐凌云 搞妇女工作的？那行吗？

余志芳 政治挂帅！应当这样！再有个懂业务的作副经理，就算行了！

卫大嫂 咱们到底怎样？

余志芳 凌云陪小陶在这儿玩玩，咱们都走！

齐凌云 那，我不干！

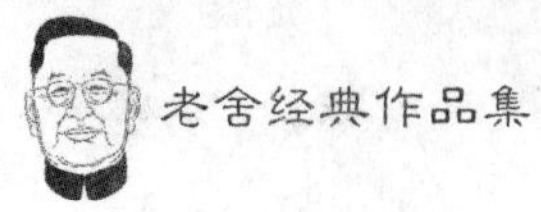

宋玉娥 小陶说！

陶月明 可叫我怎么说呢？（众笑）

余志芳 卫大嫂说吧！

卫大嫂 要不凌云你就跟月明在这儿吃顿饭，我们都不休息了，回去学活儿？

余志芳 就这么办！月明，你走，我们也许不能送你了，祝你胜利，平安！

陶月明 志芳，玉娥，我真舍不得你们！你们的确是一种新型的姑娘！到"石钢"，我一定好好干！我预祝妇女商店旗开得胜，成为北京市的一面红旗！再见吧！玉娥，替我问老爷爷好！志芳，问余大妈好！卫大嫂，再见！（大家握手）

余志芳 凌云，谈三分钟恋爱，批评他三分钟，省得片面，单调！

齐凌云 去你的吧！（同陶走开）

宋玉娥 大嫂，我们搀着你点！

卫大嫂 不用！今儿个夜里到马路上练板儿车去，就不至于碰到墙上去了。

宋玉娥 大嫂，可也得留神电线杆子！

——**幕**

第三场

时　间 前场后数日，晚间。

地　点 卫家。

人　物 卫母、齐母、卫默香、卫大嫂、余志芳、宋玉娥。

〔**幕启：**卫母正和齐母说闲话儿。

卫　母 这下子可好啦，妇女商店就是凌云她们那个试验田改大了的，现在照常卖鱼肉青菜，一半天就全部开张。货物全，离咱们近，卖东西的又都是大姑娘、小媳妇，多么方便哪！

齐　母 方便倒是真的，可是……

卫　母　大姐，您始终是不赞成凌云当售货员！我看哪，咱们这老一辈儿的人哪，也得换换脑筋！

齐　母　咱们老姐儿们的交情不是一年半年的了，您知道我不是个老顽固！

卫　母　是呀，您比我的文化高呀，我知道！

齐　母　我总觉得凌云屈了才，凭她的文化水平，她的模样儿，她应当作点更大的事！咱们既赶上了社会主义，还能不挑点大的事作吗？

卫　母　您可也别那么说。您看，小人书上画着什么养猪的姑娘成了模范，捉老鼠的老太太进了科学院，也都名扬四海，到北京来见毛主席呀！大姐，赶到妇女商店开张的时候，咱们老姐儿俩得去给她们助助威！小四的妈不是也调过来了吗？我心里挺高兴的。她的干劲越大，我的干劲也得越大，要不然就不能一板一眼啦！

齐　母　卫科员恐怕还是有点意见吧？

卫　母　他没有意见喽！

齐　母　怎吗？

卫　母　他下放了，今儿个是头一天。

齐　母　下放到哪儿去啦？

卫　母　他要求下放到前门外一家铺子去啦。

齐　母　下到商店里去啦？这可奇怪！

卫　母　是呀！乍一听说，我也是一愣儿。后来倒是小四儿的妈告诉我：干部们哪，要是老坐在办公室里，慢慢地就连豆腐卖多少钱一块，粮食出在地里还是厨房里就都不知道啦。那就只会当老爷，脱离群众！咱们的社会主义里，不要官儿老爷！

齐　母　嗽！

〔小姑娘的呼声：奶奶！奶奶！

卫　母　干什么呀？大妞！

声　音　小三儿小四儿都睡啦，我把爸爸妈妈的菜饭都靠在炉台上了。我跟二妞也睡去！

卫　母　睡去吧，乖！别在被窝儿里说笑话儿，早早地睡，早早地起！

声　音　是啦！明儿见！奶奶！

卫　母　孩子们哪是真乖！两个大的格外有心眼儿。她们说呀，长大了也跟妈妈一块儿干活去，成个母女小组，得的红旗啊够挂满了这三间屋子的！

〔卫默香疲倦地走进来。

齐　母　默香，回来啦？

卫默香　齐伯母，您在这儿哪？

卫　母　怎么样啊？累了吧？

卫默香　腰都直不起来喽，妈！

齐　母　快坐下吧！溜溜地站一天，够受的！

卫默香　（坐）没老站着！那儿的那位小女同志呀，太好啦！长的好，说话儿甜甘，只要没有顾客，她就让我坐下，还给倒过茶来。

卫　母　那，腰怎么还直不起来呢？

卫默香　老得弯腰，有时候还得趴在地上啊！

齐　母　还趴在地上？干吗呢？

卫默香　平日啊，看着苹果、鸭儿梨、栗子、核桃都怪老实的，赶到叫我那么一包一捆哪，全长了腿，四处乱跑，我不得去捡吗？跑到柜台底下的，我不得趴在地上往外掏吗？

卫　母　怪不得腰……（忍不住笑）

齐　母　（强忍住笑）那个小姑娘没笑你呀？

卫默香　她没有！她说她当初也是四处去追鸭儿梨，有时候还得追到门外边去呢！

齐　母　追到外边去？

卫默香　啊！客人提溜着，到门外边包儿散啦，满街滚！

卫　母　可见干什么也不容易呀！

卫默香　我不容易，人家买东西的更不容易！

齐　母　那怎么呢？

卫默香　二斤苹果，我给人家秤三分钟，算三分钟，捆三分钟。捆完，又全

跑啦，连捡带掏又是三分钟，然后又捆三分钟，前后一共十五分钟，人家急得直跺脚！

卫　母　默香啊，这你就明白点小四儿妈妈的心意了！叫买东西的不跺脚并不容易！快吃饭去吧，大妞子都给靠在炉台上啦。

〔卫大嫂匆匆进来。

卫大嫂　齐大妈！妈！老卫！我可晚了点！孩子们都睡了吧？

卫　母　都睡了，挺乖！

卫大嫂　都吃了吗？

卫　母　我吃过了，默香可也刚进门儿！他的腰都直不起来了！

卫大嫂　老卫，你别动，我把饭拿到这儿来，好一边吃一边跟齐大妈说话儿。

卫默香　你，你不累吗？

卫大嫂　人得喜事精神爽，我不累！妇女商店后天开幕，我能不高兴吗？齐大妈，妈，后天你们老姐儿们可千万看看去呀！妇女办事就是与众不同！（给老人们倒茶）

卫默香　是呀，我们那儿的那个小姑娘就与众不同，不但帮着我四处追苹果，还不笑我！

卫大嫂　怎么？你把果子都捆飞了？

卫默香　还是不止一次！飞得最远的是核桃！

卫大嫂　别着急，吃完饭，我把家伙刷洗完了，就教给你怎么捆包儿，准保教会！然后我去练板儿车！

卫默香　（指案上的果子）现在就练练！（去包捆，又失败）不行，一会儿就都得摔烂了！

卫大嫂　咱们找点代用品哪！

卫　母　我看，用煤球儿试试就行！

卫大嫂　对！我刚才说我们与众不同，老太太们，去看看吧，我们哪，在墙上都画了壁画，还题上了诗！

齐　母　谁作的诗啊？

卫大嫂　我们都到齐了，一共调来二十一个售货员，里面有七个初中毕业的、三个高中毕业的,还作不了诗吗?我想啊:从前凌云大概有点觉得初中毕业作售货员未免屈才。这可就好了,她一看人家还有高中毕业的呢,自己还骄傲什么呢?

卫默香　是呀,我这个法政专门毕业的还满地追苹果呢!我开始咂摸出点味儿来,为别人作点事,而且作得好,是多么不容易……

卫大嫂　是呀,老卫,咱们要都吃进点要为别人作点什么的滋味呀,就必能不再把这个小三合院当作永远不变的了。咱们应该看到一个更大更好的家庭。今天的小家庭要不变得更民主些,活泼些,恐怕咱们就不容易享受明天的大家庭的幸福了。妈,您近来觉得怎样?我没招您不高兴吧?您看哪儿不合适,可千万说呀!

卫　母　我呀倒觉得更硬朗了点!说实话,你刚一上工去的时候,我心里的确打开了鼓。现在呀,我看出来:你们年轻的想出去,我们年纪大的得帮助你们,叫你们能够出去!

卫大嫂　我也不能把家务都交给您!到外边去本为服务,怎能回到家来倒不服务了呢?

卫　母　是呀,你没像默香似的呀!得了,就盼着默香这么一下放,也学会自己伸手干点什么吧!

齐　母　(不高兴再听)啊,别耽误你们吃饭,我走啦!

卫大嫂　您坐着您的!凌云啊,这几天也很高兴,很积极,您多给她打打气!到我们开幕的时候,您千万来看看,提提意见!

齐　母　好吧!别送我,你们吃饭吧!

卫默香　你拿饭去,我送送齐伯母!(立,一抡手,袖中掉出个核桃来)哟!

众　人　什么呀?

卫默香　核桃!怎么进了袖子里去呢!(众笑,同齐母出去)

卫大嫂　妈,您歇着去吧,全甭管啦。

卫　母　好!你不看看我给小四儿买的新衣裳吗?算了,到国庆日穿上再看吧!

卫大嫂　您光给孩子们花钱,就不自己添补点什么吗?

卫　母　嗐，我的老衣裳拆拆改改大概还够穿二十年的呢！孩子们贪长，一眨眼衣裳就短半截！我歇着去，你也别睡的太晚了！（下）

〔卫默香送客回来，后面跟着余志芳、宋玉娥。

卫默香　你们谈吧，我拿饭去！（下）

卫大嫂　有事吗？志芳，玉娥！

余志芳　大嫂，坏了！

卫大嫂　什么坏了？

余志芳　不是安排好了，您管水果，我管鱼，玉娥管青菜，小冯管猪肉吗？

卫大嫂　对呀！

余志芳　小冯病了！一开张就没人卖肉可怎么得了呢？我对经理说，我替她。经理说，可是谁替我卖鱼呢？经理也很着急！

卫大嫂　尤师傅还没回家？

宋玉娥　还没有！他也着了急。他说他自己剔一个片子只要七分钟，小冯得剔四十分钟，而且剔的不细致，可是到底小冯总算会剔了啊，她这么一病……

〔卫默香端了饭来。

卫大嫂　志芳，我看我连夜去学吧？当然不会学好，可必须突击一下呀！肉只卖一早晨，匀出工夫我还可以照应水果。

卫默香　你还得出去啊？我那点事可……

余志芳　大哥有什么事呀？

卫默香　我不会包包儿，捆东西，打算今个晚上学学，我不能老叫苹果乱滚，顾客们跺脚！

宋玉娥　大嫂，您打定了主意吗？

卫大嫂　为了商店，还迟疑什么呢？

宋玉娥　好，我来教大哥！

卫默香　噉，谢谢！可是，你不累吗？

宋玉娥　我累什么呀！您看看志芳的手吧，全扎坏了！鱼、虾，是真好吃啊，可惜就是爱扎人！志芳，让我们看看！

余志芳　没工夫！大嫂，快吃，吃完了就去学剔肉！大哥，快吃，吃完了学捆东西！我马上走，去留住尤师傅，大嫂，今儿个我去练板儿车！

卫大嫂 留神，要是摔了碰了，可就没人卖鱼啦！

余志芳 咱们已经买了一辆车，经理跟副经理都说了：我蹬，她们坐上当货物。有她们管着我这个愣头葱，不会出事故！马——来！（跑下）

——幕

第四场

时　间 前场后二日，妇女商店开幕日，上午。

地　点 宋爷爷的茶摊子。

人　物 宋爷爷、余母、卫母、李大嫂、王二婶、金智、金拴子、齐母、齐凌云、老黄。

〔**幕启：**为庆祝妇女商店开幕，宋爷爷换上新衣。他特别高兴小孙女能在妇女商店工作，大声地唱着。

宋爷爷 （唱）我老头子好高兴，

小孙女玉娥真叫行！

敢去卖菜多么见本领，

油菜菠菜冬瓜海茄四季青！

〔余母与卫母同上，余母穿上志芳给作的新衣。

余　母 听老爷爷这个唱劲儿！

卫　母 当然高兴喽，老头儿多么不容易，把玉娥拉扯这么大！玉娥是他心上的肉啊！

余　母 我的老闺女呀，可也真好啊！您看，她月月交给我钱，我原封不动，一分钱也不花她的！

卫　母 那为什么呢？

余　母 给她留着，等她结婚的时候都还给她！从她生下来，我就没给过她好气儿，我没脸花她的钱！要不是她自己往外闯啊，这么好的一个姑娘就得窝囊一辈子！再一听街道上的干部给咱讲妇女怎

么尊贵，我就更觉得自己以前作的不对了！好嘛，她交给我钱，我就乱花，那我岂不是个老封建家长吗？

卫　母　大妹妹，你说的对！

宋爷爷　两位老太太，上妇女商店贺喜去吗？

余　母　咱们自己的姑娘、媳妇在那里，怎能不去看看呢？哟，我得去约上齐大妈。卫大妈，您在这儿等等我，我找她去！

卫　母　对！她要是不肯来，你给她几句！她的文化比咱们高，可是也不知怎么比咱们还顽固！也许文化越高越顽固？那才糟呢！

宋爷爷　凌云那孩子不像志芳、玉娥那么禁得住风吹雨打，可是她也入了团哪！就凭这一招，齐大妈就应当除了高兴，没有别的可说！

余　母　好，我一会儿就来！（下）

宋爷爷　来，老太太，坐下！您看我的玉娥，还学会了卖菜，不简单！

卫　母　真的！您就说，小四儿的妈硬学了两夜怎么剔肉片子，这股子劲儿简直叫我发愣！

宋爷爷　也得叫卫科员发愣！

卫　母　一点不错，他发了愣！前天玉娥还教了他半夜怎么捆东西呢！

〔李大嫂同王二婶上。

李大嫂　宋爷爷，给您道喜！玉娥调到妇女商店来了！

宋爷爷　你听着不喜欢吗？

王二婶　卫大妈，也给您道喜！

卫　母　谢谢啦！就盼着呀，老街坊们多原谅，媳妇初学乍练哪，不能像老师傅那样熟练！

王二婶　告诉您，有的人哪一点不将就。她买肉总想要最精致的那块儿。她就不为别人想想，也不想想现在商店是国家的，赔赚都跟国家有关系。我今儿个破半天的工夫，有不讲情理的，我就帮着售货员们教育教育她！

李大嫂　对！妇女商店是咱们妇女自己办的，咱们就得帮忙！咱们走吧，二婶！

王二婶　走吧！宋爷爷，我们二傻子呀，有了男朋友啦！

宋爷爷　那好啊！什么时候结婚啊？

王二婶　那还早呢。她要是结婚哪，我准坐上飞机，看看怎么从天山顶上飞过去！（同李下）

〔金智同金拴子上，拴子在前面快走。

金拴子　老头儿老太太，有不认识我大姐的没有？请举手！她发明了新机器！

金　智　老人家们都好啊？拴子，到那儿你可老实着点，别乱动东西！

金拴子　跟着大姐你，我敢不老实吗？好嘛，你都发明了新机器，我能给你丢人吗？

〔老黄推着流动货车上。

老　黄　老街坊们，送副食品来喽！（众围上车子看）

宋爷爷　老黄，喝碗热的！（递茶）

老　黄　谢谢。（接茶）

〔齐凌云拿着梆子跑来。

齐凌云　黄师傅！黄师傅！你忘了拿这个，（示以梆子）经理叫我给你送来！

老　黄　哟！

齐凌云　黄师傅，你净顾了抢我要想干的活儿！

老　黄　凌云，你的干劲大，我佩服！可是，郑书记说了：这个活儿不该由女同志干！你在店里卖副食品就行啦！

齐凌云　不行！女同志有的卖肉，有的卖鱼，我拿什么跟她们比干劲呢？（余母与齐母上）妈！您上……

齐　母　（看见凌云手中的梆子，误会）好哇！我刚说到店里去看看，敢情你连站柜台的资格都没有！别人在店里，你得一边走一边吆喝，串遍大街小巷！你，你怎这么不要强，不争气呢？要遇上你中学的先生，你说什么？

老　黄　老太太，您先别生气！

齐　母　我干吗不生气，你说！

老　黄　组织上叫我来干这个！

齐　母　叫你干，她在这儿拿着梆子干吗！

老　黄　嘿！凌云，你快回去，省得老太太把嗓子喊坏了！

齐凌云　妈，跟我去吧！

齐　母　我不去！

齐凌云　不去就不去！（执梆子走）

老　黄　把梆子留下！凌云！

齐凌云　给你！（误递给妈妈）

齐　母　你，你自己丢人还不过瘾，还叫我打梆子去吗？（把梆子摔在地上）

——幕

第五场

时　间　前场后数分钟。

地　点　妇女商店。

人　物　卫母、金智、余志芳、宋玉娥、卫大嫂、王二婶、男甲、男乙、唐经理、店员甲、男丙、店员乙、店员丙、余母、李大嫂、老尤、小吴、宋爷爷、齐凌云、郑书记、群众若干（越多越好）。

〔**幕启**：妇女商店开幕，顾客甚多。左角内（看不见）是卖鱼、肉、青菜的。右角内（也看不见）是卖干鲜果品的。正面是布匹、鞋帽、百货等组。卫母与金智由左角出来。卫母提着鱼、肉，金智提着青菜。

卫　母　我看这个商店行了！都这么和气，叫咱们心里舒服，谁不爱来呢？看，小四儿的妈这两手儿，肉切得好不好的，总算切出来了，没耽误了事！

金　智　她也没偏向着您，还是给您搭了一块肥的。

卫　母　公事公办嘛！

金　智　对呀，瞧那个戴眼镜的老太太，一个劲儿用手指着，我要这块儿，我要这块儿！

卫　母　王二婶真行！那个戴眼镜的一伸手，二婶就说：老太太，留神刀切了你的手！好嘛，一个人把好的都拿走，就不管别人啦？不像话！

余志芳　（跑出来）卫大妈，忘了告诉您：这种鱼呀，最好是红烧着吃！

卫　母　我知道！志芳，快忙你的去吧！

余志芳　好！就不送您啦，大妈！

卫　母　看，我正想考考她，这个鱼该怎么吃，她倒上赶着来告诉我！行！姑娘们的确下了心，真拿这当作一件大事！再过些日子，都得成了专家！

宋玉娥　（跑出来）金大姐，金大姐！

金　智　干什么啊？钱找错啦？

宋玉娥　不是！您要是遇见我老爷爷呀，告诉他：我今天太忙，青菜还收拾得不够理想！老爷爷卖过菜，要求严格！金大姐，你得帮助我们发明些个洗菜的，掐豆芽菜须子的机器，那可就省事多了！

金　智　对！咱们得既会猛干，又会巧干！我看过了，连打香油都应当用机器！你们也想想，我也想想！

宋玉娥　您快去见见我们的经理，谈一谈吧！

金　智　哪个是你们的经理？

宋玉娥　（指布柜）那不是？刚下放的，大伙儿跟她可好啦！

卫　母　哟，经理也亲自动手干活儿呀？

宋玉娥　所以我们就更起劲啦！她自己下来，叫我们上去！

卫　母　这是怎么个意思？

宋玉娥　她下来跟我们在一块儿学习业务，干活儿。我们呢，每个小组都由自己负责，参加管理，不是上去了吗？

金　智　这个上下一条鞭的办法好！玉娥你忙去，我去看看她！（同卫母走过去。宋玉娥下）

〔外面有卡车停住声，喊：“又来了鱼喽。”卫大嫂与余志芳跑来。

卫大嫂　看，自己不会去取货，人家什么时候送来，咱们就得什么时候接着。人这么多，挤来挤去，多么不合适！

余志芳　加紧练习蹬车吧，大嫂！有什么别的可说呢？

王二婶　（追来）那么大的篓，我来帮帮吧？

卫大嫂　二婶，您这么鼓励我们，我们真感激！我帮助志芳就行，您别动手啦，老太太！

男　甲　（一军人）老太太，您闪开，我来！（上前相助，同搬）借光咧，借光！

（同入）

王二婶　部队的同志就是好！得提个意见，那边开个门儿，省得这么挤来挤去。告诉卫大嫂去！（入）

男　乙　（一青年工人，到布柜去）同志，来——来二尺青布。

唐经理　干什么用啊？同志！

男　乙　补补衣裳。

唐经理　穿着哪吗？

男　乙　（扯衣）这不是？再不补就碎了！

唐经理　光补那一块儿呀？（见他点头）那用不了二尺，有一尺五足够。

男　乙　那好啊！就来一尺五吧！

唐经理　有人给补吗？同志！

男　乙　没有！还没成家！

唐经理　脱下来吧，我给你补上！

男　乙　那怎么可以呢？

唐经理　那怎么不可以呢？快脱下来！（他脱下）有凳子，你坐坐，一会儿就得！（他坐，她剪布）

店员甲　（过来）经理，我来补吧？

男　乙　你，你是经理？

唐经理　嗐！我并不怎么懂业务，正在学习。补衣裳，我倒满行！（对店员）你比我内行，你招呼客人吧。

店员甲　是了，经理！

唐经理　别经理、经理的叫吧，叫得我脸上直发烧！叫我老唐！

店员甲　是啦，经、唐！（去招呼客人）

男　乙　我说，经、唐，我干点什么呢？

唐经理　你，自己写发票。三毛二一尺，算好了写上。

男　乙　对！这倒有个意思儿！（写）

男　丙　（一老农民，拿着不少东西，到帽柜前）同志，有娃娃戴的小老虎帽儿没有？

店员乙　哟！那可没有，老大爷！得上儿童商店。

男　丙　离这儿有多远哪？

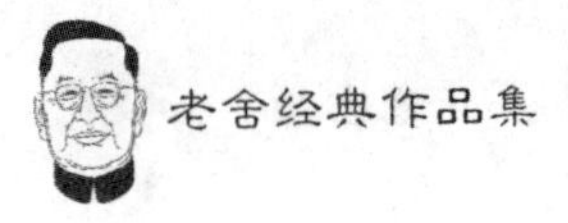

店员乙　您是从乡下来吧？

男　丙　对！城里的道儿不大熟！

店员乙　又拿着这么多东西！

男　丙　是呀，给俱乐部买的，我们自己要演戏。

店员乙　老虎帽是为演戏的，还是您添了个胖孙子呢？

男　丙　是添了个胖孙子，明天满月！

店员乙　老大爷，我给您道喜！您坐下，抽袋烟，喝口水，我蹬上车，给您取一趟去。要不然，您留下住址，我给您寄了去。

男　丙　还是，还是，……

店员乙　对了，还是带回去好。一回去就给小孙子戴上，全家都喜欢呀！您坐坐吧，我一会儿就回来。（叫店员丙）小方，照应这边一眼！

店员丙　你去吧！（拿过画报与水）老大爷，您喝口水，看看画报。她是运动员，骑车有名，一会儿就回来！

男　丙　唉！这不像到了自己家里吗？哼，解放前我进城，凭这身打扮，没人理呀！回去呀，我得叫儿子写封信来，表扬表扬你们！

店员丙　我们应当这样，老大爷！

〔余母与李大嫂由右角出来，手里都提着包儿。

余　母　好体面的商店！老闺女能在这儿服务，我脸上有光啊！

李大嫂　咱们妇女都得觉得脸上有光！您看着，余大妈，出不了俩月，我准出去作事！听说单牌楼要开个妇女粮店，我去扛“大个儿”，二百斤一个，我身子骨棒呀！

余　母　你行！敢怎么想就敢怎么干！我去跟你婆婆说说，叫她先张嘴说愿意你出来！我赶紧回去，把志芳的嫂子换来，叫她也看看。她一看小姑子这个干劲儿，准保受感动！

李大嫂　我也走，把婆婆跟老街坊们都叫来！（同下）

〔老尤同卫大嫂出来。

卫大嫂　尤师傅，您看行不行啊？

老　尤　我放心啦！骨头还剔得不到家，那会赔钱。手艺不是一天半天就能学好的！可是，这就真难为了你，大嫂！

卫大嫂　真得感谢您呀！要不是您，今天肉案子就开不了台，丢透了人！

老　尤　我得谢谢你们！没有你们，我走得开，去当教员吗！

卫大嫂　您坐坐吧！赶明儿晚上有工夫，我还去跟您学！

老　尤　来吧！来吧！

〔小吴同余志芳出来。

小　吴　往冰箱里收鱼，记住，河鱼放在上边，海鱼放在下边！咱们再见了，志芳！从此我不敢再小看妇女，你算把我说服了！

余志芳　我还差得多呢，吴师傅！

小　吴　别说客气话了吧。

余志芳　不是客气！我不是还没得红旗哪吗？

小　吴　你这个姑娘啊，是真行！你堵住了我的嘴！

余志芳　您才真行哪，到边疆去工作！

小　吴　咱们都别自满，什么事都越学越深，没有底儿！

余志芳　我感谢您，吴师傅！祝您一路平安！我有什么不明白的，会写信问您！

小　吴　好！无论我怎么忙，也必回信！

〔宋玉娥出来。

宋玉娥　吴师傅，咱们还没握握手呢！

小　吴　行啊，你们这些小姑娘居然把我们大老爷们替下来了！

宋玉娥　您应当说：这些大姑娘把小老爷们替下来了！（笑）

小　吴　看，看，一句不饶人！

〔宋爷爷同齐凌云上。

齐凌云　玉娥！看谁来了！

宋玉娥　爷爷，来看看我的菜，出出主意！

〔郑书记上。

宋爷爷　别忙！我得先见见经理，给她道喜！玉娥，经理有小孩儿吗？

宋玉娥　我还不知道。

郑书记　有两个。

宋爷爷　郑书记，您好哇！为妇女商店开张，您可辛苦啦！又关心孩子们，又去看家长们，我们连大带小都感谢您！

郑书记　我们也感谢您老人家！我们正想去请您作监督员呢！

〔唐经理过来。

宋爷爷 那好啊！我乐意干！我呀，还得帮助凌云，说服她妈妈！

郑书记 对！我也得去！老人家，这就是唐经理！

宋爷爷 经理，给您道喜！我呀，还是按着老规矩！来道喜就得带点礼物。（打开手帕，拿出两个自制的小公鸡）

宋玉娥 爷爷，就是这俩小公鸡儿呀？

宋爷爷 啊！送给经理的孩子的，千里送鹅毛，这是我亲手作的呀！（交给经理）

齐凌云 郑书记，我好好干，您跟宋爷爷再多跟妈妈说说，她必能回心转意！

余志芳 对！凌云，唱咱们的“妇女解放曲”吧！（与齐同唱）听吧……

合　唱 听吧，听吧，中国妇女在歌唱，
歌唱我们的自由，
歌唱我们的解放！
从前，连我们的脚也不许自由生长，
今天，海阔天空，任我们飞翔！
一定要把我们所有的聪明和力量，
献给伟大的祖国，伟大的党！
姐妹们和兄弟们一样，
各尽所能，当仁不让，
把壮丽伟大的中华，
建设成地上的天堂！

——幕·全剧终

（三幕话剧）

老舍

人物

诸所长——男,三十岁左右,党员,某派出所所长。

平海燕——女,二十四岁,团员,民警。

刘超云——男,二十多岁,民警。

李珍桂——女,四十七八岁,街道上积极分子。王仁利之妻,李天祥的继母,原名王桂珍。

李天祥——男,二十七岁,复员军人。

王仁利——男,五十来岁,运输工人。王秀竹与王新英的父亲。

王仁德——男,四十多岁,仁利之弟,莲花峰人民公社的炊事员。

王秀竹——女,二十五岁,工人。

王新英——男,二十岁,学生。

丁　宏——男,二十六岁,工人,秀竹的未婚夫。

沈维义——男,十九岁,新英的学友,团员。

林三嫂——女,三十岁,与李珍桂同院住。

井奶奶——女,八十岁,与李珍桂同院住。

于　壮——男,二十多岁,民警。

唐大哥——男,三十多岁,工人。

唐大嫂——女,三十岁,唐大哥之妻。

第一幕

第一场

时　间　一九五八年初春，早晨。

地　点　北京某胡同内。

人　物　平海燕、王仁利、李珍桂、林三嫂、井奶奶、刘超云、诸所长、李天祥。

〔**幕启：**某胡同的一株大树下，树叶刚出芽。平海燕立，王仁利倚树而坐。

平海燕　怎样啦？大叔！

王仁利　行了，不要紧啦！

平海燕　我陪您到医院去看看吧？

王仁利　不用！不用！刚才我心里一阵闹得慌，现在过去了！好姑娘，好同志，甭管我啦！我再定定神，就可以去上班！

平海燕　那我可不放心！您要是不愿意上医院，我把您送回家去，然后打电话给您请半天假吧？

王仁利　别，别请假！工作正紧张，我哪能动不动就请假呢？（立）

平海燕　那么，我去给您找点开水，喝完再走？

王仁利　也不用，好同志！唉！同志，你知道吗？在解放前，我专受警察的气！

平海燕　您从前……

王仁利　卖力气吃饭，什么都干过，也蹬过三轮儿。哼，一想起当年的警察，再看看今天的警察，真，真是一言难尽！我受过多少欺侮啊！

平海燕　您受的那些气呀，我也赶上了个尾巴！

王仁利　你比我幸福多了，姑娘！我呀，并不比那时候街面上的任何人特别坏，可也不特别好，没作过对社会有好处的事！一想起来，我心里就发愧！

平海燕 那时候您就恨旧社会！

王仁利 同志，那时候我没有那么高的觉悟！我只能偷偷摸摸地出个坏主意，报复一下！

平海燕 您举个例子吧！

王仁利 啊——在北京沦陷时期，人人得给日本兵行礼！有一天我故意没行礼。日本兵好揍了我一顿。后来，我拉上一个喝醉了的日本兵，我也好好地揍了他一顿！

平海燕 大叔，您有根！

王仁利 别叫我脸上发烧了吧，同志！我有什么根哪？我没作过什么对人有益的事！

平海燕 您现在可是挺好啊！

王仁利 现在我要是再不要强，还算个人吗？北京一解放啊，救了我的命！

平海燕 您现在是……

王仁利 去年还蹬三轮，现在是运输工人了。

平海燕 家里的日子过得还好吧？

王仁利 很好！很好！

平海燕 家里都有什么人哪？

王仁利 （回答不上来）有……啊，有……同志，谢谢你，我行啦，赶紧去上班！（欲走）

〔李珍桂上。

平海燕 大叔，我陪您走几步吧！（同王走）

王仁利 同志，同志！你回去吧，回去吧，我真行啦！

平海燕 我跟您走几步，看看您是不是真行啦！

王仁利 好，你看！（大步走，平随下）

李珍桂 （呆呆地看着王的背影）他？他？他上这儿干吗来啦！莫非……

平海燕 （回来）李大妈，我问您上哪儿去？您干吗直勾勾地发愣啊？

李珍桂 （不愿意回答）啊，啊，我上车站接我的儿子天祥去！他复员了，回来住几天，然后到工厂搞生产去。

平海燕 天祥就回来？那可真好！

李珍桂 是呀！我说，刚才那个人，你认识吗？

平海燕 不认识。他走着走着直晃悠，我把他搀到树下边坐了一会儿。我问他家里有什么人，他好像不愿意说。

李珍桂 不愿意说。

平海燕 哟！我忘了告诉他，我们管替人民寻亲觅友。难道他也许把家里的人丢啦？解放前那些年，天下大乱，有多少多少人家丢了亲人！

李珍桂 还不光丢了啊，我的好姑娘！卖儿卖女的事多得很呢！那个人不住在咱们这溜儿吧？

平海燕 我没问他在哪儿住，他不像是咱们这一区的。

李珍桂 也没问他姓什么吗？

平海燕 问啦，他姓王，从前是蹬三轮的，现在是运输工人。

李珍桂 噢……

平海燕 怎么啦？李大妈！

李珍桂 没，没什么！我既作街道工作，就得关心别人哪！

平海燕 在您当治保委员以前，您就爱帮助别人！

李珍桂 你真会鼓励我！好，我快走吧！

平海燕 我给您叫辆三轮吧？

李珍桂 不用！我会坐电车去，一会儿就到！呕，再告诉你一件事，小平！我们院子的林三嫂，前些日子，不是逛厂甸把孩子丢了，叫小刘同志给找回来了吗？

平海燕 是呀，林三嫂三十好几了，还像个孩子，喇喇忽忽的！

李珍桂 从那天起，她积极起来，进步的还真不坏哩！咱们都得给她打气，对不对？

平海燕 对！我马上看看她去！您快走吧，大妈！

李珍桂 我马上走！一会儿就回来，我想准有大汽车送我们！（下）

〔林三嫂挑着水桶出来。

平海燕 三嫂！挑水去呀？

林三嫂 是呀，我挑，省得又麻烦你们的小刘同志啊！

平海燕 哼，恐怕小刘不见得高兴！

林三嫂 他不高兴，我们可全高兴了呢！李大妈，我，还有全院的人都说了：咱们院子里这么多人，可是天天小刘同志来给井老奶奶挑水，说不下去！今天由我开个头儿，我抓早去挑，挑满了缸！

平海燕 三嫂你真行！

林三嫂 好嘛，就专凭小刘同志给我找着了孩子，我也得卖卖力气！你看我多么马虎呀，净管自己看这个看那个，会把小虎儿给丢了！

平海燕 好在不会真丢了！

林三嫂 那不是因为你们真负责任吗？好家伙，别说真丢了，丢一会儿还差点把我急死呢！

平海燕 三嫂，把孩子送到托儿所去，您也出去找点工作，跃进一下，不好吗？

林三嫂 是呀，我也想过啦，在家里跃进不起来呀！

平海燕 对！得出去加入个什么组织！

林三嫂 可是呀，就怕老林不愿意！

平海燕 请李大妈劝劝他呀！大伙儿不是都愿意听李大妈的话吗？

林三嫂 对！

〔井奶奶出来。

平海燕 老奶奶，您好哇？好几天没看见您啦！

井奶奶 （开玩笑地）你这个姑娘不想着老奶奶嘛！看人家刘同志，林三嫂，真跟我的亲儿女一样！

平海燕 论岁数，我得是您的孙女，老奶奶！

井奶奶 哎！你们真叫我这老婆子心里痛快啊！八十岁了，没想到你们对我都这么好，叫我还想再活八十！三嫂啊，挑半桶吧，我一个人喝不了那么多水！

林三嫂 半桶哪行呢？小刘同志待会儿一看，缸没满，他准得又去挑！

井奶奶　真是的，谁见过当巡捕的给老街坊挑水呢？

林三嫂　老太太，现在不叫当巡捕的，叫人民警察！

井奶奶　我知道啊！可是，五十年前的话呀说着顺嘴儿！

平海燕　老奶奶，您也不光说五十年前的话，对眼前的事也挺关心的！

井奶奶　真会说话呀！你的话就好比玫瑰花儿张开了嘴儿，一股子香味儿钻到我心里去！嗯，嗯，我得告诉你：李大妈呀，刚才上车站接儿子去了。

平海燕　是呀，我刚刚碰见了她，她高高兴兴的！

井奶奶　高高兴兴的？在她出门之前，我去让她喝我一碗刚沏好了的茶。她呀，在屋里掉眼泪呢！

林三嫂　掉眼泪？那不像李大妈呀！她是咱们这儿的积极分子，不管风里雨里，什么事都走到前面，没皱过眉，干吗掉眼泪呢？难道她不爱她的儿子天祥吗？

井奶奶　三嫂，你可千万别乱说！她搬到这儿来的时候，老伴儿已经死啦，她只带着天祥，母子俩呀寸步不离，别提多么亲热啦！

平海燕　您没问过李大妈，她的老伴是谁，从哪儿搬来的？

井奶奶　问过，她只说是由城外头搬来的，别的呀，什么也不说！

平海燕　城外头还有什么亲戚吗？

井奶奶　天祥告诉我，他还有个叔叔！

林三嫂　说也奇怪，这几年了，咱们谁也没见过这个叔叔！

井奶奶　三嫂，我可不准你刨根问底地去问李大妈！你的嘴笨，说话没有分寸！

平海燕　对，三嫂，老奶奶想的对！咱们都愿意帮助人，可别叫人家觉得不好受！

林三嫂　哎！我就是个爆竹筒子！好，我多干事儿，少说话！可是老奶奶也爱发脾气，不像李大妈那么有耐心，会说服人！

井奶奶　反正我比你强点！

平海燕　老奶奶，您想，李大妈干吗掉眼泪呢？

井奶奶　我猜呀，莫非她还另有儿女，所以一听说天祥回来，勾起来伤心?

平海燕　嗯!您想的有点意思!老奶奶,您得下点工夫,随机应变地问问李大妈和天祥。咱们不能袖手旁观,看着别人掉眼泪呀!

林三嫂　哼,我就不掉眼泪。遇见难事,我哇哇地哭!(看见刘超云来了)哟!小刘同志来了,我快跑!(跑下)

刘超云　(赶过来)老奶奶,这是怎么回事?您叫林三嫂给挑水啦?

井奶奶　哪是我的主意呀,她自己要去!得啦,谁挑不一样啊,反正我老婆子沾了大伙儿的光!

〔诸所长走来。

诸所长　井奶奶!您好啊?

井奶奶　好啊!诸所长!来,说会儿话吧!

诸所长　不啦,我有事去!小平,你回去查一查拣来的失物,有到期上交的赶紧交上去,我一会儿就回来!老奶奶,再见!(下)

平海燕　我就去,所长!老奶奶,过两天,天长点儿,我来给您拆洗被子!

井奶奶　那就更不敢当啦!再说,李大妈已经定下了,你说晚啦,好姑娘!

刘超云　小平,你去吧,我招呼着老奶奶!

平海燕　老奶奶,再见!有什么事只管叫我们作,我们都是您的儿女!(下)

井奶奶　哎!哎!(望着平海燕的后影)多么体面的姑娘啊!从前哪,我见着穿制服的就躲到远远的去;现在,我越看你们就越爱你们,你们简直都像鲜花似的那么叫人爱看!

刘超云　老奶奶,别夸奖我们了吧!我们的工作并没都作好!我们哪,大多数都年纪轻,嘴上无毛,办事不牢!

井奶奶　你呀,小伙子,谦虚的有点过火!给我挑水的是你,给林三嫂找到孩子的也是你!那天,为救火,你还受了点伤!

刘超云　那……那都算不了什么!

井奶奶　算不了什么?你不明白呀,我们这上了年纪的人,从前遇见的净是惨事儿!现在呀,你们叫我这黄土埋了半截的老婆子心里老热

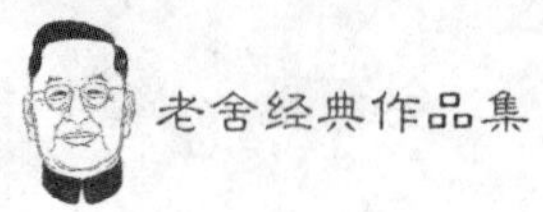

忽忽的！

〔林三嫂挑水回来。

林三嫂　哟！刘同志，还在这儿哪？

刘超云　专等跟你换肩儿呢，三嫂！我来！（抢水桶）

林三嫂　别抢！不把水倒在缸里，不能算我完成任务呀！

井奶奶　三嫂啊，叫他挑进去吧！要不然，你再丢了孩子，他可不管找啦！

林三嫂　老奶奶，您也学会拿我开心啦？（把水桶让给刘）

井奶奶　活到老学到老嘛！（笑）

〔胡同口外有大汽车停住声，众人告别声。

林三嫂　大概是天祥回来了！真快！（迎过去）

〔李天祥扛着行李，同妈妈上。

林三嫂　大兄弟，天祥！回来啦？

李天祥　回来喽！你好哇？三嫂！老奶奶，您更硬朗啦！（放下行李）

井奶奶　唉！我大概永远死不了啦！近来连伤风咳嗽都跟我请了假喽！好孩子，你，你简直像个小老虎嘛！

李珍桂　老奶奶，他不光是身体好啊，还学了文化，已经是初中毕业的程度啦！

井奶奶　文武双全，横是快作元帅了！

李天祥　我复员了，老奶奶，作不了元帅！

李珍桂　天祥过两天就下工厂，我看他作个劳动模范，倒有把握！

刘超云　（出来，仍挑着桶）天祥！天祥同志！（伸出手去）

李天祥　（握手）超云！服务的劲儿还是这么大！（就手儿接过水桶去）

刘超云　怎么回事？

李天祥　怎么回事？有复员军人的地方，叫你去挑水，听说过吗？

井奶奶　别挑喽！谁也别去！我的肚子装不下四桶水！

刘超云　这回不是给您挑，是给林三嫂！

林三嫂　给我挑？

刘超云　啊！你只顾了老奶奶，不看看自己的缸！

林三嫂 我的缸空啦？

刘超云 大概从昨天就空了！

林三嫂 嘿！要是开个竞赛大会，比比谁马虎呀，我准得头奖！

〔众人大笑。

——幕

第二场

时　间 前场后一日，星期日清早。

地　点 某公园内幽静的一角。

人　物 丁宏、王秀竹、王新英、沈维义。

〔**幕启**：某公园极为幽静的一角，王秀竹愁苦地坐在一块大石上，丁宏无可如何地来回走，手里拿着张报纸。

丁　宏 秀竹，上月评比，你的工作成绩很出色，照这样下去，不久就能做个先进工作者，你应该更积极，高兴嘛！

王秀竹 是，我是要积极。只有忘我的劳动，我才能报答党跟毛主席的大恩大德。

丁　宏 这就对了。秀竹，事情要一样一样地解决，不能一下子把所有的事都摆出来，弄得什么也解决不了！

王秀竹 唉！

丁　宏 秀竹，别发愁！别的事能不能很快地解决，你我都不知道。可是，你准知道再加把劲儿，就能做个先进工作者，你也准知道我真心爱你！

王秀竹 丁宏，我真感激你，能够爱我这么一个人！

丁　宏 难道只是感激？

王秀竹 我，我也爱你！

丁　宏 这不结啦，还不赶快结婚，等什么呢？

王秀竹 正是因为我爱你，所以我才叫你再想一想。你工作积极，为人正直，有眼睛的好姑娘都会喜欢你，你何必非抓住我不放手呢？我，我，十三岁就……

丁　宏　为什么老记着那段历史呢？是那个可恨的旧社会把你推进火坑里去的，不是你自己的过错！

王秀竹　可是，可是，进过火坑的女人一辈子也忘不了那回事！一想起来，我就浑身乱颤，手脚出凉汗！

丁　宏　（坐在她旁边，温柔地）秀竹，亲爱的，勇敢点，勇敢点！不再想那个，想现在，想将来！你看，今天你已经是个好工人，病治好了，有了文化，谁问你过去的事呢？你再加加油，明天就可能作个劳动模范！你应当比谁都更高兴，干吗发愁落泪呢？

王秀竹　（有了点笑容）丁宏，你多么好哇！假如我没经过那回事，清清白白地遇见你，我们的爱情该多么干净美丽啊！

丁　宏　看，你还是没解开扣儿！咱们现在的爱情就干净，就美丽！我建议咱们下星期天就结婚，不能再等！

王秀竹　再稍等等吧！要是咱们能够找到我的妈，叫你的父母和我娘看着咱们结婚，有多么好啊！

丁　宏　咱们不是没有找啊，找不到可有什么办法呢？寻人广告登了不止一次，可是……谁知道她老人家……

王秀竹　别乱猜吧！要说死呀，我应当是头一个！病死，打死，折磨死，都很现成，我既没死，叫党给救活，我就相信妈也必定还活着呢！

丁　宏　咱们先结婚，也不妨碍寻找妈妈呀！

王秀竹　她老人家一定也正找我！谁知道她掉了多少眼泪，伤过多少次心呢！对啦，还是先找到妈妈！要是咱们光顾自己的幸福，可还叫老人家天天掉眼泪，咱们不是太自私了吗？想想看，一家子先团圆了，咱们再结婚，不是喜上加喜吗？

丁　宏　好，我听你的话！可是，上哪儿找去呢？怎么找呢？

王秀竹　先找我的弟弟！他年轻，不会像老人那么容易……

丁　宏　那就赶快再登寻人广告吧！

王秀竹　对！可是，谁知道弟弟改了名字没有呢？他也不知道我现在叫王

秀竹呀！

丁　宏　就用你的小名好啦。小名叫什么？

王秀竹　叫招弟儿。我的确招来了弟弟，可是又把他丢了！

丁　宏　唉，那年月，够多么惨哪！

王秀竹　（出神地回忆）当初啊，我也就十来岁吧，老拿弟弟当个活洋娃娃，给他梳小辫儿，（丁宏一边听一边翻阅报纸）给他眉毛中间点红点儿，他老实极了，我怎么摆弄他，他也不着急！我一给他梳小辫儿，我们就一齐唱：小小子，坐门墩儿，哭着喊着要媳妇儿，要媳妇干吗呀？点灯说话儿，吹灯作伴儿，明儿早晨起来梳小辫儿！（泣）

丁　宏　秀竹！看，看这里！怎么？又哭啦？别哭！别哭！看这段新闻！（指报）这儿说：母子失散了二十年，会叫人民警察给找到了！他们既然能替别人找到妈妈，也就能找到咱们的妈妈！告诉我，老人家们在解放前是住在北京吗？

王秀竹　也是，也不是！

丁　宏　怎么也是也不是呢？

王秀竹　爸爸妈妈原住在北京，可是日本兵在这儿的时候，混不下去了，爸爸上了张家口。从那以后，我就再也没看见爸爸！据说，他死在那里！

丁　宏　不管怎么说，人民警察准有办法！走，咱们马上到派出所去！

王秀竹　我，我不敢去！

丁　宏　这是什么话？你知道今天的人民警察都是多么可爱！

王秀竹　不是！你没明白我的意思！一提起那段历史，我就光会哭，说不上话来！

丁　宏　有我帮助你，你不会光哭，不说话！走吧！

王秀竹　我想，还是写信好！一边哭一边写，只耽误自己的时间，不耽误别人的工夫！

丁　宏　也好！马上回去写！你说，我写！

王秀竹　走吧！你多么好啊！

丁　宏　你怎么光说我好呢？说得我怪不好受的！

王秀竹　你是好！你是好！在解放前，我没遇见过你这样的男人！

丁　宏　要是不解放，我也找不到你这样的姑娘！走吧？亲爱的！（把报纸扔下）

王秀竹　也好吧！（携手缓缓同下）

〔王新英与沈维义同上。

王新英　维义，你去陪妈妈、姐姐吧，不用跟着我！

沈维义　姐姐会招呼着妈妈，我跟你走走吧！看你这愁眉苦脸的样儿！

王新英　维义，你去吧！去吧！别管我！你越照顾我，我心里越不得劲儿！你多么幸福，妈妈那么硬朗，姐姐又那么关心你！看我……

沈维义　新英，你的脾气是有点古怪！

王新英　本来嘛，我这个倒霉蛋儿，几岁的时候就入了孤儿院！你一点也不知道那时候的孤儿院是什么样子，我逃跑过两三次！解放后，我入了教养院，我又逃跑过一次，可是又自动地回去了！

沈维义　我真不放心你！你现在不会由学校里跑出去吧？

王新英　那也难说！一想起妈妈、姐姐来呀，我就要到处去找，找遍了全中国！（拾起那张报纸，随便地看）星期天，每个园子都唱好戏！

沈维义　新英！我去跟妈妈要点钱，请你听《闹天宫》，好不好？

王新英　我没有心情看戏！

沈维义　新英！你不该这样，这会把你的身体搞坏！

王新英　维义，维义，看！（指报）

沈维义　（看）这可是好消息！上派出所去，走！你还记得父母的名字？

王新英　记得！父亲叫王仁利，早死在外边啦！母亲叫王桂珍。

沈维义　姐姐呢？

王新英　就记得小名，招弟儿！大概姐姐也只记得我的小名儿，我的小名叫小马儿。

沈维义　那就行了！这儿（指报）不是说，只要有姓名就行吗？

王新英　恐怕不那么简单！

沈维义　新英！你应当信任咱们的人民警察，他们有智慧，有热情！

王新英　可是呀，维义，万一找不到，我的心里可就更沉重了！

沈维义 你光有顾虑，没有行动，也不对呀！

王新英 行动！行动！失散了十五年，我跟他们面对了面也不认识呀！

〔丁宏与王秀竹又回来。

丁　宏 对不起，这份报是我的，还没看完！你们不看了吧？

王新英 给你吧，同志！谢谢你！（递）

丁　宏 （接报）秀竹，咱们快走吧？

王秀竹 快走！假若几天之内把他们找到，我不得乐坏了吗！（同下）

王新英 看样子，他们也是找人的！嘿，说句老话儿，人民警察真积了大德啦！

沈维义 嗯，那位女同志还就许是你的姐姐呢！

王新英 哪有那么巧的事？你没听见她叫秀竹吗？

沈维义 你刚才说的，只记得她的小名儿，你怎么知道现在她不叫秀竹？

王新英 你太乐观了，维义！

沈维义 不像你，顾虑这个，顾虑那个，顾虑专家！

王新英 那，都因为自幼儿丢了母亲！你有什么委屈，一直地就去找妈妈说说委屈，心里就轻松了。我有了委屈跟谁说去？藏在心里！你能堂堂正正地当着妈妈落泪，我有眼泪只能掉在枕头上！

沈维义 你的心理分析不坏，该作个小说家！走吧，上派出所去，别再耽误着！

王新英 万一，万一到了那儿，民警说：只有这么三个名字，叫我们上哪儿找去？我，我受不住！

沈维义 你怎么知道他们会那么说呢？顾虑专家！你不去，我替你去，我已经记住了那三个名字！

王新英 好！我去！你呢？

沈维义 当然陪你去！

王新英 不去告诉你妈妈一声？

沈维义 不用了！妈妈知道，我要是丢了，她会去托人民警察把我找回来！（同下）

——**幕**

第三场

时　间　第二天，中午。

地　点　李珍桂家中。

人　物　李天祥、井奶奶、林三嫂、李珍桂。

〔**幕启**：李天祥独坐看书，时时看看手表。他穿着短夹袄，上面有一块补钉，补得不大好看。井奶奶进来。

井奶奶　天祥！

李天祥　（急立）哟，老奶奶！没听见您进来！

井奶奶　你念书念入了神嘛！

李天祥　快坐下，老奶奶！

井奶奶　我站站，直直腰好！天祥，你这哪是休息呢？不说出去逛逛公园，看看电影，一天到晚拿着本书，老念！老念！

李天祥　老奶奶，过两天我去搞工业，不得预备预备吗？况且，我这儿也没光念书！

井奶奶　还干什么哪？

李天祥　外面火上蒸着包子，我看着呢！（看表）还有五分钟就得了！老奶奶，您尝尝我作的豆沙包子吧，准叫您满意！

井奶奶　你在哪儿学的蒸包子呀？

李天祥　部队里呗！

井奶奶　真是一人学会了八宗艺呀！那块补钉也是自己补的呀？补的可差点劲！我要戴上老花镜，还能补得更好看点！

李天祥　是吗？老奶奶！可是您不会演戏！

井奶奶　什么？

李天祥　我说您不会演戏！

井奶奶　这都是哪儿跟哪儿呀？

李天祥　老奶奶，这是名演员倪明霞到部队慰问我们，给我补的！

井奶奶　倪明霞？就是那个长得像仙女、嗓子比笙管笛箫还好听的姑娘？

李天祥　就是她！

井奶奶　真了不得！那么大的角儿还肯补衣裳，真了不得！补的再难看一点，我也没的说了！

李天祥　是嘛！您这么一想，这就跟绣花儿一样好看了！

井奶奶　唉！年头儿变得呀，净出叫人想不到的事！我说老大，别光学这个那个，也得张罗个媳妇，省得衣破无人补啊！

李天祥　当然喽！您等着吃我的喜酒吧！

井奶奶　你看，我还当是你不要媳妇呢！

李天祥　老奶奶，我又不是杜勒斯！

井奶奶　什么毒、辣、私？提又毒、又辣、又自私的人干吗呀？

李天祥　老奶奶，杜勒斯是美国的，他说呀，咱们这儿不要家庭啦！

井奶奶　呕！他怎么知道咱们的事情？地道瞎扯！我就盼着你娶个又能干又漂亮的小媳妇，你妈妈呀，光是街道上的事儿就忙不过来啦！有个儿媳妇，也好帮帮她呀！

李天祥　妈妈可真进步了，真拿别人的事当作自己的事作！

井奶奶　可是呀，她有时候坐着发愣，眼泪在眼圈里转！

李天祥　真的吗？真的吗？

井奶奶　我又不是那个什么斯，能够造谣言吗？

李天祥　她为什么落泪呢！想我？我常写家信哪！

井奶奶　告诉我，天祥，她是你的亲娘不是？

李天祥　是亲娘不是？（稍迟疑了一下）是！是！她是最好的妈妈！

井奶奶　嗯！我再问你一句，她还有过别的儿女没有？

李天祥　我不知道！

井奶奶　你怎么连有兄弟姐妹没有都不知道？

李天祥　知道，没有！没有！

井奶奶　她结婚以前的事，你没问过吗？

李天祥　问过！妈妈什么也没告诉过我！

井奶奶　在你们搬进城里以前，你不是有个叔叔，还是舅舅，他也没对你说过什么吗？

李天祥 也没有！老奶奶，您为什么问这些个呢？

井奶奶 我愿意叫咱们都高高兴兴，没有一个人暗地里掉眼泪！掉眼泪的年月过去啦，不是吗？

李天祥 老奶奶，您说的好！据您看，妈妈为什么偷偷地掉眼泪呢？

井奶奶 我这可是乱猜呀，老大！比方说，你妈妈是改嫁过来的，没有把孩子带过来……

李天祥 老奶奶，那……那不会！老奶奶，妈妈一会儿就回来，我不便问她，您跟她说说好不好？假若您真猜对了，我一定想法子找到她的儿女！

井奶奶 你愿意？

李天祥 我添两个兄弟姐妹不好吗？全国的人民都是亲人，何况一母所生的呢？

井奶奶 好！我跟你妈妈说，两个老太太容易说到一块儿。你也别闲着，去找那个叔叔或是舅舅，问问他，你现在是小伙子了，他不至于还不肯对你说实话！

李天祥 可是，好几年没通信了，叫我上哪儿去找呢？

井奶奶 去问派出所呀！

李天祥 喝，老奶奶，您可真有办法！

井奶奶 我哪有办法呀！我就知道派出所的同志什么都管，还管给我挑水呢！

李天祥 对！就那么办！（闻）嗯？怎么有点糊味儿？

林三嫂 （在门口）天祥！锅蒸干了吧？

李天祥 哎哟！忘了！（往外跑）

林三嫂 （入）老奶奶，大伙儿老说我马虎，其实呀，谁也不能永远不粗心！

井奶奶 老给自己宽心丸儿吃，三嫂！我当初作小媳妇的时候啊，连说错一句话，婆婆都能闹一天！我的心哪老在嗓子眼儿这溜儿！

林三嫂 喝！那够多么难受啊！现在可好喽，没有那样的婆婆啦！哼，古时候做媳妇的得受多少罪呀！

井奶奶 什么古时候呀，那是不远的事儿！你们这年轻的就是不知道从前的苦处！

李天祥 （上）得啦，幸而没把锅烧炸了！老奶奶，您在这儿吃包子，我出去办那回事！（拿起外衣）

林三嫂 怎么？天祥！就准老奶奶吃呀？

李天祥 也有你的，三嫂！告诉我妈，不用等我吃饭！（下）

井奶奶 三嫂，咱们不能把他们的都吃光了啊！

林三嫂 嗐！老奶奶，我就那么没心眼儿？您放心，我尝七个八个的就行了！

井奶奶 你呀，三嫂，简直是个大孩子！

林三嫂 我逗着您玩哪！我呀，打定了主意，到街道食堂给大伙儿作饭去！您看我有点出息没有？

井奶奶 好！好！你去吧！可有一样儿，你跟三爷商量了没有？

林三嫂 跟他商量干吗？我作的是正经事！

井奶奶 那不大好吧？

李珍桂 （上）老奶奶！三嫂！

井奶奶 李大妈，你又上哪儿去了？看，跑得这么气喘吁吁的！

李珍桂 反正一天不闲着呗，作了就是作了，还说什么呢？

井奶奶 不是叫你表功，是我要听听！

李珍桂 好吧，我不敢不听老奶奶的话！我呀，一早出去，在大树底下捡着一串儿钥匙。

林三嫂 一串儿钥匙？准是锯碗的丢了的。锯碗的管配钥匙呀！

李珍桂 锯碗的不那么早出来，三嫂！我没顾得干别的，就找了小平去。我们俩都想啊，带着一串钥匙上班的也许不是银行的就是邮局的。多半是邮局的，邮局开门早啊！我们俩就往各处邮局一打电话，果然找到了失主儿，是个女同志，急得都说不上话来啦！

林三嫂 她就马上来，取了走啦？

李珍桂 小平忙，我又怕邮局的女同志脱不开身，我就飞跑给送去了。别的都是小事，我怕把丢东西的人急坏了！

林三嫂 李大妈，您的心眼可真是好哇！

李珍桂　什么好不好的，能替别人伸把手的就伸把手！

林三嫂　李大妈，我跟您学，我打定了主意，去到食堂帮忙！不会作菜，我可会挑水买东西什么的呀！

李珍桂　食堂里正缺你这么一把手！来吧！来吧！可是，你跟三爷商量了吗？

井奶奶　你看如何？李大妈也这么说不是？

林三嫂　我要一跟他商量啊，他准不许我去！他都好，就是有点自私！

李珍桂　三嫂，你必得跟他商量好了。你要是不愿意自己说，我跟他说去！

林三嫂　对！您说比我说更有劲儿！（下）

井奶奶　李大妈你行，真会拉拢人！

李珍桂　团结人，老奶奶！大伙儿的事大伙儿办，先得讲团结。

井奶奶　就是你帮我，我帮你呀！

李珍桂　对了！咱们胡同的食堂就快开啦，我得去找点家伙，送到食堂去。（找东西，放在一处）

井奶奶　我帮帮你吧？

李珍桂　老奶奶坐着歇歇吧！您岁数大了，我们都该侍候您！

井奶奶　我要帮助你几句话！

李珍桂　那好哇！您岁数大，经验多，您说吧！

井奶奶　李大妈，我看哪，你有心事！

李珍桂　心事？我不愁吃，不愁穿，里里外外都顺当，有什么心事呢？

井奶奶　咱们哪可都是过来人！咱们没法儿忘了从前的事！

李珍桂　一忙啊，可也就把那些不痛快的事儿忘啦！

井奶奶　可是你常想，还掉泪呢！

李珍桂　还掉泪？我不是爱掉眼泪的人，井奶奶！

井奶奶　我看见好几次了！

李珍桂　您看错了吧？老太太！

井奶奶　李珍桂，你这个实在人怎么学着说谎呢？

李珍桂　我不会说谎！我是想啊，话说出来有好处，就说；没好处，说它干什么呢！老奶奶，我去给您拿两个包子来，您尝尝，天祥作的馅

子！

井奶奶　我不吃！你不对我说实话，我不吃你的包子！（要走）

李珍桂　您慢着点，我搀着您吧！

井奶奶　甭管我！李珍桂！

〔林氏夫妇吵起来。

李珍桂　哟！林家的两口子又吵上啦！（急往外走）

井奶奶　你歇歇，我管管他们去！

李珍桂　您甭分心，交给我吧！

林三嫂　（闯了进来）李大妈，您说这个人可恶不可恶？我听您的话，刚一跟他商量，他就横着来了！他说，我要到食堂去，谁管孩子呢？

李珍桂　咱们有托儿所呀！

林三嫂　我也是那么说。可是，他说，谁出托儿的那份钱呢？

李珍桂　三嫂，三爷说的也对！这么办，你不必整天工作，几时有空，来给挑挑水什么的就行！

井奶奶　你出去，我给你照应着孩子！

李珍桂　要不然呢，你就参加缝纫小组，那有些收入！

林三嫂　可是，我的活计拿不出手去呀！我就是个笨人，我恨我自己这么没本事！

李珍桂　不能那么说，三嫂！我去跟三爷商量商量，你先把这些盆盆罐罐送到食堂去，然后看三爷喜欢你去作什么，再看你愿意不愿意。商量着办，什么事就都好办！协商好了，你有不会的，我教给你！好，我找三爷去！对，还得给孩子带俩包子，我就是疼你们的小虎儿！（下）

井奶奶　唉！这个人光知道帮助别人，可就是不说自己的委屈！（三嫂拿筐子装家伙）三嫂，你慢着点，别给碰碎了！

林三嫂　看您说的，我就那么不中用！（说着，把小瓦壶的嘴儿碰掉）得！我是没用，壶嘴儿掉啦！

——幕

第二幕

第一场

时　间　前场同日。

地　点　西郊莲花峰人民公社。

人　物　于壮、李天祥、王仁德。

〔**幕启：**民警于壮正领着天祥往莲花峰人民公社走。看见了公社办事处。外面码着些红色的砖。

于　壮　李同志，你进去吧，找炊事员王仁德就行啦！

李天祥　对！谢谢你，同志！

于　壮　不谢！回头到我那儿喝喝茶！再见！（下）

李天祥　再见！

王仁德　（提着菜筐子由对面来，筐内有些瓶子什么的，哼唧着）"社会主义好"……

李天祥　二叔！二叔！

王仁德　谁？谁呀？

李天祥　不认识啦？二叔！我是天祥！

王仁德　天祥？天祥？几年不见，不敢认了！你这是怎么搞的？要跟白塔赛身量吗？（热烈地握手）

李天祥　您老人家也够一瞧啊！雪白的白衣白帽，还发了福，的确像个大师傅了！谁想得到啊，乡下会有食堂，还有这么体面的炊事员！

王仁德　那，看看我们的厨房、饭厅去吧！并不是应有尽有，设备齐全，我是叫你看看那个干净劲儿！（掏出口罩，要戴）

李天祥　二叔，二叔，先别戴啦，说话不方便！

王仁德　(放回口罩)本来就是为叫你看看!不管我们吃什么,我们要作到绝对干净,筷子用完都用开水煮煮!这就是卫生教育嘛!走吧,看看去!我一辈子没作出过什么了不起的事,为这个食堂跟厨房啊,我要是还不觉得骄傲,就有点不忠诚老实了!

李天祥　二叔!我待会儿好好地参观一下,我先要问您几句话。来,爷儿俩坐在这儿(指砖)谈谈好不好?

王仁德　你一定进去参观,我才陪你在这儿坐一会呢!

李天祥　就那么办!一定!(扯王坐下)

王仁德　还得先告诉你,我们连男带女一共才七个炊事员,可供给六百人的饭!所以,我们非发明机器不可,切肉的、切菜的、轧面条的……

李天祥　对!对!我待会儿必定仔仔细细地看看那些机器,我还许提点意见,怎么改善它们呢!

王仁德　那可好!机器不是我们自己发明、制造的吗?有缺点!你就说那个切菜的吧……

李天祥　二叔!二叔!您的热情可真高啊!

王仁德　当然娄!你就说昨个夜里,我梦见了一群鸭子全来访问我,呀、呀、呀地说:王师傅,你是要发明填肥鸭子的机器吗?

李天祥　二叔!二叔!您也听我说两句行不行?

王仁德　行!行!我是办食堂入了迷!

李天祥　那好哇!二叔!

王仁德　好啊?那就还说那个切菜的机器吧!

李天祥　二叔!您稍等等说那个!我问您,王二叔,我妈的娘家姓王吗?

王仁德　啊……你问这个干吗?

李天祥　我是想,假若妈妈的娘家姓王,我该管您叫舅舅,不是吗?

王仁德　啊……叔叔、舅舅,都差不多!差不多!都是亲人!

李天祥　是呀,都是亲人,叫什么没多大关系!

王仁德　对!你要是不愿意叫我二叔,就叫二舅也行,反正我要作好公社的炊事员,这比二叔或二舅都更要紧!

李天祥　要光是为应该怎么称呼您,我也就不细问了。这里有问题,我想弄清楚了!您到底是我妈妈的娘家弟弟,还是她的小叔子?

王仁德　呕……天祥，你妈妈还好吗？

李天祥　好！身体既好，又是街道上的积极分子。我复员了，她见着我特别喜欢！

王仁德　你已经是复员军人？好哇！好哇！再握握手！天祥，你就上我们这儿来，帮助我搞食堂吧！

李天祥　我不久就去搞工业。

王仁德　工厂里也得有食堂啊！

李天祥　二叔，您没回答我的问题！为什么不回答呢？

王仁德　唉！咱们现在都过得怪好的，说那些陈谷子烂芝麻干什么呢？

李天祥　可是，我问的不是陈谷子烂芝麻，是跟妈妈大有关系的事！

王仁德　她怎么啦？

李天祥　她不快活，不快活！

王仁德　你刚才说的，她很健康，又很积极，怎么不快活呢？

李天祥　妈妈背着人常自己掉眼泪！

王仁德　掉眼泪？掉眼泪？

李天祥　对！掉眼泪！我要解决这个问题，您得帮助我！

王仁德　我，我，我很对不起她，这几年也没看她去！

李天祥　妈妈大概不完全因为您不去看她，才掉眼泪！

王仁德　那，那，你记得她是你的后娘？

李天祥　当然记得！可是我爱我的继母！这么多年我没对任何人说过她是我的后妈，妈妈好！比亲的还好！

王仁德　你还知道什么？

李天祥　不知道，所以我来问您！

王仁德　我，我……

李天祥　二叔！我是复员军人，我心里没有那一套老封建思想！不管妈妈有什么样的历史，我也爱她！我也得设法叫她不再偷着掉眼泪！叫妇女暗地里落泪是最残酷的事！

王仁德　我，嗐！

李天祥　二叔，您是这么好的人，您为什么不爱我，不肯对我说实话呢？

王仁德　你等我想一想，想一想！

李天祥　二叔，有什么可想的呢？当初发生了什么事，您照实地告诉我，不就完了？我告诉您，就是当初您把我妈妈卖给我爸爸，我也不恼您！过去作的错事，说出来不省得老背着个包袱吗！

王仁德　没有，没有！我没卖过你妈妈！

李天祥　那么，您有什么对不起我妈妈的小事，就更不成问题了！您知道，我来不为找您的错处，是想法子叫妈妈快活！您不愿意叫她快活吗？

于　壮　（上）王二叔！李同志！找对了？

李天祥　找对了！

王仁德　谢谢您，于同志！这回可找对了！前两回你都没找对！

于　壮　那不是因为叫王仁德的很多吗？

王仁德　是呀，你一找我，我心里就一动，怎么叫王仁德的专会丢了亲人呢！

李天祥　于同志，我问二叔点事，二叔可是不高兴告诉我！你帮帮忙吧！

于　壮　同志，可别错想了二叔！他是我们公社里热爱劳动、肯帮助人的大师傅，而且对谁都老笑脸相迎，有说有笑！

王仁德　是呀，我总算有了进步，没把食堂办砸了锅！天祥，还是先看看食堂吧！来！

李天祥　二叔，您这是叫我着急嘛！

于　壮　什么事呀？王二叔，您看他还是真着急，就跟他说说吧！

王仁德　我……呕，我得赶快作饭去！天祥，你进来！

李天祥　您去吧，二叔！我马上来！

王仁德　好！赶紧来吧！（下）

李天祥　于同志！

于　壮　有话说吧！

李天祥　我跟你说一说吧，我求你帮我点忙！

于　壮　在这儿说，还是到我那儿去？

李天祥　到——到你那儿去吧！

于　壮　好！走！

——幕

第二场

时　间　前场后二日，晚间。

地　点　沈维义家里。

人　物　沈维义、王新英、平海燕。

〔**幕启：**沈维义独自在屋里看书，有点焦急不安，时时往外望一望。

沈维义　新英这个家伙，说来还不来，是有点古怪！可也别怪他……正因为他古怪，才得多帮助他！（院中有人声）是你吗？新英！快进来！（迎上前去）

王新英　（颓丧地进来）我说不到派出所去，你偏叫我去！

沈维义　难道有什么坏处？他们已经说没法儿办啦？

王新英　刚才接到他们的电话，叫我耐心一点，别太着急！

沈维义　本来是该耐心一点，这是民警关切你！

王新英　我看希望不大了！前天你陪我到派出所去的时候，我全身的血都沸腾起来。及至接到这个电话呀，血都一下子降到零度，结成了冰！

沈维义　新英，别这么激动！你看，你只知道姐姐叫招弟儿，姐姐大概也只知道你叫小马儿，哪能那么容易一下子就找到，你也得给人民警察容出点工夫来呀！

王新英　要是根本没去过，我心里倒仿佛老有点希望；这么一来呀，一点希望也没有喽！

沈维义　你说的不近情理！有不去找就会找到人的事吗？我相信警察必有办法！

王新英　不说这个，说点儿别的，（从书包里找出纪念册子，笑着）喃！维义，给你！

沈维义　什么呀？

王新英　你自己看嘛！

沈维义　（接着）滑翔机模型设计图？

王新英　嗯！你爱那个嘛，我能不动脑筋，想想主意吗？

沈维义　你行，你的确有聪明！

王新英　往下看！

沈维义　毛主席语录。

王新英　对，我自己留了一份，给你抄了一份儿。

沈维义　写的这么好，还是用红墨水写的！

王新英　毛主席的话，就是咱们的阳光，应该用红笔写。你天天早晨起来，把看这些话当作第一件事，好不好？

沈维义　好，好！我必定那么办。新英，你也得向我保证：以后不再愁眉苦脸，你应当比别人更高兴。想想看，要不是北京解放了，你自己说的，你不是要了饭，就是个小偷儿。

王新英　对，我常把心分成两层儿，一层儿想妈妈、姐姐，一层儿想做个国家的好孩子。

沈维义　我想不久那两层就会变成一层儿，专做国家的好孩子，因为人民警察会找到妈妈、姐姐呀！

王新英　对，我有干劲！不信（去掀册子）你看看这儿。

沈维义　还做了诗，待我朗诵便了，“维义与新英，两个好弟兄，干劲冲云霄，红专放卫星。”有劲，有劲！我给添两句，“立志争先进，心别分两层。”哈哈哈哈……

王新英　哈哈哈……我说，咱们老实点吧！这么大喊大叫，不怕老太太不乐意吗？

沈维义　放心吧，家里没人儿。

王新英　都到哪儿去了？

沈维义　大大小小都到街坊家看电视去了，我因为等你没去。

王新英　你是个好团员，为照顾我牺牲了看电视。

沈维义　什么牺牲！怎样，咱们是温课，还是先下一盘棋？

沈维义　温课，温课！我叫你看明白，我受得住折磨，不管怎么样也还能念书。

〔门铃响。

沈维义 我看看去。

王新英 我走吧？万一是你的亲戚朋友来了，我搭不上话，怪僵得慌！

沈维义 坐下，少说废话！（下）

王新英 分离了十四五年，的确不容易找！民警同志们，我没怪你们，只怪我自己是个倒霉蛋儿！

〔沈维义同平海燕上。

沈维义 同志，这就是我的同学王新英。

平海燕 你好哇？我叫平海燕，来看看你！

王新英 谢谢！怎么维义同我到派出所去，没看见你？

平海燕 我不是你们这个派出所的。

沈维义 同志，你请坐！

王新英 同志，你找我干什么？

平海燕 你不是正找妈妈和姐姐吗？

王新英 你怎么知道的？

平海燕 你看，许你上派出所提出要求，就不许我去打听吗？（笑）

王新英 对呀，看我这个糊涂劲儿！

沈维义 他呀，这两天有点紧张！

平海燕 别那么紧张，光着急办不了事呀！告诉我点你的事好不好？

王新英 你问吧，同志！

平海燕 你的父亲叫王仁利，十五年前死在外边了？

王新英 对！

平海燕 你的祖母把你留下，可把你妈妈跟姐姐都轰了出去？

王新英 也对！当时的情形我记不清了，后来听大家都这么说，大概不会错。祖母跟妈妈婆媳不和，祖母厉害透了！不久，祖母死啦，我就不是在孤儿院，就是到处去流浪；不论在哪儿吧，反正我睁开眼看不见一个亲人，（勉强地笑）够我受的！

平海燕 是够受的！光是那时候的警察就够咱们受的！

王新英 你怎么知道？同志！

平海燕 我小时候也是苦孩子，拣过煤核儿！

王新英 真的吗？

平海燕 怎么不是真的呢？在垃圾堆上跟一群群的野狗挤来挤去！

王新英 对！对！一听见警察的皮鞋响，咱们就得拚命地跑，叫他们逮住就挨一顿揍！

平海燕 是呀，还有那些推垃圾车的，一个个都那么神气！咱们拣着点好东西，得送给他们！要不然，他们就不许咱们靠近了车身儿！

王新英 越说越对！那时候，我一看见人家妈妈带着孩子拣垃圾呀，就羡慕的不得了！孩子们一叫妈妈，我就躲开，我没有妈妈可叫啊！

平海燕 你妈妈叫王桂珍，是吧？

王新英 对！有人说叫这个名字的多得很，不好找。你看呢？

平海燕 那也没什么。你今年……

王新英 二十岁。自幼失学，所以到现在还在中学里。

平海燕 你看，你二十，妈妈必定是四十以上的人，这就可以把许多许多王桂珍减下去了，太老太小都不合格呀，不是吗？

沈维义 新英，你看，他们多么有办法！

平海燕 妈妈是北京人？

王新英 对！

平海燕 好！这又可以把从外乡来的王桂珍都减了去！

王新英 这么说，有希望？有希望？

沈维义 动脑筋，有热情，什么事都有成功的希望！

平海燕 是呀，我们要用你的感情去作这个工作，就好比我正找自己的妈妈、姐姐！

王新英 我相信你！可是，告诉我一句话，到底能找到不能？别让我老这么冷一阵热一阵的！

沈维义 新英，你又忘了控制自己！

平海燕 没关系！谁找不到妈妈、姐姐，不着急呢？

王新英 同志，你真好！你了解人！

平海燕　你姐姐叫什么？

王新英　光记得小名儿，叫招弟儿。

平海燕　真巧，我的小名儿也叫招弟儿！姐姐比你大几岁？

王新英　大五岁。

平海燕　假若有她的像片，你认得出她来吗？

王新英　大概认不出来。当我想念姐姐的时候，她很具体；赶到一细问我呀，我就，就什么也说不上来了！

平海燕　你连她一点什么也不记得吗？

王新英　我仿佛还记得点姐姐的声音。在梦里，姐姐叫我，姐姐唱"小小子，坐门墩儿"，总是那个声音。这也许完全是想象，并不是事实。平同志，你问了我这么些事，是不是你心里已经有了点底，知道了我姐姐在哪儿了吗？

平海燕　是这么一回事：我们那儿接到了一封信……

王新英　托你们找人的信？

平海燕　对！

王新英　这怎么跟我拉到了一块儿？

平海燕　写信的人呀，小名叫招弟儿。

王新英　是这么一回事？招弟儿？招弟儿？那一定是我的姐姐！

沈维义　先不忙下结论，新英！在北京，叫招弟儿的大概不止一万个！连这位平同志不也叫招弟儿吗？

平海燕　将来会少起来的，大家不再重男轻女了啊！

王新英　这个招弟儿是干什么的？

平海燕　是个女工人。

王新英　女工人？有个工人姐姐多么好！她在哪个工厂？告诉我，我马上找她去！

平海燕　先别这么忙！我们现在还不能肯定什么呢！

王新英　她是不是找妈妈和弟弟了？

平海燕　是！

王新英　那一定是我的姐姐了。哪能就那么巧，我找妈妈和姐姐，她就找妈妈和弟弟？

平海燕　新英，沉住了气！这是一种细致的工作，不能听见风就是雨！就拿你来说吧，你说好像跟祖母在石大人胡同住过，我们就到那里详细地问过，居然还有老街坊记得你的祖母。

王新英　真的呀？

平海燕　真的！据说你入过孤儿院和教养院，我们也都查阅过文件，可惜孤儿院的文件已经找不到了！

王新英　教养院的查到了？

平海燕　查到了！我们这才又到学校去了解，才找到这儿来。你看，你很小就丢了妈妈，过去的事有好些记不清的；我们得由四面八方证明你说的不错，或接近事实，才好去找你的亲人呀。

王新英　对！对！对！平同志，为了我，你这两天跑了几十里路，访问过许多许多人了吧？我，我不知道怎么感谢你才好！

平海燕　要说感谢呀，你到过的那个派出所的同志们比我跑的路多！

王新英　我也得给他们道谢去，待会儿就去！平同志，你看这件事会快解决了吧？

平海燕　我看有希望！不过我还不敢保证刚才谈到的那个招弟儿就是你的姐姐。好吧，咱们今天就谈到这儿吧。我还会来麻烦你呢！

王新英　来麻烦我？是我给你们添了麻烦！

平海燕　不管谁麻烦谁吧，只要我细心，你安心，咱们就好协作了！维义，你帮帮他，别叫他过度紧张！

沈维义　你放心吧，我会好好地看着他！

平海燕　那么，我就走啦！

王新英　维义，咱们送她回去！哟，你还得看家呢！好，我去送，你看家！

平海燕　谁也不必送我，我骑着车呢！新英，这是我的电话号数，你万一又想起一点什么来，随时告诉我！

王新英　一定！不管多么小的小事，只要想起来就告诉你！

平海燕　对！小事儿往往解决大问题！

王新英　还有什么嘱咐我的？

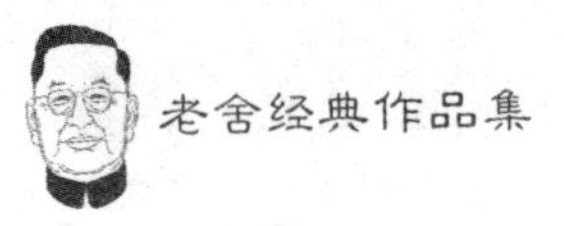

平海燕　你要叫亲人哪看见个结结实实、活活泼泼的小伙子！别老不好好地吃饭、睡觉！维义，你看我说的对吧？

沈维义　对！他聪明，又肯用功，就是心里老不开展！

王新英　你们等着看吧！找到了我的亲人，我一定不再忧郁，每天睁开眼就嘎嘎地笑！同志，我去把你的车推出去！这院里的拐弯抹角我都摸熟了！（下）

沈维义　（低声地）有点眉目了吧？

平海燕　有点底儿了，我赶紧回去跟所长再研究一下。

沈维义　我还应该干点什么？

平海燕　给新英个精神准备。比方说，他的亲人可能在旧社会里受过污辱什么的，要是没点精神准备，他也许又苦痛！

沈维义　你能说具体一点不能？

平海燕　那用不着！旧社会里什么惨事没有啊！我快走吧，别叫他多心，他非常敏感！

王新英　（在外面喊）怎么还不快来呀？你们嘀咕什么呢？

平海燕　来娄！（跑下，维义跟着）

——幕

第三场

时　间　前场次日，下午。

地　点　派出所。

人　物　平海燕、李珍桂、唐大嫂、刘超云、诸所长、丁宏、王秀竹、王新英、沈维义。

〔**幕启**：平海燕正打电话。

平海燕　喂……你是王秀竹吗？……你能来一会儿吗？好！待会儿见！（又拨）喂，劳驾给找一下王新英。……告诉他，下了课来看看我，好不好？……你一说平海燕，他就知道了！……对！谢谢！

李珍桂　(上)小平！小平！

平海燕　王大妈！

李珍桂　(已答应)哎！(又急改嘴)哟，看你，怎么叫我王大妈呢？

平海燕　我，我也不是怎么回事，这两天净叫错了人！有事吗？大妈！

李珍桂　有事！(忙回至门口)唐大嫂，你进来！(唐上)你看看，你还不愿意进来，怕这里光有老爷儿们。这里也有大姑娘，而且是这么可爱的大姑娘！

平海燕　唐大嫂，请坐吧！有什么事呀？

李珍桂　唐大嫂由乡下来看她的爱人，把住址条子丢了！她只粗粗地记得唐大哥在南河沿肥料厂，找了半天也找不着，急得直哭！交通警把她交给了我，我帮着又找了一阵子，也没用，我就把她领到这儿来了。

平海燕　您等等，我问问小刘，他熟悉城里的地名儿。(叫)小刘！小刘！

刘超云　(上)干吗呀？小平！哟，李大妈，您又拣着什么了？又是一串儿钥匙呀？告诉您，邮局那个干部姓汪，可感激您啦！她要来给您道谢呢！

李珍桂　别叫她来，都忙！只要她没急坏了，咱们心里不就消停了吗？来，帮助帮助这位唐大嫂。南河沿有个肥料厂吗？

刘超云　南河沿？没有肥料厂！我记得那儿有个小自行车修配厂，还有个酱油制造厂。

李珍桂　我们都问过了，没有唐大哥这么个人。

唐大嫂　我呀，真没用！会把住址条儿给丢了。

刘超云　大嫂，别着急，先喝碗水！(给她倒水)

李珍桂　小刘，还有南什么沿儿？

刘超云　南，南沟沿呀！对，我跟那儿联系，看那儿有什么厂子没有！(打电话)

李珍桂　大嫂，你不饿吗？我们这儿可方便，有了食堂！

唐大嫂　不饿，着急就着饱啦！唉！

刘超云　小平，南沟沿有厂子！

平海燕　什么厂子呀？

刘超云　塑料厂。

唐大嫂　对了,是塑料厂!乡下不是搞积肥运动吗?我就把它记成肥料厂啦!

李珍桂　小刘,快跟塑料厂联系吧!

刘超云　对!(再打电话)

李珍桂　唐大嫂,别着急,准能找到!家里有孩子没有啊?

唐大嫂　有两个,都交给老奶奶看着呢。好在,我过两天就回去。

李珍桂　对!孩子最要紧!

唐大嫂　您的孩子都成人了吧?老太太!

李珍桂　都……啊,长大啦!

刘超云　大嫂,大嫂!打对了!来,先跟唐大哥说句话!(递听筒)

唐大嫂　是你呀?老唐!……好,好,我就来!(递回听筒)

刘超云　唐同志,您忙您的,都甭管啦!放心,我马上把大嫂送到!

李珍桂　小刘,你忙吧,我送大嫂去!

唐大嫂　都别送!给我雇上一辆车,我不会走丢了!

刘超云　李大妈,所长还跟您有话说。我去!不把大嫂交到大哥手里,我不放心!大嫂,咱们走吧!

唐大嫂　给你们添够了麻烦,还不走吗?大妈,这位女同志,我谢谢你们!等老唐休息的那天,我们一块儿来道谢!

平海燕　甭来喽,大嫂!您进了城,就跟我们自己的亲戚、朋友一个样!

唐大嫂　那就更得来啦,走亲戚嘛!(同刘下)

平海燕　再见,大嫂。(向李)大妈,来,坐,等等所长。大妈,咱们的食堂、托儿所这么一办起来,缝纫组什么的一定有很大的发展!

李珍桂　那是一定!看着大伙儿干的起劲,我心里真痛快!

平海燕　林三嫂的问题……

李珍桂　解决了!她还是到食堂来。三爷三嫂都是劳苦人民,一说就通!就是可惜呀,咱们说的还不够;人不说不知,木不钻不透啊!

平海燕　您说的对!苦人跟苦人才说得到一块儿呢!您就说我们民警吧,小刘原是油盐店的徒弟……

李珍桂 那我知道！要不怎么沏茶灌水的，他都行呢！

平海燕 我呀，更苦！我拣过煤核儿！

李珍桂 你拣过煤核儿？这还是头一次听说！

平海燕 所以咱们才能打成一片呀！（从抽屉里拿出一本老画报）您看，我那天在旧书摊上看见了这本，随便一翻，照片上敢情有妈妈跟我！

李珍桂 我看看！这是你妈妈呀？

平海燕 啊！这个小不点儿就是我！我们到粥厂去打粥，叫那些假善人给照下来了！

李珍桂 唉！感谢毛主席吧，叫咱们真翻了身！

平海燕 是呀！那时候我淘气极了，招得妈妈到处去喊招弟儿！招弟儿！

李珍桂 你也叫招……

平海燕 是！我小名儿叫招弟儿，大妈，您没生过姑娘吧？

李珍桂 我……没有！

平海燕 大妈，您是不是有点心事呢？

李珍桂 我……（愣了一会儿，有点发怒）小平，你是有意试探我吗？旧社会过来的人谁没有点心事？你问，井老奶奶也问！

平海燕 大妈！大妈！您怎么啦？我那么问问，是，是要帮助帮助您！您要真有心事，就说说吧！

李珍桂 说！叫我说什么？怎么说？那个旧社会叫人有嘴说不出话来！叫人一辈子说不出话来！

〔诸所长上。

诸所长 李大妈，怎么啦？小平，是你招李大妈生了气？

李珍桂 （缓和下来）所长，小平没有！是我自己不好！所长，找我有事吗？

诸所长 我要跟您商量一下，咱们的交通安全宣传的还不够理想，胡同窄，车马不少，孩子多……

李珍桂 一点不错，我常常不放心那些孩子们！

诸所长 这一带连大人带孩子都听您的话，您……

李珍桂 好，我先去征求征求老街坊们的意见，再向您汇报吧。（要走）

平海燕 李大妈，刚才……

李珍桂　刚才，忘了刚才那一段儿吧，先办事要紧！（下）

诸所长　刚才怎么一回事？

平海燕　是这么一回事：您不是说王家姐姐弟弟那件事已经差不多了吗？

诸所长　是呀。你给他们打了电话？

平海燕　打过了。

诸所长　我再问问那个女工人，就可以叫他们见面了。你说呢？

平海燕　我也那么想。可是，他们的妈妈到底是谁呢？我怀疑就是李大妈，所以我想试探一下，刚才李大妈一进屋，我就猛不丁的叫了一声王大妈，她没留神答应了，后来我说我的小名叫招弟，她也直发愣，我再往下问，她就生气了。我不是跟您说过吗，井老奶奶时常发现李大妈背地里掉眼泪，对了！那天李大妈呀直勾勾地看着那个人的后影儿，仿佛动了心！我一说那个人姓王啊，李大妈好像更不自在了。我想，这个人就是王仁利！

诸所长　王仁利？王新英的父亲？不要这么草率地下判断吧！况且他们姐弟都说爸爸早死啦！

平海燕　我相信他没死！

诸所长　你是说，王仁利没死，李大妈改名换姓，过去的王桂珍就是现在的李珍桂？

平海燕　咱们不是已经遇上好几档儿改名换姓的事了吗？

诸所长　我知道！可是，王仁利要真没死，李大妈就改了嫁，说不通啊！

平海燕　按常理说，的确说不通！可是，那是发生在我还正追土车、拣煤核儿的年月呀！

诸所长　对！老一辈的人都觉得改嫁不体面，所以李大妈不肯说。不对！李大妈亲自宣传过婚姻法，她应当明白了再嫁没有什么不体面！她呀，假若你猜对了，必定有更深的难言之隐！

平海燕　是呀！我当时就托了井老奶奶！

诸所长　你作的对！光靠咱们自己，什么事也办不妥当！老奶奶问了没有？

平海燕 问过了。可是，李大妈什么也没说！老奶奶又没有耐性儿，闹了个没结果。老奶奶这才告诉了天祥，天祥上了趟妙峰山，去找他的二叔。

诸所长 他的二叔是谁？

平海燕 叫王仁德。

诸所长 王仁利，王仁德，名字很像哥儿俩。你没查查老户口册子，王家有没有这么个王仁德？

平海燕 查过了，没有他！

诸所长 嗯——那可能是哥儿俩分居另过，各有户口。再说……你说他在妙峰山？

平海燕 是！莲花峰人民公社。

诸所长 妙峰山是老根据地，不像敌伪统治区那样人人有良民证，恐怕连详细的户口底簿子也没有！天祥回来怎么说？

平海燕 天祥说，王仁德是公社里的炊事员，积极分子。

诸所长 那好啊！他对天祥说了什么？

平海燕 什么也没说！

诸所长 奇怪呀！假若王仁德跟李大妈真是叔嫂，可是都不说什么，其中必有……据我看，他们都不光为顾全封建性的那点体面，而是有实在说不出口的痛苦！我们必须帮助他们解除了痛苦，同时又须极其谨慎，不可以冒冒失失地跟李大妈说什么，那会更伤了她的心！你这些新材料很有用，不过这种事儿，你热心为群众解决问题很好，不过，小平，记住，我们事事都要以诚相见，你刚才不该对李大妈耍这种小花招儿！

平海燕 所长，以后我不再那样！可是，我的小名真叫招弟儿，一点不假！

〔刘超云回来。

刘超云 所长，小平，我把唐大嫂送到了，唐大哥很高兴！

诸所长 超云，你到运输工会去看看有没有一位王仁利。假若有，了解一下。

刘超云 是！见他本人不见？

诸所长 电话上联系，我叫你见，你再去找他。

刘超云 是了，所长！（下）

诸所长 小平，你给西郊打电话。

平海燕 是！所长，天祥说，敢情于壮在那儿呢。（打电话）

诸所长 于壮？他是漂亮手儿呀！

〔敲门。

诸所长 请进来！

〔丁宏与王秀竹进来。

丁　宏 您是所长？

诸所长 对！那是平海燕。来，坐吧！

丁　宏 我叫丁宏，这是王秀竹。

诸所长 都坐下！我接到了你们的信。

丁　宏 事情有眉目吗？

诸所长 我还得问秀竹几句话。

丁　宏 秀竹，坚强点，预备好痛痛快快地说话！

诸所长 秀竹，你有个二叔？

〔平过来纪录。

王秀竹 有！有！给您写信的时候，我忘了写上他的姓名。

诸所长 他叫什么？

王秀竹 叫王仁德。祖母把我们母女赶了出来，妈妈就去找二叔要主意，把我托付给一个朋友照应几天。谁知道……（泪在眶中，竭力控制）

丁　宏 秀竹，先别伤心，往下说！

诸所长 不忙！不忙！慢慢地说！

王秀竹 谁知道，那个朋友不是好人！他们夫妇说日子不好过，怕委屈了我，要把我转托给另一个朋友。

诸所长 这对夫妇姓什么？

王秀竹 他们姓宋，我不知道他们的名字。

诸所长　他们住在哪儿?

王秀竹　离我们不太远,胡同名儿我也忘了。那时候我才不满十岁,没什么心眼儿!

诸所长　也许是宋黑子。要真是他呀,早已经叫我们给抓起来了。往下说吧。

王秀竹　他们把我带到一个姓庄的家里。

诸所长　庄什么?

王秀竹　我也不知道,就听见大家伙儿叫他庄家大爷。

诸所长　他家里什么样子?

王秀竹　相当阔气,有一群小姑娘。当时,虽然有那群小姑娘陪着我玩,我可是一劲儿想念妈妈。我可也不敢哭,怕得罪了庄家大爷。十天过去了,一个月过去了,妈妈还不来,我大着胆子去问庄家大爷。他哈哈地笑了一阵,然后把一条皮鞭扔在我的面前。他说:从现在起,你叫小桃儿了,记住!好好地在这里,不准再问妈妈!你要是不听话,我好说话儿,皮鞭可比我厉害!我……(要哭)他可真狠呀,我才十三岁,就……

平海燕　(倒过水来)你喝口水,喘喘气再说!把委屈都说出来!

王秀竹　(含泪地)谢谢你!

丁　宏　秀竹,恨那群混账!恨!把眼泪咽下去,说话!

诸所长　秀竹,你知道庄家大爷早就叫咱们捉住了,给你们报了仇!

王秀竹　(坚强起来)我知道!我们没叫他虐待死的姐妹都参加了公审!我才十三岁呀,他就叫我……要不是毛主席来到北京,我一点也不知道我会成什么样子,十之八九我已经叫他们折磨死啦!党和毛主席是我的重生父母,再造爹娘!(哭)

〔静场片刻。

丁　宏　还有什么,都说说!

诸所长　你始终得不到妈妈的消息?

王秀竹　(摇头)在认识了丁宏以后,登了几次报,没结果!所长,您要是能帮忙找到妈妈、弟弟,我起誓要积极劳动,作个最好的女工!

诸所长 小平，你领着她到里边（指旁边的屋子）休息一下，等会儿我还有话跟你说呢。

丁　宏 是，所长！来吧，秀竹！（让她先走，看她已入了门，又回来）所长，我爱她，可是她的过去那点历史就好像一条毒蛇缠住她，咬她的心！每逢我一见她掉泪，我就……唉！

诸所长 咱们都好好地安慰她，劝解她，随时随地体贴她，尊重她，好叫她忘了过去，看得起自己！

丁　宏 对！

〔敲门。

诸所长 请进来！

〔王新英与沈维义进来。

王新英 （急切地）平同志！平同志！

丁　宏 你们谈吧！（下）

平海燕 新英，这是我们所长！

王新英 所长，有消息没有？有没有？我……

沈维义 新英，刚才说好了不要紧张，看你……

诸所长 来吧，都先坐下！别着急，着急解决不了复杂的问题。我问你，你父亲的灵运回来没有？

王新英 不记得看见过棺材！

诸所长 你记得有个二叔吗？

王新英 记得，我有个二叔！

诸所长 你记得姐姐的一点特点不记得？

王新英 我……（摇头）

平海燕 你不是说，记得她的声音吗？

王新英 对！

诸所长 小平，请他们过来！

平海燕 是，所长！（走向旁室）

王新英 姐姐的声音，是，我似乎常听见姐姐叫我！

〔平拉着王的手，与丁宏同上。

诸所长 秀竹，你看看他（指新英）！新英，你看看她！

〔姐弟呆视，不相识。

平海燕 秀竹，说句话！

王秀竹 我……

沈维义 新英，你说句话！

王新英 我，我认不出来！

诸所长 你们的父亲是王仁利？

王秀竹
王新英 对！

诸所长 母亲是王桂珍？

王秀竹
王新英 对！

诸所长 你们的二叔是王仁德？

王秀竹
王新英 对！

诸所长 那就……

〔姐弟仍呆视。

丁　宏 秀竹，唱那个，唱那个“小小子”！

王秀竹 小，小小子，坐门墩儿，哭着喊着要媳妇儿……（泣）

王新英 姐姐！大姐！（扑过去）

王秀竹 弟弟！小马儿！（相抱痛哭）

丁　宏 秀竹，别再哭！找到了弟弟，该快活嘛！

沈维义 新英，别再哭！

〔姐弟止泪，携手走向所长。

王秀竹 所长，我有了弟弟，我说不出来怎么感激！

王新英 所长！我有了姐姐！有了姐姐！再分分心吧，找到我们的妈妈！

诸所长 你们先回去吧，等有什么消息，我马上通知你们！

——**幕**

第三幕

时　间　前场后二日，星期日上午。

地　点　派出所，所长室。

人　物　平海燕、唐大哥、唐大嫂、王秀竹、王新英、诸所长、丁宏、沈维义、刘超云、王仁利、王仁德、李天祥、李珍桂、井奶奶、林三嫂。

〔**幕启**：平海燕在阅文件。电话响，她接。

平海燕　喂！……是呀！你是于壮呀？……呕，王仁德正上我们这儿来？好极了！谢谢！再见！（敲门声）请进来！

唐大哥　（同唐大嫂上）同志，我们来给你们道谢！

唐大嫂　道谢喽，同志！

平海燕　这算什么呢？都坐坐吧！

唐大哥　不坐了，你们忙！

唐大嫂　刘同志出去啦？等他回来千万替我说一声！也替我谢谢所长！谢谢街上的交通警！真好哇，穿红道儿衣裳的处处办好事！

平海燕　大嫂就要回去吗？不多住几天？

唐大嫂　不啦，乡下的活儿忙，在这儿我也安不下心去！再见啦！我们去看看李大妈！

〔平与他们握手，往外送，他们下。

王秀竹　（拉着弟弟，欢欢喜喜地进来）海燕同志！

王新英　海燕同志！

平海燕　是你们姐儿俩呀？我真替你们喜欢！看，秀竹的眉头儿不皱着了，新英的脸也亮堂了！

王秀竹　是呀，还有什么比姐姐找到小弟弟更快活的呢？

王新英　看我大姐，既是工人，又有了文化，多么叫人高兴啊！我们哪，不

知道怎么感谢党和毛主席才好！

诸所长　(上)来啦？秀竹！新英！

王秀竹　诸所长，我们来给您道谢！

王新英　所长，我每个星期天都要来道谢一次！

诸所长　什么时候都欢迎你们来，可是不要老道谢！况且，我们还没把这件事作完呢！

王秀竹　妈妈有消息没有？

诸所长　有点！

王新英　妈妈在哪儿？在哪儿？我恨不能拉着姐姐的手，满街去叫妈妈！

诸所长　还有一些细节没弄好，也快！也快！秀竹，妈妈的脸上有什么特点没有？

王秀竹　脸上稀稀拉拉的有几个麻子。

诸所长　呕！你也记得爸爸的模样吗？

王秀竹　也还记得点儿！

王新英　说说，说说爸爸什么样儿！是四方脸，还是圆脸？有胡子没有？

王秀竹　唉！新英，父亲埋在了什么地方，咱们都不知道！多么惨！多么惨！来了一阵风似的，一家人就死的死散的散了！

〔敲门。

平海燕　请进来！

〔丁宏与沈维义上，沈带着小照像机。

丁　宏　所长，海燕同志！他们俩给你们道谢了没有？

诸所长　别紧说道谢吧，叫我心里怪不好受的！

丁　宏　连我也得给你们道谢！你们看，秀竹的脸上有了笑容！她笑一声啊，我就要笑十声！

王新英　姐姐还争取当上劳动模范呀！

沈维义　我们都得道谢！看，这个家伙(指新英)决定争取入团！所长，你就不知道你作了多么大的好事！

丁　宏　所长，等一找到了秀竹的妈妈，我跟秀竹就结婚，请所长来参加婚礼！你肯来吗？肯吗？

诸所长　我有什么不肯呢？

平海燕　没有我的事吗？

丁　宏　当然请你吃糖！我说，咱们都道完谢就走吧！

平海燕　你们上哪儿？

沈维义　我们去找个好地方照几张像，也许在一块儿吃顿饭。

王秀竹　可是，妈妈还没找着呢？就照像？

丁　宏　秀竹，你太死心眼儿了！找到了弟弟还不是天大的喜事吗？

王新英　姐！相信所长吧，他既能找到咱们，也就必定能给咱们找到妈妈！所长，以后您有什么抄写不过来的，还是要编点清洁卫生什么的宣传快板儿，给我个电话，我保证来帮忙，而且要作得顶好！

沈维义　所长，这小家伙的笔底下可棒！他的作文老得五分！

诸所长　好吧，都去玩玩吧！待会儿呀再回来看看，也许就有好消息！

众　人　谢谢所长！谢谢海燕同志！再见！（下）

平海燕　所长，于壮来了电话，说王仁德就来！

诸所长　那好啊！刚才王秀竹说她妈妈脸上有几个麻子，这一定是李大妈了！可是李大妈为什么还不肯说这件事呢？

平海燕　是呀，我也不明白！我又跟井奶奶、天祥谈过了，他们也跟咱们想的一样，既然李大妈不愿意说，就别太勉强了！天祥很着急，他马上须到新工作岗位去，不把这件事赶紧弄清楚，他心里不会消停！

刘超云　（上）所长，我把王仁利请来了！

诸所长　他来了？

刘超云　对！我已经跟他谈了两次，他躲躲闪闪，不说痛快话，您跟他谈谈吧！

诸所长　你怎么不先来个电话？我应当先去看他，那不更显着亲切，他也许就更容易说出心腹话吗？

刘超云　是他要求来见您的，所长！他说，他的话得对所长说！

诸所长　好，请他进来！

刘超云　（到门口）大叔，您进来吧！（王入）这是我们的所长，这是——（指

海燕）

王仁利　——我认识！所长您好？这位女同志，谢谢你前几天照顾我！

平海燕　您完全好了吧？大叔！

王仁利　好啦！好啦！那是在敌伪时期留下的老病根儿！那时候我经常饥一顿、饱一顿的……算了，不说了！

诸所长　快坐下吧，大叔！超云，倒水！（刘去倒水）王大叔，您作运输工人还行吗？顶得住吗？

王仁利　（坐）行！（刘递水）谢谢！

诸所长　超云，你去看看天祥吧！

刘超云　是！大叔，您坐着，我还有点别的事儿！（下）

王仁利　（对刘）再见！（对诸）行！我的力气还不小！可是呀，组织上照顾我，只叫我管管联络工作！叫我感动啊！肚子呀，老爱出毛病，那天这位好姑娘看见了……

诸所长　我劝您到医院去好好检查一下！

王仁利　唉！我既是活人，也是死人，这点病算什么呢？

诸所长　不能那么说，大叔！身体好，工作才能好，咱们都是给国家干事儿的！不是吗？

王仁利　对！对！我学习的不够，常那么积极一阵，又消极一阵的！

诸所长　您应当有个家，好有人照管着您！

王仁利　我原来有家，可是，可是……

诸所长　今天是星期天，咱们就作为坐在茶馆，谈谈家常里短，请把事情都告诉我吧！我除了想帮助您，没有别的意思！

王仁利　我知道！我知道！要不然，我还不要求来见您呢！

诸所长　那么就说说吧！

王仁利　唉！唉！（欲语又止）

平海燕　大叔抽烟吗？

王仁利　抽！抽！我这儿有！（掏出烟斗）

平海燕　对！抽着烟，亲亲热热地跟所长谈谈！您要是不喜欢我在一边儿听着，我可以……

王仁利　没有的话，我怕你干什么吗？

平海燕　是呀，我比您的女儿还小一岁呢！

王仁利　我的女儿？我的女儿？她在哪儿？你怎么知道我有个女儿？

平海燕　还有您的儿子，我也认识！他们姐儿俩可好啦！

王仁利　我的儿子小马儿？

诸所长　王大叔，我们找到了您的女儿、儿子，您不喜欢吗？

王仁利　女儿，儿子？我怎能不喜欢呢？难道我的心不是肉作的？可是，我，我，我……所长，我有什么脸见他们呢？

诸所长　大叔，痛痛快快地说吧！我们知道您有心事！

王仁利　心事？我知道儿子、女儿都没有啦，我对不起老祖宗们，我叫王家门儿绝了后！心事，不是心事还是什么呢？

诸所长　大叔！沉沉气，从头儿说吧！

王仁利　（低头想了会儿）所长，在日本兵占领北京的时候……

平海燕　您对我说过了一点。您打过一个日本兵！

王仁利　对！把他揍了个半死！揍完了，我就跑到张家口去，那儿有我一个熟人，给我找了点力气活儿。凑啊，凑啊，凑了两三个月，我才凑了十块钱，托一个铁路警察带回来。所长，那个时代呀，一个人就可以因为十块钱灭了天良！

诸所长　他骗去了您交给他的十块钱？

王仁利　要光是那样，还不算可恨！

平海燕　他对您家里说，您死在了张家口！

王仁利　嗯！他回来对我说，我的老婆带着招弟儿跑啦，改嫁啦，家里只剩下老太太跟小马儿！他知道我会相信，因为我告诉过他，他们婆媳不和。他也知道我不会回京来看看，我打过日本兵，不敢回来。老太太不久就死了，可是他还张罗着替我捎钱！就这么隔不久他吃我十块、八块，我始终闷在葫芦里！我恨我的老婆，竟自不等我回来就改嫁！咱们胜利了，我回到北京，老太太早没啦，儿子也不见了！我去到处找老婆，我真想杀了她！我见着了我的兄弟，王仁德，吓得他直想跑！他说："哥哥，你不早死了吗？"我这才明白了

我是活人,可又是死人!

诸所长 这您就不再恨孩子们的妈妈了?她是听说您死了,才又改嫁的!

王仁利 我解不开这个扣儿!请听明白了:我也并不是不恨自己!我要是有出息,何至于跑到外边去混饭吃,把一家子都丢了呢?

诸所长 您卖力气吃饭,没有错处!是那个老社会叫您妻离子散的!您应当原谅您的妻子,她听说您死在外边,无倚无靠,能不找一条活路儿吗?

王仁利 我不能原谅她,尽管她有理由改嫁,可怎么那样狠心把孩子们也弄丢了呢?

诸所长 您的女儿说,是您的老太太把他们母女轰出去的!

王仁利 是……嘿,怎么这些事就都出在我家里呢?

诸所长 有什么社会,有什么家庭。出这种惨事的不止您一家!我们常替人民寻亲觅友,我们知道不少这样的事情!

王仁利 您说的对!您叫我心里亮堂点了!所长,我的儿子、女儿在哪儿呢?

诸所长 您当然想见见他们?

王仁利 十几多年啦,我连作梦都常想看见他们!走在街上,我就像找东西吃的饿鹰,眼睛盯着每一个小姑娘、小小子!我想念他们,想念他们!可是,我又有点怕、怕遇见他们!怎么说呢?您看,万一他们是跟着妈妈,而且表示愿意跟着妈妈,我怎么办呢?再说,倘使他们愿意跟着我,我拿什么养活着他们呢?我告诉您实话,胜利以后,解放以前,我挣的那点钱,全喝了酒,一醉解千愁嘛!要不是北京解放了,我早就真死啦!

诸所长 您现在戒了酒?

王仁利 戒了!只有在心里实在难过的时候,才喝两盅!

诸所长 还是少喝的好,大叔!我问您,您始终没见过孩子们的妈?

王仁利 没有!要是遇见了她,可就麻烦了!即使我不跟她拚命,我也张不开嘴跟她说话呀?我不能明白,不能明白,她是那么好的一个妇

人，老实，正直，我妈妈对她那么无情无理，她总是忍着，没有挑拨过是非。怎么，怎么，她就会另嫁了人呢？（敲门）

诸所长　请进来！

王仁德　（上）您是所长？（看见了哥哥）我……哥哥！哥哥！

王仁利　（愣了会儿）你？老二！

王仁德　是我，哥哥！

王仁利　哼！你没想到我会在这儿吧？你个无情无义的东西！

诸所长　王大叔，别动气，有话慢慢地说。今天咱们要把事情都弄清楚了！

平海燕　（给仁德拿过椅子）您坐吧，二叔！

王仁德　谢谢，同志！谢谢！哥哥，您看，我现在是公社里最得力的炊事员啦！

王仁利　别吹了吧！当初你嫂子找了你去，你怎么就不帮助她，反倒替她找人，叫她改嫁呢？别再叫我哥哥，我没有你这么个弟弟！

王仁德　（低头无语半晌）哥哥，当着所长，我把憋在肚子里十多年的话都说出来吧！

王仁利　憋在肚子里是块病！

王仁德　真是一块病，所长，一个像我这样的人哪，遇见那个人吃人的年月呀，会作出见不得人的事！

王仁利　你就会抱怨那个年月，不说自己没出息！

诸所长　大叔，听二叔说什么！

王仁德　所长，那时候啊，我只有那么几亩山坡地！到山里加入游击队吧，我舍不得那点地。种地吧，光是保甲长的霸道，就整我个半死！我呀，一点办法也没有！后来，嫂子来找我，说哥哥死在了外边！

王仁利　你就不去打听打听我到底是死是活？

王仁德　您说的是废话！三顿饭还混不上，我哪儿来的钱去找您？您说！

王仁利　哼！

王仁德　嫂子来啦，跟我要主意，怎么活下去。我有什么主意呢？最好的主意是：嫂子，您来吧，我养活着您！我有一个杂合面饼子准分给您

一半！可是，我连半个饼子也没有啊！我能劝她回到婆婆那儿去？老太太是那么不讲情理的人！我呀，急得直哭，想不出办法！

王仁利　你就劝她改嫁？

王仁德　哥哥，改嫁比饿死强！那年月就是那样，胳臂拧不过大腿去！恰好，一个有点积蓄的人，姓李，生了病，怕自己一死，撇下个十二岁的男孩天祥没人管。

王仁利　你就作了大媒！

王仁德　对！他答应事情说成了，给我二十块钱！

王仁利　二十块钱！

王仁德　我问你，哥哥，那时候你要是白捡二十块钱，你怎么样，是伸手，还是摇头？

王仁利　（苦笑了一下）……

王仁德　可是，嫂子不肯！

王仁利　她不肯？

王仁德　哥哥，别只看你自己不错，别人都是坏东西！别只想你自己委屈，别人都没有心肝！嫂子走后啊，我心里扎着疼了好几天！

诸所长　特别是对妇女，我们男人应当格外小心，别匆匆忙忙地下结论！

王仁利　后来，她怎么还是往前走了呢？

王仁德　她回到城里来，招弟儿丢啦！

王仁利　丢啦？

王仁德　嫂子把招弟儿托咐给一个姓宋的，姓宋的不是好人。嫂子回到城里，没回家，就先去看招弟儿，可是连姓宋的也没影儿啦！这样，嫂子知道你死了，婆家回不去，招弟儿又丢啦，我穷的帮不上忙，她可怎么办呢？你说！

王仁利　我……我没的说！

王仁德　我告诉嫂子，你自己的骨肉都完了，干吗不行行好，管管李家那个孩子呢，嫂子先看了看天祥，她喜欢这个孩子。

王仁利　她不会答应只管看那个孩子，不嫁给那个病鬼？

王仁德　他们不成为夫妇，姓李的死后，怎么承继那点钱呢？姓李的还有亲戚呀！就是这样，嫂子无可奈何地点了头。不久，姓李的就死啦，嫂子带着天祥搬进城来，躲开李家那些亲戚，省得他们都把眼睛睁得包子那么大，变着法子抢过那点钱去！从那以后，我没再来看嫂子，我心中有愧！有愧！北京解放以后，我又活了，可是，我心里这个疙瘩并没解开！我有勇气克服一切工作上的困难，可是一想起嫂子这件事，我就……

诸所长 二叔，这不都说出来了吗？心里的疙瘩就可以解开啦！二位叔叔，事情到底怎么办呢？

王仁德 叫一家子团圆吧，那不是最好的事吗？

诸所长 您说呢？大叔！

王仁利 我，我，我想老婆！想孩子！可是，谁知道孩子们怎么想，孩子们的妈怎么想呢？

诸所长 那还不好办吗？都是亲骨肉啊！

李天祥 （上）所长！哟！二叔！

王仁德 是我！见见，这是我的大哥！哥哥，这就是那个李天祥，嫂子把他拉扯大了的！

李天祥 您就是……

王仁德 我哥哥并没死！

王仁利 我这该死的人也不是怎么死不了！

李天祥 大叔，啊——

诸所长 就先叫大叔吧，以后再决定该叫什么。

李天祥 大叔，我妈妈是个最好的人，她把我拉扯大，我现在已是复员军人，就去搞工业。您要说愿意合并成一家，我完全拥护，我不能因为我一个人破坏了您一家的团圆！不管以前的事是怎么阴错阳差，今天我们都要欢天喜地！您说呢？

王仁德 哥哥，我当初受过天祥的父亲二十块钱，我现在——（掏出一包儿钱来）一点小意思儿……我是要减轻一点我心里的包袱！（看仁利不接，放在桌上）

王仁利 天祥，你，你叫我说什么呢？你妈有什么意见呢？

李天祥　小刘同志、井奶奶、林三嫂，和我都劝过妈妈，都觉得从前的事越惨，现在就该越鼓足干劲，一家子高高兴兴地往前干！

刘超云　（上）所长，李大妈来了！（下）

李天祥　（迎上去）妈！妈！进来，别难为情！

王仁德　（迎上去）大嫂，我来了！

李珍桂　（说不上话来，面对着仁利）……

王仁利　（低下头去，然后立起来，走向李珍桂）招弟儿的妈！（哭）

李珍桂　招弟儿的爸！（也哭）

李天祥　妈！妈！别哭！说说心里的委屈！有我，您什么也不用怕！

李珍桂　唉！招弟儿的爸，你说，叫我说什么？

王仁德　哥哥，咱们的妈妈怎么不好，咱们自己怎么不好，该由咱们先说说！大嫂，当时呀，我要是有一碗粥喝，也不至于……我，我呀，就没那个骨头，打破“人穷志短”那句老话！

李天祥　二叔，您也别那么说，假若您当时没成全那回事，我现在在哪儿呢？这听起来，有点自私，可是妈妈并没有只图那几个钱，她的确把我教养大了！

王仁利　她把你养大了，可忍心地把自己的孩子丢了！

李珍桂　你等等，你妈妈把我跟招弟儿轰出来，小马儿始终跟着你妈妈。这不是我的错儿！

王仁利　那么招弟儿呢？

李珍桂　我承认我托错了人。可是，事后一想，我就想到她是叫人家给卖了。我就三天一趟，两天一趟，到一个妇女不该去的地方，去看，去问，想找到她！可是，看不到，问不到！我只能在天祥睡着了的时候叫招弟儿，哭招弟儿，不敢叫天祥听见、看见！我夜夜自己念道：叫我得个暴病死了吧！这种折磨不是一个妇人受得住的！我是个清清白白的人，也不知道怎么会弄得不清不白，连女儿都会进了……找不到招弟儿，我去找小马儿！你妈妈死了，不管你们王家门的后代，我管！小马儿是我身上掉下来的肉！我把孤儿院，连那时候堆垃圾的臭地方都找到了，没有！他是那么小，饿，容易饿死；冻，容易冻死！我的心里老插着一把刀子！

平海燕 （含泪，端过水来，扶李珍桂坐下）大妈！别太伤心了！

李珍桂 北京解放了，天祥越来越有出息，我喜欢；可是一想起招弟儿跟小马儿，我又极难过！

诸所长 李大妈，您为什么不早告诉我们一声儿呢？

李珍桂 孩子们是死是活，我不知道啊！再说，我有什么脸告诉你们呢？改嫁了的活人妻，找从前的儿女？要是传出去，我怎么再作街道工作呢？

王仁德 嫂子，你说活人妻，你知道哥哥没死？

李珍桂 解放前，我知道他是死了；解放后，我才知道他没死！

王仁德 怎么？

李珍桂 我看见过他！

平海燕 就是那回在大树底下……

李珍桂 不止那一回，我早就看见过他，他可是没看见我！我躲得快！我要是向前相认，他必定把我骂化了！他必定跟我要招弟儿跟小马儿，我，我怎么办呢？那天，在大树底下，我以为他是发现了我，找我算账来了！我自信是个干干净净的好人，可是就弄得连哭也不敢当着人哭！我爱咱们的新社会，我把街道上的事当作自己家里的事作，可是，插在我心上的那把刀子，老在那儿插着！我，我说不下去了！仁利，你看怎么办就怎么办吧！

〔静场一会儿。

王仁德 哥哥，该你说话！

王仁利 （长叹）唉！

李天祥 我绝对愿意多添几个亲人！妈，咱们那两间屋子，你们老两口住一间，叫弟弟睡我的床，我不是马上得走吗？

刘超云 （上）所长，他们回来了！我请井奶奶去！（下）

王新英 （先跑进来，王秀竹后面跟随）所长，找到妈妈了吗？

王秀竹 妈！（扑过去）妈！我是招弟儿！

王仁利 招弟儿！小马儿！

王秀竹　爸爸！新英，这是爸爸！（秀竹仍抱着妈妈，新英扑奔父亲）

王仁利　孩子们，这不是一个梦吗？

王新英　不是梦！是人民警察作的好事！

李珍桂　孩子们，这是你们的二叔！

王秀竹
王新英　二叔！二叔！

王仁德　孩子们，（拿起小包儿）拿着这个吧！（递给新英）我赶紧回公社，你们闲着来看我，我闲着来看你们！所长，我们一家都感激不尽哪！

诸所长　二叔，您就不成个家吗？

王仁德　好所长，你听我的喜信吧！我们厨房里有个寡妇，近来我们感情不错！

王仁利　小马儿！（示意）……

王新英　（把钱递回）二叔，您留着结婚用吧！

王仁德　那……

李珍桂　老二，你拿着吧！招弟儿，小马儿，见见你们的大哥天祥！

王秀竹　我是老大，哪儿来的大哥呢？

李珍桂　先见见，待会儿再细说！

李天祥　不管你们俩怎样，我愿意添一个妹妹，一个弟弟！（三人搂在一处）

刘超云　（搀着井奶奶上，林三嫂随后进来）老奶奶，看看吧，这是一家大团圆！

井奶奶　好啊！好啊！我就说嘛，掉眼泪的年月过去了！我说对了吧？

林三嫂　所长，你跟小刘同志说说，他今儿个又抢水桶，不叫我给老奶奶挑水，这不是不尊重妇女吗？

诸所长　小刘，你不要再去挑水，让我去挑吧！

〔众笑。

丁　宏　（跑进来）怎么样啦？

王秀竹　都解决了！妈，这是丁宏，我的朋友！

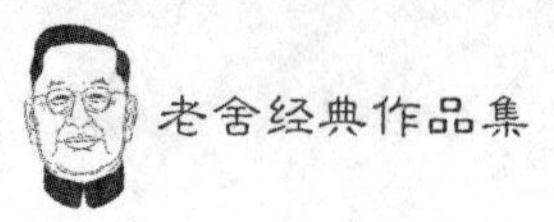

丁　宏　老太太，这下可好啦，可找到你老人家啦！

李珍桂　好！好！我马上给招弟儿赶一身新衣裳！所长，小平，小刘，我要说些感谢你们的客气话啊，就不大对了！我要在工作上对得起你们！

王仁利　所长，我也那样！招弟儿的妈，上你那儿去吧？

沈维义　（跑进来）等等，（拿起照像机）都请站好！

林三嫂　也有我吗？

沈维义　都有！照完全体的，再给他们照一张全家福！

——幕·全剧终

宝船

（三幕五场儿童剧）

剧情说明

这个儿童剧是根据民间故事改编的。

打柴的王小二搭救了一位落水的老头儿李八十。李八十送给他一只能大能小的宝船。有一天涨大水，王小二和他的妈妈，还有大白猫，乘上宝船去避难，在路上救起了大蚂蚁和蜂王，仙鹤也到宝船上来歇脚。最后又救起了一个坏蛋张不三。

大水退下，王小二和大白猫、大蚂蚁、蜂王、仙鹤一起重建家院。好吃懒做的张不三却骗了王小二的宝船，把宝船献给皇上，当上了宰相。

王小二找张不三要回宝船。张不三命令随从把他毒打了一顿。李八十老头儿赶来，用仙鹤的灵芝草治好了王小二的伤。恰巧皇上为了公主有病，到处征求医生。王小二借给公主治病为名，带了大白猫等进宫去向皇上讨回宝船。

皇上不肯给还宝船，让张不三出了许多坏主意来作难王小二。王小二在大白猫他们的帮助下，治好了公主的病，破了张不三的难题，但是皇上还不肯把宝船交出来。最后，李八十突然出现了，把张不三变成了狼，把皇上变成了野猪。宝船才回到了勤劳勇敢的王小二手里。

第一幕

第一场

时　间　古时候，有那么一天的上午。

地　点　山涧有一条独木桥的地方。

人　物　王小二、李八十。

〔**幕启**：一片美丽的山景，比图画还更好看。山脚有一条溪涧，很深，上边有个独木桥，极难走。林中百鸟争喧。忽然鸟声静下来，自远而近传来歌声。这是王小二唱呢。他是个爱劳动的好孩子，背着柴下山，边走边唱。

王小二　（唱）清早上山去打柴，
太阳升，下山把柴卖。
早打柴，早去卖，
买盐买米，早早回家来。
盐米交给好妈妈，
妈妈夸我真可爱！

（走到桥头，把柴放下，休息一下，以便聚精会神地过桥。找了块平滑的大石，坐下，向林中说）小鸟儿，我不唱了，听你们的吧！（鸟声又起）你们这些小家伙，老唱那一个调儿，唧咕唧，唧咕唧的！用点心思，编点新歌儿不好吗？

〔李八十老翁从对面走来。要过桥，自言自语。

李八十　这个破桥，多么难走！我老啦，怎么年轻的人不动动手，修一座宽点的，结实点的桥呢？

王小二　（立）老爷爷，你出主意，我来修！这里，石头木头都现成啊！

李八十　(望望)你呀,是个好孩子！可惜,年纪太轻,没力气呀！

王小二　说我没力气?你等等,我把你背过桥来,看看我有力气没有!这可不是逞能,是应当帮助老人!

李八十　说得好!我领情!可是,让我自己慢慢过去吧!背着我,你的腿一颤,心一慌,咱们就一齐掉下去!(开始战战兢兢地过桥)

王小二　慢着点,老爷爷！眼睛别往下看!

李八十　我知道!(可是,失足落水)哎呀!

王小二　哎呀！老爷爷!(急跳下去)

〔小梅花鹿、小狗熊等到涧边往下看,颇为着急。小二救上老人来,扶老人坐大石上。小鹿等跑开。

王小二　老爷爷！老爷爷!

李八十　哎呀呀呀！好孩子！好孩子！你救了我的老命!

王小二　快脱了这湿衣裳,晒晒吧!

李八十　不要紧,山风儿一吹,一会儿就干！你的也都湿透了啊!

王小二　不要紧,山风儿吹干了你的,也会就手儿吹干了我的,不是吗?

李八十　对呀,你简直比老人还聪明!

王小二　老爷爷,在哪儿住呀？我送你回家!

李八十　不用送!我的家呀,只在此山中,云深不知处,连我自己也有时候找不着!

王小二　找不着自己的家,倒怪有意思儿,可就是麻烦点!

李八十　孩子,你在哪儿住呀?

王小二　就在这山下边,门口儿有个磨盘,磨盘旁边有棵大柳树,柳树上有俩“知了”儿,吱、吱、吱地唱。我妈说,那俩“知了”儿要不是哥儿俩,就是夫妻俩。

李八十　他们在冬天也唱吗?

王小二　老爷爷,你怎么了？冬天他们睡觉,不像咱们一年四季老爱干活儿!

李八十　说的好！我最喜欢爱干活儿的小伙子！你叫什么呀?

王小二　我叫王小二。

李八十　“王小二过年,一年不如一年”的那个王小二呀?

王小二　谁说的！我是一年比一年身量更高，力气越大，越能多干活儿的王小二！

李八十　都快结婚了吧？

王小二　还不一定！

李八十　家里还有什么人哪？

王小二　有妈妈，顶好的妈妈，最爱干活儿！所以呀，我们的门外种着吃不完的菜，缸里老存着点粮食！我们还有一只大白猫！

李八十　你爱大白猫吗？

王小二　当然喽！它会捉老鼠啊！其实呀，我也很爱老鼠！

李八十　这可就不大对了！我们爱好的，不爱坏的！你能爱天上的九头鸟，山里的四眼狼吗？你能爱天天杀人的皇上，夜里偷吃小孩的妖精吗？不能吧？你是个有好心的孩子，要是能够分好歹，辨黑白，可就更有出息了！

王小二　好，我听你的话！老爷爷，你有妈妈没有呀？

李八十　从前有，现在我已经八十多岁，妈妈早不在了！

王小二　你都八十多岁了？

李八十　一点不假，我就叫李八十嘛！看，我的胡子不是全白了吗？

王小二　可是，我们的大白猫也有白胡子呀！

李八十　看你，怎么可以拿老爷爷比大白猫呢？

王小二　别生气，老爷爷！我也看那么比不大合适！

李八十　来吧，好孩子，我最爱好孩子！你今天作了一件好事，我得送给你一点礼物！

王小二　老爷爷，我不要！妈妈常说：帮助人是应该的，不为得礼物！

李八十　你妈妈说的对！可是，礼物要是一件宝贝，也不要吗？

王小二　也不要！我自己有宝贝！

李八十　你带着宝贝哪？叫我看看！

王小二　（从腰中掏出小板斧）看！这还不是宝贝吗？（耍斧）有它，上山能砍柴，豺狼虎豹不敢近前来！它们敢前进，嗑喳喳，一斧劈开它们的脑袋！

李八十　好！好！好！可是，有朝一日发来大水，房子冲塌，树木冲倒，白茫茫一片，天连水，水连天，你的宝贝可有什么用呢？

王小二　老爷爷，会有那么一天吗？

李八十　会有，会有！你看，咱们的皇上多么懒哪！日上三竿他才起，先喝一大碗香油，然后吃好几大张葱花烙饼；吃完了就再睡，睡醒了再吃；既不修河，也不开渠，怎能不闹大水呢？

王小二　哎呀，那可怎么办呢？可恶的臭皇上，吃了睡，睡了吃，活像我家的大白猫！

李八十　大白猫还爱拿老鼠，咱们的皇上连臭虫都不肯拿！快来吧，拿去这件宝贝！（掏出一个小木盒，掀开，取出个小纸船）你看！你看！

王小二　一只小纸船儿？有什么用呢？还装不下我的一个拳头！

李八十　宝贝不一定都很大呀！你的斧子比树大吗？可是斧子能砍树，树不能砍斧子！这是宝船！

王小二　我明白了：大水来到，我拿着它，可以淹不死！可是，妈妈怎么办呢？大白猫怎么办呢？要是扔下他们不管，我一个人逃命，说什么我也不干！

李八十　你，你妈妈，大白猫，连你们家的磨盘，都装得下！

王小二　老爷爷，你是瞎说！

李八十　一点不是瞎说！你看着、听着、记着：快长快长，乘风破浪！（小船变大）你看，长大了没有？再念再长，要多大有多大！赶到不用的时候，你念：水落收船，快快还原！（船又变小）

王小二　老爷爷，这可真是个宝贝！有了它，大水来到，我可以救起许多活东西呀！

李八十　说说吧！

王小二　比如说，水上漂着一群蚂蚁，该救不该救？

李八十　该救，蚂蚁多么勇敢、多么勤劳啊！还有？

王小二　水上来了一窝蜜蜂，也得救起来呀，蜜蜂多么爱干活儿，酿的蜜又多么甜哪！

李八十　应当救，还有？

王小二　一只美丽的仙鹤，或是一只胖小狗，都该救起来呀！可是，老爷爷，第一要先救人！

李八十　是吗？连坏人也救吗？王小二，你要小心，你要是救起一条毒蛇呀，它会咬死你！坏人哪，也许比毒蛇更厉害！你记住那两句话了吗？

王小二　记住了！快长快长，乘风破浪！水落收船，快快还原！对吧？

李八十　对！好好地拿着，交给你妈妈收起来！看，太阳这么高了！

〔小二看太阳，一回头，老人不见了。

王小二　老爷爷！老爷爷！你在哪儿那？老爷爷！老爷爷！（只闻回响，不见人影）哎呀，奇怪呀！老头儿藏在哪儿去了？

李八十　（声音）快回家吧，王小二！再见！

王小二　再见！（四山回响）再见，再见……

第二场

时　间　前场后闹大水的那一天，下午。

地　点　王家门外。

人　物　王小二、王妈妈、大白猫、仙鹤、大蚂蚁、蜂王、张不三。

〔**幕启**：天昏地暗，黄水横流。一片锣声，众人惊叫：水来了！水来了！逃命啊！

〔锣声呼声稍远，王小二喊叫。

王小二　（在幕后）妈！妈！别慌！咱们有宝船！宝船啊，快长快长，乘风破浪！妈，抱着大白猫，我来搬东西！

〔锣声又近，鸟儿惊飞，牛羊哀叫……宝船出来，随浪起伏。

王小二　妈，你驶舵，我划桨！大白猫，别害怕，看着水里，有什么活东西好救上来！

王妈妈　小二！小二！等等再开船！咱们的磨盘还没搬上来呀！（船停住）

王小二　来不及喽！磨盘分量重，大概冲不走！

王妈妈　（依依不舍地回顾）这是什么事哟！房倒屋塌，东西全冲走喽！这，这怎么活下去呢？

王小二　妈，别伤心！等水下去，房塌了再修，菜淹了再种！天下无难事，因为人有手，天塌用手托，水来……

王妈妈　水来怎样啊？

王小二　水来坐船走！哈哈哈！

王妈妈　小二！小二！大难临头，你怎么还有说有笑呢？

王小二　愁眉苦脸的，水也退不了啊！

大白猫　喵！喵！

王小二　什么事？大白猫！水里有老鼠吗？不管它！

大白猫　（伸一爪，指水中）不是老鼠！

王小二　不是老鼠？捞上来吧！

大白猫　（不敢）喵！

王小二　胆小，怕掉下去呀？把尾巴交给我，拉着点，掉不下去！（轻拉猫尾）

〔大白猫去捞，捞上个大蚂蚁来。为抖去身上的水，它跳起舞来。

大白猫　（觉得很有意思，用爪指他，笑起来）咪咪，哈哈哈！

王小二　大白猫，白大猫，人家浑身是水，不好受，你还笑哪？没有同情心！快去，再看着水里！（向蚁）这位先生，你是谁呀？

大蚂蚁　（停舞）姓蚂。

王小二　名字呢？

大蚂蚁　单名蚁。

王小二　原来是蚂蚁兄弟！就是一个人吗？

大蚂蚁　我是大蚂蚁，小的都在这儿呢？（叫小二看他的衣袋）

王小二　喝！真不少！

大蚂蚁　谢谢你把我们救上来，给我点活儿干吧！

王小二　大白猫，听见没有？人家刚到，就找活儿干，不像你！

〔白猫摆尾，表示抗议。

大蚂蚁　来，我帮你划船！（与小二分掌二桨）

王小二　好，一——二！嗨！

大蚂蚁　吆！

王小二　嗨！

大蚂蚁　吆！

大白猫　嗨，喵！嗨，吆！（躲开原处）

王小二　又怎么了？大白猫！（船又停住）

王妈妈　水里有个大蜜蜂！大白猫从前扑蜜蜂，叫人家螫（zhē）得鼻青脸肿的，所以至今还害怕呢！

王小二　我来吧！（把桨伸出去，蜂王爬了上来）

蜂　王　谢谢喽！好大的水呀！唉！花儿淹了，树也倒啦，我看今年的冬天不大好过去！

王小二　别发愁，先干活儿！你去把舵，好让妈妈作点吃的！

蜂　王　好吧！（去换下王妈妈）

大白猫　（紧随着王妈妈）喵！喵！

王妈妈　我知道你叫什么；你是要吃点鱼，对吧？

王小二　大白猫，到处都是水，你自己钓两条鱼吃吧！

大蚂蚁　把尾巴放在水里，还真许钓上大鱼来！

大白猫　喵——不！

王小二　大蚂蚁，白猫心眼儿多，怕鱼把它拉下去！是不是呀？你个大白猫，坏白猫！

大白猫　喵——嘻嘻嘻嘻！（笑得很不自然）

〔白猫笑声未止，一只大仙鹤自天上掉下来，正砸在猫身上！

仙　鹤　哎呀！

大白猫　喵——哎哟！（急逃开）

仙　鹤　（爬在船上，连连喘气）哎呀！累死我也！累死我也！

王小二　快歇歇吧！

仙　鹤　哎呀，我飞呀，飞呀，飞了一天一夜，找不着一个落脚的地方，可真累坏啦！你们这些好人，让我在这儿歇歇吧？

王小二　当然！当然！

王妈妈　我们欢迎你！

大蚂蚁　我也是刚上来的，这儿呀真好！有福大家享，有难一齐受，你放心吧！

蜂　王　你先歇歇，歇够了，你可以去捉几条鱼来，大白猫馋死啦！

仙　鹤　行！捉鱼我有把握！

大白猫　（赶紧过来，给仙鹤舔舔（tiǎn）羽毛）喵——嘻嘻嘻嘻！

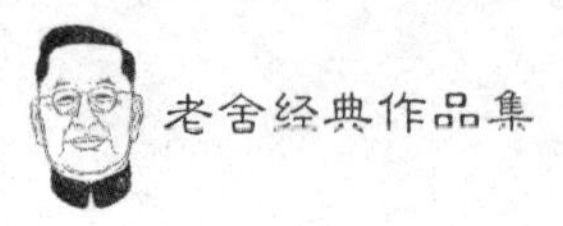

大蚂蚁　大白猫真会巴结人啊！

大白猫　喵——我吃鱼，你啃骨头！

王小二　这个大白猫，真自私！

大　家　哈哈哈哈……

张不三　（在水中喊）救人哪！救命啊！

王小二　哟，水里有人！快救！快救！

王妈妈　小二，李八十老人不是说过，要救好人吗？这个人是好是坏，咱们不知道啊！

王小二　我有办法！嗨，你是好人，还是坏人？说实话！

张不三　我是好人，顶好的人！不踩一个蚂蚁，不伤一个蜜蜂，既不捉鸟，也不打猫，可好哩！

王小二　你叫什么？

张不三　张不三，我弟弟叫张不四！

王妈妈　小二，留点神！不三不四，听着不大顺耳呀！

王小二　妈，人好不好不在乎叫什么！

王妈妈　等我看看吧！（看）哎呀，他好像张大财主的儿子张三那！他们都是坏人！

张不三　我不是张三，是张不三！我爸爸也不是大财主！老太太，想一想吧，我家要是大财主，怎能连一只船也没有呢？快点吧，我要沉下去啦！

王小二　妈，救救他吧，他多么可怜那！妈，快递给我那根大绳子！

王妈妈　（递绳）你看准啦！他是好人那？

张不三　救命吧，老太太！

王小二　你真不是张财主家的？

张不三　真不是！这么办，看我不好，再把我扔下水来，还不行吗？

王小二　好！接绳子！（把张不三拉了上来）

张不三　谢谢救命之恩！老太太，你就作我的亲妈妈吧！你（指小二）就如同我的亲弟弟！你（指蚂蚁）是我的亲蚂蚁！你（指蜂王）是我的亲蜜蜂！

大白猫　喵！

张不三 还有你，大白猫，你是我的亲咪咪！仙鹤呀，美丽的仙鹤呀，我一看见你，心里就喜欢，比亲人还亲！我说，众位亲人，我们这是往哪儿走呢？

王小二 四面都是水，我忘了东西南北！

张不三 （指）看，那边不是有山吗？人往高处走，水往低处流，对着山走吧！那边地势高，咱们一定能找到一块又干又好的地方！

王小二 妈，你看，他很聪明啊！

王妈妈 （仍未释疑）嗯！我还得问问他！我说，你为什么叫张不三呢？

张不三 不三就是：一不馋，二不懒，三不偷东西！

大白猫 跟我一样！

王小二 大白猫，你真不害臊！

王妈妈 你弟弟为什么叫不四呢？

张不三 他不馋，不懒，不偷，又不怕水！

王小二 所以他没来，是吧？

张不三 是呀，他在水里睡觉呢，睡的可香哩！老太太，诸位亲人，相信我吧，我是顶好的人！来吧，都预备好！划桨的有了，掌舵的有了，做饭的有了，了望的有了，钓鱼的有了，我就作个总指挥吧！开船喽！

〔大家正要往张不三所指的方向开船，一片呼救声，与牛羊哀叫声却从相反的方向传来。

王小二 等等！把船掉过头来！快！

张不三 干吗掉头？那边的水更深！

王小二 那边水里有人，有牛，有羊，都得救上来！快，使劲！嗨，吆！

大　家 嗨吆！嗨吆！

王小二 （唱）水里有人我们去救！

大　家 嗨吆！

王小二 有牛有羊也要救上来！

大　家 嗨吆！

王小二 我们心齐不怕水，
乘风破浪往前开！

大　家 嗨吆！嗨吆！（船越走越快）

第二幕

第一场

时　间　又过了些日子，水落下去，王家回到故乡。夏日午后。

地　点　王家。

人　物　张不三、大白猫、仙鹤、蜂王、大蚂蚁、王小二、王妈妈。

〔**幕启：**大水已落。王家的磨盘并没被冲走。大柳树也没倒，蝉又回来歌唱。冲坏了的房子已修好多半，还在加紧施工。张不三不干活儿，独坐在磨盘上，自言自语。

张不三　这群好心眼的傻蛋，我说什么，他们都信！我说我不是张财主的儿子，他们也信以为真！就是那个老太婆聪明点，可是我一叫她亲妈妈，她就不再疑心我！我得赶快想主意，把那个宝船拿到手。宝贝到手，我准升官发财，多么美呀！

〔大白猫背着一小筐土，还用尾巴在下面支着，慢慢地走来。

大白猫　哎呀，哎呀，了不得！压得我成了个小罗锅！

张不三　大白猫，大乖猫！快着点，别哎呀哎呀的！

大白猫　是呀，我要是在磨盘上坐着，干吗哎呀哎呀的呢！

张不三　大乖猫，看明白点，我是监工的，应当坐在磨盘上！

大白猫　你呀，监工的，一肚子坏！

张不三　这是什么话呢？我是天下第一的好人！

大白猫　昨天你偷吃了王妈妈的鱼，反倒说我爱偷嘴！（把土倒下，又往回走）你呀，不是不馋、不懒、不偷；是又馋、又懒、又偷，还又坏！（下）

张不三　哎呀，我得快点动手，别叫他们大家都看出我的原形来！

〔仙鹤与蜂王同挑着砖走来，边走边唱。

鹤、蜂 （唱）哼，嗨！哼，嗨！

我们的活儿作的快！

嗨，哟！嗨，哟！

房子一会儿比一会儿高！

哟，喝！哟，喝！

人多好干活，人多好干活！

张不三 （从磨盘上下来）亲爱的好仙鹤！亲爱的好蜜蜂！我没在这儿坐着偷懒，我是动脑筋，想好主意呢！

仙　鹤 想什么好主意？

张不三 你们看，咱们那，是有福不会享！

蜂　王 怎么？

张不三 咱们有宝贝，为什么不用它呢？

仙　鹤 你说的是那个宝船？

张不三 对呀！

蜂　王 发大水才用它呢，不是吗？

张不三 它现在就可以有用！

大蚂蚁 （独自挑着很重的两筐土）走！走！挑土一大堆，快步走如飞！

张不三 大蚂蚁，亲爱的！你这么小的个子，挑那么多的土，快放下歇歇吧！

大蚂蚁 别看身量矮，志气比天高！别看个子小，要把日月挑！

张不三 放下，歇歇！（蚁放下筐子）我正在这儿要说，咱们要是把宝船献给皇上去，皇上必给咱们一大堆金子，一大堆银子，玛瑙的水桶，翡翠（fěi cuì）的磨盘，咱们何必再受累，又搬砖，又挑土的呢？

仙　鹤 我们爱挑土，爱搬砖！多么有意思呀！

蜂　王 宝船是小二哥的，我们不能作主！

大蚂蚁 你要敢动那个宝贝，我打死你！

张不三 谁说我要动它呀，大家伙儿商量嘛！你们愿意了，我再跟小二哥商量。

大　家　我们听小二哥的,不听你的!(都抬起砖,挑起土,走向工地)

张不三　这就算大家同意了?好!(给自己鼓掌)

〔大家又去挑土抬砖,没理他。王小二扛着根柱子上。

王小二　(唱)又是泥水匠,

又把木匠当!

墙厚二尺五,

松木柱子柏木梁!

水冲不倒,风吹不透,

盖起来结结实实的房!

张不三　(忙去接柱子,放地上)小二哥,小二哥,告诉你,他们都同意了!

王小二　同意了什么呀?

张不三　不是我,是他们大伙儿说的,这么干活儿太累了!何不把那个宝船献给皇上去?

王小二　献给皇上?要是再发了大水,怎么办呢?

张不三　这样的大水,一万年才发一次,把宝船放一万年,多么可惜!咱们要是把它交给皇上,跟皇上要金子,银子,珍珠玛瑙,咱们不就阔起来,不必受累,也天天大碗喝香油吗?

王小二　坐着喝香油,我不干!我愿意干活儿!

张不三　是呀,有了钱,多买地,种一百亩高粱,一百亩玉米,一百棵玫瑰花,一百棵茉莉花,养活一百头猪,一百头牛,一百只鸡,一百只大肥鸭,不是有干不完的活儿吗?

王小二　要那么多东西干什么呢?

张不三　小二哥,你爱妈妈不爱?你孝顺不孝顺?

王小二　我顶爱妈妈!顶孝顺妈妈!

张不三　可是,你看看,妈妈穿的是什么?吃的是什么?戴的是什么?我都替她难受啊!咱们要是有了钱,妈妈不就能吃点好的,穿点好的,戴上金簪(zān)子、银环子、宝石戒指,多么好啊!那才见出你的孝心啊!再说,反正那个宝船放着也是放着,为什么不叫它有点用呢?你想想!

王小二　对，你说的有点道理！妈妈实在太苦！我跟她商量商量去！

张不三　别跟她老人家商量！她老人家爱勤俭，自己吃苦，可不肯说！跟她一商量，她必定说，我不苦！我不苦！

王小二　嗯！妈妈是那样！

张不三　所以呀！你快把宝船拿来，别叫妈妈知道！等到把它献给了皇上，咱们得了金银财宝，马上就带回来猪羊牛马，绫罗绸缎，叫妈妈吃上好的，穿上好的，妈妈也就嘴里不说什么，心里可顶高兴，说你是个大孝子！

王小二　好！咱们俩马上走！

张不三　我一个人去就够了！你要一去，妈妈必定盘问你，谁可也去不成了！快去，拿宝船去！我不怕见皇上，又会买东西，我雇一条快马，很快就到了京城。得了金子银子，赶快就把妈妈心爱的东西都买回来！快去，拿宝船去！

王小二　好！你等着，别动啊！我马上回来！（下）

张不三　行了！行了！张不三，三不张，真真是个百宝箱！心眼快，嘴又强，神仙见我也遭殃！

王小二　（跑回来，拿着小盒）给你，好好拿着！

张不三　小二哥，你放心我呀？

王小二　什么话呢？咱们是大水冲不散的朋友啊！你快去，快回来！

张不三　一定快回来！一天不见，我就想你想的吃不下饭去呀！唉，我真舍不得你！（抹泪）

王小二　快走吧！反正你回来的快，何必伤心呢？

张不三　对！你们好好地盖房，我快快地回来！再见！（匆下）

〔王小二扛起柱子。鹤等又都抬着砖，挑着土，一块儿回来。

仙　鹤　小二哥，土够了，砖也够了，好不好再给外面的墙基砸砸（zá）夯（hāng）啊？

王小二　对，等我放下柱子，就砸夯。根基不砸结实了，墙厚也不牢靠！

大白猫　唱夯歌不唱？

蜂　王　当然要唱！小二哥，你领唱！

〔大家各拉一绳，王小二领唱。

王小二 （唱）大水下去，回到家乡。

大　家 夯来！（砸）（“来”读如“赖”）

王小二 又种庄稼又修房！

大　家 夯来！（“来”读原音）

王小二 蚂蚁浑身是力量！

大　家 夯来！

王小二 蜜蜂儿事事爱帮忙！

大　家 夯来！

王小二 仙鹤干活儿真稳当！

大　家 夯来！

王小二 大白猫背土啊，那么一小筐！

大　家 夯来！哈哈哈！

大白猫 我不干了，不干了！我这么卖力气，还拿我当笑话说呀？不干了！

王小二 说着玩儿哪，着什么急呢？

〔王妈妈提着一桶水，一桶饭，笑着走来。

王妈妈 孩子们，洗手去，吃东西啦！哎？怎么少了一个人？张不三呢？

王小二 他，他走啦！

王妈妈 走啦？上哪儿了？

王小二 他进京了！

王妈妈 进京干什么去？

王小二 去见皇上！

王妈妈 见皇上干吗？

王小二 去，去……

仙　鹤 去献宝船吧？

大　家 去献宝船？

王小二 他说，那是你们大家的主意！

大白猫 我一点也不知道！船能大能小，我的眼珠也能大能小，都是宝贝，我怎会叫他拿走呢？

仙 鹤 我们没出主意，张不三骗你呢！

大蚂蚁 追他去，把宝船要回来！

大 家 对！对！追他去！

王妈妈 孩子们，听我说！自从张不三一露面，我就有点疑心。可是，咱们都太实在，就难免有点马马虎虎。我比你们都多知多懂，因为我的岁数大呀。可是，连我也一听见他叫我妈妈，就动了心，不再提防他。我还这样呢，何况王小二呢！小二，你甭难过，这回有了经验，以后就会多留神，不上坏人的当了！

王小二 妈，我追他去，把宝船要回来！

王妈妈 一定得把宝船要回来！宝船在咱们手里，不但能够救咱们自己的命，也能救别人！

王小二 现在我想明白了，宝船落在皇上手里就成了废物！皇上只会拿着它玩儿，想不到用它救人！好，我马上走！

仙 鹤 要去，大家一齐去；小二哥一个人去，我们不放心！

王小二 我一个人去，行！我有理，再留点神，还怕什么呢！

大白猫 都听妈妈的吧！妈妈怎说，咱们怎么办！大家去，我也去！可是，道儿远，在路上吃什么呢？

蜂 王 你呀，大白猫，老先想吃！

仙 鹤 不要紧，我天天捉一条大鱼喂你，还不行吗？

大白猫 顶好是鳜(guì)鱼，肉多，刺少！老太太，你说吧！

王妈妈 这么办：叫小二先走，咱们赶快盖房，省得叫雨水冲坏了！一完工，要是小二还不回来，你们就都去找他，好不好？

大 家 好！好！加把劲儿，快盖好了房！

王小二 仙鹤，你得给自己在树上搭个窝。蜂王、大蚂蚁，你们也得安好了家！大白猫，找点草，给你自己编个过冬住的小篮子！

大白猫 我这小肉包子似的手，编不上来呀！

大 家 我们帮着你！

王小二 妈，我走啦！

王妈妈 带上干粮啊！（给他预备）

仙　鹤　带上你的斧子！（递斧）

蜂　王　顺着大道走，迷不了路！

大蚂蚁　快去快回来！

大白猫　晚上睡觉，多打咕噜，小虫儿什么的不敢过来！咕噜，咕噜……

王小二　（提着干粮，插好斧子）再见！再见！

大　家　（送他）再见！快回来！

第二场

时　间　前场后月余，上午。

地　点　京城城门外。

人　物　宰相的随从若干、张不三、王小二、仙鹤、蜂王、大蚂蚁、大白猫、李八十、差人甲乙。

〔**幕启：**二道幕前，二公差鸣锣开道。

二公差　闪道！闪道！大宰相过来喽！

张不三　（上。红袍玉带，手执马鞭，得意扬扬。后面随从数人，张伞持枪，威风凛凛。唱）

要作一品官，
全凭心眼儿尖！
黑心眼，别人看不见，
只见红袍在我身上穿！
哎呀，我的天，
一人之下，万人之上，
就是俺张不三！

〔王小二迎面走来。

二公差　闪开！闪开！

王小二　嗨，张不三，我找你来了！

张不三　你是谁？

王小二　连王小二都不认识了吗？

张不三　我是宰相，怎么会认识你？

王小二　呕！翻脸不认人那！

张不三　快滚开！

王小二　张不三，你骗走我的宝船，一去不回头，还假装不认识我，你是多么坏的人那！二句话没有，给我宝船！

张不三　宝船已经交给了皇上，皇上叫我作了宰相。告诉你，你有四个脑袋也惹不起我，八个脑袋也惹不起皇上！

王小二　皇上也得讲理！皇上也没长着八个脑袋！

张不三　好吧，咱们就试试谁更厉害！来呀，拉下去打！

〔随从上前捉王小二。

王小二　（抽出斧子）看谁敢动手！

张不三　王小二，讲打你可不行，别自寻苦恼！

王小二　你敢无理打人，我就还手！

张不三　给你二百钱，乖乖地回家吧！

王小二　我要宝船！

张不三　好！拉下去，重责四十大板！

〔王小二抵抗，但寡不敌众，被二随从拖下去。

张不三　哈哈哈！打道上朝！（下）

〔幕后喊：一十，二十，三十，四十！

随从甲　（上）这个王小二真是好样儿的！一声也不哭！

随从乙　哼！我看他恐怕活不成啦！

〔仙鹤等匆匆跑来。

仙　鹤　嗨！你们说的是哪个王小二？

随从甲　跟宰相要宝船的那个王小二！

蜂　王　宰相是谁？

随从乙　张不三，张大人！

大　家　张不三！王小二在哪儿呢？

随从甲　在那边！（同乙下）

仙　鹤　快走！找小二哥去！

大　家　快走！小二哥！小二哥！

〔二道幕开：一座假山，数竿翠竹，上有小亭。仙鹤等急跑。

仙　鹤　小二哥！小二哥！

大　家　小二哥！你在哪儿那？小二哥！

〔王小二躺在亭内，大家看不见他。李八十老人在亭内立起来。

李八十　谁叫小二哥那？

大　家　是我们，老爷爷！你看见王小二没有？我们是他的好朋友！

李八十　快来吧，孩子们！小二叫张不三给打伤啦！

仙　鹤　老爷爷，我这儿有灵芝草！

蜂　王　我这儿有蜂蜜！

李八十　你们两个上来！

仙　鹤　（同蜂一齐跑上去）小二哥，我们来了！

〔蚁与猫也要上去，李八十出来，拦住他们。

大蚂蚁　老爷爷，叫我上去！

大白猫　叫我上去！

李八十　亭子小，咱们在下边等着去吧！

大蚂蚁　不行啊，老爷爷！我得看看小二哥怎样了！

大白猫　老爷爷，我是小二哥最好最好的朋友啊！让我上去！

李八十　孩子们，听话，下去！王小二的伤很重，可是有了灵芝草就一定能治好！来，随我来！（拉他俩下来，坐于石上）

大白猫　小二哥呀！（哭）

李八十　别哭！别哭！

大蚂蚁　别哭！走！咱们找张不三去！他打了小二哥一顿，咱们打他三顿！

大白猫　走！（掏出半条干鱼来）来，我这儿还藏着半条小鱼，给你一半儿，吃吧！一边走一边吃！走！（吃着走）

李八十　孩子们，听我说！等王小二好过来，大伙儿一块去，才打得过张不三呢！

大蚂蚁　（向亭子问）小二哥怎么样啦？

仙　鹤　(探出身来)行啦！行啦！睁开眼睛啦！你们等等再上来！(又蹲下去)

蜂　王　(也探出身来)他已经吃了两口蜂蜜，放心吧！(蹲下去)

猫、蚁　告诉他，我们也来啦！(缓和下来，坐在老人旁边)

大白猫　嗯？我的鱼呢？

李八十　你不是已经吃了吗？

大白猫　真把我急糊涂了！

大蚂蚁　老爷爷，你是谁呀？

李八十　快长快长，乘风破浪！

蚁、猫　啊！你是李八十爷爷？

李八十　对喽！最爱孩子的李八十！

大蚂蚁　你怎么知道小二哥有了难呢？

李八十　我听人说，张不三献宝船，作了宰相。我一想，天下只有一只宝船，怎么落在张不三手里了呢？所以呀，进城来看看。可巧，看见王小二在这儿躺着，我就把他抱到亭子里去啦。

〔传来锣声。

大蚂蚁　宰相又过来了吧？听，锣响！大白猫，准备打！

〔蜂王在亭内立起，向外看。

蜂　王　什么事呀？锣响！

大蚂蚁　小二哥怎么样？

蜂　王　(下来)已经坐起来了，待会儿就下来！

〔来了二差人，一人叫喊，一人打锣。

差人甲　皇上有圣旨，大伙儿用心听！

差人乙　(打锣)当，当，当！

差人甲　公主有了病，要请好医生！

差人乙　(打锣)当，当，当！

差人甲　谁能治好病，算是立奇功！年轻的招驸(fù)马，年老的把官封！

差人乙　(打锣)当当，当当，当当！(同下)

蜂　王　老爷爷，公主是谁？

李八十　公主就是皇上的女儿。

大蚂蚁　老爷爷，驸马是哪一种马呢？

李八十　驸马不是马！

大白猫　大概是驴？

李八十　也不是驴！驸马是公主的丈夫！

蜂　王　呕！谁给公主治好了病，谁就娶她作老婆，对吧？

李八十　对！

蜂　王　（向小亭）怎样啊？

猫、蚁　怎样啊？

仙　鹤　（扶起小二）看！小二哥好啦！

〔王小二同仙鹤走下来，大家上去，亲他，抱他。

王小二　谢谢老爷爷！谢谢大家！

大　家　不谢、不谢！彼此帮忙！（一齐拍手，跳着，念着）好快活，好快活，灵芝草救活了小二哥！好二哥，二哥好，乐得我们跳破了脚！

王小二　老爷爷，朋友们，坐下！坐下！大家商量商量，怎么要回宝船来！

〔大家静下来，都坐下。

仙　鹤　老爷爷先说！

李八十　我说呀，宝船在皇上手里，就找皇上去！

大　家　对！走啊！走！

王小二　等等！不经一事，不长一智，刚才我吃了亏，为什么？因为事前没准备好！咱们去找皇上，得先想好了办法！去找皇上，皇上肯见咱们吗？

大白猫　哼，皇上比我还懒，准不见咱们！

仙　鹤　我有办法！公主不是有了病，请医生吗？好啦，叫小二哥当大夫，拿着灵芝草，去给公主治病，准能进去！

大　家　（鼓掌）好主意！好主意！

蜂　王　刚才小二哥挨了打，因为一个人力量小啊！这回，咱们都跟小二哥去！

王小二　是呀！皇宫里有皇上，有兵，还有张不三，咱们得多去几个人！蜂

王，你带着小蜜蜂没有？

蜂　王　（示以口袋）我带来五百名蜜蜂兵，都能征惯战！

大蚂蚁　（示以口袋）我也带来最会打仗的精兵一千名！打起来，咱们准打胜！

王小二　好！可是呀，咱们也得用心思，处处留神，一点别上当！仙鹤常在水里耐心地捉鱼，所以最稳当。蜂王也有心眼儿。大蚂蚁有时候太急。大白猫呢又懒又馋！大白猫，到宫里，谁给你吃的也别要，也别打盹！

大白猫　是啦，我知道自己的毛病！

大蚂蚁　我听你的，你说打，我才打，决不乱来！

王小二　好，老爷爷，还有什么嘱咐我们的？

李八十　你们想得很周到！可是呀，他们的模样不行啊！到了皇宫，人家一看这怪模怪样的，准不许进去！

王小二　对呀，老爷爷，你有办法吗？

李八十　等我想想！我小的时候，妈妈教给我两句话，一念就会变！

仙　鹤　快想吧！老爷爷！肃静，叫老爷爷好好地想！

李八十　（想了会儿）嗯！嗯！想起来了：要变男的呀，说：der、嗒、我、喝、哨！

大白猫　要变女的呢？

李八十　说呀：呲、布、楞、登、呛！都记住了吗？

大　家　记住了！der、嗒、我、喝、哨；呲、布、楞、登、呛！

李八十　对！对了！你们真聪明，一学就会！好啦，我走啦！

王小二　老爷爷，不跟我们进宫吗？

李八十　不啦！你们人多，又齐心，准能成功，我很放心！万一有什么急事儿，你们一喊：八十加九十一百七，我就会来！再见，孩子们！

大　家　再见，老爷爷！慢慢地走！（李下）

大蚂蚁　走吧，快着点，给张不三一个冷不防！

仙　鹤　你又着了急，咱们还没变哪！小二哥，说说，都怎么变？

王小二　男变女，女变男，好不好？

大　家　好！

大白猫　好极啦！我正想变个姑娘！老当男的，多么单调啊！

王小二　就变吧！

鹤、蜂　走！der、嗒、我、喝、哨！（跑向假山后）

猫、蚁　走！呲、布、楞、登、呛！（跑向假山后）

三小二　（叫）仙鹤！多变一套衣裳，我穿！我原来的这一身叫他们打坏了！

仙　鹤　（内白）是啦！

鹤、峰　（出来。鹤穿白，戴小红帽。蜂穿黄，戴小黑帽）看，变得怎样？

王小二　好！你们俩当作我的徒弟。你（指鹤）叫白哥。你（指蜂）叫黄弟。

猫、蚁　（出来。猫穿红衣，蚁穿绿衣）看，变得怎样？

王小二　好！大白猫，哈哈哈！（众皆大笑）

大白猫　（莫名其妙）怎么啦？

王小二　你这个懒东西，怎么不变全了呢？大姑娘有带着尾巴的吗？

大白猫　（摸了摸）咪——哈哈哈！不要紧，藏在衣裳里就看不见了！（藏尾）

仙　鹤　（递衣）给你，小二哥，穿上吧！

王小二　（边穿边说）大白猫，你叫红姐。大蚂蚁，你叫绿妹。你们俩当我的妹妹。灵芝草、蜂兵、蚁兵都带好了吗？

大　家　都带好啦！

王小二　我们走吧！（白哥、黄弟在前，小二在中间，红姐、绿妹在后）走！左右左！左右左！（下）

第三幕

时　间　前场后片刻。

地　点　皇宫。

人　物　皇上、内侍甲、乙、卫兵、王小二、仙鹤、蜂王、大蚂蚁、大白猫、张不三、公主、宫娥数人、李八十。

〔**幕启：**金殿内，皇上坐当中，二内侍两旁侍立。龙案上摆着一大堆葱花烙饼，一大盘子煮鸡蛋。他正在摆弄宝船。装宝船的小盒在案上放着。

皇　上　快长快长，乘风破浪！（船变大）好玩！好玩！哈哈哈！（拿起一个鸡蛋，在脑门上碰，蛋碰破了，即蘸（zhàn）点盐花，吃着）水落收船，快快还原！（船变小）好玩！好玩！哈哈哈！（又在脑门上碰一蛋，吃着）什么宝贝也没有这个好玩！

卫　兵　（上）启奏万岁，有个王小二求见！

皇　上　没工夫！我这儿正玩得怪高兴！

卫　兵　他说，他会治公主的病。

皇　上　会治病啊？进来吧！（忙将宝船藏入怀里）

卫　兵　领旨！（喊）王小二上殿！（下）

王小二　（应声）来喽！（领仙鹤等同上，一齐说）皇上，皇上，你好啊？

皇　上　废话！我是皇上，有什么不好？来呀，把他们推出午门斩（zhǎn）首！

仙　鹤　你斩不了我，我会飞！

蜂　王　我也会飞！

大蚂蚁　我会地遁！

大白猫　我会上房！

王小二　你瞎扯！凭什么要斩我们呢？

皇　上　见了皇上，不下跪磕头，还不该斩首吗？

王小二　你派人去请大夫，大夫来了，谁该给谁磕头啊？

皇　上　这个……（问内侍）该怎么办？

二内侍　一点办法没有！

皇　上　请宰相，商议大事！

二内侍　宰相上殿那！

〔蚂蚁等要动手迎击张不三，王小二阻止。

张不三　（上念）宰相上金殿，没事瞎捣乱。臣张不三见驾，吾皇万岁！（连连磕头）

王小二　（对鹤等）就是这样的人才爱磕头！

皇　上　（对小二）你看，宰相多么有礼貌！

王小二　这会儿有礼貌，待会儿会把你害死！

大白猫　他还会偷吃的！皇上，留神你的烙饼！

张不三　（立，看见小二，惊异）啊？是你？

王小二　是我！还活着呢，没叫你给打死！

张小三　（旁白）哎呀，怪呀！他怎么还活着呢？（向皇上）万岁万岁，这是一群野孩子，把他们打出去！

皇　上　对！打出去！

王小二　打出我去，谁给公主治病呢？

皇　上　是呀！别打出去！

张不三　（旁白）他要是当了驸马，我这个宰相可就不好做了！（向皇上）万岁，他是打柴的，不会治病！

王小二　我不会治病，你会吗？

张不三　那……

皇　上　得！又问住了一个！来呀，请公主！

内侍甲　公主上殿！

张不三　万岁，干吗请公主？

皇　上　费什么话，治病嘛！

公　主　(二宫娥引上)参见皇父!

皇　上　罢啦!叫王小二看看你的病!

张不三　公主!公主!这个穷小子冒充大夫!

公　主　我都快死啦,你怎么还拦着我治病呢?你多么坏呀!

鹤　等　他坏透了!

王小二　公主,你得的是什么病啊?

公　主　累的!累坏啦!

大　家　累坏了?累坏了?

王小二　你一天干多少活儿,累成这个样呀?

皇　上　别听公主的!我叫她一天吃十五顿饭,什么也不干!

公　主　是呀,吃十五顿饭还不累得慌吗?我浑身都疼!

皇　上　小女孩子,没出息!我一天吃二十四顿还不累得慌呢!

王小二　公主,我能治你的病!白哥,拿灵芝草来!

张不三　公主,灵芝草不是葱,不是蒜,没地方找去!他瞎扯呢!

仙　鹤　(掏出仙草)灵芝草在这里!(递给小二)

王小二　(用仙草抚擦她)怎么样?怎么样?

公　主　真灵啊!身上都不疼了!

王小二　跳跳!跳高高的!

公　主　(跳)咦!怪舒服!

王小二　再跑个圈儿!

大　家　我们陪你跑一圈!(同公主跑)

公　主　真痛快!真好!头上有点汗啦!

王小二　公主,你的病就算好啦!从今以后,你要是一天只吃两顿饭,常跑跑跳跳的,多干点活儿,就不会再闹病了!

公　主　好!我听你的话!谁不愿意结结实实的呢!

王小二　你歇会儿去吧!

公　主　谢谢你!谢谢你!(向皇上)皇父,我看你也少吃点吧!(领宫娥下)

张不三　万岁,你看,王小二刚来这么一会儿,就把公主教坏啦!还不撺(hōng)出他去?

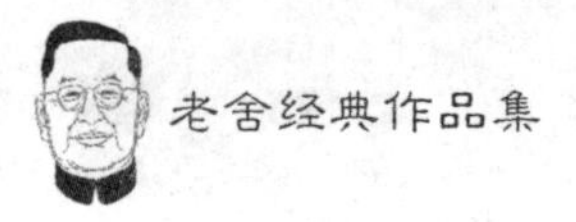

皇　上　对！王小二呀，把灵芝草留下，你走吧！

王小二　给我宝船，我马上走！

皇　上　宝船？那是宰相给我的！

王小二　他从我家里骗了走的！

张不三　万岁，没有这个事！快把他打出去！

王小二　好！张不三，刚才你仗着人多，打了我一顿，现在咱们单对单（脱衣），看看谁成谁不成！接衣服！（扔衣，蚁接住）张不三，来吧！

皇　上　这好玩，好玩！宰相，跟他打！

张不三　宰相是文官，不动武！

王小二　你没骨头！

张不三　我没骨头，有脑子，咱们斗斗智！万岁，我出个谜语，王小二要是猜对了，给他宝船！猜不对，打八十大板！

皇　上　行啊！出个最难猜的！

张不三　王小二，听着！什么花儿热？

大白猫　瞎说八道！花儿没有热的！

王小二　红姐，听着！他难不倒咱们！

张不三　什么花儿热？什么花儿凉？什么花儿是木头？什么花儿噼哩啪啦炒的香？

蜂　王　什么花儿我都认识，根本没有你说的这些花儿！

王小二　黄弟，别说话，让我好好地想想！

张不三　内侍，预备好大板子，他猜不上来！

王小二　张不三，听着！灯花儿烫手热！

鹤　等　对呀！对！（鼓掌）

王小二　灯花儿烫手热，雪花儿片片凉！刨花是木头，玉米花儿炒的香！

鹤　等　好哇！好哇！（欢跳）

王小二　皇上，拿宝船来！

皇　上　等等！你再猜猜我的！我有花两种，让你猜不着！你要猜不着，打你后脑勺！猜吧！

王小二　猜对了，给我宝船？

皇　上　对！

王小二　一猜就猜对，你的花两种：盐花儿蘸鸡蛋，葱花儿烙大饼！

鹤　等　对！对！鸡蛋和烙饼，皇上是饭桶！

王小二　怎样？皇上！

皇　上　猜是猜对了！可是，他们说我是饭桶，该罚，我没收你的宝船！

王小二　皇上，你不是饭桶，是什么呢？

皇　上　我，我，我是什么呢？宰相，再出好主意，快！

张不三　万岁，叫公主同七个宫女都一样打扮，蒙上头，遮上脸，叫王小二认。一认就认对，算他赢了；认不对，不叫他作驸马，也不给他宝船！

鹤　等　这不公道，不公道！

皇　上　不公道？干吗要公道呢！来呀，去叫公主预备！

内侍甲　领旨！（下）

皇　上　哎呀，我要上厕所！宰相，带路！

张不三　领旨！（同皇上、内侍乙下）

大白猫　这怎么办呢？怎么认出公主来呢？

大蚂蚁　咱们痛痛快快地打吧！

仙　鹤　先想想办法，文的不行再动武的！

蜂　王　对！小二哥，我看出来了，不知你看出来没有？

王小二　我也看出来了，（指头）这个！

蜂　王　对！

大白猫　什么呀？快说吧！

王小二　公主头上戴的是鲜花。

蜂　王　宫女戴的是纸花！

仙　鹤　对呀！鲜花有香味儿！

王小二　公主来到，蜂王放出些个小蜜蜂去。

大蚂蚁　（跳起来）对！哪个头上有蜜蜂儿围着，哪个就是公主！

大白猫　对！你们这么一说，我也想明白了！

皇　上　（同张、内侍乙回来）公主还没来吗？快着点！

内侍甲　(上)公主到!

皇　上　快进来!

〔七个宫女与公主结队而来，头与脸都遮得严严的，缓行轻舞。蜂王放出蜜蜂。鹤等亦舞。

皇　上　有趣，有趣!八个姑娘，都一边儿高，一样的打扮，怎能认出来呢?

王小二　(看了看，过去拉)一二三四五，驸马拉公主!

公　主　(揭开自己的头纱)哈哈!……一点也不假，公主爱驸马!王小二，我跟你去，咱们走吧!

王小二　听我说:一年之内，你要是天天种菜，浇花，洗衣裳，织布，把身体练得棒棒的，壮壮的，我就来接你。

公　主　一年?

王小二　一年!

公　主　你准来?

王小二　准来！见了面，我一看，你的脸蛋红扑扑的、眼睛亮堂堂的、腰板儿直溜溜的、胳臂硬棒棒的，我就拉着你走！好不好?

公　主　好，我从明天就干起活儿来!

王小二　干吗等到明天呢？现在就去干点什么吧!

公　主　(对宫娥们)走!我们去找点活儿干!(宫娥们都露出头脸，舞蹈着下)王小二，再见!

王小二　(同大家)再见！(向皇上)皇上，你全输了，拿来吧!

皇　上　作驸马就行了吧？别要宝船啦!

王小二　不行，我要宝船!

皇　上　咱们俩谁拿着它不一样吗?

王小二　不一样！你拿它当玩艺儿，我用它救人!

皇　上　这怎么办呢？好吧，我给你一斗金子!

王小二　我不要金子!

皇　上　我给你一所大房子!

王小二　我不要大房子!

皇　上　宰相，出主意呀！别站在那儿看热闹!

张不三　万岁，我有主意！王小二，你说宝船是你的，有什么证据？

王小二　你有什么证据，说它是你的？

张不三　那是我的传家之宝！

王小二　好！我找个证人，看他怎么说！（与大家同喊）八十加九十一百七！八十加九十一百七！

李八十　（忽然出现）孩子们，我来了！

皇　上　哟，哪儿来的白胡子老头呀！

李八十　我叫李八十。宝船那，是我给王小二的！

张不三　你给他的？谁看见啦？

李八十　你这个坏人！我老头子一辈子没说过一句假话！

张不三　你现在说的就是假话！

李八十　孩子们，你们说呢？

大　家　他敢骂老爷爷说假话，打他，打他！（围上张）

张不三　（害怕）亲爱的小二哥，亲爱的朋友们，放我回家吧，我还没吃饭呢！

王小二　我们不再听你的甜言蜜语！

仙　鹤　这个家伙，一会儿软，一会儿硬，真会变！咱们就叫他变吧！

大　家　对！对！

王小二　叫他变个大灰狼吧！老爷爷，人变走兽该怎么说？

李八十　说八十减九十，不大好减！

大　家　（扯住张不三，喊）八十减九十，不大好减！（扯他入幕旁。一声狼嚎，张已变了，大家牵他出来。狼又摇头，又摆尾，口中还乱七八糟地出声）

大　家　（围狼欢跳）张不三，大宰相，不仁不义变了狼！

王小二　皇上，拿宝船来！

皇　上　（拿起桌上的小盒，递）拿去吧！（收拾鸡蛋烙饼等，要逃走）

李八十　小二，打开看看！

王小二　（打开小盒）啊哈，空的！白哥、黄弟、红姐、绿妹，杀上前去！

〔大家七手八脚，齐攻皇上。他的头被蜂子螯肿，身上被蚂蚁叮坏，连哭带嚷，不住求饶！

皇　上　饶了我吧！别打啦！给你！（掏出宝船）给你！

王小二　（接船）收兵！收兵！（但蚁与蜂犹有余勇，各自表演武技）行啦！行啦！（他们停下来）

李八十　小二，看看是真的，还是假的！

王小二　快长快长，乘风破浪！（船变大）老爷爷，是真的！我们走吧！

仙　鹤　这不是个好皇上，叫他也变变吧？

蜂　王　叫他变个大肥野猪！

大　家　好！八十减九十，不大好减！（一声猪叫，皇上变成了野猪）臭皇上，又坏又糊涂，叫他变个大野猪！

李八十　孩子们，唱吧，跳吧，庆祝宝船又回到咱们手里啦！（领头从容地起舞。孩子们围着老人且歌且舞）

合　唱　好欢喜，好喜欢，
打败了皇上，得回宝船！
得回宝船，好欢喜，
打败了坏人张不三！
欢欢喜喜回家转，
叫妈妈收好宝贝船！
喜欢，欢喜！喜欢，欢喜！
我们得回救人的宝贝船！

〔大家往外走，猪与狼哀叫不已。

——全剧终

注：此剧系根据江苏铜山民间故事（见《中国民间故事选》）改编，谨向搜集者姜慕晨同志致谢！

后 记

在中国现代话剧艺术史上,可与世界戏剧精品相媲美的,实在是寥寥无几,而老舍先生的《茶馆》堪称“东方戏剧的奇迹”。

《茶馆》是老舍先生戏剧创作生涯中的巅峰之作。他以茶馆为社会缩影,通过对王利仁、秦仲义、常四爷等一系列人物形象的刻画,及其生活状态的描述,反衬出了清末戊戌、维新失败后、民国初年北洋军阀割据时期、国民党政权覆灭前夕三个时代社会各阶层间的对立冲突,揭示了半封建、半殖民地中国社会的世事变化。《茶馆》自问世以来,已逾几十载,并被北京人民艺术剧院搬上舞台,深受人们的喜爱,它还代表中国话剧艺术多次在德、法、日等国家演出,得到广泛赞誉,被视为中国话剧的经典。同时,本书还精选了老舍先生在不同历史时期创作的《龙须沟》《西望长安》《女店员》《全家福》《宝船》等几部具有代表性的优秀作品,以期更全面的呈现老舍先生在戏剧创作方面的伟大成就。

作为中国当代文化的巨人、“人民艺术家”、语言大师、幽默大师,老舍先生的作品不但在现代文学史上独树一帜,而且在语言的运用上也别具风格,处处体现着幽默、精练、亲切、“京味”十足、深入浅出。因此,编者在编辑修订过程中,为了给读者呈现一部最贴近原著、最能体现老舍语言特点的经典之作,书里保留了原著中的一些陈旧词语。例如今天很少使用的“混(浑)蛋”、“磕喳(咔嚓)”、“玩艺(意)”、“疙疸(瘩)汤”、“像(相)片”、“补钉(丁)”、“帽沿(檐)”、“人材(才)”、“拚(拼)命”、“倚(依)赖”、“热忽忽(呼呼)”、“黑灯下(瞎)火”、“一钉(丁)点”、“够呛(戗)”、“升(生)火”、“哼吃(哧)”,等等。

编 者